NIKOLA HOTEL

DARK IVY

Wenn ich falle

Roman

Kyss

Dieses Buch enthält potenziell triggernde Inhalte. Wenn du dich darüber informieren möchtest, findest du auf unserer Homepage unter www.endlichkyss.de/darkivy1 eine Content-Note.

Originalausgabe
Veröffentlicht im Rowohlt Taschenbuch Verlag,
Hamburg, Dezember 2022

Covergestaltung ZERO Werbeagentur, München
Coverabbildung Shutterstock
Satz aus der Thesis Antiqua
bei hanseatenSatz-bremen, Bremen
Druck und Bindung CPI books GmbH, Leck, Germany
ISBN 978-3-499-00874-0

Die Rowohlt Verlage haben sich zu einer nachhaltigen Buchproduktion verpflichtet. Gemeinsam mit unseren Partnern und Lieferanten setzen wir uns für eine klimaneutrale Buchproduktion ein, die den Erwerb von Klimazertifikaten zur Kompensation des CO_2-Ausstoßes einschließt.
www.klimaneutralerverlag.de

MIX
Papier aus verantwortungsvollen Quellen
FSC® C083411

Für Anya

chronalgia
n. the painfully hopeless desire to be able to go back in time a few minutes or even seconds to prevent something horrible that will change your life forever.
From Greek *chrónos* (time) and *àlgos* (pain)

– Notizbuch von Eden Collins

PLAYLIST

Devil On My Shoulder – Faith Marie
Creep – Radiohead
Looking Too Closely – Fink
Lovesong – The Cure
Golden Days – Panic! at the Disco
House of Memories – Panic! at the Disco
Lullaby – The Cure
Self Sabotage – Ruelle
Monsters – Ruelle
My Tears Are Becoming a Sea – M83
Fix You – Kacey Musgraves
All of Me – John Legend
War Of Hearts – Ruelle
Sex on Fire – Kings of Leon
The last beautiful thing I saw is the thing that blinded me – Paris Paloma
Oxytocin – Billie Eilish
Everybody Dies – Billie Eilish
Boat Song – Woodkid
What Power Art Thou? – Fink
Arcade – Duncan Laurence

PROLOG

Mein Kopf platzt.

Der Schmerz ist unerträglich. Nein, das kann nicht wahr sein. Das kann nicht real sein. Es kann doch gar nichts Schlimmes mehr passieren. Alle schlimmen Dinge in meinem Leben sind schon passiert, dachte ich. Das hier ist mein Neuanfang. Mein neues Leben. Aber das war falsch, so falsch.

Mein Kopf pulsiert, als würde er jeden Moment auseinanderbrechen. Aber das ist nichts im Vergleich dazu, wie mein Herz schmerzt. Meine Hände sind voller Blut. Im Schein der Lampen am Fähranleger sieht es aus wie Teer.

Mir ist kalt. So unendlich kalt.

Kendra schreit so laut auf, dass ich zu zittern anfange. Mein Kopf wird zerbersten. Ich spüre das Blut auf meinem Gesicht, auf meinem Hals, auf meinen Händen. Ich habe Blut an den Händen.

Ich kann mich kaum bewegen oder Luft holen, nur unkontrolliert zittern, weil die Kälte meinen Körper mit Krallen gepackt hält. Steine bohren sich mir ins Fleisch. Ich will aufstehen, aber ich kann nicht. Ich schmecke Eisen auf meiner Zunge und kann nur auf meine blutigen Hände starren und zittern. Es fühlt sich an, als würde ich erfrieren. Und im Augenblick wünschte ich, es würde wirklich so sein, damit ich das alles nicht ertragen muss. Ich kann das nicht noch einmal durchmachen. Nie wieder. Lass mich erfrieren. Lass mich zu Tode frieren.

Ich bin schuld.

Schon wieder.

Das ist kein Neuanfang, das ist mein Ende, und ich kann nichts dagegen tun. Ich bin schuld. Schuld, schuld, schuld. Ich kann nichts tun, um es zu ändern. Ich würde alles dafür geben, um die letzten Stunden ungeschehen zu machen.

Lass mich zu Tode frieren.

Aber was, wenn ich nicht erfriere? Was, wenn das alles kein Albtraum ist? Wie soll ich damit weiterleben?

1. KAPITEL

Du siehst gar nicht so aus wie eine von *denen.*»
Die alte Frau neben mir fasst nach meinem Arm. Ich bin versucht, ihn wegzuziehen, da reibt sie den Ärmelstoff schon zwischen ihren Fingern und schüttelt den Kopf. «Kein Kaschmir.»

Langsam atme ich aus. Mein Blick geht an mir runter. Über den selbst gestrickten Pulli und die ausgebleichten Jeans mit den Löchern, die so groß sind, dass meine Knie durchpassen, bis zu den ehemals weißen Turnschuhen, die gegen den Sitz in der Reihe vor mir stoßen. Meine Lieblingsklamotten, die ich eigentlich angezogen habe, um mich heute selbstbewusst und sicher zu fühlen. Weil dieser Tag so wichtig für mich ist.

Ich hätte ihr nicht erzählen sollen, dass ich auf dem Weg nach Woodford bin, das wird mir jetzt klar, aber ich musste es einfach jemandem sagen. Mein Puls befindet sich im Ausnahmezustand, seit ich am Mittag die Wohnung meines Dads verlassen habe. Wenigstens einmal musste ich es laut aussprechen, um es selbst zu glauben.

«Seit wann tragen Studenten Kaschmir?» Ich kann mich nicht zurückhalten.

Sie hebt die Hand und gestikuliert damit vor meinem Gesicht. «Nicht alle. Aber *die da* schon. Sieht für mich nicht so aus, als würdest du da hinpassen.» Sie hebt die schmalen, knochigen Schultern an und lenkt ihr Interesse auf die Schachtel mit Crackern auf ihrem Schoß. Cracker und hart gekochte Eier.

«Ach so.» Ich zwinge mich zu einem unbeteiligten Gesichtsausdruck, obwohl sie mich gar nicht mehr beachtet. Meine Sitznachbarin hat die Tattoos an meinem Unterarm nicht mal gesehen, und dennoch bin ich bei ihr schon als Außenseiterin abgestempelt.

Ihr Urteil sollte mich nicht einschüchtern, aber ich spüre trotzdem, wie die Unsicherheit in mir hochkriecht. Ich möchte unbedingt zu *denen* gehören. Nicht dazuzugehören, ist meine größte Angst.

Ich habe elf Monate lang nicht dazugehört. Zu niemandem.

Elf Monate sind genug.

Ich dachte eigentlich, das Schlimmste, was mir heute passieren kann, ist zu verschlafen. Was nicht stimmt. Das Schlimmste ist wahrscheinlich aber auch nicht diese Frau, die beim letzten Halt eingestiegen ist. Seit ich vor einer halben Stunde den ersten Blick aufs Meer werfen konnte, verrenke ich mir den Hals, um die Anzeige im Bus zu kontrollieren, aber der Junge in der Reihe vor mir trägt einen Beanie, der so dick ist, als würde er darunter Kronjuwelen verstecken. Ich sehe nichts. Überhaupt nichts. Das Schlimmste wäre also wohl eher, die richtige Haltestelle zu verpassen.

Ich beuge mich vor, um etwas zu erkennen, als der Bus einen unerwarteten Schlenker macht, der mich augenblicklich zurück in den Sitz wirft. Der Fahrer muss betrunken sein. Oder er hat Narkolepsie und ist plötzlich aufgeschreckt. So, wie der fährt, kann ich froh sein, mir nicht gleich alle Knochen zu brechen, wenn ich zur Tür gehen muss. *Das* wäre dann wohl das Schlimmste.

Nur dass immer noch nicht Harbour Road auf der Anzeige steht.

Die Harbour Road ist die Haltestelle meiner Zukunft. Einer Zukunft, in der ich unbedingt wieder dazugehören will.

Werde. In der ich dazugehören *werde*. *Bitte*.

Ich straffe mich. Schlinge den Gurt meines Rucksacks noch ein zweites Mal um die Finger. Und taste mit der anderen Hand in meiner Hosentasche nach dem kleinen Stein, den ich immer bei mir trage, ziehe stattdessen aber dann mein Handy heraus. An den Riss, der sich über das Display zieht, habe ich mich gewöhnt, und eigentlich schäme ich mich nicht dafür. Trotzdem halte ich das Handy nun so, dass meine Sitznachbarin ihn nicht sehen kann, bevor ich ganz automatisch den Nachrichtenverlauf durchscrolle.

Larks Name taucht erst nach einem Moment auf. Der Chat mit ihm ist schon wieder nach unten gerutscht. So weit, dass mir schwer ums Herz wird.

Mit dem Daumen berühre ich seinen Namen.

> Lark
> Haha, du willst ernsthaft wissen, wie weit ich mit Mathe bin? Staffel 2 Folge 8 😜
> Aber dir zuliebe gucke ich morgen früh noch ins Buch. Du bist echt der einzige Mensch, für den es sich zu leiden lohnt.
> Gehe jetzt pennen.

Das war Larks letzte Nachricht. Ich habe am nächsten Tag lange darauf gewartet, dass er noch mal schreibt. Elf Monate lang. Elf Monate, und es pocht noch immer wie eine klaffende Wunde.

Seine letzte Nachricht ist der Grund, warum ich seit vier Stunden in diesem Reisebus sitze und ans andere Ende des Bundesstaates fahre. Warum ich überhaupt so weit gekommen bin.

Ich lösche die Nachrichten von meinem Dad, dem alten Ruderteam, meinem Aushilfsjob in der Gärtnerei, der Tankstelle und dem Supermarkt, in dem ich bis gestern noch für Kunden Einkäufe eingepackt habe. Ich lösche alles, bis nur noch der Chat mit Lark übrig bleibt. Dann stecke ich mir Kopfhörer ins Ohr und lasse Radiohead meine Gedanken betäuben.

What the hell am I doin' here ...

Die Frau zupft schon wieder an meinem Ärmel. «Geht das auch leiser?»

Ich lese es von ihren Lippen und schalte die Musik ab. Mit einem unterdrückten Seufzen entschuldige ich mich und rufe mir gleichzeitig in Erinnerung, dass ich diese Frau in meinem Leben nie wiedersehen werde, dass es nur noch ein paar Minuten dauert, bis ich da bin. Und dass ich für diesen Tag vorbereitet bin. Besser als jemals zuvor.

Den Großteil meiner Sachen habe ich per Post zum College vorausgeschickt, damit ich mich nicht um so viel Gepäck kümmern muss. Ich habe die Unterlagen für mein Zimmer bereits vor sieben Monaten online eingereicht, weil ich unbedingt nach Saltonstall wollte und die Zimmer dort immer als Erstes vergeben sind. Zumindest habe ich das in einem Forum gelesen. Vor sechs Monaten habe ich dann die ersehnte Zusage bekommen.

Es gibt vier Wohnheime auf dem Campus, und Saltonstall ist das neueste. Und das Einzige, das nicht dicht von Bäumen umgeben ist und von dem man aufs offene Meer sieht. Denn ich träume vom Meer, seit ich mit fünf von Lark einen Stein geschenkt bekommen habe, den er in seinem Urlaub in der Normandie gefunden hat und der aussieht, als hätte eine Blume ihr Muster reingepresst. Auch wenn das dunkle Meer mir insgeheim Angst einjagt. Den Stein habe ich immer noch. Jetzt in diesem Augenblick ist er in meiner Jeanstasche, und er fühlt sich glatt und vertraut an. So vertraut wie der Schmerz darüber, dass ich keine Nachrichten mehr von ihm bekomme.

Wenn du es in Woodford nicht schaffst, Eden, dann kommst du einfach wieder nach Hause. Davon stirbt niemand.

Dad. Das hat er mir zum Abschied gesagt, bevor er mir mit seinem Bart einen kratzigen Kuss gegeben hat. Einen von der Sorte, die ich in den nächsten Wochen schmerzhaft vermissen werde. Ich liebe ihn, trotzdem war das einer von seinen weniger hilfreichen Sprüchen. Als ob man einfach so nach Hause fahren würde, wenn man in Woodford gewesen ist. In Gedanken habe ich es schon mit Großbuchstaben und in Fettschrift in meiner Vita vermerkt.

WOODFORD ACADEMY.

So was löscht man nicht einfach wieder. Wer Woodford in seinem Lebenslauf stehen hat, aktualisiert das mit Harvard oder Yale und nicht mit Supermarktkasse. Ich habe keinen Plan B. Wenn ich es in Woodford nicht schaffe, dann ist da nichts, was auf mich wartet, und das macht mir Angst.

Im letzten Jahr habe ich alles dafür gegeben, hierherzukommen. Ich habe gearbeitet, so viel ich konnte, und nur noch gelernt. Und wenn ich nicht gelernt habe, dann habe ich in der Sportmannschaft auf einem See gerudert, weil es sich positiv auf meine Bewerbung auswirken würde. Ich habe meinen geliebten Gartenbaukurs abgewählt und stattdessen einen weiteren Wissenschaftskurs belegt. Ich habe mich durch europäische Geschichte, Musiktheorie, Französisch und Spanisch gekämpft. Ich kann mich gar nicht erinnern, wann ich das letzte Mal an einem Tag nichts auswendig gelernt habe. 34 von 36 Punkten beim ATC war das zweitbeste Ergebnis in meinem Abschlussjahrgang, aber ich konnte mich nicht mal freuen.

Das Einzige, was ich dabei gefühlt habe, war Erleichterung. Erleichterung, weil das Geld, das ich für den Vorbereitungskurs in etlichen Überstunden zusammengespart hatte, nicht vergeudet war. Erleichterung, weil ich endlich an einen Ort gehen kann, an dem mich niemand mehr mit dieser Mischung aus Mitleid und Vorwurf ansehen wird.

Keiner aus meiner Familie war auf einem so renommierten College, und ich habe ein Stipendium bekommen, was ich immer noch nicht vollständig begreife. Ein Stipendium für die Woodford Academy of Liberal Arts. Das würde ich der Frau neben mir gerne erzählen. Dann würde sie mich vielleicht nicht mehr so abfällig ansehen. Ich könnte ihr sagen, dass vier Literaturnobelpreisträger in Woodford studiert haben und sich sicher niemand dafür interessiert hat, was sie für Klamotten anhatten. Außerdem zwei Präsidenten, mehrere andere Politiker und eine ganze Liste von Schauspielern und Künstlern. Und nun ich. Eden Collins.

Du siehst gar nicht so aus wie eine von denen.

Ich sage nichts. Dafür gleitet meine Hand automatisch zurück in die Hosentasche, um mich am Stein mit den winzigen Furchen festzuhalten. Ich muss unbedingt dazugehören.

«Entschuldigen Sie, aber ich muss hier gleich aussteigen.»

Wenn ich noch länger hier sitze, drehe ich durch. Mein Nacken ist vor Aufregung schon schweißnass. Ich will mein Haar über die Schulter nach vorn streifen, merke dann aber wieder, wie kurz es jetzt ist und dass es gar nicht mehr über meine Schultern reicht, sondern nur noch bis knapp unter mein Kinn. Ich wollte es unbedingt abschneiden lassen, weil ich dachte, dass ein neuer Haarschnitt einfach zu einem Neuanfang dazugehört, auch wenn die Friseurin meinte, bei meinen weiblichen Rundungen würden mir die langen Haare viel besser stehen. Aber ich mag meine neue Frisur.

«Sicher?» Die alte Frau schürzt so skeptisch die Lippen, als hätte ich erzählt, ich wolle nackt und ohne Sauerstoff zum Mars zu fliegen. Diesen Gesichtsausdruck würde ich mir am liebsten als Meme abspeichern. Falls ich mal überlegen sollte aufzugeben, würde mich dieser perfekt ausbalancierte Ausdruck aus Zweifel und Geringschätzung ganz bestimmt daran hindern.

Aber ich werde nicht aufgeben. Ich bin mir so sicher wie noch nie in meinem Leben, deshalb nicke ich.

«Immer mit der Ruhe. Wenn du durchhältst, wirst du noch Jahre in diesen alten Gemäuern verbringen, da kommt es nicht auf ein paar Minuten an.» Sie stopft sich noch einen Cracker in den Mund.

Es stimmt nicht, was sie sagt. In Wirklichkeit kommt es im Leben auf jede Sekunde an. Das ist eine Lektion, die ich im letzten Jahr gelernt habe.

Ich warte ungeduldig, bis die Frau ihre Beine zur Seite bewegt hat, um mir Platz zu machen. Dann klettere ich mit dem Rucksack auf dem Rücken zwischen den Sitzen durch.

Bis zur Willkommensrede bleibt mir noch eine Stunde. Die Überfahrt mit der Fähre dauert laut Internet nur zehn Minuten. Dann habe ich noch Zeit, mich zu registrieren, meinen Zimmerschlüssel zu besorgen und die Sachen zu verstauen. Das Schlimmste, was mir passieren kann, ist ... nichts. Gar nichts.

Harbour Road.

Auf der Anzeige leuchtet die nächste Haltestelle auf. Als der Bus kurz darauf ruckelnd anhält, erhöht mein Herz gleich noch mal die Schlagzahl.

Ich steige mit einer Handvoll anderer Leute aus, und draußen angekommen atme ich tief ein, um den letzten Rest des flauen Gefühls der Busfahrt loszuwerden. Ich sauge den Geruch des Meeres in meine Lungen und frage mich, ob der Atlantik überall gleich riecht. Ob er genauso gerochen hat, als Lark in Nordfrankreich gewesen ist und meinen Stein gefunden hat. Auch wenn das schon mehr als dreizehn Jahre her ist.

Es fängt an zu nieseln, und in den Salzduft der Luft mischt

sich noch etwas anderes. Es gibt einen Namen für den Geruch, der entsteht, wenn Regen auf trockene Erde fällt. *Petrichor*. Das weiß ich, weil mich solche Namen faszinieren. Begriffe für Alltägliches, das jeder kennt, aber niemand benennen kann, höchstens umschreiben. Aber soweit ich weiß, gibt es bisher keinen Namen dafür, wie es riecht, wenn Regen an einer Küste ins salzige Meerwasser tropft.

Ich nehme dankbar mein Gepäck entgegen, das der Busfahrer hinter der Luke zwischen den Reifen verstaut hatte, und rolle den Koffer in Richtung Anlegestelle. Schon nach ein paar Metern beginne ich zu frösteln, aber ich beiße die Zähne zusammen. Meine Jacke liegt natürlich ganz unten im Koffer, obwohl ich mir eigentlich hätte denken können, dass es hier an der Küste kälter ist als zu Hause.

An der Anlegestelle warten schon etliche andere Studenten. Als ich sie in Augenschein nehme, muss ich der Frau aus dem Bus leider recht geben. Ich sehe wirklich nicht so aus, als würde ich dazugehören. Ein paar von ihnen tragen College-Hoodies in den typischen Woodford-Farben, aber die meisten sehen aus, als hätten sie gerade einen Urlaub in Hawaii mit viel Sonne hinter sich und dort auch mit der Kreditkarte ihrer Eltern die neuesten Luxusklamotten geshoppt. Ich bin die unscheinbare Fremde auf der Party, die niemanden kennt. Aber ich sehe bestimmt nicht so aus wie ein Mädchen, das vorwurfsvolle Blicke fürchtet. Oder das ihren besten Freund hat sterben lassen.

Und doch habe ich das getan.

2. KAPITEL

Für den Moment dränge ich lieber jeden Gedanken an Lark ganz weit nach hinten. Dorthin, wo es am dunkelsten ist. Meine ehemalige Therapeutin meinte, es würde mir leichter fallen, wenn ich den Chat mit ihm endgültig lösche, aber Dad war der Meinung, meine Therapeutin sei eine Idiotin. Nach meinem letzten Termin mit ihr hat er gesagt: «Jetzt ist der richtige Zeitpunkt für dein erstes Tattoo. Ein verdammtes Lark-Erinnerungs-Tattoo!» Und dann hat er mich in seinen Pick-up gepackt und ist mit mir fast drei Stunden durch nach Rochester gefahren. Während der gesamten Session beim Tätowierer hat er meine Hand gehalten, und als wir fertig waren, war er es, der bitterlich geweint hat, während ich wie versteinert auf meinen Arm geguckt habe. Seitdem flattern zwei blaue Morphofalter um meinen linken Unterarm, und jedes Mal, wenn ich sie ansehe, zieht sich mein Herz zusammen. Aber auf die gute Art. Eine Art, die schmerzvoll und süß zugleich ist.

Ich werde es nie übers Herz bringen, Larks Nachrichten zu löschen. Das ist auch der Grund, warum ich mein altes Handy behalte. Es sind mehrere Nachrichten in unserem Chat, und auch wenn ich sie mir seit Monaten nicht durchlesen konnte, habe ich unendliche Angst, sie zu verlieren. Ich vermisse ihn. Ich vermisse Lark so sehr. Er war es, der unbedingt wollte, dass ich hierherkomme. Ich mache das alles auch für ihn. Und ich werde Leute finden, zu denen ich gehören kann. Ich werde neue Freunde finden, auch wenn keiner so sein wird wie er. Es wird außer mir ja wohl noch andere Studenten geben, die sich keinen verdammten Kaschmir leisten können.

Mein Blick geht zum Meer. Ivy Island ist die Einzige der Inseln vor der Küste, die so dicht bewachsen ist, dass sie jetzt im Herbst wie ein orange-gelb-grüner Plüschball aus dem Wasser herausragt. Die Insel wirkt so nah, kaum eine Meile von der Küste entfernt.

«Man könnte echt rüberschwimmen.»

Ich drehe den Kopf. Überrascht, dass mich jemand angesprochen hat. Die Stimme neben mir gehört einem Mädchen in meinem Alter mit einem grimmigen Gesichtsausdruck. Ihren kurzen schwarzen Afro hat sie mit einem knallgelben Band zurückgebunden. Als ich das Sweatshirt unter dem Anorak mit einem ausgebleichten Simpsons-Aufdruck sehe, muss ich lächeln. Bestimmt hat sie ihr Haarband passend zu Bart Simpson ausgesucht.

Aber rüberschwimmen? Auf keinen Fall. Es ist viel zu kalt, außerdem kann ich leider echt nicht gut schwimmen und mich nur kurz über Wasser halten wie ein Hund, was mir in meinem Ruderteam immer jede Menge Spott eingehandelt hat. «Theoretisch ja.»

Sie schnaubt. «Praktisch auch. Wir passen niemals alle auf diese winzige Fähre.» Sie deutet auf das kleine Schiff, das bereits von der Insel abgelegt hat und in Slowmotion näher kommt.

«Meinst du wirklich?» An die Möglichkeit habe ich noch gar nicht gedacht.

«Wäre ein Wunder. Normalerweise lassen sie die Erstsemester und die älteren Studenten an unterschiedlichen Tagen ankommen, aber angeblich gab es ein Sicherheitsproblem. Keine Ahnung.» Sie zuckt mit den Schultern. Dann lächelt sie, indem sie die Lippen halbherzig verzieht. Wie man eben lächelt, wenn man zu oft gesagt bekommen hat, dass man mal lächeln soll. Ich kenne das Gefühl.

«Wir könnten eins von denen ausborgen.» Ich deute auf die kleinen Boote, die neben der Anlegestelle im Wasser dümpeln. Dann spüre ich, wie mein Gesicht warm wird, weil ich *wir* gesagt habe.

«Kannst du damit umgehen?», erkundigt sie sich. «Ich meine, bist du schon mal gerudert?»

«Ich war auf der Highschool im Ruderteam. Aber ehrlich gesagt, besonders gut war ich nicht.» Ich habe es gehasst. Vor allem wegen meiner Angst vor dunklen Gewässern und weil ... wie gesagt, ich kann nicht gut schwimmen.

Sie öffnet den Mund zu einem echten Grinsen. «Okay, dann bin ich dabei. Ich heiße übrigens Kendra.»

«Eden.»

«Auch Erstsemester?»

Mein «Ja» ist gleichzeitig ein erleichtertes Ausatmen. Als hätte ich gerade die erste Hürde bei meinem Neuanfang genommen. Vielleicht habe ich das sogar.

«Dann sehen wir uns wahrscheinlich öfter. Den Einführungskurs müssen wir ja alle zusammen machen.»

«Hast du Lust ...» Ich stocke, dann hole ich noch einmal Luft. «Sollen wir uns zusammen einen Platz auf der Fähre suchen?» Ich versuche, mir nicht anmerken zu lassen, wie viel mir ihre Antwort bedeutet. Es ist albern, sie ist ja nur der erste Mensch, der mir hier begegnet.

«Normal gerne, aber ich muss meinen verdammten Bruder hier irgendwo finden. Der Idiot geht nicht an sein Handy.» Sie lässt den Blick über die Leute schweifen. «Du hast nicht zufällig einen blassen rothaarigen Typen gesehen, der als Ed-Sheeran-Double durchgehen könnte?»

Weil ich nicht sofort antworte, wiegt sie den Kopf von links nach rechts. «Mein Stiefbruder. Patchworkfamilie. Lange Geschichte.»

«Bisher leider nicht.»

«Dann suche ich mal weiter.» Sie presst wieder die Lippen zusammen. «Wir sehen uns.» Damit lässt sie mich stehen und schleift einen Hartschalenkoffer hinter sich her.

Ich will die Enttäuschung gar nicht erst aufkommen lassen, aber sie taucht doch an die Oberfläche. Mit einem leisen Seufzen stelle ich Dads alten Nylonkoffer vor mir ab, um ihn als Ablage für meinen Rucksack zu nutzen. Der Koffer ist abgewetzt und die schwarze Farbe an zwei von vier Seiten zu einem Grau verblasst, weil Dad ihn den ganzen Sommer auf dem Balkon stehen hatte, damit er in unserer kleinen Wohnung keinen Platz wegnimmt. Aber er war damit im letzten Jahr im Nahen Osten, also wird das gute Stück auch noch Woodford überleben. Und ich bin froh, auf diese Weise immer etwas von Dad dabeizuhaben, auch wenn es nur sein alter Koffer ist. Weil die Fähre in ein paar Minuten anlegen wird, ziehe ich schon mal den Reißverschluss meines Rucksacks auf und fische eine Klarsichthülle raus.

Lark hat Klarsichthüllen gehasst. Klarsichthüllen kamen für ihn direkt nach Sofaschutzbezügen. Er würde lachen, wenn er sehen könnte, dass ich darin mein Ticket für die Fähre aufbewahre. Aber mein Handyakku ist das unzuverlässigste Arschloch der Welt. In einem Moment hat mein Handy noch vierzig Prozent, und in der nächsten Sekunde geht es einfach aus. Deshalb habe ich mein Ticket im Copyshop ausgedruckt. Und auch alle anderen Unterlagen, die ich brauche. Meine Studentenbescheinigung, die Zusage für das Zimmer in Saltonstall, meinen Kursplan ...

Ich blicke auf, weil ein kurzes, aber durchdringendes Hupen

zu hören ist. Eine Limousine bahnt sich den Weg durch die Leute und treibt sie auseinander. Schließlich hält der Wagen unmittelbar am Anleger. Die Reifen stehen kaum, da geht die Hintertür auf. Der Typ, der aussteigt, lässt mich selbst auf die Entfernung direkt auf Abwehrhaltung gehen. Das ist die Kategorie von Studenten, von denen ich mich fernhalten sollte, weil ich sowieso nie zu ihrem standesgemäßen Freundeskreis gehören werde. Aber was soll's. Ich meine, wer bitte trägt bei Nieselregen im Oktober eine Sonnenbrille? Über einem dunkelblauen Rollkragenpullover erkenne ich außerdem gewollt unordentliches dunkelblondes Haar. Der Fahrer springt heraus, um das Gepäck aus dem Kofferraum zu holen.

Ich wende den Blick ab, halte aber inne, als der Neuankömmling sofort von einem Typen begrüßt wird, dessen Haare einen so krass orangeroten Farbton aufweisen, dass sich der Vergleich zu Ed Sheeran geradezu aufdrängt. Kendras Bruder? Ich schaue mich um, ob sie noch irgendwo in der Nähe ist.

Die beiden kommen näher, und aus irgendeinem Grund macht mich das nervös. Als sie direkt neben mir stehen bleiben, rolle ich meinen Kofferturm zur Seite. Soll ich dem Rothaarigen sagen, dass seine Schwester nach ihm sucht? Aber was, wenn er es gar nicht ist? Lieber nicht. Nur nicht unangenehm auffallen, das ist für den Moment alles, was ich will. Nicht auffallen und nicht im Weg stehen. Mich unter die anderen mischen. Irgendwie dazugehören. Oder wenigstens so tun.

Ich habe mal gelesen, dass man, wenn man ein Lachen vortäuscht, tatsächlich irgendwann anfängt, aus vollem Herzen zu lachen. Bisher habe ich es nicht ausprobiert, aber wenn es stimmt, dann werde ich um mein Leben lachen. Ich werde so lange so tun, als ob ich nach Woodford gehöre, bis es wahr wird.

Ich ziehe die Papiere aus der Klarsichthülle, suche mein Ticket raus und hoffe, dass ich nicht völlig plan- und hilflos dabei wirke. Es gelingt mir aber nicht lange, die beiden Typen neben mir zu ignorieren. Sie unterhalten sich erst nur über Leute, die ich nicht kenne, und über das Wohnheim. Aber dann ...

«Die gibt es hundertpro wegen dir, Mann. Diese beschissenen neuen Sicherheitsvorkehrungen.»

Ich hebe den Kopf. Der Rothaarige trägt zwar auch Jeans, darüber aber ein sicher maßgeschneidertes kariertes Jackett und ein selbstbewusstes Grinsen, das attestiert, wie viel Geld seine Eltern für den Kieferorthopäden ausgegeben haben müssen.

Die Antwort kann ich nicht verstehen. Der Kerl aus der Limousine steht mit dem Rücken zu mir, aber seine Körpersprache ist deutlich. Er hat die Hände in den Hosentaschen vergraben und zuckt abweisend mit den Schultern, auf denen die ersten Tropfen in der feinen Wolle glitzern.

Ich wische mir unauffällig die Feuchtigkeit aus dem Gesicht, während ich ihn mustere. Er ist einen halben Kopf größer als sein Freund mit dem Karo-Jackett und hat nur eine Reisetasche bei sich. In exakt derselben Farbe seiner Schuhe. Wie dunkler Cognac. Ich weiß nicht, warum mir ausgerechnet das auffällt. Ich habe Cognac höchstens mal in einer Werbung gesehen, weil Mom ... Bei uns zu Hause gab es nie harten Alkohol. Aber die Farbe sieht definitiv aus wie Cognac. Es ist die Ledertasche, die der Chauffeur eben für ihn aus dem Kofferraum geholt hat und die er jetzt vor seinen Füßen abstellt. Auf den feuchten Boden. Weil es ihm anscheinend egal ist, dass das teure Leder davon Flecken bekommen könnte.

«Wenn die unsere Taschen durchsuchen, bin ich im Arsch, Mann», sagt der Rothaarige.

Ich will gar nicht wissen, was genau er damit meint. Mir war auch nicht klar, dass die Sicherheitsvorkehrungen in Woodford so ein Thema sind. Das Blatt mit den Sicherheitsbestimmungen habe ich überflogen und nur im Kopf behalten, dass ich mich schon vor der Überfahrt ausweisen muss. Sie lassen nicht jeden auf die Insel. Kann ich verstehen, würde ich auch nicht.

«In deine Tasche werden sie garantiert nicht gucken. Ich wette drauf, dass deine Eltern was gedreht haben. Noch eine kleine Spende für das Soccerteam oder so.» Jetzt sieht er mich direkt an.

Er hat gemerkt, dass ich ihnen zugehört habe. Schnell drehe ich den Kopf weg. Ich wollte sie ja gar nicht belauschen, aber weggehen kann ich auch nicht, denn um mich herum drängen die Leute schon nach vorne zum Steg. Ich versuche, meine Papiere zurück in die Folie zu stecken, bevor sie noch nass werden, als eine Stimme alles andere übertönt. «Devin! Warum gehst du nicht an dein verfluchtes Handy? Ich dachte schon, ich finde euch nie.»

Es ist Kendra. Also ist dieser Devin tatsächlich ihr Bruder. Immer noch kämpfe ich mit meiner Klarsichthülle, aber die Plastikseiten kleben zusammen. Neben mir nehme ich eine Bewegung wahr. Kendra lässt ihren Koffer stehen, boxt ihren Bruder gegen den Arm und fällt dann dessen Freund mit der Ledertasche um den Hals. Ich bekomme nicht mit, was als Nächstes passiert. Nur, dass er plötzlich zurücktaumelt.

Genau in meine Richtung.

Damit habe ich nicht gerechnet. Ich bin so überrumpelt, dass mir der nächste Atemzug im Brustkorb stecken bleibt. Ich bekomme einen Stoß gegen meine Schulter. Nicht stark, aber genug, dass ich gegen meinen Koffer pralle und der Rucksack herunterstürzt. Beim Versuch, ihn festzuhalten, rutschen mir die meisten Zettel aus der Hand, und die Blätter flattern durch die Luft. Ich mache einen Satz nach vorn, um sie noch aufzufangen, da klackert mir etwas vor die Füße. Und ich muss plötzlich lachen, weil ich mich fühle wie in einem überdimensionalen Dominospiel. Oh Gott. Ich hoffe, das hat niemand gesehen. Obwohl es als Video sicher das Potenzial hätte, viral zu gehen. Ich kann förmlich spüren, wie mein Gesicht rot anläuft.

Als ich mich bücke, bin ich offenbar nicht die Einzige, die auf diese Idee kommt. Ich stoße noch einmal gegen einen anderen Körper und kann mich nur in der Hocke halten, weil ich von einer Hand am Oberarm gepackt werde. So fest, dass ich das wahrscheinlich noch heute Abend spüren werde.

Meine Papiere liegen überall im Nassen verteilt. Zwischen alten Zigarettenkippen und Möwenscheiße.

Und einem Brillenbügel.

Von einer ziemlich teuer aussehenden Sonnenbrille, deren anderer Bügel unter meinem Fuß klemmt. Es ist seine Brille. Von dem Kerl aus der Limousine. Scheiße.

3. KAPITEL

Sorry, Leute.» Das ist Kendras Stimme. Aber sie tritt in den Hintergrund, als ich eine andere höre. Eine, die rau ist, dunkel.

«Ich habe dich gar nicht gesehen.»

Er hockt mit mir am Boden. Mein Blick hangelt sich an seinem Rollkragenpullover entlang bis zu der Stelle, an der er mich gepackt hält, dann lässt er plötzlich meinen Arm los. «Ist alles in Ordnung mit dir?», erkundigt er sich etwas verspätet.

Ja. Nein. Da bin ich mir nicht sicher. Wenn ich ihm diese Brille ersetzen muss, habe ich ein Problem, dann ist nichts in Ordnung. «Ich denke schon.» Mein Kopf pocht. Mein Herz auch. Schnell hebe ich die Brille auf. Bis auf den kaputten Bügel sieht sie gar nicht so schlimm aus – bis sich prompt eins der Gläser aus der Fassung löst und am Boden zerspringt.

Doppelscheiße.

«Das ist Eden», stellt Kendra mich den beiden vor, und ich wünschte, sie würde das nicht tun. «Mein Bruder Devin ...» Sie formt mit den Lippen lautlos ein «Ed» in meine Richtung und verdreht die Augen. «... und William.»

Unsere Knie stoßen aneinander – mein nacktes Knie in den löchrigen Jeans gegen seins –, und seine feine Stoffhose fühlt sich angenehm warm an. Ich blicke hoch, weil William, der Freund ihres Bruders, sich aufrichtet und mir einen meiner Zettel hinhält. Er hat ihn aufgehoben, und jetzt verzieht sich sein Mund zu etwas, das nicht mal mit viel Fantasie als Lächeln durchgehen könnte. «Das kannst du dir sparen, Kendra. Sie weiß genau, wer ich bin.»

Mein Blick schießt von ihm zu Kendra, während ich mich ebenfalls erhebe, aber die schüttelt fast unmerklich den Kopf. Ich habe keine Ahnung, wie er darauf kommt. Wir sind uns garantiert noch nie begegnet.

«Ich trage eine Scheißvisitenkarte in meinem Gesicht», erklärt er. «Du musst mich nicht vorstellen.» Seine Stimme hat einen heiser-kratzigen Unterton. Ich frage mich, ob er immer so redet oder eine lange Nacht hinter sich hat. Und vor allem frage ich mich, ob er immer so arschig ist oder nur heute zur Feier des Tages.

Als ich zu ihm aufblicke, hat er mir das Gesicht nur halb zugewandt. Ein kleiner Teil meines Hirns versucht zu verstehen, was er meint, aber der größte ist noch mit seiner Sonnenbrille beschäftigt und damit, dass ich wahrscheinlich einen Monat nichts zu essen bekomme, wenn ich ihm dieses Luxusteil ersetzen muss.

«Das ist hoffentlich nichts Wichtiges», sagt er nun mit einem entschuldigenden Nicken zu meinem Zettel.

«Nur mein neues Leben», flüstere ich.

Mir wird bewusst, dass ich ihn schon viel zu lang mustere, aber ich kann nicht anders. Sein dunkelblauer Rollkragenpullover sieht irre teuer und weich aus. Genau so, wie es der Frau aus dem Bus sicher gefallen würde.

Er passt zu ihm. Im Gegensatz zu mir passt bei ihm alles perfekt. Er ist ein Musterbeispiel für die Kategorie «Rich College Kids». Seine arrogante Haltung, die teuren Lederschuhe, die vintage Armbanduhr, die an seinem Ärmel herausblitzt und sicher ein altes Erbstück ist. Dieses gelangweilte Nicht-Lächeln. Er verkörpert Woodford.

Auf der Website der Universität kann man sich Dutzende Fotos vom Campus ansehen, und über dem Eingang des Hauptgebäudes ist das Motto der Universität in Stein gemeißelt. *Paratus ad omnia.* Bereit für alles. Dieser Kerl sieht so aus, als wäre er bereit für alles. Als wäre er schon bereit geboren worden. Er ist ganz sicher niemand, mit dem ich in Zukunft etwas zu tun haben werde, aber er ist definitiv einer von *denen*. Jemand, für den Kaschmir erfunden wurde.

Mit einer Kopfbewegung schüttelt William sich die dunkelblonden Haarsträhnen aus der Stirn und dreht mir das Gesicht ganz zu.

Oh.

Ich glaube, jetzt weiß ich, was er mit Visitenkarte meinte. Etwas, das dieses perfekte Bild von ihm zerstört. Ein großer dunkelroter Abdruck, der sich vom Jochbein über sein linkes Auge bis zur Augenbraue zieht. Ich starre ihn an, obwohl mir klar ist, wie unhöflich das ist.

Hat er deshalb bei diesem Wetter eine Sonnenbrille getragen? Wenn er diese dunkelrote Haut darunter verstecken wollte, dann ist das wegen mir ganz schön in die Hose gegangen.

Nach einer Prellung sieht es nicht aus. Was um Himmels willen ist das?

Natürlich frage ich das nicht, es wäre nicht nur unsensibel, es geht mich auch nichts an. Aber ich kann auch nicht so tun, als würde ich diesen Fleck in seinem Gesicht nicht sehen. Er ist groß. Er hat eine Form wie Brasilien. Nur wenn ich meine ganze Hand drauflegen würde, könnte ich ihn verdecken. In Gedanken fahre ich die Ränder entlang, wie ich es mit den Grenzen auf einer Landkarte tun würde. Ich frage mich, warum es gerade dieser Fehler in seinem Gesicht ist, den ich anziehend finde.

Als sich Williams Kiefer anspannt, zwinge ich mich dazu,

den Blick abzuwenden. Mist. Ich weiß, wie schrecklich es ist, von anderen angestarrt zu werden, und es tut mir leid, dass ich nicht schnell genug reagiert habe. Dieses Mal in seinem Gesicht ist vermutlich angeboren. Das würde auch erklären, warum er denkt, dass man ihn sofort erkennt.

Nur dass ich niemanden hier kenne.

Als er spricht, zuckt mein Blick wieder zu ihm hoch.

«Ich nehme an, du bist zu dem Schluss gekommen, dass es in echt genauso aussieht wie auf den Fotos», sagt er mit herausfordernd gehobener Braue, was mir sofort die Hitze ins Gesicht treibt. «Falls du also gedacht hast, das wäre nur ein Partytrick, muss ich dich enttäuschen. Ich sehe immer so aus.»

Dass er es anspricht, habe ich nicht erwartet. Und das war nun wirklich das Letzte, was ich gedacht habe. Eigentlich habe ich grad überlegt, dass der Fleck mich an etwas erinnert. «Gedankenlesen gehört offenbar nicht zu deinen Stärken», entschlüpft es mir.

Für eine Sekunde wirkt er überrascht, seine Augen weiten sich, aber ziemlich schnell senkt er die Lider wieder. Williams Augen sind grün. Nein, blau. Irgendwas dazwischen. Und sie wirken müde. «Ich denke, ich bin sogar recht gut darin. Also keine Sorge, Feuermale sind nicht ansteckend.»

«Das ist ... mir klar.» Feuermal. So nennt man das also. Aber hat er solche Fragen wirklich schon öfter gehört? Ob das ansteckend ist? Die Vorstellung macht mich traurig. «Ich habe nichts dergleichen gedacht, wirklich nicht. Tut mir leid, dass ich dich so angestarrt habe.» Ein verlegenes Lächeln huscht über mein Gesicht. «Es ist nur, dass ich ...» Ich sollte das nicht sagen. Auf keinen Fall sollte ich das sagen. *Nein, Eden, sag es einfach nicht!* «Ich habe nur gerade überlegt, woran mich die Form erinnert. Und jetzt weiß ich es. Es hat was von einer Superheldenmaske. Also wenn du es über beiden Augen hättest.»

Oh Gott.

Warum? Warum habe ich nicht einfach die Klappe gehalten? Kendra atmet geräuschvoll ein, und ihr Bruder fängt an, abgehackt zu lachen. William muss denken, dass ich mich über ihn lustig mache. Ich hätte einfach nur Entschuldigung und ansonsten gar nichts sagen sollen. Es geht mich nichts an, und es ist kein Thema, das man mit einem wildfremden Menschen bespricht.

Oh Gott, Eden! Superheldenmaske??

Die Hitze, die eben nur in meinem Gesicht gebrannt hat, verteilt sich wie ein rasendes Feuer auf meinem gesamten Körper.

William wirkt im ersten Moment verwirrt, dann kehrt ein Ausdruck in sein Gesicht zurück, der mich an Resignation erinnert. «Das würde meine Chancen verdoppeln, kleine Kinder zu erschrecken.»

Seine Stimme kratzt, als müsse er jedes Wort erst einzeln aus dornigem Gestrüpp herausziehen. Und nur deshalb habe ich das Gefühl, noch etwas sagen zu müssen. Ich habe damit angefangen, und jetzt gibt es kein Zurück, auch wenn es mir unangenehm ist. Dieses Feuermal ist rosarot. Es sieht in meinen Augen kein bisschen Angst einflößend aus, sondern faszinierend, fast schön. Als hätte jemand Wasserfarbe über sein Gesicht gegossen und sie sorgsam über sein Auge vermalt. Ein dunkles Krapprot. «Sie würden dich bestimmt fragen, wo dein Umhang oder dein Superheldenanzug ist. Oder was deine geheime Fähigkeit ist.»

«Ich kann mit meiner Zunge einen Knoten in einen Kirschstängel machen.»

Ich weiß nicht mal, warum ich jetzt lächeln muss. Vielleicht liegt es daran, dass er nicht mal überlegen musste und das wie aus der Pistole geschossen aus ihm herauskam. Vielleicht, weil er selbst so ernst dabei bleibt. Vielleicht aber auch, weil ich mir das gerade bildlich vorstelle.

Keine Bilder, Eden!

Himmel, man sollte sich definitiv nicht ausmalen, wie andere Menschen irgendetwas, egal was, mit ihrer Zunge anstellen!

«Das habe ich noch nie versucht», sage ich, und meine Mundwinkel klettern noch eine Spur höher. Ich kann einfach nicht anders. Und weil ich nicht damit rechne, dass William mein Lächeln erwidert, bin ich überrascht, als sich seine Mundwinkel plötzlich auch nach oben ziehen. Gerade noch sah er so angenervt aus. So müde und gelangweilt. Doch jetzt lässt sein Lächeln ein Grübchen an seinem Kinn stärker hervortreten, seinen kräftigen Mund und das Philtrum darüber. Das ist die Stelle zwischen Mund und Nase, deren Namen kaum jemand kennt. Seins ist geradezu anmutig gewölbt.

«Hey, Eden», mischt Devin sich ein. «Vielleicht passt du beim nächsten Mal einfach auf, wo du rumstolperst.»

Die kaputte Brille in meiner Hand. Die hatte ich völlig vergessen. Meine Temperatur wechselt unmittelbar von heiß zu kalt. *Vielleicht passt ihr verwöhnten Schnösel beim nächsten Mal einfach auf, wen ihr schubst*, würde ich am liebsten zurückschießen, aber Devin hält meinen Rucksack in der Hand. Und ich könnte schwören, dass ich seine Hand gerade noch am Reißverschluss der kleinen Vordertasche gesehen habe. Aber das war bestimmt keine Absicht, oder?

«Der Rucksack gehört mir», sage ich fast zu heftig.

«Und die Sonnenbrille gehört meinem Kumpel.» Er lässt den Rucksack vor meinen Füßen fallen.

Schnell halte ich William die Einzelteile seiner Sonnenbrille hin. «Tut mir wirklich leid», sage ich. «Ich konnte leider nicht kontrollieren, wo ich hinstolpere.»

William ignoriert den versteckten Vorwurf in meiner Aussage. «Ich kann auch ohne Sonnenbrille überleben.»

Ja, nur kann er sich dann nicht mehr dahinter verstecken, und das ist meine Schuld. Ich wische mir die Hände an meinen Jeans ab. Doch weil sein Kumpel mir immer noch ziemlich abfällige Blicke zuwirft, habe ich das Bedürfnis, mich zu verteidigen. «Du hast mich angerempelt, nicht ich dich. Also ...»

«Ich weiß.»

«Wenn ich nicht geschubst worden wäre ...»

«Auch das weiß ich.»

Ich atme tief durch, weil ich ihm klarmachen will, worum es mir eigentlich geht. Er hat vielleicht ein Problem damit, dass ihn jeder sofort erkennt, aber ich habe ganz andere Probleme. «Ich kann es mir nicht leisten, dir eine neue Sonnenbrille zu kaufen», flüstere ich, damit Devin und Kendra das nicht hören. «Ich habe wirklich keine Ahnung, wer du bist. Ich bin neu hier. Ich habe nur ein Stipendium für Woodford. Ich ...»

Nur? Das wollte ich nicht sagen. Da könnte ich auch genauso gut sagen: *Ich gehöre nicht zu euch.*

«Verstehe.» William lässt das Wort eine Weile in der Luft stehen, bevor er langsam nickt. «Keine Sorge. Es war meine Schuld. Ich habe nicht gesehen, dass du hinter mir stehst.» Sein Blick geht an mir runter und stockt für eine Millisekunde an meinen nackten Knien, dann fährt er sich in das vom Regen feuchte Haar und wirkt mit dem leichten Lächeln dabei fast verlegen. «Ich schätze, das wird mir nicht noch einmal passieren.»

Dass er mich anrempelt? Oder dass er mich übersieht?

«Dann ist alles okay?», hake ich nach.

«Soll ich eine Verzichtserklärung unterschreiben?» Nun wirkt er belustigt, und das regt mich auf. Mir ist es nämlich ziemlich ernst. Ich weiß nicht, in was für einer Welt er lebt, aber in meiner sind ein paar Hundert Dollar Extraausgaben eine Katastrophe.

Ich komme jedoch nicht dazu, ihm zu antworten, weil sein Freund langsam ungeduldig wird. «Die Fähre hat schon angelegt. Wir müssen los, Mann. Außerdem habe ich keinen Bock mehr auf den Scheißregen.» Er klappt den Kragen seines Jacketts nach oben, dabei hat das Nieseln längst nachgelassen.

«Ich geh schon mal», sagt Kendra und schnappt sich ihren Koffer.

«Komm, Alter.» Devin zieht seinen Freund am Arm.

William zögert kurz, dann nickt er mir zu. «Vergiss das mit der Sonnenbrille einfach.» Er schiebt die kaputten Teile in die Gesäßtasche seiner Hose. «Hat mich gefreut, Eden.»

«Bis später, Eden», ruft Kendra über ihre Schulter.

«Bis später», murmle ich, obwohl es sowieso niemand von ihnen mehr hört. Hastig beuge ich mich vor, um meine restlichen Papiere einzusammeln, da entdecke ich erst, dass einer meiner Zettel direkt neben mir liegt. Und dass William mit einem Fuß mitten auf dem Logo der Woodford-Universität gestanden haben muss. Genauer gesagt auf meiner Bestätigung für das Studentenzimmer.

So ein Mist!

Wahrscheinlich hat er es nicht mal gemerkt. Es war keine Absicht. Aber es tut mir geradezu körperlich weh, als mir auffällt, dass das Blatt auch noch eingerissen ist. Ganz vorsichtig hebe ich den Zettel an einer Ecke an, damit nicht noch mehr kaputt geht. Mein Versuch, etwas von dem Dreck abzuwischen, macht es aber nur noch schlimmer. Jetzt ist der Dreck zusätzlich verschmiert, man kann kaum noch etwas lesen. Ein verschmierter Fußabdruck von einem Kerl aus einer Luxuslimousine auf meinen Unterlagen. Ich könnte heulen.

Klarsichthüllen sind dafür da, etwas zu schützen, und selbst das habe ich nicht hingekriegt. Ich bin selbst schuld, denn ich hätte die anderen Zettel einfach in der Hülle lassen sollen.

Unwillkürlich schließt mir der Gedanke in den Kopf, dass ich auch Lark nicht beschützen konnte. Es gab nichts, aber auch gar nichts, womit ich ihn hätte schützen können. Zumindest hoffe ich das. Weil alles andere nicht zu ertragen wäre.

Es ist einer dieser Gedanken, die ich täglich habe, die immer dicht unter der Oberfläche lauern.

Ich schiebe die Blätter, so vorsichtig es geht, in meinen Rucksack und hänge ihn mir über die Schulter. Der einzige Ausdruck, der nichts abbekommen hat, ist das Ticket für die Fähre, das ich immer noch in der Hand halte. Aber alles andere habe ich sowieso auf dem Handy, versuche ich mich zu beruhigen. Wenn mein Akku hält, gibt es kein Problem. Und im Notfall kann ich mich vielleicht auf einem Unirechner einloggen und die Bestätigungen aus meinem Postfach neu ausdrucken.

Alles halb so wild. Das ist nicht das Schlimmste, was mir passieren konnte. Die schlimmsten Dinge in meinem Leben habe ich doch schon hinter mir. Elf Monate hinter mir. Es gibt nichts, was mich noch einmal so hart treffen könnte.

4. KAPITEL

Der Metalldetektor knistert, als ich hindurchgehe und mit meinem Koffer auf die Fähre rumple. Daran bin ich gewöhnt. Wenn man auf einer öffentlichen Highschool gewesen ist, gehören Metalldetektoren zum normalen Leben. Metalldetektoren, Kameras und Sicherheitsleute in Uniform, die einen jedes Mal kontrollieren, wenn man ein anderes Gebäude betritt. Ich kann mir kaum vorstellen, wie es sein wird, an einem Ort zu studieren, wo das nicht notwendig ist. Wo der Campus wie ein eigenes Dorf ist. Einmal auf der Ivy Island, ist man sicher. Woodford ist ein eigener Kosmos für sich, das habe ich in so vielen Artikeln gelesen.

Auf der Fähre ist es kurz darauf so voll, dass ich von hinten gegen die Reling gedrückt werde. Mit den Händen stütze ich mich ab, damit mir nicht die Luft aus den Lungen gepresst wird. Der Mann, der mein Ticket kontrolliert hat, hat mir gesagt, dass 256 Menschen auf das Schiff kommen. Garantiert hat er sich verzählt. Es müssen viel mehr sein.

Sobald die Fähre abgelegt hat, sprüht mir der Fahrtwind Meerwasser ins Gesicht, und meine Jacke ist leider immer noch ganz unten im Koffer. Meinen Rucksack halte ich vor mir und kontrolliere, ob das Portemonnaie mit meinem Bargeld noch an Ort und Stelle ist. Seitdem dieser Devin seine Finger darauf hatte, habe ich ein ungutes Gefühl. Aber es ist noch da. Mein Portemonnaie, meine alten Kopfhörer, die Tüte mit dem angetrockneten und nur halb aufgegessenen Bagel, den ich am Busbahnhof gekauft habe, mein Stiftemäppchen und ein Liebesroman, den ich zweckentfremdet und bisher zum Blumenpressen und einmal für Blackout Poetry benutzt habe. Wegen Lark habe ich auf eine Seite des Romans einen Schmetterling gemalt und dabei die ganze Zeit geheult. Ich stopfe das Buch zurück. Erleichtert ziehe ich den Reißverschluss wieder zu und drücke den Rucksack an mich.

Aber ...

Merkwürdig.

Da knistert etwas in der Vordertasche.

Ich verstaue nie Sachen in dieser kleinen Tasche, weil man viel zu leicht etwas daraus klauen könnte. Aber das Knistern stammt definitiv aus dieser Tasche. Eine dunkle Ahnung baut sich in mir auf, aber ich dränge sie zurück. Bis mir plötzlich einfällt, was Devin zu William gesagt hat, bevor wir den Zusammenstoß hatten.

Wenn die unsere Taschen durchsuchen, bin ich im Arsch.

Was hat sein Freund ihm darauf geantwortet? Hat er überhaupt etwas dazu gesagt? Ich kann mich nicht erinnern. Dafür aber erinnere ich mich sehr gut an Devins Hand am Reißverschluss meines Rucksacks.

Mein Herz fängt wie wild an zu pochen, obwohl das bestimmt Blödsinn ist. Ich schüttle über mich selbst den Kopf – dieser Gedanke ist doch paranoid. Ich habe einfach nur Vorurteile. Vorurteile gegenüber Typen, die so reich sind, dass sie von einem Chauffeur rumkutschiert werden. Keiner von ihnen würde irgendwas Illegales in meinem Rucksack verstecken. Das hätten sie gar nicht nötig.

Und wenn doch?

Ich taste über die Tasche, und es raschelt erneut. Sofort ziehe ich den Reißverschluss auf, fahre mit der Hand hinein und

For now, I'd rather push any thought of Lark way back. To where it is darkest. My former therapist said it would be easier for me if I deleted the chat with him for good, but Dad thought my therapist was an idiot. After my last appointment with her he said: «I feel like this is the right time for your first tattoo. A bloody Lark memory tattoo!» And then he put me in his pickup and drove me three hours to Rochester. He held my hand for the entire session at the tattoo artist's and when we were done it was he who cried bitterly while I stared at my arm petrified.

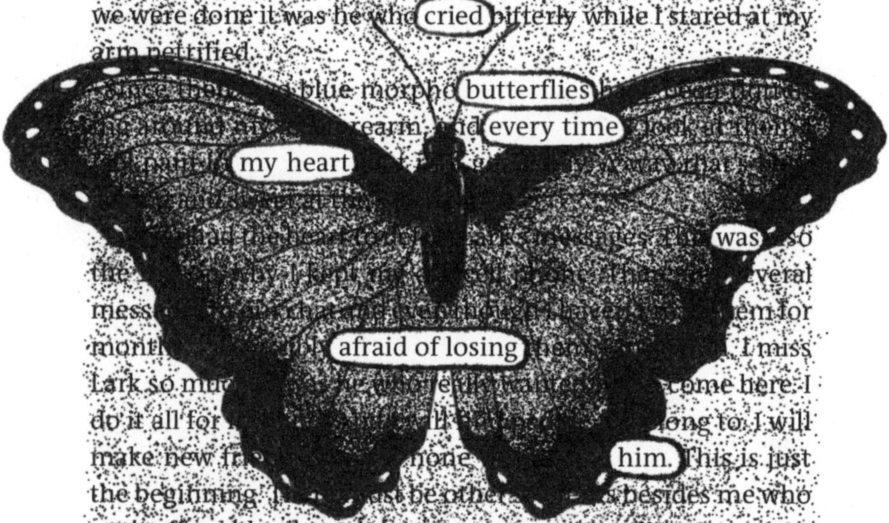

[redacted] blue morpho butterflies [redacted] every time [redacted] my heart [redacted] was [redacted] the [redacted] everal mess[redacted] em for month[redacted] afraid of losing [redacted] I miss Lark so mu[redacted] come here. I do it all for [redacted] ong to. I will make new fr[redacted] none [redacted] him. This is just the beginning. [redacted] besides me who can't afford bloody cashmere.

My gaze goes to the sea. Ivy Island is the only one of the islands off the coast that is so densely covered that in autumn it juts out of the water like an orange, yellow and green plush ball. The island seems so close, barely a mile from the shore.

«You could really swim across.»

I turn my head. Surprised someone approached me. The voice next to me belongs to a girl my age with a fierce expression on her face. She tied her short black afro back with a bright yellow ribbon. When I see the sweatshirt underneath the anorak with a faded Simpsons print, I smile. She must hole einen Briefumschlag ans Licht, um den ein Gummiband gespannt wurde.

Diesen Umschlag habe ich noch nie gesehen. Er ist leicht, und als ich mit den Fingern draufdrücke, kann ich kleine runde Dinger darin ertasten. Es steht nichts drauf. Keine Adresse, kein Name, gar nichts.

Nein. Bitte, nein.

Nervös kaue ich auf der Innenseite meiner Wange, als ich das Gummiband abstreife. Mit einem Seitenblick kontrolliere ich, dass mich niemand dabei beobachtet. Den Umschlag halte ich so eng an meinen Bauch gepresst, dass hoffentlich niemand sehen kann, was ich da tue. Vorsichtig ziehe ich die Papierlasche auf und hole das erste Mal wieder Luft.

Okay. Das ist ... *nicht* okay.

Es sind lose Tabletten. Im ersten Augenblick bin ich erleichtert. Das sieht nach ganz normalen Medikamenten aus. Einige sind in der Mitte durchgebrochen, aber die meisten sind unbeschädigt.

Doch dann überlege ich, wie unlogisch das ist. Wieso sollte jemand Medikamente in meinem Rucksack verstecken? Das ergibt keinen Sinn. Das sind bestimmt mehr als hundert kleine orangefarbene Pillen, auf deren Vorderseite die Zahl 20 eingeprägt ist. Ich habe solche Tabletten noch nie gesehen, aber ich habe auch keine Ahnung davon. Was ich allerdings habe, ist ein Problem.

Mein Atem geht hektisch. Ich versuche, möglichst kontrolliert ein- und auszuatmen, um einen klaren Kopf zu bewahren. Als ich mich umschaue, ist jeder auf dieser Fähre mit sich selbst beschäftigt. Ich kann Kendra, Devin und William nicht entdecken. Es kann auch nicht mehr lange dauern, bis wir anlegen. Mir bleiben vielleicht noch zwei Minuten, um dieses Zeug loszuwerden. Denn dass ich es loswerden muss, steht außer Frage.

Wenn mich jemand damit erwischt, ist mein Stipendium garantiert Geschichte.

Diese Arschlöcher!

Dieser Devin hat mir allen Ernstes irgendwelche Drogen untergeschoben. Das ist wirklich das Allerletzte!

Aber ich kann mir nicht erlauben, jetzt durchzudrehen. Ich zwinge mich dazu, eine gelassene Miene aufzusetzen, auch wenn es in mir drin ganz anders aussieht. Unter mir zieht das Wasser schwarz vorbei. Mit zusammengebissenen Zähnen falte ich den Umschlag zu einem dicken Päckchen zusammen und spanne das Gummiband wieder darum.

Die Fähre wird bereits langsamer. Sie dreht sich gegen die Strömung, bewegt sich nun fast parallel zur Anlegestelle. Meine Hand mit dem Päckchen schiebe ich unauffällig durch das Geländer. Und dann überlege ich nicht lange und lasse los. Es ist so leicht und der Motor der Fähre so laut, dass ich nicht höre, wie es auf dem Wasser auftrifft. Als ich mich über die Reling beuge und nachsehe, blitzt nur für wenige Sekunden das helle Papier auf, bevor es in der Fahrrinne verschwindet.

Ich hoffe, dass ich mit diesem Gift nicht alle Fische in der Umgebung umbringe! Und vor allem hoffe ich, dass mir dieser William und sein Freund Devin so schnell nicht wieder über den Weg laufen.

5. KAPITEL

Bitte halten Sie die Zusage für das Studentenwohnheim bereit, um den Ablauf zu beschleunigen.

Dieser Hinweis wurde direkt vor dem Eingang aufgestellt. Allerdings geht es nicht schnell. Im Gegenteil. Ich stehe hier schon seit einer halben Stunde an und muss mich nun entscheiden: Entweder kümmere ich mich um mein Zimmer oder ich höre mir die Begrüßung der College-Präsidentin an. Um es kurz zu machen: Ich werde die Rede verpassen.

In der Wartezeit habe ich meinem Dad geschrieben, dass ich gut angekommen bin, und ihm natürlich nichts davon erzählt, was passiert ist. Dad würde sich nur unnötig Sorgen machen. Aber er hat die Nachricht noch nicht gelesen, vermutlich weil er noch in Alpha 7 bei den Triebwerkstests dabei ist. Ich weiß, dass die für heute anstehen, weil sie schon seit Tagen an diesem Kampfjet arbeiten. Ich werde einfach später versuchen, ihn anzurufen.

Die Gesichtserkennung funktioniert nicht mehr durch den verdammten Riss in meinem Display, deshalb muss ich erneut den Zahlencode eingeben. Ich scrolle mich durch den Woodford-Ordner, den ich angelegt habe, und berühre die Datei mit dem Namen «Saltonstall».

Mein Akku hat noch zweiundvierzig Prozent. Die PDF lädt, und sobald sie vollständig runtergeladen ist, schalte ich das

Display vorsorglich aus. Als ich dann endlich an der Reihe bin und das Sekretariat betrete, sitzen hinter einer langen Theke nur zwei Leute, die sich um die Neuankömmlinge kümmern. Ein Mann mit Dreadlocks und Lesebrille winkt mich zu sich, schaut dabei aber nicht einmal auf. Den Falten nach zu urteilen ist er mindestens sechzig, und er trägt den mit Abstand niedlichsten Pullover, den ich je gesehen habe. Braun mit lauter orangefarbenen Minikürbissen, deren grüne Blätter wie Segelohren von der Wolle abstehen.

«Name?»

«Eden Collins.»

«Ich hoffe, Sie haben die App schon runtergeladen.»

Die App von der Uni. «Ja, hab ich.»

«Also, dann legen wir mal los: Änderungen im Kursplan geben die Dozenten online ein. Wenn sie es nicht wieder mal vergessen. Damit habe ich nichts zu tun. Ihre Fragen richten Sie deshalb immer an den jeweiligen Dozenten und nicht an mich. Klappt am besten per Mail. Alle Adressen sind in der App. Auch eine Karte des Campus, damit Sie sich zurechtfinden.»

«Okay.» Ich weiß gar nicht, warum ich überhaupt etwas zur Bestätigung sage. Der Mann redet einfach immer weiter, während er einen Packen Papier durchblättert, bis er offenbar zur richtigen Stelle kommt und mit einem Stift etwas darauf notiert.

«Wir haben auf dem Gelände eine Campus-Police, die für die Sicherheit zuständig ist. Sollte Ihnen also mal jemand auf den Fuß latschen, sprechen Sie mit der, bloß nicht mit mir.»

Ich nicke, aber nicht eine Sekunde denke ich daran, der Campus-Police von dem Vorfall mit den Tabletten zu erzählen. Ich habe keine Beweise, und ehrlich gesagt will ich damit auch nichts zu tun haben. Es ist alles gut ausgegangen, und jetzt möchte ich das nur noch vergessen.

Der Mann wartet meine Reaktion ohnehin nicht ab, sondern greift nach einem Karteikasten und zieht eine Karte heraus. «Der Studentenausweis funktioniert als Schlüsselkarte für alle Räume, die für euch Studenten vorgesehen sind. Sollte er zumindest. Wenn da was nicht klappt, dürfen Sie zu mir kommen. Oder zu jemand anderem hier.» Er deutet mit dem Kinn in Richtung seiner Kollegin, und es ist ihm deutlich anzumerken, dass es ihm lieber wäre, wenn ich sie wähle. «Er gilt auch als Ausweis für beide Bibliotheken. Alle Angehörigen von Woodford können mit der Fähre kostenlos übersetzen, wenn sie den Campus verlassen. Auf der Rückseite befindet sich dafür ein Code.» Er hält die dunkelblaue Karte in der Größe eines Führerscheins in die Höhe. «Wohnen Sie extern?»

Ich bin noch dabei, alles zu verarbeiten, was er gerade aufgezählt hat, und schüttele etwas zu spät den Kopf. «Ich habe eine Zusage fürs Wohnheim.»

«Und ich brenne darauf, die zu sehen.» Mit der Karte klopft er ungeduldig auf die Ablage.

«Ja, sofort.» Schnell aktiviere ich mein Handy und klicke die PDF-Datei mit meiner Zusage an. Das Bild baut sich auf. Ich hebe schon den Arm, um ihm das Handy über die Theke zu reichen, da wird in der nächsten Sekunde alles schwarz. Das ist jetzt nicht wahr! Mehrmals hintereinander tippe ich auf den Bildschirm und drücke dann auf den Knopf an der Seite, aber nichts passiert.

Dieser Akku ist ein Verräter.

«Ms. ...»

«Collins», erinnere ich ihn mit einem leicht verzweifelten Unterton. «Verzeihung, ich hatte es vorbereitet, aber mein Akku ...»

Er seufzt. «Wir haben seit drei Tagen ein Problem mit der EDV. Ich kann auf die Daten der Zulassungsabteilung nicht zugreifen. Auf keine einzige. Das ist eine mittlere Katastrophe.

Ich arbeite mich per Hand durch ein Personenregister, das eigentlich in diesem Computer steckt. Außer Ihnen warten noch eine Menge anderer Leute, die ich abarbeiten muss, bevor ich eine Pause machen kann.»

«Ich ...»

«Ich konnte seit zwei Stunden nicht aufs Klo und habe eine Kanne abgestandenen Kaffee intus, der so schwarz gewesen ist, als würde der gesamte Schlamm des Merrimack Rivers darin schwimmen. Das Einzige, was ich will, ist alle Leute unterbringen und vermeiden, dass einer von denen, die Anrecht auf ein Zimmer haben, heute Nacht im Park schlafen muss. Also haben Sie Ihre verdammte Bestätigung?»

Wow. Ich bin mir sicher, das hat er nicht das erste Mal aufgezählt. Diese Rede muss er schon den ganzen Tag über wiederholt haben.

«Tut mir wirklich leid. Einen Moment, Mr. ...» Mein Blick huscht über das Schild, das vor ihm auf der Theke steht. *Ms. Michelle Genelius?* Ups, das ist definitiv nicht sein Namensschild. «Ich habe einen Ausdruck, eine Sekunde.» Ich bücke mich, reiße meinen Rucksack auf und hole die Zettel heraus, die durch die Nässe wie ein Klumpen zusammenpappen. Ich kann hören, wie mir das Blut in den Ohren rauscht, während ich versuche, die einzelnen Blätter zu lösen. Als ich es endlich geschafft habe, lege ich ihm das nasse, halb zerrissene, durchscheinende Blatt Papier mit Schuhabdruck vorsichtig auf die Ablage, und ich hoffe, etwas ist darauf noch leserlich.

Er betrachtet das Blatt und sieht mir dann das erste Mal direkt in die Augen. Das Band, das an seinem Brillenbügel befestigt ist, baumelt an seinen Wangen herunter. Er ist schlecht rasiert, über seiner Oberlippe haben sich Falten der Frustration eingegraben. Trotz des Pullis wirkt er einfach nur einschüchternd. «Ist das Ihr Ernst?», fragt er.

«Ich hatte einen kleinen ... Zwischenfall an der Anlegestelle», stammle ich. «Und es hat geregnet.» Ich hole tief Luft, um mich zu sammeln. «Mich hat jemand umgerannt, der ... der ... Das interessiert Sie vermutlich nicht wirklich. Sie haben ein EDV-Problem, und ich hatte leider ein Feuchtigkeitsproblem. Es tut mir total leid, wenn Sie wegen mir jetzt Extraarbeit haben, aber es ist auch nicht mein bester Tag.» Ich deute auf die Stelle, an der meine Zimmerwahl angegeben war. «Wenn ich kurz an einen Ihrer Rechner darf, kann ich das Bestätigungsschreiben noch einmal ausdrucken. Ich beeile mich auch, versprochen. Ich hatte Saltonstall als erste Wahl angegeben, und das wurde auch bestätigt.»

«Wie gesagt, das ist zurzeit nicht möglich. Irgendjemand hat sich in das verfluchte System gehackt. Ich werde den Teufel tun und jemanden an den Computer lassen. Außerdem haben mir das neunzig Prozent aller Leute gesagt, die vor Ihnen da waren. Saltonstall ist das modernste Wohnheim.»

Ich glaube nicht, dass er sich darauf einlassen wird, zu warten, bis ich meinen Uralt-Laptop hochgefahren habe. So, wie er klingt, wird er mir wahrscheinlich auch keinen Zugang zum WLAN geben. «Aber ich habe wirklich eine Bestätigung für Saltonstall bekommen. Schon vor sechs Monaten. Das Datum kann man sicher noch erkennen.»

«Auch das haben mir neunzig Prozent der Leute gesagt, die vor Ihnen da waren. Solange ich nicht auf das System zugreifen kann, muss ich die freien Zimmer in Saltonstall für die älteren Semester auf der Warteliste freihalten. Was war Ihre zweite Wahl? Eliot Place? Ich kann Ihnen ein Zimmer im Eliot Place anbieten.»

Das ist auf meinem Wahlzettel Platz drei. Ich versuche, mir meine Enttäuschung nicht anmerken zu lassen, spüre aber, wie mein Herzschlag sich beschleunigt. Ich hatte eine Zusage für mein Wunschwohnheim. Wenn William mich nicht angerempelt hätte ...

«Eliot Place?», murmle ich zweifelnd.

«Das liegt auch auf der Ostseite», erklärt er. «Erdgeschoss, tagsüber kommt kaum Sonne rein. Die Fenster sind schlecht isoliert, Toiletten und Duschräume befinden sich auf dem Flur. Aber es wird gerade saniert, die Handwerker arbeiten morgens ab sieben. Nächstes Jahr wird alles brandneu sein. Also nur ein Jahr durchhalten, und Sie haben das perfekte Zimmer im perfekten Wohnheim.»

Das muss ein Scherz sein. Nur dass er nicht so aussieht, als mache er Witze. Sollen die Leute dort jetzt ein ganzes Jahr auf einer Baustelle leben? «Gibt es auch etwas Positives an diesem Zimmer?», frage ich in der Hoffnung, dass er das, was er gerade aufgezählt hat, relativiert.

«Es hat vier Wände.»

Das ist die Definition eines Zimmers. In meinem Magen baut sich Druck auf. Meine Hand tastet an der Außenseite meiner Jeans entlang, bis ich Larks Stein unter dem rauen Stoff spüre. Mein Auflachen klingt seltsam fremd. Als würde ich nur lachen, damit andere mitlachen und ich so die Bestätigung bekomme, dass ich nichts falsch gemacht habe. Ich fühle mich hier so falsch. Ich bin hier falsch.

Du siehst gar nicht so aus wie eine von denen.

Ich frage mich, ob das jemandem wie William oder Devin auch passieren würde, und verdränge diesen frustrierenden Gedanken gleich wieder. Bitte. Ich muss ein vernünftiges Zimmer bekommen, schließlich werde ich die nächsten vier Jahre hier verbringen. In ein Zimmer auf dem Festland zu ziehen, kann ich mir nicht leisten, geschweige denn, mir eine ganze Wohnung zu mieten.

Ihm fällt noch etwas ein. «Das Beste habe ich Ihnen noch gar nicht gesagt. Es ist ein Zweibettzimmer. Sie werden also immer nette Gesellschaft haben.»

Ich hole Luft. Mehrmals. Ich will unbedingt Anschluss finden, ich will dazugehören, aber ich habe mir das alles anders vorgestellt. «Ich schlafe sehr schlecht. Schon seit ... seit elf Monaten.» Genau genommen wache ich regelmäßig schweißgebadet auf, weil ich in meinen Albträumen versuche, Lark noch rechtzeitig zu erreichen, aber ich komme zu spät. Immer komme ich zu spät.

«Sehe ich so aus, als würden mich Ihre Schlafgewohnheiten interessieren?»

«Nein, natürlich nicht, tut mir leid. Ich will nur niemanden stören. Deshalb möchte ich lieber keine Mitbewohnerin. Gibt es wirklich kein freies Einzelzimmer mehr in Saltonstall ...?» Weil er schon, während ich spreche, mit dem Kopf schüttelt, setze ich verzweifelt nach. «... oder im Abbott House?»

«Wie schon gesagt, wir priorisieren die älteren Semester, aber ich kann Sie auf die Warteliste setzen.»

Ich vermute, das bedeutet so gut wie nichts. «Ich dachte, Sie haben ein EDV-Problem?»

Er rollt mit seinem Stuhl zurück, zieht eine Schublade auf und holt einen Block heraus. Mit einem Knall landet der Block auf der Theke. Dann zieht er den Stöpsel seines Stifts mit den Zähnen ab und schreibt in Druckbuchstaben WARTELISTE auf das oberste Blatt.

Der verarscht mich doch. Ich denke an die Schlange hinter mir und weiß, dass noch andere Zimmer frei sein müssen. Normalerweise bin ich nicht so stur. Ich möchte nicht lästig erscheinen. Aber seit Larks Tod habe ich nur noch geschuftet, um hierherzukommen. Ich hatte eine Bestätigung für mein Zimmer, ich kann mich jetzt nicht so von ihm abfertigen lassen. «Da gibt es doch bestimmt noch ein anderes Zimmer, Mr. ...»

Ich stocke, starre auf das Namensschild und hebe den Kopf. «... *Ms. Genelius.* Irgendeins.»

Vielleicht ist es doch sein Namensschild. Denn er lehnt sich in seinem Stuhl zurück und verzieht die Lippen zu einem faltigen Grinsen. «Wenn Ihnen Treppensteigen nichts ausmacht. Es gibt noch ein einziges freies Zimmer im North Park House. Dritter Stock ohne Aufzug. Und es ist winzig, deswegen sollte es zuerst auch nicht vermietet werden. Ist aber das traditionsreichste Gebäude auf der Insel und von den alten Hasen der Geheimtipp. Atmosphäre.»

So, wie er das Wort Atmosphäre ausspricht, schreit es geradezu nach Anführungszeichen. Woodford wurde 1821 gegründet. Der Geheimtipp für wen? Für Leute, die elektrisches Licht und WLAN ablehnen? Ich verschränke die Arme vor der Brust. Aber nicht nur aus Abwehr. Vielmehr, um mich an mir selbst festzuhalten.

«Es wurde gerade erst für 6,5 Millionen Dollar umfassend saniert. Ich würde es meiner eigenen Tochter empfehlen.»

Das klingt eigentlich gut. Ein erleichtertes Lächeln zupft schon an meinem Mund, aber ich muss das jetzt fragen. «Haben Sie ein gutes Verhältnis zu Ihrer Tochter?»

Er senkt den Kopf, zieht seine Lesebrille ein Stück nach unten und stiert mich über den Rand vorwurfsvoll an. «Das war hypothetisch. Sehe ich so aus, als hätte ich Kinder?»

«Ja, warum nicht?»

Jetzt grinst er breit.

Im Internet habe ich so gut wie nichts über North Park House gefunden, es ist wie ein Phantom. Niemand redet darüber, ich bin davon ausgegangen, dass es nicht mehr als Wohnheim, sondern anderweitig genutzt wird. Vielleicht haben die Bauarbeiten so lange gedauert, und deshalb gibt es keine aktuellen Einträge. Was es definitiv attraktiv macht, ist die Aussicht, dass William und Devin dort nicht wohnen dürften. Die sind bestimmt in Saltonstall untergekommen. «Ist es ein Einzelzimmer?»

«Ist es.»

«Es hat nicht zufällig ein eigenes Bad?»

«Und einen Whirlpool mit Massagedüsen.» Sein Grinsen erstirbt. «Das ist kein Hotel. Es gibt außer Ihnen noch 1854 Studierende, von denen ein Drittel hier auf dem Campus wohnt.» Er beugt sich zu einer Kollegin rüber, die gerade mit einer anderen Studentin spricht. «Michelle, ich muss aufs Klo, bin in fünf Minuten zurück.» Er steht auf und wendet sich wieder an mich, nachdem er das Namensschild auf der Theke zu seiner Kollegin rübergeschoben hat. «Ich gebe Ihnen zehn Sekunden, um sich zu entscheiden.»

Während er seinen Block wieder in einer der Schubladen verschwinden lässt, summt er die Jeopardy-Wartemelodie.

Ich werfe einen Hilfe suchenden Blick zur Seite. Wenn William mich nicht angerempelt hätte, wenn er nicht auf mein Bestätigungsschreiben getreten wäre ... Nein, das hilft mir jetzt auch nicht weiter. Ich gebe mich auch mit einem Abstellraum zufrieden, solange es keine Baustelle ist.

«Zeit ist abgelaufen», sagt der Mann mit den Dreadlocks und legt meine blaue Karte auf ein Lesegerät.

«Ich nehme es. Danke.»

«Gute Entscheidung.» Er tippt etwas in die Tastatur eines separaten, kleinen MacBooks, das Lesegerät piepst. «Ich heiße übrigens Jackson», sagt er. «Otis Jackson.» Damit klipst er ein Band an die Karte und reicht mir meinen neuen Ausweis. Mein neues Leben.

6. KAPITEL

Auf der Plakette an der grauen Steinfassade steht, dass Henry Woodford, der Großvater des Gründers der Academy, im North Park House gewohnt hat und dass es im Bürgerkrieg als Kaserne genutzt worden ist. Das Gebäude wird von Efeu geradezu überwuchert, und – der nächste Gedanke lässt eine Gänsehaut über meine Arme krabbeln – es ist verdammt noch mal älter als die Vereinigten Staaten!

Weil mein Handy immer noch nicht angehen will und ich deshalb die virtuelle Karte vom Campus nicht nutzen konnte, habe ich eine halbe Ewigkeit gebraucht, um hierherzufinden. Das Gebäude reicht drei Stockwerke hoch und liegt ziemlich versteckt zwischen alten Eichen. Und als ich North Park nun durch die Eingangstür betrete, bleibt mir vor Ehrfurcht beinahe der Mund offen stehen. Die Wände sind hell, aber das Holz an der Decke und der Treppe ist so dunkel, dass es fast schwarz wirkt. Im Foyer steht eine lebensgroße Marmorbüste von Henry Woodford, und überall im Treppenhaus hängen Gemälde und alte Radierungen. Ich komme mir vor wie in einem Museum, und dabei ist das der Ort, in dem ich ab sofort wohnen werde. Lediglich das Regal mit den einzelnen Postfächern lässt es nach einem Wohnheim aussehen. Auf den Treppenstufen knarzt es bei jedem Schritt. Es ist nicht so schlimm, wie ich dachte, meinen Koffer nach oben zu schleppen, weil es flache Stufen sind, trotzdem bin ich außer Atem, als ich endlich im dritten Stock ankomme. Ich entriegle das nagelneue Zimmerschloss mit meiner Karte und habe richtig Herzklopfen, als die Tür aufschwingt.

Mein erster Blick fällt direkt auf ein weißes Sprossenfenster am Ende des schmalen Raumes mit einem dunklen Mahagonitisch darunter. Überrascht ziehe ich die Luft ein, weil ... Es ist schön. Dieses Zimmer, oh Gott, es ist tausendmal schöner, als ich es erwartet habe!

Mit dem Fuß bugsiere ich meinen Koffer über die Schwelle, bevor ich die Tür hinter mir zudrücke. Das große Paket, das ich vor ein paar Tagen vorausgeschickt habe, ist in einem Lagerraum des Sekretariats, ich werde das gleich noch abholen müssen. Aber jetzt stürze ich erst mal zum Fenster.

Man sieht von hier aus direkt auf den Park. Auf die hohen Bäume, auf die Büsche, auf die sich dazwischen schlängelnden Kieswege. Ganz weit hinten ist das Meer zu erkennen. Es ist nur ein schmaler Streifen über den Baumwipfeln, aber es ist trotzdem da. Ich kann mir nicht vorstellen, dass die Aussicht aus Saltonstall besser sein kann als das hier.

Im Zimmer riecht es immer noch ein bisschen nach frischer Farbe und Holzpolitur. Ich räume die Schreibtischlampe beiseite, schiebe das Fenster hoch und strecke den Kopf nach draußen. Die Wolkendecke ist inzwischen komplett aufgerissen, und die Abendsonne fällt mir ins Gesicht, als würde sie vorm Schlafengehen noch mal Hallo sagen wollen. Rechts von mir geht das Gebäude in einem Neunzig-Grad-Winkel weiter, sodass ich auf den Erker schräg gegenüber blicken kann, der sich wie ein dicker Bauch aus der Fassade nach vorn wölbt. Die Fenster werden nicht von Vorhängen verdeckt, aber das Zimmer dahinter liegt im Dunkeln, sodass die Scheiben nur mein Spiegelbild reflektieren. Vielleicht ist das so eine Art Gemeinschaftsraum oder eine Bibliothek. Auf jeden Fall ist der Raum deutlich größer als meiner.

Denn ja, mein Zimmer ist winzig. Und wirklich eng. Aber das ist egal. Gott, das ist mir so was von egal. Das hier ist für die nächsten vier Jahre mein Zuhause. Wenn ich es in Woodford schaffe.

Am liebsten würde ich meinem Dad direkt ein Video davon schicken, aber dafür muss ich mein Handy erst einmal aufladen. Eine Steckdose finde ich neben dem Schreibtisch, dann sehe ich mich weiter um. Zu dieser Tageszeit fällt die Abendsonne mitten ins Zimmer. In einem breiten Kegel wirft sie orangefarbenes Licht über den Parkettboden bis auf das Bett, das an der Wand steht. Und wahrscheinlich ist das Bett das Einzige in diesem Zimmer, was wirklich neu ist. Von der Matratze wurde noch nicht mal die Schutzfolie abgezogen.

Danke, Mr. Jackson! Ich schätze, ich werde ihm spätestens morgen dafür einen richtig guten Kaffee besorgen müssen. Mit Pumpkin-Spice, passend zu seinem Pullover.

Ich lache auf, lasse den Rucksack von meinen Schultern gleiten und hüpfe zum Bett. Der Holzrahmen knarrt, als ich mich darauf fallen lasse. Auf dem Rücken liegend ruckle ich auf der Matratze hin und her. Das Knarzen ist minimal. So leise, dass es kaum zu hören ist, aber es verleiht diesem Bett Charakter. Und ich bin ab heute definitiv ein Fan von Dingen mit *Charakter*. Ich blicke nach oben. Über mir ist Stuck an der Decke. Man kann sich nicht an knarzenden Betten stören, wenn über einem üppiger weißer Stuck zu sehen ist. Das ist schlicht unmöglich.

Ich rolle mich auf die Seite und nehme den Schrank und die alte Kommode gegenüber in Augenschein. Beide haben genau denselben dunklen Holzton wie der Schreibtisch. Darüber hängen ein ovaler Spiegel und ein Bücherregal mit mehreren leeren Regalböden, und ich weiß schon genau, wie es aussehen wird, wenn ich meine Bücher, die Kerzen und alles andere eingeräumt habe, was in meinem Paket wartet. Die Tapete ziert ein klassisches Streifenmuster in Hellblau-Weiß mit Goldornamenten, und die ist so schön, dass man nicht mal Bilder aufhängen muss, um sich wohlzufühlen. Neben der Tür gibt es ein kleines Waschbecken. Mehr hätte auch wirklich nicht in den Raum gepasst, und auch wenn ich mich über ein eigenes Bad gefreut hätte, bin ich froh, mir wenigstens hier drin die Zähne putzen zu können.

Okay, genug geschwärmt. Ich wälze mich vom Bett runter. Wenn ich von der Begrüßung der Präsidentin wenigstens noch ein paar Sätze hören will, muss ich los.

Als ich knapp zehn Minuten später wieder vor dem Verwaltungsgebäude ankomme, lege ich den Kopf in den Nacken. Wirklich jedes Gebäude, an dem ich vorbeikomme, wird von Efeu überwuchert, und ich erinnere mich, irgendwo gelesen zu haben, dass das auch der Grund für den Namen der Insel ist. Ivy Island. Zur Orientierung sind überall Metallschilder angebracht. Links zeigt ein Pfeil zur Thayer Hall, in der auch die Einführungsveranstaltung stattfindet, und ich haste weiter. Bald kommt das Gebäude in Sicht. Neben dem größten Auditorium beherbergt es noch weitere Vorlesungsräume und eines der drei Theater. Weil die Sonne bald untergeht, setzt sie in diesem Moment den Himmel über dem gesamten Campus in Brand, und das Abendrot in den Fenstern lässt es aussehen, als würden im Inneren Flammen lodern.

Gott sei Dank bin ich nicht die Einzige, die jetzt erst zur Begrüßungsrede kommt. Gemeinsam mit zwei anderen Leuten schiebe ich mich durch den Türspalt ins Innere und stelle mich unauffällig ganz nach hinten zu den Zuhörern, die keinen Sitzplatz mehr ergattern konnten. Es riecht auch hier nach Holz, nach Bohnerwachs und nach der Aufregung, die in der Luft liegt.

Präsidentin Amory redet noch, aber den Stoß Karteikarten in ihrer Hand hat sie offenbar schon zum Großteil abgearbeitet.

«… werden Sie Ihren Abschluss auf dem Campus mit Kommilitonen und Freunden oder Familie feiern. Und ich weiß, dass dieser Tag für manche von Ihnen nicht früh genug kommen kann. Aber denken Sie heute mit Dankbarkeit an die Menschen, die Sie dabei unterstützt haben, hierherzukommen und an einem der renommiertesten Colleges für Liberal Arts zu studieren …»

Der Saal ist überfüllt. Nicht nur mit Studenten, auch mit Dozenten und Eltern. Die Präsidentin steht nicht hinter einem Pult, sondern mitten auf dem Podium. Das Mikrofon klemmt an einem Bügel direkt neben ihrem Mund. Sie sieht viel jünger aus als auf den Fotos der Website. Mit mehreren Schritten kommt sie nun bis nach vorne zum Rand des Podiums und wirft einen kurzen Blick auf ihre Notizen.

«Traditionell konzentriert sich eine liberale Bildung, wie Sie sie in Woodford erhalten, auf breites Allgemeinwissen, insbesondere in den Geistes-, Natur- und Sozialwissenschaften. Unser Ziel ist es, Ihre Liebe zur Bildung allgemein zu fördern. Sie werden deshalb Ihre Zeit nicht ausschließlich auf eine bestimmte Disziplin verwenden, sondern in unterschiedlichste akademische Themen eingeführt. In den nächsten Jahren werden Sie vor allem lernen, Verbindungen zwischen diesen Fachdisziplinen herzustellen …»

Amorys Ton klingt feierlich, aber weil ich so aufgeregt bin, fällt es mir unheimlich schwer, mich auf ihre Rede zu konzentrieren. Das hier sind die Menschen, mit denen ich die nächsten vier Jahre meines Lebens verbringen werde, und ich kenne niemanden von ihnen. Wie seltsam der Gedanke ist, dass ich hier vielleicht Freunde finden werde, von denen ich mir jetzt noch nicht mal vorstellen kann, wie sehr ich sie einmal brauche. Ich hoffe es so sehr.

Mein Blick schweift durch den Saal. Manche Studenten sind mit ihren Eltern gekommen, andere sitzen mit Freunden zusammen und tuscheln. Die wenigsten sind allein, so wie ich. Aber das ist okay. Ich weiß, dass mein Dad in Gedanken bei mir ist, auch wenn er nicht hier sein kann. Und es wird auch nicht für immer so bleiben. Ich bin fest entschlossen, Freunde zu finden. Im Augenblick hoffe ich allerdings vor allem, dass mir die beiden Typen von der Fähre nicht über den Weg laufen. Als ich mich umgucke, kann ich Kendra und ihren Bruder nirgendwo sehen. Aber dann stolpert mein Herzschlag, als ich einen Mann im Rollkragenpullover entdecke. Vorne rechts in einer der ersten Reihen. Ein Kerl in einem dunkelblauen Rollkragenpullover, dessen blondes Haar sich darüber deutlich abhebt.

Er dreht den Kopf zur Seite, um etwas zu seinem Sitznachbarn zu sagen. Es ist tatsächlich William. Das Feuermal in seinem Gesicht ist selbst von hier hinten gut zu erkennen, und obwohl ich das nicht will, schlägt dieser Anblick etwas in mir an. Weil er ungeschützt wirkt. Verletzlich. Prompt habe ich wieder ein schlechtes Gewissen wegen seiner Sonnenbrille – bis ich an die Tabletten in meinem Rucksack denke. In diesem Moment schaut er über seine Schulter, als würde er den Saal nach jemandem absuchen. Wahrscheinlich hat er seinen Freund irgendwo in der Menge verloren. Was mir völlig egal sein kann.

Ich versuche mich wieder voll und ganz auf die Rede zu konzentrieren.

«... ist der Grund, warum Woodford kleine, auf Diskussionen basierende Seminare abhält. Wir sind stolz darauf, kleine Kursgrößen aufrechterhalten zu können, weil das eine individuelle Betreuung ...»

Natürlich funktioniert es nicht. Weder mich auf die Rede zu

konzentrieren, noch William zu ignorieren. Ich starre diesem Kerl stattdessen ein Loch in den verfluchten Kaschmir. William sieht grob in meine Richtung, und sofort drehe ich den Kopf weg. Ich hoffe, er hat mich nicht gesehen. Wobei ... scheiße. Mir geht grad auf, dass ich den beiden auf Dauer ohnehin nicht entkommen kann. Zum einen werden Devin oder William noch früh genug nach mir suchen, um ihre Tabletten zurückzubekommen. Zum anderen werden wir zwangsläufig den Einführungskurs zusammen belegen. Je eher wir das also klären, umso besser ist es wahrscheinlich. Nur nicht heute. Heute habe ich einfach keine Kraft für Konflikte mehr übrig. Sobald diese Rede vorbei ist, sobald ich mein Paket aus dem Sekretariat abgeholt und im Wohnheim mein Bett bezogen habe, werde ich meinen Dad anrufen und dann schlafen und ...

... wahrscheinlich nach ein paar Stunden wieder aufschrecken, so wie viel zu oft.

«Wir in Woodford sind der Meinung, dass ein Beruf nicht einfach nur ein Beruf ist, sondern eine Berufung. Ihre eigene zu finden, ist ein Prozess, der nur mit Selbstreflexion beginnen kann, und wir möchten jeden von Ihnen auf diesem Weg begleiten ...»

Ich kann William nicht aus den Augen lassen, sosehr ich mich auch dafür verfluche. Er sucht schon wieder den Saal ab. Und mir fällt erneut auf, wie gut er aussieht. Vor allem dieses kleine Grübchen in seinem Kinn, von dem ich mich frage, wie es sich wohl anfühlt.

Er bückt sich nach etwas, was ich nicht sehen kann, und als sein Kopf wieder hochkommt, wandert sein Blick zur Eingangstür und von dort durch die einzelnen Reihen. Sitzplatz für Sitzplatz. Warum schreibt er Devin nicht einfach eine Nachricht? Dann müsste er nicht den ganzen Saal nach ihm absuchen. Unruhig trete ich auf der Stelle, aber bevor sein Blick auf mir landet, presst William die Lippen zusammen und schaut wieder nach vorne. Erleichtert atme ich aus und merke jetzt erst, wie angespannt ich war.

«Sie macht ihre Sache ganz gut, oder?», fragt ein Mann im mittleren Alter und mit schütterem Haar neben mir. Ich vermute, dass er einer der Dozenten ist. Oder vielleicht ein Vater. «Präsidentin Amory», fügt er hinzu, weil ich schon fragend den Mund öffne. «Ich habe zusammen mit ihr studiert. In Dartmouth. Meine Kleine ist jetzt hier in Woodford.»

«Ja, die Rede ist toll», bestätige ich, obwohl ich das überhaupt nicht beurteilen kann. Angestrengt versuche ich, Amorys Worten zu folgen, aber eigentlich hoffe ich nur, dass es bald vorbei ist. Und gleichzeitig ärgere ich mich darüber, dass ich wegen William und Devin diesen Moment nicht genießen kann.

«Woodford wird Sie darin unterstützen, frei zu denken, und dazu gehört auch, Andersdenkende geduldig zu ertragen ...»

Es fällt mir schon schwer genug, ihre Rede geduldig zu ertragen. Für heute bin ich wirklich durch. Und dann huscht mein Blick wieder nach vorne.

William ist nicht mehr an seinem Platz.

Habe ich mich vertan? War der Sitz in Höhe der zweiten Säule wirklich seiner? Jetzt bin ich es, die Reihe für Reihe mit den Augen durchgeht. Dann suche ich die rechte Seite des Auditoriums ab. Wenn er gerade erst aufgestanden ist, dann muss er doch eigentlich noch irgendwo dort sein. Vielleicht sollte ich gehen, bevor er mich entdeckt. Plötzlich tippt mich der Mann mit dem schütteren Haar neben mir an, und ich zucke zusammen.

«Da sind Plätze frei geworden.» Er deutet auf die letzte Reihe, umfasst einfach meinen Ellbogen und dirigiert mich in diese Richtung. Mir bleibt nichts anderes übrig, als mich mit ihm in die Bank zu setzen, obwohl ich das eigentlich gar nicht will. Ich mag es nicht, wenn ältere Männer der Meinung sind, sie dürften für einen einfach so Entscheidungen treffen. Aber wie so oft siegt Höflichkeit über mein Unbehagen.

«Denn wenn Sie frei und offen lernen, fokussiert sind und außerdem bereit, sich wirklich anzustrengen, können wir gemeinsam jedes Ziel erreichen. Aber Sie müssen bereit sein. Gemäß dem Motto unserer Academy: *Paratus ad omnia.* Bereit für alles.»

Sobald die Rede vorbei ist, verschwinde ich hier. Das heißt, wenn ich aus dieser Bank herauskomme. Denn der Mann neben mir macht es sich bequem. Er streckt seine Beine so weit aus, dass seine Füße bis unter die Bank vor uns reichen. Mir wird bewusst, wie intensiv er auf meine Knie starrt. Zeigen die zerrissenen Jeans zu viel Haut? Normalerweise stört mich das nicht, aber dieser Mann hat eine Art, bei der es mir plötzlich unangenehm ist.

«Der Kerl ist also wirklich hier», sagt er auf einmal und deutet zum Mittelgang. «Ich dachte schon, es ist nur ein Gerücht.»

Auch wenn es mir nicht gefällt, wie vertraut er mit mir spricht, folge ich trotzdem seinen Blick. Und mein Herzschlag stolpert. Weil es William ist, der plötzlich und völlig ungerührt davon, dass die Präsidentin unserer Uni immer noch eine Rede hält, auf den Ausgang zusteuert.

Ich schlucke. «Wer?»

«Das ist William Grantham III. Schande», stöhnt er auf, «das Feuermal ist ja wirklich nicht zu übersehen. Ich kannte ihn bisher nur von Fotos, da wirkt das längst nicht so auffällig.»

Ich bin wie betäubt, als er sich zu mir rüberbeugt.

«Aber wer weiß, wie stark diese Bilder bearbeitet sind. Das kann man heutzutage nie sagen, oder? Ist bei euch Mädels ja auch nicht anders. Wird alles hinter Make-up versteckt. Da kann man sich nie sicher sein, wie die Frau morgens aussieht, die man abends mit nach Hause genommen hat.»

Unruhig bewege ich mich auf meinem Sitzplatz. Mit keinem Wort gebe ich ihm zu verstehen, dass ich mich mit ihm unterhalten will. Ich wünschte, er würde den Mund halten und sich nicht so nah zu mir beugen.

«Ich habe schon Abschminkvideos gesehen, da ist mir übel geworden.» Er lacht so laut auf, dass sich vor uns jemand umdreht und um Ruhe bittet. «Bei Männern lässt sich so eine Verunstaltung nicht so leicht kaschieren», redet er weiter, und mit jeder Sekunde wird der Druck in meinem Brustkorb größer. «Schade drum. Ich hatte eigentlich die Hoffnung, dass meine Tochter ihn näher kennenlernt. Ich meine, er ist ein gottverdammter Grantham. Auch wenn die Grantham-Männer dafür bekannt sind, es in ihrer Jugend verdammt wild zu treiben, so eine Chance bekommt die Kleine nie wieder. Und abgesehen von diesem scheußlichen Feuermal sieht er ja auch gut aus. Also soweit ich das als Mann beurteilen kann.» Er drückt mir etwas in die Hand, ein Papier, und ich bin zu geschockt, um darauf zu reagieren.

Hat er gerade wirklich Verunstaltung gesagt? Und scheußlich?

Meine Finger verkrampfen sich um das Papier in meiner Hand. Ganz offensichtlich und objektiv ist nichts, aber auch gar nichts an William verunstaltet! Und selbst wenn er ein Kofferradio anstelle eines Kopfes hätte, gäbe es diesem Mann neben mir noch lange nicht das Recht, sich so abfällig zu äußern!

Und das Schlimme ist, dass seine ekelhaften Bemerkungen dafür sorgen, dass ich meinen Ärger über William nicht aufrechterhalten kann. Die Sache mit den Tabletten war absolut das Letzte, keine Frage. Aber jetzt verstehe ich zumindest, warum er anfangs so unfreundlich war. Wenn alle so über ihn reden und er wirklich so bekannt ist, dann ist es sogar verständlich. Da würde ich auch jedem mit Misstrauen begegnen.

Ich bin immer noch nicht auf Normaltemperatur runtergekommen, als er mich wieder anspricht.

«Auf der Rückseite», sagt er. «Das ist sein Großvater.»

Ich spüre eine Bewegung an meiner Hand und sehe hinunter. Er hat mir eben einen Flyer in die Hand gedrückt. *Woodford and his architecture.* Es scheint darin um North Park House zu gehen.

Auf der Rückseite ist das Schwarz-Weiß-Foto eines älteren Herrn im Anzug abgebildet.

(Abb. 12) William Grantham sen., kurz vor seinem Tod. William Grantham war Alumnus der Woodford Academy. Durch die großzügige Spende des Bostoner Industriellen und Kunstsammlers wurde die Sanierung des geschichtsträchtigen Gebäudes ermöglicht.

Williams Großvater hat die Renovierung des Gebäudes bezahlt. Die Bedeutung sickert nur langsam in meinen Kopf.

Etwa alles?

Ich versuche, mir das Gespräch mit Mr. Jackson aus dem Sekretariat in Erinnerung zu rufen, aber ich weiß nur noch, dass er gesagt hat, die Sanierung habe Millionen gekostet. Mehrere.

Ach du heilige Scheiße.

Williams Großvater war also Philantrop und hat ein Vermögen an die Universität gespendet. Und der Kerl neben mir würde seine Tochter am liebsten mit William verkuppeln. So ein widerliches Arschloch.

«Gab früher mehr als einen Skandal mit seinem Großvater. Mit dem Alter wurde er ruhiger. Aber selbst wenn es bei dem Jungen nicht so ist, der hat sicher so viel geerbt, dass man darüber hinwegsehen ...»

«Halten Sie den Mund, okay?», platzt es aus mir raus. Das

Herz schlägt mir bis zum Hals. Ich bin so aufgebracht, dass es mir schwerfällt, Luft zu bekommen. «Wie kommen Sie eigentlich auf die Idee, dass ich an Ihrem widerwärtigen Gerede interessiert wäre?», fauche ich ihn an. «Halten Sie einfach Ihren Mund!» Gott, ich spüre eine verrückte Genugtuung, als der Mann völlig entgeistert vor mir zurückweicht. Genugtuung und gleichzeitig Scham, weil ich so impulsiv reagiert habe. Aber ich kann dieses Zeug, das er von sich gibt, keine einzige Minute länger ertragen.

Plötzlich wird es in unserer Bank unruhig, als sich vom Mittelgang her jemand Entschuldigungen murmelnd durch die Sitzenden drängt. Der Mann neben mir steht abrupt auf und verschwindet in die andere Richtung. Ich sehe ihm nach, deshalb merke ich nicht, wer sich da auf der anderen Seite neben mich setzt, bis sich diese Person zu mir beugt und eine Stimme mir rau zuflüstert.

«Ich denke, du hast eben nach mir gesucht.»

7. KAPITEL

Ich denke, du hast eben nach mir gesucht.»
Blitzschnell lasse ich den Flyer über seinen Großvater in meiner Hosentasche verschwinden. Williams Stimme klingt rau, kratzig und gleichzeitig fordernd. Und sofort klettert mein Puls noch weiter in die Höhe, als wäre ich nicht ohnehin schon aufgebracht.

Hoffentlich hat er nicht mitbekommen, wie ich den Mann neben mir gerade angefahren habe. Hoffentlich hat er nicht gehört, was der über ihn gesagt hat. Hoffentlich hat er den Flyer in meiner Hand nicht gesehen. Oh Gott, ich merke gerade, ich brauche ganz schön viel Hoffnung in meinem Leben.

«Ich habe dich nicht gesucht», flüstere ich immer noch atemlos und tue so, als würde ich angestrengt Amorys Worten lauschen. «Wieso sollte ich?» Kurz schaue ich nach rechts, um mich zu vergewissern, dass der Mann wirklich gegangen ist. Gott sei Dank ist er das. Vermutlich hat ihn eher Williams Auftauchen vertrieben als mein aggressives Fauchen.

«Sah für mich aber ganz danach aus.» William trommelt mit den Fingern auf etwas in seinem Schoß. Ein Notizbuch. Dunkelblau mit einer sehr edel aussehenden Namensprägung. «Wir sollten reden.»

«Nein, sollten wir nicht.» Meine Hände zittern immer noch, deshalb krampfe ich sie im Schoß zusammen, damit er das nicht sieht. Offenbar zu spät.

«Ist etwas nicht in Ordnung?»

Bis auf die Tatsache, dass ihr mich als Drogenkurierin missbrauchen wolltet?

Wahrscheinlich denkt er, dass ich noch gar nichts gemerkt habe und die Tabletten immer noch in meinem Rucksack sind. Sonst würde er bestimmt nicht so unschuldig fragen. Oder die Aktion ist allein auf Devins Mist gewachsen, und er weiß tatsächlich von nichts. Aber das macht kaum einen Unterschied, der Kerl ist sein Freund, und William wusste auf jeden Fall von den Drogen. «Nein», sage ich schroff. «Alles okay.»

William atmet geräuschvoll aus. Und weil er mir dabei so nah ist, hinterlässt das eine Gänsehaut in meinem Nacken. Es gibt kein Wort dafür, wie sich das anfühlt, zumindest hat es noch niemand erfunden. Aber es ist, als würde er allein mit seinem Atem das Blut in meinem Kopf zum Pulsieren bringen.

«Okay, dann lass es mich anders formulieren: Ich möchte gerne mit dir reden.»

«Scht!», zischt es erbost hinter uns, und William rutscht zur Seite. Zwischen uns ist jetzt eigentlich mehr als genug Platz, trotzdem bilde ich mir ein, seine Körperwärme immer noch spüren zu können.

Da ich weiß, worauf dieses Gespräch hinausläuft, wundert es mich, dass er so unbedingt mit mir reden will. Wäre es nicht sicherer, eine ähnliche Nummer abzuziehen wie an der Fähre? William lenkt mich ab, und Devin versucht, die Tabletten heimlich wieder aus meinem Rucksack zu holen? Oder diesmal umgekehrt?

Der Rucksack ist in meinem Zimmer. Ganz automatisch taste ich nach der Karte um meinem Hals. Was albern ist. Er wird wohl kaum vorhaben, bei mir einzubrechen. Selbst wenn er wüsste, wo ich wohne.

William lehnt sich zurück, und aus der Lasche an der Seite

des Notizbuchs zieht er einen Kugelschreiber. Offenbar hat er schon viel darin geschrieben, denn er schlägt es in der Mitte auf und muss ein paar lose Zettel wieder reinschieben, weil sie herauszurutschen drohen. Er schreibt und hält mir schließlich das aufgeschlagene Buch hin.

Bisher war mir gar nicht bewusst, wie seltsam es ist, die Handschrift von einem Fremden zu lesen. Eine Handschrift ist etwas so Persönliches, fast Intimes. An seiner Stelle hätte ich wahrscheinlich eher mein Handy rausgeholt und eine Nachricht in die Notizen-App getippt. Zumindest wenn mein Akku nicht so unzuverlässig wäre.

Willst du die Rede unbedingt hören, oder können wir rausgehen?

Seine Schrift ist ganz anders als meine. Nicht so rund. Viel kantiger, größer, ausgreifender. Es ist eine Handschrift, die Selbstbewusstsein geradezu herausschreit. Und sie wirkt geübt. Als wäre er daran gewöhnt, viel mit der Hand zu schreiben. Ich zögere erst, dann nehme ich ihm das Notizbuch und den Stift ab und lege es auf meine Knie. Der Buchdeckel ist weich, und das warme Metall vom Kuli anzufassen, mit dem er gerade geschrieben hat, kommt mir fast so vor, als würde ich ihn selbst anfassen. Am liebsten würde ich einfach nur «Nein» schreiben. Stattdessen schreibe ich:

Geht leider nicht. Ich finde diese Rede nämlich ziemlich spannend.

Ich gebe es ihm zurück. Nach einer halben Minute hält er mir sein Notizbuch wieder vor das Gesicht.

Wahnsinnig spannend, glaube ich dir aufs Wort. Falls du Angst hast, etwas zu verpassen: Die Quintessenz kann ich dir in einem Satz zusammenfassen.

Bevor ich danach greifen kann, zieht er das Buch wieder weg und schreibt.

Willkommen in Woodford!

Ich will das nicht witzig finden. Ich bin wirklich sauer auf ihn. Trotzdem muss ich jetzt leider lächeln.

William blättert die Seite um und schreibt weiter. Weil er den Ärmel seines Pullovers ein Stück hochgezogen hat, fällt mir das kitschige rosa Armband auf, das eng an seinem rechten Handgelenk anliegt. Noch ein Detail, das das perfekte Bild von ihm stört. Mist, ich befürchte, ich muss William aus meinem stereotypen Pinterest-Album löschen. Es ist ein Armband aus rosa- und pinkfarbenen Buchstabenperlen für Kinder. Und es steht sein Name drauf. William. Nur dass der- oder diejenige, die das Armband gebastelt hat, offenbar kein A mehr übrig hatte. Williams A ist ein auf den Kopf gestelltes V. In meinem Brustkorb zieht es. Ob William jüngere Geschwister hat?

Er schreibt ziemlich viel. So viel, dass fast die gesamte Seite gefüllt ist, als ich sie wieder zu sehen bekomme.

Ich gebe zu, Präsidentin Amory würde es sicher pathetischer formulieren, um die Individualität dieser überragenden Einrichtung herauszustreichen. Woodford ist schließlich nicht einfach nur irgendeine Universität. Woodford hat eine eigene Persönlichkeit!

AMORY
(Macht ausgreifende Armbewegung, die auch den letzten Studenten in der hintersten Reihe miteinbezieht.)

Woodford heißt Sie willkommen!

(Das Volk applaudiert. Präsidentin geht ab.)

(Junger Student tritt auf und setzt sich neben das Mädchen.)

WILLIAM
Können wir jetzt reden?

Okay, William ist respektlos, witzig und anscheinend nicht nur daran gewöhnt, viel mit der Hand zu schreiben, er liest ganz offensichtlich auch klassische Theaterstücke. Oder musste sie lesen. Auf der exklusiven Privatschule, die er ganz sicher besucht hat. Ich vermute, seine Shakespeare-Ausgaben hatten einen Goldschnitt, handgemalte Initialen und stammen aus der Bibliothek seines Großvaters. Meine waren aus der Schulbücherei und total zerfleddert. Manche Stellen konnte ich nicht lesen, weil jemand vor mir beim Lesen wahrscheinlich einen Burrito gegessen hat. Oder meinte, «Fuck you» mit einer detailreichen Zeichnung von einem Penis drübermalen zu müssen. Lark und ich haben uns oft darüber lustig gemacht und versucht, die Zeichnungen den größten Armleuchtern aus dem Jahrgang über uns zuzuordnen.

Sosehr mich die Vorstellung von Williams privilegiertem Leben auch nervt, dieses bunte Plastikarmband mit seinem Namen ... keine Ahnung, warum mich das so beschäftigt. Vielleicht weil ich einfach nicht erwartet habe, dass er mich so überraschen kann.

Als ich nach Notizbuch und Stift greife, weiß ich noch nicht, was ich schreiben soll. So nett er jetzt auch tut, es geht ihm eigentlich doch nur darum, seine Interessen durchzusetzen. Im Grunde ist er ein Arsch, der nur diese verdammten Drogen von mir zurückbekommen will. Ich bin ihm doch völlig egal. Sonst hätten die beiden mich nicht so ausgenutzt. Ich meine, ich hätte mein Stipendium verlieren können! Während ich schreibe, halte ich das Buch so, dass er nicht mitlesen kann. Dann schiebe ich es rüber zu ihm.

(Armes, nettes Mädchen rückt vom arroganten, verwöhnten Studenten ab.)

EDEN

Es gibt nichts zu bereden. Ich will mit dir lieber nichts zu tun haben.

(Verschränkt die Arme abweisend vor der Brust.)

Er nimmt das Buch entgegen und seufzt. Als er es mir zurückgibt, streifen seine Fingerknöchel unabsichtlich mein Bein, und er flüstert eine Entschuldigung.

WILLIAM

Das war keine Einladung zu einem Date. Ich will wirklich nur mit dir reden.

(Lehnt sich lässig in der Bank zurück, um seine Nervosität zu überspielen.)

Als ich ihn mit einem schnellen Seitenblick streife, lehnt er sich tatsächlich zurück und sieht dabei völlig entspannt aus. Das mit der Nervosität gibt er doch garantiert nur vor. Weil es ihn sympathisch machen würde, irgendwie normal und ... na ja ... nett. Jemand, der William Grantham der Dritte heißt, ist mit Sicherheit daran gewöhnt, alles zu bekommen, was er will. Aber ganz sicher nicht von mir. Da kann sein Großvater hundertmal meine Tapete bezahlt haben. Das beeindruckt mich nicht. Dieses Armband allerdings ...

EDEN
(Erleichtert, dass sie mit diesem eingebildeten Studenten nicht auf ein Date gehen muss, und es müde, um den heißen Brei herumzureden.)

Ich habe eure Tabletten ins Meer geworfen, du bist zu spät. Das ist es doch, was du eigentlich von mir willst, oder?

(Sieht ihn mit einem abweisenden Blick an.)

Kurz halte ich den Atem an. So direkt wollte ich das eigentlich nicht formulieren, aber ich kann schließlich keinen ganzen Roman schreiben. Einerseits hoffe ich, dass er jetzt genug hat und geht. Andererseits ... fühlt sich das hier so lebendig an und ... Ich will plötzlich mehr. Mehr schreiben, mehr reden, mehr von ihm erfahren. Zum Beispiel, wer dieses kitschige Plastikarmband für ihn gebastelt hat. Plötzlich wünsche ich mir, dass es eine vernünftige Erklärung für diese Tabletten gibt. Dass sie vielleicht doch harmlos sind oder sie jemand anderem gehören. Jemand aus dem Bus hätte sie mir auch heimlich in die Tasche stecken können. Als ich an der Harbour Road ausgestiegen bin, sind dicht hinter mir noch ein paar andere Leute ausgestiegen. Nur ... waren das keine Studenten.

Ich versuche, Williams Reaktion zu deuten, aber er lässt sich seine Gefühle nicht anmerken, während er liest. Er legt den Kopf schief und überlegt. Ein paar Strähnen fallen ihm übers Auge, und ich warte darauf, dass er sie mit einer Kopfbewegung wegschüttelt. Weil er das nicht macht, reizt es mich wahnsinnig, das für ihn zu übernehmen. Die Strähnen wegzustreichen und dabei wie aus Versehen einmal dieses rote Feuermal über seinem Auge zu berühren.

Jetzt schreibt er. Mir fällt auf, wie wach seine Augen dabei wirken. Dieses Glitzern war heute Nachmittag an der Fähre noch nicht darin zu sehen. Als er fertig ist, streift er sich endlich das Haar zurück und gibt mir das Buch. Ich gehe davon aus, dass er alles in dieser Nachricht abstreitet. Oder dass er es verharmlost, irgendwie runterspielt. Das, was da steht, erwarte ich nicht.

WILLIAM
(Mit überheblichem Gesichtsausdruck, der in ihren Augen der Beweis sein dürfte, dass jedes Lebewesen auf diesem Planeten sowieso unter seiner Würde ist, in Wahrheit aber nur seine Angst vor ihrem Blick des Todes überdecken soll.)

Scheiße. Du hast sie also schon gefunden. Lass uns draußen darüber reden.

Blick des Todes? Wieso nur muss er so etwas schreiben und mich damit wieder zum Lächeln bringen? Ich will ablehnen.

Ehrlich gesagt kann ich es kaum erwarten, zu antworten, aber William lässt mich nicht dazu kommen. Er schreibt sofort weiter.

(Nun mit flehendem Gesichtsausdruck.)

Bitte.

(Nickt zur Tür und bietet dem armen, netten Mädchen die Hand.)

Er hat *Bitte* geschrieben. Und er zieht mir das kleine Notizbuch weg, kaum dass ich das letzte Wort gelesen habe. Ich warte darauf, dass er mir jetzt die Hand hinhält, wie er es geschrieben hat. Er tut es nicht. Stattdessen nickt William zur Tür und steht auf. Als wäre es völlig selbstverständlich, dass ich ihm folge.

Und natürlich tue ich es.

8. KAPITEL

Im Foyer bekomme ich einen Eindruck davon, was für eine Wirkung Williams Auftauchen hat. Es kommt mir so vor, als würden wirklich alle ihn erkennen und anstarren. Kein Wunder, dass er sich lieber hinter einer Sonnenbrille versteckt. An der Tür tippt sich sogar ein älterer Herr an den Hut und hält ihm die Tür auf. «Mr. Grantham.»

William nickt höflich. «Nach Ihnen, Sir.»

Draußen ist es bereits dunkel, die Sonne ist fast vollständig verschwunden und Nachtblau zieht sich über den Himmel. In den Büschen verbreiten kugelrunde Laternen ein diffuses Licht. Wahrscheinlich ist es inzwischen zu spät, meine Sachen noch aus dem Sekretariat zu holen. Die haben bestimmt längst Feierabend gemacht.

William schlägt den Weg zur Kreuzung ein, an der die Schilder die Häuser ausweisen, und weicht einigen Leuten aus. Als er stehen bleibt und sich zu mir umdreht, wirkt er angespannt. «Devin hat mir eben erst davon erzählt. Ich hatte ehrlich gesagt gehofft, dass du sie noch nicht gefunden hast.»

Die Tabletten.

Wie kalt es geworden ist. Trotz meines dicken Strickpullovers bildet sich auf meinen Armen eine Gänsehaut. Um mich zu wärmen, schlinge ich beide Arme um meinen Oberkörper. «Und was wolltest du dann tun? Sie mir heimlich aus dem Rucksack klauen?»

«Nein.» Er lacht auf. «Eigentlich wollte ich dich nur abfangen, bevor Devin dich erwischt. Was hast du wirklich mit ihnen gemacht?»

Okay, erst mal tief durchatmen. «Was ich gesagt habe. Ich habe sie ins Meer geworfen. Noch auf der Fähre.»

Er nickt erst, aber dann geht sein Kopfnicken nahtlos in ein Kopfschütteln über. «Du erwartest nicht wirklich, dass ich dir das glaube, oder? Man wirft doch auch kein Lotterielos weg, von dem man weiß, dass es ein Gewinn ist.»

Was denkt er denn, was ich damit gemacht habe? Sie an die Leute auf der Fähre als Bonbons verteilt? Sie selbst geschluckt?

«Es ist mir komplett egal, was du glaubst. Falls du es vergessen haben solltest, diese Nummer hast du mit deinem Freund abgezogen. Ihr habt mich angerempelt und abgelenkt, damit ihr eure ...», ich senke meine Stimme, als zwei Studentinnen vorbeikommen, «... euer illegales Zeug bei mir verstecken konntet.»

«Dass ich dich angerempelt habe, war ein Versehen. Ich hatte das nicht geplant.»

«Und der Rest? War das auch ein Versehen?»

Die beiden Mädchen, die uns passieren, tun so, als würden sie sich ganz normal unterhalten. Aber ich sehe, dass eine ihr Handy unauffällig auf William richtet. Wie furchtbar ist das? Am liebsten würde ich ihn vom Weg wegziehen. Aber als ich unbewusst die Hand ausstrecke und seinen Arm mit den Fingerspitzen streife, zucke ich zurück. Sein Pullover ist sogar noch weicher, als er aussieht.

«Ich hatte ehrlich keine Ahnung, dass Devin das tun würde.»

«Ach, und das soll ich jetzt glauben?»

«Ja.» Er hält sein Notizbuch fest in der linken Hand, die andere schiebt er nun in die Hosentasche. «Ich wusste nicht, dass er so viel dabeihat. Es ist auch nicht wirklich illegal. Devin hat überreagiert, weil sie die Sicherheitsvorkehrungen ausgeweitet haben. Er hätte das nicht tun müssen, er wäre auch so damit durchgekommen.»

«Was heißt ‹nicht wirklich illegal›?», will ich wissen.

«Es ist ein verschreibungspflichtiges Medikament. Ist also nicht so, als hätte er dir Kokain oder Speed untergejubelt. Alles nicht so dramatisch.»

Vermutlich soll ich ihm jetzt auch noch dankbar sein, dass es keine harten Drogen waren. «Und wenn sie mich damit erwischt hätten?»

«Ich bin verdammt froh, dass sie dich nicht erwischt haben.»

Das glaube ich gern, weil ich sie dann verpfiffen hätte. «Ja», sage ich. «Das bin ich auch.» Meine Zähne fangen an zu klappern. Ich beiße sie zusammen, damit William es nicht merkt, und trete mit den Füßen auf der Stelle, damit mir warm wird. Im Gebüsch hinter uns raschelt es, und ich werfe einen schnellen Blick über die Schulter, obwohl das unnötig ist. Das hier ist Woodford. Ich muss mir immer wieder in Erinnerung rufen, dass man hier viel sicherer ist als auf jedem anderen Campus.

«Aber es hätte höchstwahrscheinlich nur ein paar Fragen aufgeworfen. Welcher Arzt dir das verschrieben hat. Ob du die Diagnose nachweisen kannst. Hast du sie wirklich weggeworfen?», hakt er nach.

«Ja», presse ich durch die Zähne hervor.

William wirkt kurz erleichtert, auch wenn ich ihm das nicht recht abkaufe. Er will das Zeug doch eigentlich für seinen Freund von mir zurückholen, oder nicht?

«Kann ich mich darauf verlassen?»

Jetzt werfe ich ihm wirklich einen Blick des Todes zu.

Als wieder Leute vorbeigehen, stellt er sich direkt neben mich. «Armes, nettes Mädchen, hast du eben geschrieben», raunt er mir zu. «Wer sagt mir denn, dass das stimmt? Du könntest auch nur so tun und die Tabletten dann weiterverkaufen.»

Ich strenge mich an, langsam und ruhig zu atmen. Aber das fällt mir bei seinem Vorwurf wirklich schwer. Dieser Kerl ist so misstrauisch, weil er der Enkel von William Grantham ist. Weil seine Familie reich ist. Weil alle über ihn reden und er vermutlich ständig Leute trifft, die ihn ausnutzen wollen. Das versuche ich mir in Erinnerung zu rufen, aber mein Verständnis ist für heute aufgebraucht. «Ich weiß doch nicht mal, was das für Tabletten waren.»

Er nickt und hält inne. Dann nickt er noch einmal. «Adderall.»

Falls er denkt, dass dieser Name wie eine Bombe bei mir einschlägt, muss ich ihn enttäuschen, damit kann ich nichts anfangen. «Was ist das?»

Es ist offensichtlich, dass er eigentlich nicht darüber reden will. Er zögert immer noch, mir die ganze Wahrheit zu sagen.

«Ich werde es sowieso gleich googeln, also kannst du es mir auch sagen.»

«Ein Medikament zur Behandlung von ADHS.»

Wo ist dann das Problem? Devin musste es doch gar nicht loswerden, wenn es sein ADHS-Medikament ist. Wieso hat er dann so überreagiert? Wobei *überreagiert* meiner Meinung nach eine viel zu harmlose Beschreibung dafür ist, anderen Leuten heimlich was ins Gepäck zu schmuggeln.

«Also hat Devin ADHS», murmle ich mehr zu mir selbst.

«Natürlich nicht. Du kennst das wirklich nicht, oder? Was haben denn die Leute auf deiner Schule eingeworfen?»

Er fragt das so, als wäre es normal. Als würden an jeder Schule Drogen genommen werden, und die Frage wäre nur, welche. Aber zu behaupten, es hätte bei uns gar keine Drogen gegeben, wäre geheuchelt. «Einige haben Pot geraucht», gebe ich zu.

Um Williams Mund zuckt es. Für eine Sekunde denke ich, dass er gleich loslacht, aber dann räuspert er sich nur: «Adderall bewirkt ziemlich genau das Gegenteil von Gras. Es ist nicht dazu da, dich zu entspannen. Es gehört zu den Smart Drugs, weil es die Leistungs- und Konzentrationsfähigkeit steigert. Es macht dich nicht zu Einstein, aber es sorgt dafür, dass du dich besser konzentrieren kannst.»

Das erklärt, warum es das an meiner Highschool nicht gab. Nur die wenigsten wollten an eine Ivy-League-Uni. Wahrscheinlich kommt das für ihn einem Kulturschock gleich.

William setzt wieder an. «Es hat eine stärkere Wirkung als zehn Tassen Kaffee. Wenn man Adderall geschluckt hat, lässt man sich von nichts mehr ablenken, man sieht nicht mal mehr auf sein Handy. Man kann den ganzen Tag durcharbeiten. Und das, ohne auch nur müde zu werden. Man hat keinen Hunger und vergisst, zu essen, was auch der Grund ist, warum es in Hollywood so beliebt ist.»

Es klingt grauenhaft. Leben wir wirklich freiwillig in einer Gesellschaft, in der wir auf dieses Zeug angewiesen sind, um in der Schule oder im Studium mithalten zu können? «Hast du es schon mal genommen?» Wahrscheinlich sollte ich das nicht fragen, aber so detailliert, wie er das beschreibt, klingt es nach eigener Erfahrung.

«Ja.» Ich kann sehen, wie sich die Hand in seiner Hosentasche zur Faust ballt, aber seine Miene bleibt undurchdringlich.

Ich habe nicht gedacht, dass er das zugeben würde. Wir sind Fremde und nur durch diesen seltsamen Zufall zusammengestoßen. Er müsste mir das nicht erzählen. Zumal sein Freund mich da mit reingezogen hat, wofür William – wenn ich ihm seine Geschichte glaube – gar nichts kann.

«Wenn man ...» William stockt und schüttelt dann den Kopf, als ihm scheinbar bewusst wird, wie viel er schon von sich preisgegeben hat. «Es wirkt gut», sagt er. «Zu gut. Ich würde es nicht empfehlen.» Sein Kiefer bewegt sich, als würde er noch an einem weiteren Gedanken kauen.

Ich nicke. «Selbst wenn ich die Tabletten noch hätte, ich wäre nicht in Versuchung, das auszuprobieren.»

«Sicher? Wenn man sich nicht erlauben kann zu versagen, dann ist Adderall ein Gamechanger. Aber es ist gefährlich. Es macht abhängig. Ich kenne Leute, die haben Käfer unter ihrer Haut krabbeln sehen, weil sie zu viel davon genommen haben.»

Hat *er* etwa Käfer unter seiner Haut krabbeln sehen? Allein schon bei der Vorstellung richten sich meine Nackenhaare auf.

«Und wenn ...», fange ich an und halte dann inne. Ich muss an Lark denken und daran, was vor elf Monaten passiert ist.

Aber es ist gefährlich. Es macht abhängig.

Es ist gefährlich.

Gefährlich.

Gefährlich.

«Kann man ... ich meine ...» Ich schaffe es kaum zu schlucken, weil meine Kehle plötzlich so trocken ist. «Kann man daran sterben?» Wie naiv diese Frage klingt. Ich höre es selbst in meiner Stimme, und dennoch muss ich sie ihm stellen.

«Was?» Williams Reaktion ist ein heiseres, überraschtes Ausatmen.

«Kann man davon sterben? Wenn man zu viel Adderall nimmt?» Ich will es von ihm hören, obwohl die Antwort gar keine Rolle mehr spielt. Lark ist tot. Ich habe diese Tabletten ins Meer geworfen, es kann gar nichts passieren. Es kann überhaupt nichts Schlimmes mehr passieren. Alle schlimmen Dinge sind schon passiert.

William betrachtet mich. Seine Augen wandern über mein Gesicht, und ich versuche mir nicht anmerken zu lassen, wie sehr mich diese Frage und seine Antwort darauf beschäftigen.

«Vergiss es einfach», wiegele ich ab. «Es ist eigentlich egal. Man kann Adderall ja bestimmt nicht einfach bei Amazon bestellen, oder?» Ich lache. Ich lache so falsch.

William presst die Lippen zusammen, die rechte Hand immer noch in der Hosentasche. «Ich will Devin die Tabletten nicht zurückgeben, aber ... eine einzelne Pille ist zehn bis fünfzehn Dollar wert. Vor den Midterms eher das Doppelte.»

Das ist eine Info, auf die ich gut und gerne hätte verzichten können. Das heißt, ich habe mehr als tausend Dollar ins Meer gekippt. Warum erzählt er mir das? Geht er davon aus, dass Devin die als Entschädigung von mir haben will?

William wartet immer noch auf meine Reaktion. Er sieht mir in die Augen, und mir fallen die zwei kleinen Falten auf, die sich zwischen seinen Brauen bilden. Diese Stelle zwischen den Augenbrauen – auch dafür gibt es einen Namen, den kaum jemand kennt. *Glabella*.

Als ich nichts sage, ergreift William wieder das Wort. «Wenn man zufällig einen Haufen Adderall in seiner Tasche findet, ist das für manche bestimmt eine nette Überraschung.»

«Was willst du von mir hören?», frage ich genervt.

«Wir kennen uns nicht, Eden ...» Für einen Moment hält er inne. Das Leuchten in seinen Augen, das eben noch zu sehen war, als wir zusammen in sein Notizbuch geschrieben haben, ist erloschen. Plötzlich wirkt er kalt und unnahbar. Genau so, wie er das eben beschrieben hat. Wie ein arroganter, überheblicher, reicher Arsch, der jedes Lebewesen auf diesem Planeten für unter seiner Würde hält. Wie jemand, der sich einbildet, genau zu wissen, was in mir vorgeht.

Dabei hat er keine Ahnung. Seine Vorurteile sind vielleicht sogar noch schlimmer als meine.

«Die Tabletten zu verkaufen, ohne Rezept, ist illegal. Du bekommst wirklich Probleme, wenn sie dich dabei erwischen. Also gib mir einfach die Scheißtabletten, damit ich sie vernichten kann. Das ist es echt nicht wert, Eden. Egal, wie sehr du das Geld gebrauchen kannst.»

9. KAPITEL

Das erste Mal seit elf Monaten hatte ich nicht wegen Lark Schlafprobleme, sondern weil ich das Gesicht von William Grantham III. vor mir gesehen habe, der mir unterstellt, eine Dealerin zu sein.

Seitdem ich ihn vor der Thayer Hall stehen gelassen habe und ohne ein Wort gegangen bin, hatte ich Bauchschmerzen. Ich habe nichts darauf geantwortet, gar nichts. Dabei hätte ich ihm so viel an den Kopf werfen können. Dass er arrogant und voller Vorurteile ist. Dass nicht jeder, der wenig Geld hat, kriminell wird, nur weil sich die Gelegenheit bietet. Im Nachhinein wünschte ich mir, ich hätte ihm wenigstens Arschloch ins Gesicht gebrüllt. Vielleicht würde es mir dann jetzt besser gehen. Aber stattdessen bin ich einfach nur gegangen. Nein, gerannt trifft es eher. Trotz der Beleuchtung war der Park im Dunkeln verdammt unheimlich. Normalerweise hätte ich um diese Uhrzeit keinen Meter ohne Auto zurückgelegt.

Gerade mal einen halben Tag bin ich in Woodford und habe jetzt schon das Gefühl, dass alles falsch läuft. Vor dem Schlafengehen habe ich noch mit Dad gefacetimt und ihm gezeigt, wie toll mein Zimmer im North Park House ist. Habe davon geschwärmt, wie schön der Campus aussieht, von den alten Bäumen, dem vielen Efeu, den gepflasterten Wegen. Davon, wie supernett hier alle sind, und der letzte Punkt hat mir echt viel Heuchelei abverlangt, doch ich wollte ihn nicht beunruhigen. Dad hat alles dafür getan, mich zu unterstützen. Er hat auf so viel mehr verzichtet, als ich es nachempfinden kann. Er hat auf Mom verzichtet, weil sie nicht gut für unsere Familie war. Er hat in jeder freien Minute Geld dazuverdient, damit ich im ersten Semester nicht nebenbei arbeiten muss und mich erst einmal eingewöhnen kann. Außerdem sind Studentenjobs auf der Insel rar gesät.

Immer noch wütend auf William, werfe ich am nächsten Morgen die Zimmertür hinter mir ins Schloss, als ich mich auf den Weg zur ersten Einführungsveranstaltung mache. Der Gurt von meinem Rucksack hängt über einer Schulter; Mappe, Notizklade und zwei Müsliriegel balanciere ich auf meinem linken Arm.

Keine Zeit für Frühstück. Zumal ich noch gar nicht weiß, wo ich hier frühstücken kann. Es gibt mehrere Cafés, aber auf die habe ich gestern nicht geachtet. Dreimal am Tag etwas zu essen zu kaufen, kann ich mir sowieso nicht leisten. Ich muss unbedingt mein Paket aus dem Sekretariat abholen, damit ich den kleinen Ein-Platten-Herd in meinem Zimmer aufstellen kann. Auch wenn das bestimmt verboten ist. Ich ziehe eine Grimasse. Dann kann William mir gleich noch das Label Brandstifterin verpassen.

Den Blick auf mein Handydisplay geheftet, laufe ich die Stufen nach unten. Es zeigt beruhigende achtundneunzig Prozent an und eine neue Nachricht von Dad, der mir heute einen guten Start wünscht. Ich rufe die Woodford-App auf, um mich noch einmal zu vergewissern, in welchem Raum die Einführung stattfindet, und sehe an dem kleinen roten Punkt, dass es auch dort eine neue Benachrichtigung gibt.

Beachten Sie, dass aufgrund der hohen Anzahl von diesjährigen Erstsemestern der Einführungskurs in vier Gruppen aufgeteilt wurde.

In mir keimt Hoffnung auf. Wenn der Einführungskurs zeitgleich in vier unterschiedlichen Gruppen stattfindet, beträgt das Risiko, mit William und Devin in einem Kurs zu sein, nur fünfundzwanzig Prozent. Andererseits – es wäre schön, Kendra wiederzusehen. Ich bin hin- und hergerissen zwischen dem Wunsch, eine Freundin zu finden, und dem Wunsch, möglichst viel Abstand zwischen mich und Kendras Bruder und William zu bringen.

Die genaue Aufteilung finden Sie auf dem Aushang vor dem Foyer zum Lowell-Theater.

Ich weiß, wo das ist. Das Schild habe ich gestern Abend gesehen; das Theater befindet sich auch in der Thayer Hall. Ich bleibe kurz stehen, stopfe meine Kladde und die Mappe in den Rucksack, bevor ich überlege, auf dem Weg den ersten Müsliriegel zu essen, aber ich bringe jetzt nichts runter. Ich bin einfach zu aufgeregt. Heute trage ich eine weite Mom-Jeans, darüber ein schwarzes Shirt, das an der Brust etwas zu eng ist. Aber mit dem rot karierten Hemd darüber wird das nicht auffallen. Das ist so dick und flauschig, dass es auch als Jacke durchgehen kann. Draußen ist es trocken, aber ganz schön kalt und neblig, als ich über den breiten Fußweg laufe.

Als ich die letzte Abzweigung nehme, lasse ich die Müsliriegel in der Brusttasche meines Hemdes verschwinden und ziehe dann mit ganzem Körpergewicht die schwere Tür der Thayer Hall auf. Der gesamte Vorraum ist von hektischer Betriebsamkeit erfüllt, jeder beeilt sich, zu seinem ersten Kurs zu kommen.

Ich kann mir nicht vorstellen, mich hier jemals so selbstbewusst zu bewegen wie die anderen. Dass sich das alles einmal so normal anfühlen wird, als wäre ich hier zu Hause. Ein Dutzend Studenten ballen sich vor dem Aushang, und erst als der

Flur sich langsam leert, schaffe ich es bis zur Magnetwand, von der lange Listen mit Zetteln herunterhängen.

Ganz oben hat jemand mit einem dicken neonfarbenen Marker die Hörsäle unterstrichen. Darunter stehen die Namen der Kursleiter mit einem fettgedruckten TA davor. *Teaching Assistant*. Das bedeutet, dass keiner der Kurse von einem Dozenten für einen Bachelorstudiengang geleitet wird, sondern nur von Lehrassistenten. Weil mein Nachname mit C anfängt, bin ich mir ziemlich sicher, in der ersten Gruppe zu sein, und der TA für diesen Kurs heißt J. Colegrove.

Hoffentlich ist er nett.

Schnell fahre ich mit dem Zeigefinger die Namensliste entlang und stoppe kurz bei *Collins, Eden*, dann gucke ich weiter, die stumme Bitte auf der Zunge, dass William und Devin in der zweiten Gruppe sind. Ein halbes Dutzend Namen überfliege ich, bis ... *Emerson, Kendra*. Das könnte sie sein. Vielleicht tragen sie und ihr Stiefbruder nicht denselben Nachnamen, überlege ich, weil darunter gleich ein *Eliot, Lucas* kommt. *Stopp, Moment*. Mein Blick schießt wieder hoch. Direkt über Kendra steht *Emerson, Devin*.

Ich ziehe die Hand weg und atme tief durch. Es werden einem eben nicht alle Wünsche im Leben erfüllt. Mit den Augen folge ich der Liste noch weiter nach unten.

Gal, Sun-young
Gerges, Samir
Gillett, Sarah J.
Greenblatt, Amartya
Grantham, William

«Scheiße», flüstere ich, bevor mir auffällt, dass direkt neben mir jemand dieselbe Liste studiert und das eventuell in den falschen Hals kriegen könnte. Es ist ein Mädchen mit einem türkisgrünen Rock und hohen Stiefeln. Ihr langes, schwarzes Haar hat sie zu einem dicken Zopf geflochten. Sie schiebt ihre Brille, die beim Vorbeugen ein paar Millimeter nach unten gerutscht ist, wieder in die richtige Position.

«So schlimm?», fragt sie mich und lächelt. Dann folgt sie meinem Blick. «Oh Gott, das sind viel mehr, als ich dachte.» Ihre Augen bewegen sich schnell, als würde sie die ganze Liste durchzählen. Geräuschvoll pustet sie den Atem aus und nickt erst einmal, dann mehrmals hintereinander: «Okay ... okay, wird schon gutgehen.»

Ich bin mir nicht sicher, ob sie mich damit beruhigen will oder doch eher sich selbst. Noch jemand, der mindestens so aufgeregt ist wie ich. «Bist du auch in Kurs A?», frage ich sie, obwohl ich eigentlich finde, dass sie etwas älter als ich aussieht.

Im ersten Moment schaut sie mich nachdenklich an, bevor sie nickt. «Keine Sorge, das wird schon nicht so schlimm. Ich war zuletzt an einer öffentlichen Highschool und hatte spontan die Idee, dass ich mich doch noch weiterqualifizieren möchte. Dabei war es eigentlich nie mein Ziel, irgendwann an einer Eliteuni zu landen, und jetzt ... puh», atmet sie geräuschvoll aus. «Wir kriegen das schon alle zusammen hin.»

Mein Herz macht einen kleinen Hüpfer. Sie war auch auf einer öffentlichen Highschool? Dann ist sie in der gleichen Position wie ich und gehört auch nicht zu den Rich Kids, die direkt von ihrer Privatschule hierhergeschickt wurden.

«Das hoffe ich auch», gebe ich zu. Und mit Blick auf die Liste sage ich: «In dem Kurs ist jemand, dem ich eigentlich lieber aus dem Weg gegangen wäre. Aber da muss ich jetzt wohl durch.» Ich presse die Lippen in einem hilflosen Versuch zusammen, mir meine Panik vor einem Wiedersehen mit William nicht anmerken zu lassen.

Sie streicht sich den langen Zopf über die Schulter zurück. «Hey, das wird trotzdem toll. Wir raufen uns alle zusammen, das ist doch das Konzept hinter dieser Einführung. Wir gehen ohne Vorurteile in den Kurs, lernen uns auf ganz neue Weise kennen und wachsen zusammen, damit daraus etwas Besonderes entstehen kann.»

Das klingt so, als hätte sie sich ein bisschen zu ausführlich mit der Woodford-Philosophie beschäftigt. Trotzdem stimme ich zu. «Ja, genau.» Auch wenn ich definitiv nicht scharf darauf bin, jemanden wie William oder Devin auf ganz neue Weise kennenzulernen. «Ich bin übrigens Eden. Eden Collins.» Ich suche meinen Namen in der Liste, lege meinen Finger auf die Stelle und schaue sie erwartungsvoll an.

«Jenna.» Sie streckt die Hand aus und tippt mit der Fingerspitze auf den Kursleiternamen.

TA J. Colegrove.

Oh.

Oh shit.

Ich brauche eine halbe Ewigkeit, es zu kapieren, und wahrscheinlich kann sie den Groschen dröhnend fallen hören. *Lehrassistentin Jenna Colegrove.* Mein Gesicht wird heiß. Sie ist meine Lehrerin. Ich habe meine Lehrerin für eine Studentin gehalten. In Gedanken schlage ich mir die Hände vors Gesicht. Oh Gott. Und dann habe ich ihr auch noch erzählt, dass ich etwas gegen ein anderes Kursmitglied habe. Und das, wo es in Woodford genau darum geht, offen zu sein und frei zu denken und neue Erfahrungen zu sammeln. Was für ein großartiger Start!

«Das ... ich dachte ... Ähm, tut mir leid, Ms. Colegrove, dass ich das nicht gleich gemerkt habe», stottere ich schließlich lahm.

«Dabei habe ich heute extra meine Bibliothekarinnenbrille angezogen, weil sie mich zehn Jahre älter macht. Dachte ich zumindest.» Sie verdreht die Augen zur Decke, und das macht es mir gleich noch einmal schwerer, sie in Gedanken Ms. Colegrove zu nennen. «Mir tut es leid, ich hätte das gleich klarmachen sollen», sagt sie. «Aber ich hätte auch nichts dagegen, wenn wir einfach bei Jenna bleiben.» Weil mein Lächeln wahrscheinlich immer noch mehr einer eingefrorenen Grimasse gleicht, lacht sie auf. «Ganz ehrlich, ich war heute nach dem Aufstehen auch kurz davor, eine Panikattacke zu kriegen, aber jetzt ... Ich bin ich mir sicher, dass es großartig wird.»

Denkt sie das wirklich?

«Dann waren Sie als Lehrerin an einer öffentlichen Highschool?», frage ich sie. Und als sie nickt: «Haben Sie hier in Woodford studiert?»

«Ich war in Dartmouth, es gibt dort eine große Native-American-Community, deshalb wollte ich unbedingt dorthin. Im letzten Jahr habe ich meinen Bachelor in Pädagogik und Geschichte gemacht. Wir haben also beide heute unseren ersten Tag.» Sie deutet den Flur runter und wackelt aufmunternd mit den Brauen. «Sollen wir?»

Ich nicke. Jenna – Ms. Colegrove – geht voraus und bleibt schließlich vor einem Kursraum stehen, neben dessen Tür ein barockes Frauengemälde hängt.

«Veritas», sagt sie und deutet auf die antike Figur im weißen Kleid. «Die meisten Kursräume in der Thayer Hall haben römische Namen. Und Veritas ist die Göttin der Wahrheit. Also stellen wir uns jetzt der Wahrheit.» Sie zwinkert mir zu, dann zieht sie die Tür auf.

10. KAPITEL

Meine Augen haben sich noch nicht an die Dunkelheit gewöhnt.

Als ich den Raum betreten habe, habe ich mich nicht umgeguckt, sondern mir einfach den ersten freien Stuhl gesucht, immer noch peinlich berührt, dass ich in dieses Riesenfettnäpfchen getreten bin. Nachdem Ms. Colegrove mit uns eine kurze Vorstellungsrunde gemacht hat, hat sie den Raum abgedunkelt und uns aufgefordert, uns im Kreis aufzustellen.

Jetzt versuche ich, mich zu orientieren. Aber Ms. Colegrove hat das Licht so weit heruntergedimmt, dass ich nur noch Silhouetten wahrnehme. Die Fenster im Raum reichen vom Boden fast bis zur Decke, doch die Vorhänge sind zugezogen und das dunkle Holz scheint jeden Rest Licht zu absorbieren. Ich weiß nicht mal, wer in diesem Kreis direkt neben mir steht, geschweige denn, wo William, Devin oder Kendra sind. Irgendwo grob gegenüber von mir, schätze ich.

Es kommt Bewegung in den Kreis, als noch Plätze gewechselt werden. Eine Mädchenstimme schimpft. Noch mehr Gekicher. Jemand schlüpft in die Lücke neben mir.

«Hi», flüstere ich unsicher, weil ich glaube, dass es Kendra ist.

«Hey, Eden.»

Ich weiß nicht, wie ich mich ihr gegenüber verhalten soll, und frage mich, ob ihr Bruder ihr alles erzählt hat. Oder William. Bei dem Gedanken, dass sie mich gleich darauf ansprechen könnte, probt mein Puls schon mal ein Galopprennen.

«Ich habe gehofft, dass wir es zusammen in diesen Kurs schaffen», wispert sie. Ihr Tonfall lässt mir sofort einen Stein vom Herzen fallen. Sie weiß es nicht, oder? Oder zumindest verurteilt sie mich nicht so wie William.

«Ich hatte nicht wirklich Lust, nur mit meinem Bruder und Will diese Einführung zu machen. Ist so viel einfacher, wenn man noch jemanden kennt.»

«Ja», murmle ich. «Geht mir genauso.» Will. Sie nennt ihn Will. Nicht William oder Bill oder Billie ... Himmel, ich sollte mir nicht so viele Gedanken um ihn machen.

«Wer kommt bitte auf die bescheuerte Idee, die Studenten nach dem Alphabet zu gruppieren?» Sie beugt sich zu mir, und ihr Haar kitzelt mich am Ohr. «Das war meine Chance, einmal etwas ohne Devin zu machen. Ich meine, einfach alle von eins bis vier durchzählen und, zack, man hat die perfekte Mischung.»

Ich kann mir ihren verdrossenen Gesichtsausdruck bildlich vorstellen. «Das habe ich mich auch schon gefragt.»

Eben, als das Licht noch an war, habe ich gesehen, dass Kendra heute einen knallblauen Garfield-Hoodie trägt. Jetzt spreche ich sie darauf an. «Ich liebe übrigens deinen Kapuzenpulli.»

«Ist von meinem Ex-Freund», sagt sie grimmig. «Ich habe drei Hoodies von ihm behalten, und jedes Mal, wenn ich ihn zufällig treffe, will er sie zurück. Aber das kann er vergessen. Der Mistkerl hat die besten drei Jahre meines Lebens bekommen, für jedes Jahr behalte ich einen Hoodie. Ich habe noch einen mit Snoopy und Woodstock.»

«Die besten drei Jahre deines Lebens? Wie alt bist du?»

«Achtzehn. Und das waren sie bisher auf jeden Fall.»

Wir lachen beide und flüstern über ihren Ex, bis unsere Lehrerin sich wieder in das kleine Ansteckmikro räuspert.

«Wir konzentrieren uns viel zu häufig auf die Unterschiede zwischen uns», erklärt Ms. Colegrove. «Deswegen fangen wir mit diesem kleinen Experiment an. Einige von euch haben bestimmt vorher eine Privatschule besucht, andere kommen von einer staatlichen Schule und haben ein Stipendium. So ist es zumindest damals bei mir gewesen. Aber das alles spielt hier und jetzt keine Rolle.» Die Worte hallen durch den Raum, im Dunkeln hören alle angespannt zu. «Aber anstatt uns gegenseitig in Schubladen zu stecken, sollten wir daran denken, was uns alle verbindet, und das ist auf jeden Fall eine ganz bestimmte Sache: Wir gehören alle zu Woodford.»

Ich bekomme eine Gänsehaut. Das ist es, was ich will. Ich möchte unbedingt zu Woodford gehören. Ich habe mir so sehr gewünscht, hier neu anzufangen. Ohne die Blicke, die ich in meiner alten Schule gespürt habe, weil Lark tot ist. Weil ich es nicht verhindert habe. Weil ich die Warnzeichen nicht gesehen habe. Diese Blicke, die mich durchbohrt haben, weil ich so blind war.

«Unabhängig davon, mit welchen Voraussetzungen wir hierhergekommen sind, haben wir alle viel gemeinsam. Viel mehr, als wir wahrscheinlich denken. Ich bin ehrlich gesagt auch ziemlich gespannt und würde mich freuen, wenn sich alle auf dieses Experiment einlassen.»

Kendra schnaubt neben mir. «Ist nicht wirklich so, als hätten wir eine Wahl, oder?»

Was dieses Spiel betrifft, bin ich mir auch nicht sicher, ob mir ein paar langweilige Icebreaker-Fragen nicht lieber gewesen wären. Aber nun erklärt Ms. Colegrove uns das Konzept. Und auch, warum wir verdammt noch mal im Dunkeln stehen. Es geht darum, dass wir uns nicht von den anderen beeinflussen oder verunsichern lassen.

«Ich muss zugeben, ich habe ein bisschen Angst vor ihren Fragen», flüstere ich Kendra zu, als unsere Kursleiterin im Halbdunkeln etwas in ihrer Tasche sucht. Ich merke es nur daran, dass es in ihrem Mikro knistert. Auch die anderen fangen an zu flüstern.

«Im Notfall lügen wir halt einfach.»

«Ja, aber wenn man immer nur harmlose Antworten gibt, fällt das irgendwann auf.»

«Ich hätte nicht gedacht, dass du so ein Hasenfuß bist.»

«Bin ich nicht. Es gibt aber auch Sachen, die man gar nicht wissen will. Stell dir vor, dass jemand, der dir total unsympathisch ist, vielleicht dieselben Lieblingssongs hat wie du. Oder dass er als Kind den Film *In einem Land vor unserer Zeit* auch so abgöttisch geliebt hat. Dann müsste man ihn zwangsläufig mögen.» Allein die Vorstellung, dass jemand wie William Grantham III. diesen Zeichentrickfilm gesehen haben könnte, ist in meinen Augen völlig absurd.

«Das ist doch gerade der Sinn des Ganzen.»

«Ich weiß.» Jetzt muss ich selber lachen.

«Will hat bei diesem Film übrigens immer geheult.»

«W-wer?»

«William, Devins Freund. Und nicht nur bei dem Film. Eine Zeit lang hat Devin jedes Mal, wenn Will bei uns war, absichtlich die Filmmusik abgespielt, und Will fing an zu flennen. Du weißt schon, *dieses* Lied. Von Diana Ross. Diese Achtzigerjahre-Songs damals waren grauenhaft kitschig.»

«Kendra», keuche ich. «Niemand darf etwas gegen Diana Ross sagen. Sie ist eine Göttin! Und außerdem war das echt gemein von deinem Bruder.»

Genau das meinte ich. Dass William Grantham III. bei meinem Lieblingskinderfilm geweint hat, gehört zu den Dingen, die ich nicht über ihn wissen wollte.

«Na ja. Wir waren da wirklich noch klein. Vielleicht sechs oder sieben.» Sie wispert jetzt so leise, dass ich kaum noch etwas verstehe. «Aber, oh Gott, stell dir vor, du findest gleich heraus, dass du ausgerechnet deine obsessive Vorliebe für Pop Rocks mit diesem Typen in den dunkelgrünen Cordhosen teilst. Diesem Garrett. Wie unangenehm wäre das?» Sie stöhnt leise.

«Jetzt hast du mich verstanden», sage ich trocken. «Aber was sind Pop Rocks?»

«Du kennst Pop Rocks nicht?» Ihre Stimme klingt so entgeistert, als hätte ich ihr gerade gestanden, noch nie in meinem Leben Kartoffeln gegessen zu haben. «Das ist dieses Knisterbrausezeug. Prickelt auf deiner Zunge, explodiert in deinem Mund.»

Ich schüttele den Kopf, was Kendra offenbar auch im Dunkeln mitbekommt. «Ich habe Erdbeer- und Colageschmack in meiner Tasche. Willst du eins haben?»

«Etwas, das in meinem Mund explodiert? Vielleicht später. Ich kann nicht im Dunkeln essen. Ich meine, ich kann einfach nichts in den Mund nehmen, ohne zu wissen, wie es aussieht.»

«Eden!» Kendra prustet so laut, dass ich ihr am liebsten den Mund zuhalten würde.

«Lalala. Ich will definitiv nicht wissen, an was du jetzt gedacht hast!» Ich tue so, als wäre ich angewidert, dabei macht Kendra mich mit diesem harmlosen Witz einfach nur glücklich. Weil sich dieses Gespräch gerade so nach beginnender Freundschaft anfühlt. Und ich wünsche mir das so sehr. Unser Gekicher verstummt abrupt, als ein Handylicht aufflammt und darin das Gesicht von Jenna Colegrove erscheint. «Also.» Sie atmet lautstark ins Mikro. «Fangen wir erst einmal mit harmlosen Fragen an. Nur zum Warmwerden. Wer von euch ist ein Morgenmuffel?»

Es hört sich an, als würde mindestens die Hälfte aller Studenten im Raum aufstöhnen. Ich spüre Kendras Hand, die nach mir tastet. «Du nicht?»

«Eigentlich nicht», flüstere ich.

Kendra löst sich mit einem Brummen von mir und geht in die Mitte des Raumes, wo sich alle sammeln sollen, die Ms. Colegroves Fragen mit Ja beantworten können.

Als es im Raum auf einmal hell wird, damit wir sehen können, wer die Frage mit Ja beantwortet hat, blinzle ich. Irgendjemand in der Mitte gibt ein theatralisches Stöhnen von sich, als hätte er sich die Augen verbrannt. Als Reaktion darauf fangen fast alle an zu lachen. Es ist der Typ mit den dunkelgrünen Cordhosen. Kendra verdreht die Augen, als sie meinen Blick auffängt. Trotzdem ist es irgendwie süß, zu beobachten, wie sie sich jetzt umsieht, um festzustellen, wer außer ihr noch ein Morgenmuffel ist. Ihr Bruder ist auch dabei, aber jedes Mal, wenn unsere Blicke sich zufällig treffen, ziehen sich seine Brauen zusammen und ich wende schnell den Kopf ab. Ich könnte ihn immer noch umbringen wegen der Sache mit den Tabletten.

«Ich gehöre übrigens auch zu den Morgenmuffeln», sagt Ms. Colegrove. «Das heißt aber nicht, dass wir morgen später mit diesem Kurs anfangen.» Wieder lautes Gestöhne.

Während sich alle wieder in den Kreis stellen, lasse ich möglichst unauffällig meinen Blick durch den Raum wandern und finde William fast sofort am Fenster. Er ist genauso wie ich stehen geblieben. Mir bleiben nur ein paar Sekunden, um zu registrieren, dass er heute ein schwarzes Langarmshirt trägt, bevor es wieder dunkel wird. Die Zeit hat allerdings ausgereicht, um mir eine Meinung zu bilden. Es ist viel zu eng und sieht im Kontrast zu seinen blonden Haaren leider ziemlich gut aus.

«Die nächste Frage ist: Wer von euch hat ein Tattoo?»

Mist. Ich hatte gehofft, mich noch eine Weile am Rand verstecken zu können. Ich versuche, in der Dunkelheit zu erahnen, ob sich jemand nach vorne bewegt, aber ich bin mir nicht sicher. Ich will nicht alleine in der Mitte stehen. Jemand fragt laut, ob wir die Tattoos zeigen müssen, woraufhin ein Mädchen panisch aufkreischt. «Das mach ich auf keinen Fall!»

Erleichtert setze ich mich auch in Bewegung.

«Könnte aber spannend werden», ruft jemand.

Lautes Gelächter. War das dieser Garrett? Wenn ja, dann ist der Typ jetzt offiziell unser Klassenclown.

Schritt für Schritt gehe ich vorsichtig in die Mitte des Raumes, bis ich mit der ausgestreckten Hand aus Versehen eine andere Person treffe. «Tut mir leid.»

«Kein Ding», sagt eine Männerstimme.

Oh Gott, Devin? Ich zucke zurück, bin mir aber nicht sicher.

Das Licht geht an, und es ist furchtbar. Ich fühle mich wie auf einem Präsentierteller. Als würden mich alle anstarren und sich fragen, was für ein Tattoo und vor allem *wo* ich dieses Tattoo habe.

«Niemand von euch muss sein Tattoo zeigen, keine Angst», sagt Ms. Colegrove lachend. «Aber ich wette, ihr habt nicht bei allen, die nach vorne gegangen sind, damit gerechnet.» Mein Blick huscht automatisch zu William, der ganz entspannt auf seinem Platz im Kreis steht, die Hände in den Taschen seiner anthrazitfarbenen Stoffhose vergraben. Er sieht mich nicht an, aber mir entgeht auch nicht der ironische Zug um seinen Mund.

Idiot.

«Hätte ich niemals von dir gedacht, Eden. So unschuldig, wie du aussiehst.» Devin grinst mich breit an, als hätte es den Tag gestern nicht gegeben. Ich frage mich wirklich, was er sich dabei denkt.

Garrett reibt sich neben ihm über den Unterkiefer. «Kann ich dein Tattoo irgendwann sehen? Ich zeige dir dafür auch meins.»

Ich habe so was von kein Interesse, aber mein Tattoo ist auf meinem verdammten Unterarm. «Da kannst du lange warten», schieße ich zurück. Der Sommer ist schließlich noch mehr als ein halbes Jahr entfernt.

Garrett gibt sich völlig unbeeindruckt. «Ich habe Zeit.»

Mein Kopf hisst bei diesem Typen sofort eine rote Flagge. Wieso muss er so verdammt hartnäckig sein?

Devin zieht die Brauen so hoch, dass sie fast sein orangerotes Haar ankratzen. «Vielleicht stirbst du auch früh, Bro.» Sein *Bro* klingt fast wie eine Drohung. Dass ausgerechnet Devin mir beispringt, überrascht mich. Andererseits – er hat eine Schwester. Ganz sicher kann er es nicht ausstehen, wenn sie blöd an gemacht wird. Bevor ich dazu komme, ihm einen dankbaren Blick zuzuwerfen, schlendert er zurück zu seinem Platz im Kreis, und kurz darauf geht wieder das Licht aus.

Gegen meinen Willen überlege ich, wie es wohl für William sein muss, sein ganzes Leben dieses Feuermal im Gesicht zu tragen und ständig angestarrt zu werden. Selbst ein Tattoo in seinem Gesicht würde nicht so viele Fragen aufwerfen, weil jeder wüsste, dass er es sich mit Absicht hat stechen lassen. Aber bei diesem Feuermal sieht man ihn an und fragt sich direkt, was es ist. Ob er das schon immer hatte. Ob er schon mal überlegt hat, es weglasern zu lassen, ob das überhaupt möglich ist oder ...

In den nächsten Minuten bombardiert uns Ms. Colegrove mit ihren Fragen, und fast bei jeder wird lauthals gelacht, wenn aufgelöst wird, auf wen die Antwort zutrifft.

Wer von euch ist zurzeit verliebt?

Wer hat in seinem Leben schon mal etwas geklaut?

Zwei Leute stehen bei dieser Frage allein im Kreis, und die Stimme unserer Lehrerin klingt kratzig aus dem Mikro. «Danke für euren Mut. Und hey, ich wette, es müssten noch viel mehr hier vorne stehen. Die anderen trauen sich nur nicht, das zuzugeben.»

Die beiden geben sich lachend ein High five.

Wer ist öfter unpünktlich?

Wer von euch trägt einen Glücksbringer bei sich?

Wer hatte in der letzten Woche Sex?

Garrett stößt einen anzüglichen Pfiff aus, weil gleich sechs Leute in der Mitte stehen. Kendra verdreht die Augen. «Ihr Glückspilze», sagt sie, woraufhin wieder laut gelacht wird.

William hat bisher keine einzige Frage mit Ja beantwortet. Ich glaube langsam, er weigert sich einfach, mitzumachen. Vielleicht ist das Spiel auch unter seinem Niveau, überlege ich missmutig.

Dann stellt Ms. Colegrove eine völlig überflüssige Frage: «Wer von euch hat kein Handy? Und damit meine ich nicht bloß kein Smartphone, ich meine, gar keins. Wer von euch hat kein Mobiltelefon?»

Ich bekomme nicht mit, ob sich jemand bewegt, weil alle über diese Frage diskutieren. Wie unrealistisch das ist und dass man ohne Handy eigentlich gar nicht überleben kann.

«Fuck, ich könnte ohne nicht mal einschlafen.» Keine Ahnung, zu wem die Stimme gehört.

«Warum geht man bitte auf Toilette, wenn nicht, um schnell mal seine Nachrichten zu checken?»

Alle lachen.

«Stell dir vor, du musst ohne Navi irgendwohin fahren. Oder das Auto nach dem Parken wiederfinden? Geht gar nicht. Ich habe einen Orientierungssinn wie ein Maulwurf.»

«Wer sagt, dass ein Maulwurf einen schlechten Orientierungssinn hat? Das ist doch Quatsch. Alle Tiere haben einen guten Orientierungssinn.»

Das Licht geht an.

William hebt in der Mitte des Kreises entschuldigend die Hände. «Ich lebe analog, sorry. Und ich hatte noch nie Probleme, mein Auto wiederzufinden.»

Klar, weil er von seinem Chauffeur abgeholt wird.

Ich hätte nie gedacht, dass jemand diese Frage mit Ja beantwortet. Schon gar nicht jemand wie William, für den finanzielle Erwägungen keine Rolle spielen dürften. Aber vielleicht ist das gerade der Punkt. Dass er es gar nicht nötig hat, immer und überall erreichbar zu sein. Sofort schäme ich mich für diesen fiesen Gedanken. Ich sollte meine Vorurteile endlich begraben. Sonst bin ich keinen Deut besser als er.

Vielleicht hatte William deswegen gestern Abend auch sein Notizbuch dabei. Weil er es immer dabeihat, um etwas aufschreiben zu können. Aber wie macht er das hier im Wohnheim, wenn er mal seine Eltern erreichen muss? Was, wenn er in eine Notsituation gerät? Leiht er sich dann ein Handy? Er kann ihnen ja schlecht einen Brief schreiben. Ich habe ungefähr tausend Fragen, und keine davon kann ich ihm stellen.

Doch dann stellt Ms. Colegrove die nächste Frage.

«Wer von euch hat einen wichtigen Menschen verloren?»

Die Frage schlägt in meinem Brustkorb ein wie eine Bombe und presst jeden Sauerstoff aus meinen Lungen. Ich schnappe nach Luft.

Gerade noch war das einfach nur ein Spiel. Ein lustiges Fragespiel, das uns zu Diskussionen anregen soll. Vor ein paar Sekunden haben wir alle noch gelacht. Und nun bricht die Realität über mir zusammen.

Ein wichtiger Mensch. Der wichtigste Mensch in meinem Leben.

Meine Hand tastet in meine Hosentasche. Ich halte den Stein fest. Ich halte Larks Stein so fest, dass meine Finger schmerzen.

Ich kann das nicht. Ich kann darauf nicht mit Ja antworten. Ich habe solche Angst, dass es jemand erfährt. Dass ich hier genauso verurteilt werde wie zu Hause. Wenn sie wüssten, was für einen schrecklichen Fehler ich begangen habe ...

Aber wenn ich stehen bleibe, dann lüge ich. Ich lüge nicht nur meine Kursleiterin an, Kendra und alle anderen, sondern auch mich selbst. Und keiner von ihnen weiß, was ich getan habe. Es könnte ein Unfall gewesen sein, ich muss nicht darüber reden. Langsam, Schritt für Schritt bewege ich mich vorwärts. Schritt für Schritt in die Richtung, von der ich glaube, dass sie die richtige ist. Richtung Neuanfang. Richtung Loslassen. Das Blut pocht bis in meine Schläfen. Plötzlich dreht sich alles um mich herum. Ich hätte doch den Müsliriegel essen sollen, überlege ich.

Der wichtigste Mensch in meinem Leben.

Der wichtigste Mensch.

Lark.

Ich drehe mich im Dunkeln um die eigene Achse. Wo sind die Fenster? Wo die Tür? Oh Gott, mir ist schlecht. Meine Hände zittern, und meine Beine sind wacklig. Ich schwanke und stoße gegen jemand anderen, der auch in die Mitte gegangen ist. Zusammen stolpern wir zwei Schritte zurück. Ich bin nicht allein. Da ist noch jemand, der einen wichtigen Menschen verloren hat. Vielleicht sogar den wichtigsten. Ich halte mich an seinem T-Shirt fest, weil ich sonst falle.

Was, wenn ich falle?

Ein Arm legt sich um meinen Rücken. «Das ... scheint zur Gewohnheit zu werden», sagt William schroff.

11. KAPITEL

Das ... scheint zur Gewohnheit zu werden. Dass wir aneinandergeraten.»

Unter meiner Faust spüre ich Williams Körperwärme. Sein Herz trommelt. Fest und unerwartet schnell.

Wieso, verdammt!? Wieso muss es ausgerechnet William sein?

Wir lassen beide gleichzeitig los. Ein Reflex, mehr war das nicht. William hat mich aus einem Reflex heraus festgehalten, genauso wie ich mich nur aus Reflex an seinem T-Shirt festgekrallt habe. Genau wie er mich gestern vor der Fähre nur gepackt hat, damit ich nicht umfalle. Lernt man so was auf einer Privatschule? Ist das so ein Privatschulen-Gentleman-Ding, Frauen festzuhalten, bevor sie umfallen?

«War das Absicht?» Seine Stimme klingt rau wie immer. Aber ich bilde mir auch ein, Unsicherheit herauszuhören, und mir kommen die beiden Frauen in den Sinn, die ihn heimlich gefilmt haben. Und dann dieser ekelhafte Typ bei der Rede von Präsidentin Amory. Oh Gott, vielleicht passiert William so was öfter. Dass er *absichtlich* unabsichtlich angerempelt wird. Der Schock, dass er das von mir denken könnte, sorgt dafür, dass ich mich zusammenreißen kann und das flaue Gefühl zurückgeht. «Sorry, ich ... ich habe ... Kreislaufprobleme», stammle ich, nachdem ich von ihm abgerückt bin.

Langsam nickt er. «Vielleicht bist du unterzuckert.»

«Ja, vielleicht», krächze ich. «Seit der Busfahrt gestern habe ich nichts mehr gegessen. Ich hätte das Frühstück besser nicht ausfallen lassen sollen.» Ich plappere, um nicht an Lark zu denken. Und auch, damit ich William wegen seiner Unterstellungen nicht doch noch anfahre. Immerhin ist er gerade mit nach vorne gegangen, weil er einen nahestehenden Menschen verloren hat. Seinen Großvater? Ich weiß nicht, wie die Beziehung zu seinem Grandpa ausgesehen hat und wie sehr er ihn vermisst, was ich aber weiß, ist, wie hart es sein kann, sich nichts davon anmerken zu lassen. Erst recht, wenn man so unter Beobachtung steht wie er. Das Getuschel um uns herum wird immer lauter, und ich warte darauf, dass Ms. Colegrove das Licht endlich wieder einschaltet.

«Du bist mit dem Bus gekommen?», flüstert er. «Warum haben deine Eltern dich nicht gebracht?»

Interessiert ihn das wirklich? Seine Eltern haben ihn doch auch nicht hergebracht, also ist das kaum bemerkenswert.

«Mein Dad ... er arbeitet als Fluggerätmechaniker und ... äh ...»

Gott, Eden! Das ist bestimmt genau der Job, über den jemand wie William Grantham III. schon immer mehr wissen wollte. Erst recht nach dem, was er mir gestern vorgeworfen hat. Ich sollte überhaupt nicht mehr mit ihm reden! «Er hatte einfach keine Zeit», schließe ich leise.

William kommt näher. «Ist er Soldat bei der Air Force?»

Er riecht gut, und ich wünschte, das würde mir gar nicht erst auffallen. Jetzt bekomme ich den Geruch wahrscheinlich nie wieder aus meinem Kopf. Keine Ahnung, wonach genau er riecht, aber es ist kein Parfum oder Aftershave, dafür ist es zu schwach. Auf jeden Fall sorgt es dafür, dass sich das flaue Gefühl in meinem Magen wieder aufbaut.

«Das war er bis vor einem Jahr. Jetzt ist er nur noch ein ziviler Mitarbeiter.» Keine Ahnung, warum ich ihm das erzähle. Vielleicht, weil ich Dads Arbeit so bewundernswert finde. Vielleicht auch, weil dieser Job unheimlich viel über meinen Vater aussagt. Über seinen Charakter. Weil er absolut gewissenhaft und genau arbeiten muss. «Das ist ein ziemlich anspruchsvoller Job», erkläre ich ihm. «Man kann bei einem Flugzeug oder Hubschrauber nicht mal eben rechts ranfahren, wenn was nicht in Ordnung ist.»

Mein Dad sorgt dafür, dass immer alles in Ordnung ist. Man kann sich einhundert Prozent auf ihn verlassen.

«Klingt spannend», raunt William mir zu.

Das ist einer dieser Sätze, die normalerweise ironisch klingen. Sätze wie «Gut zu wissen» oder «Viel Glück dabei» oder «Schön für dich». Nur dass es aus Williams Mund gerade gar nicht ironisch klang. Aber ganz sicher bilde ich mir das nur ein.

Ich kann mir einfach nicht vorstellen, dass ihn der Mechaniker-Job meines Vaters interessiert. Seine Eltern waren auf Woodford wie wir und haben danach beide weiterführende Abschlüsse in Harvard gemacht. Es gibt einen Wikipedia-Eintrag über seinen Großvater, den ich gestern im Bett gelesen habe. Er hatte in seiner Jugend ziemlich viele Frauengeschichten und ist mit Drogendelikten aufgefallen. Was wohl der Grund dafür ist, dass man immer wieder in den Zeitungen über ihn berichtet. In einer Randnotiz über Williams Eltern steht, dass seine Mutter Kunstgeschichte und sein Vater Literatur und Philosophie studiert hat. Sie haben zusammen ein alteingesessenes Verlagshaus in Boston übernommen und es sehr erfolgreich weitergeführt. Sie verbringen ihre Tage umgeben von Romanen, Kunstbildbänden und Lyrik. Bestimmt hängen allein in ihrem Haus mehr Gemälde als in meiner gesamten Heimatstadt. Das alles ist so weit weg von meinem und Dads Leben, wie es nur irgend geht. Aber ich liebe meinen Dad, und ich bin nicht weniger stolz auf ihn, nur weil er keinen Abschluss von Harvard hat.

«Es ist auch spannend», sage ich eine Spur trotzig. «Mein Dad trägt viel Verantwortung.»

«Für Menschenleben», sagt William nachdenklich.

«Ja», hauche ich, überrascht davon, dass er nicht zuerst daran denkt, wie teuer die Maschinen sind und wie viele Millionen es kosten würde, wenn eine davon abstürzt. Gott, ich habe wirklich zu viele Vorurteile.

Dad hat sich nie davor gedrückt, Verantwortung zu übernehmen. Auch nicht bei mir. Und er ist der beste Dad, den ich mir wünschen kann. Als ich klein war und meine Mom mal wieder in die Entzugsklinik musste, hat Dad Gesichter auf meine Butterbrottüten gemalt, um mich wenigstens einmal am Tag zum Lachen zu bringen. Er ist mit mir auf dem Motorrad zur Klinik gefahren, damit die Fahrt für mich etwas Besonderes, Schönes ist und nicht nur deprimierend. Es hat ihm das Herz gebrochen, sich von Mom zu trennen. Aber als er es schließlich getan hat, hat er gesagt, dass jetzt alles gut wird, und dann meine Lieblingspancakes mit Blaubeeren gemacht. Für Halloween hat Dad mir jedes Jahr die grauenvollsten Kostüme genäht, und wenn er meine Klamotten gewaschen hat, hatten sie hinterher oft Flecken von dem Schmieröl, das er auf der Arbeit benutzt. Wenn ich meine Tage bekam, hat er mir Binden und Schokolade besorgt, und als ich das erste Mal zum Frauenarzt musste, ist er mitgekommen und hat behauptet, dass er das gerne macht, weil es im Wartezimmer Comics von *Scooby-Doo* gibt. Seit meinem Abschluss trägt er ein Tattoo mit meinen Augen auf der Innenseite seines Oberarms, damit er mich jeden Tag sehen kann, aber wenn ich es in Woodford nicht schaffe, wird er sich nicht anmerken lassen, wie froh er ist, dass ich wieder nach Hause komme. Das ist meine Welt, und ich kann mir nicht vorstellen, dass es da viele Berührungspunkte zu Williams bisherigem Leben gibt.

Nur dieses Armband um Williams Handgelenk – mein Dad würde so etwas auch tragen, wenn ich es für ihn gebastelt hätte. Wahrscheinlich ist das der Grund, warum ich unbedingt wissen will, woher William es hat.

Da ich sein Gesicht nicht richtig sehen kann, fällt es mir schwer, Williams Reaktion einzuordnen. Ob er das tatsächlich interessant findet oder es nur vorgibt, um mich wegen der blöden Tabletten auszuhorchen, weil er mir immer noch nicht glaubt.

Ich höre, wie William jetzt Luft holt. Diese Art Luftholen, bevor man etwas sagt. Doch dann geht das Licht an, und William schluckt hinunter, was ihm auf der Zunge lag. Diesmal enthüllt das Licht noch eine andere, eine hässliche Wahrheit. Das Getuschel im Raum, das ganz sicher ihm gilt, das dämliche Kichern. Dieses Starren. Es sollte mir egal sein, aber ...

Wie sehr er das hassen muss!

Mit der Hand fährt William sich durchs Haar und lässt ein paar Strähnen über seine linke Gesichtshälfte fallen. Es wirkt wie eine normale Geste, aber es bedeutet so viel mehr, das ist mir inzwischen bewusst. Ob er seine Sonnenbrille im Kurs tragen würde, wenn ich sie nicht zerbrochen hätte?

Wir stehen nicht allein in der Mitte. Knapp zwei Meter von uns entfernt steht noch eine Studentin. Ihr Name war Sun-mi, ach nein, Sun-young, ich habe ehrlich gesagt nicht alles behalten, als jeder sich vorgestellt hat, dafür sind wir einfach zu viele. Sie lächelt, strafft dann ihre Schultern und kommt auf uns zu.

«Wer ist es bei dir?», fragt sie mich, und ich brauche einen Moment, um zu kapieren, dass sie damit Ms. Colegroves Frage meint. Wir spielen immer noch dieses Spiel, und ich will nicht darüber reden. Auf keinen Fall will ich darüber reden, weil ich Angst habe, in Tränen auszubrechen, wenn ich von Lark spreche. Aber die Frage klingt aus ihrem Mund nicht emotional, sondern eher nüchtern. Als würde sie nur von mir wissen wollen, was meine Lieblingsfarbe ist.

«Ein Freund», antworte ich und räuspere mich dann. *Mein bester Freund. Mein ältester und wunderbarster Freund, seit er mir im Kindergarten seinen Lieblingsradiergummi in Form eines Dinosauriers geschenkt hat.* Ich blinzle angestrengt. Nicht heulen. NICHT heulen. Es wäre nicht nur entsetzlich peinlich, es würde mich auch noch verwundbarer machen. Mein Blick geht automatisch zu William und registriert, dass er mich sehr nachdenklich beobachtet. Und auch, dass man an seinem Shirt sehen kann, wo ich mich eben festgekrallt hatte. Der Stoff an seinem Brustkorb ist zerknittert. Seine Hand fährt in diesem Moment unbewusst über diese Stelle, als könnte er das noch spüren. Und dann merkt William, dass ich gegen Tränen ankämpfe. Ich erkenne es daran, wie sich seine Augen weiten und er danach die Stirn runzelt. «Lasst uns das Thema nicht breittreten», sagt er schnell und an Sun-young gewandt.

«Bei dir weiß ich es auch schon», sagt sie. «Ich habe das von deinem Großvater gelesen. Hattet ihr ein gutes Verhältnis?»

William schüttelt den Kopf, als würde er einen Gedanken loswerden wollen. «Kann man so sagen.»

Mein Beileid. Die Worte liegen mir auf der Zunge, aber das gehört definitiv zu den Sätzen, die sich so abgenutzt haben, dass sie hohl klingen.

«Tut mir leid, dass du ihn verloren hast», sage ich und spüre, wie mir Röte ins Gesicht kriecht. Ich hoffe, dass es ehrlich klingt, denn ich meine es ehrlich.

«Ja, sorry», sagt Sun-young. «Bei mir ist es niemand aus meiner Familie. Also genau genommen nicht mal eine richtige

Person.» Sie schiebt die Unterlippe vor und pustet den Atem von unten hoch in ihr Gesicht. «Eigentlich ist es ... na ja, mein Chinchilla ist gestorben. Ich hatte Sumi, seit ich fünf bin. Und ehrlich gesagt, sie war wichtiger für mich als so manch andere Familienmitglieder.»

Um Himmels willen ...

«Mein Beileid», sagt William. Es klingt ernsthaft. Wie schafft er das nur? Er kann das unmöglich ernst meinen, oder? Ich suche sein Gesicht nach einer Regung ab, aber er behält seine stoische Miene bei. Sun-young nickt und wendet sich ab.

Ihr Chinchilla.

Das ist so absurd. Ich meine, ihr *Chinchilla*! Ich kann einfach nicht anders, als ungläubig den Kopf zu schütteln, als sich unsere Blicke wieder begegnen. Das, was ich in Williams Augen aufblitzen sehe, lässt mich nur mühsam die Beherrschung wahren. In einem stummen Dialog starren wir uns an.

Hat sie uns das gerade ernsthaft gesagt?, scheint er zu fragen.

Will sie das etwa vergleichen?

Ein gottverdammtes Nagetier?

Ich glaube, ich stehe unter Schock. Ich klebe immer noch wie angewurzelt auf der Stelle, obwohl Sun-young schon in den Kreis zurückgekehrt ist.

William beugt sich zu mir rüber. «Ich hätte sie ja gerne gefragt, ob sich jemand aus Versehen draufgesetzt hat», raunt er.

Und mit diesem einen Satz bricht meine mühsam aufrechterhaltene Fassung zusammen. Ich pruste in meine Hand, weil ich auf keinen Fall laut lachen darf. Ich will Sun-young nicht verletzen. Wahrscheinlich hat sie sehr an ihrem Chinchilla gehangen. Aber die Vorstellung, dass sie das mit einem Menschen gleichsetzt ... Oh. Mein. Gott.

«Hör auf zu lachen», sagt William, und ich kann das breite Grinsen in seiner Stimme schon hören, bevor ich zu ihm hochgucke und von seinem Grübchen und dem Strahlen in seinen Augen überrascht werde.

«Dann hör du auf, so zu grinsen», sage ich und schlucke. Schlagartig werde ich ernst. William sieht so anders aus, wenn er lächelt. So warmherzig. Freundlich. *Hör nicht auf.*

«Das entzieht sich meiner Kontrolle», meint er.

Im nächsten Moment gibt unsere Kursleiterin ein warnendes Murmeln von sich, und es wird wieder dunkel. Plötzlich ist William weg. Und ich stolpere zurück an den Rand, wo Kendra mitfühlend meine Hand drückt. «Wenn du willst, können wir uns später in Ruhe unterhalten», flüstert sie mir zu.

Was ...? Oh, sie meint über meinen Verlust. «Eigentlich ... Ich rede nicht so gerne darüber.» Ich rede überhaupt nicht darüber. Hoffentlich ist dieses Spiel bald vorbei. «Aber ich muss dich was fragen», sage ich und senke dann die Stimme, damit es niemand mitbekommt. «Hat William wirklich kein Mobiltelefon?»

«Das ist es, was dich interessiert?» Kendra lacht rau. «Wolltest du seine Nummer haben? Ich kann dir die Nummer von seinem Flur geben. Es gibt da ein Haustelefon.»

«Nein», sage ich schnell. *Gott sei Dank ist es dunkel!* «Ich kann mir das nur überhaupt nicht vorstellen. Ich meine, das mit dem Telefonieren, schön und gut, aber wie hört er Musik oder Hörbücher?»

«Ich denke, er schummelt. Hundertpro hat er noch ein altes iPod, nur habe ich ihn noch nie damit erwischt. Auf seinem Schreibtisch liegen dafür immer diese schwarzen Kassetten von früher rum. Er nimmt die selbst auf und beschriftet sie mit extrem seltsamen Titeln.»

«Mixtape?» Ich ziehe die Nase kraus. «Mixtape Volume 1 und 2?»

Sie schnaubt. «Eher so was wie ‹Notfallsongs, wenn ich jemanden töten will› oder ‹Songs, um rauszuheulen, was geht›. Auf einem seiner Tapes habe ich mal gelesen ‹Wenn ich so happy bin, dass ich Glitzer kotzen könnte›. Will ist da irgendwie speziell.»

Oh Gott, das ist leider witzig.

«Er hat mal gesagt, dass er keinen Bock mehr darauf hat, der Sklave seines Handys zu sein. Und irgendwie hat er recht, oder? Wir sind alle Sklaven dieser verdammten Geräte.»

«Stimmt schon. Aber wie schafft er es, ohne Handy zu leben? Ich ertappe mich ständig dabei, dass ich Fotos machen will, anstatt einfach einen Moment zu genießen. Na ja», verbessere ich mich. «Nicht mal, um es irgendwo zu posten. Auch dass man es an seine Familie oder Freunde schicken will, reicht schon.»

«Ja, genau», bestätigt Kendra. «Allein schon, dass man *überlegt*, ein Foto zu machen, hat den Augenblick eigentlich schon kaputt gemacht.»

Ich nicke, auch wenn Kendra das vermutlich nicht sieht. «Und man hat ständig das Gefühl, etwas zu verpassen. Ich werde schon nervös, wenn ich mal eine Stunde nicht auf mein Display gucke.»

Was man laut William allerdings nicht tun würde, wenn man Adderall geschluckt hat.

«Ich bin auch das totale FOMO-Opfer.» Kendra seufzt. «Jetzt, wo ich meine Freunde aus der Highschool nicht mehr sehe, klammere ich mich an jedes verdammte Posting von ihnen.»

Das kann ich gut verstehen, auch wenn ich keine Freunde mehr aus meiner alten Highschool habe. Seit elf Monaten nicht mehr. Trotzdem frage ich mich, wie William das in der Pandemie ausgehalten hat. Mein Handy war zeitweise das einzige Mittel, um mit Lark zu sprechen. Wenn ich nicht mit ihm Kontakt gehalten hätte ... Vielleicht wäre das alles dann noch viel früher passiert. Aber ... das ist bedeutungslos. Es ist passiert, und ich habe nichts dagegen getan.

«Devin hat übrigens eben vorgeschlagen, dass wir das am Wochenende mit Alkohol wiederholen.»

«Was?»

«Dieses Spiel. Also nicht mit dem Licht und diesen dämlichen Fragen. Mit richtig guten Fragen.»

«Oh, okay.» Das klingt ganz und gar nicht verlockend. Nicht mit Devin und schon gar nicht mit irgendwelchen intimen Fragen. «Am Wochenende?»

«Samstagabend. Devin braucht Vorlaufzeit, um was zu trinken zu besorgen. Er hat schon Kontakt zu einem Senior, der einundzwanzig ist und was für uns holen könnte.»

Ich ziehe eine Grimasse, denn das passt zu ihm.

«Wir treffen uns im North Park House», erklärt Kendra. «Acht Uhr. Der Gemeinschaftsraum da ist supergemütlich. Ich wohne auf der zweiten Etage, Zimmer 28. Du kannst vorher zu mir kommen, dann gehen wir zusammen hin. Wo wohnst du eigentlich? Habe ich dich noch gar nicht gefragt.»

«Du bist auch im North Park?»

«Du etwa auch? Wie cool ist das? Aber warum habe ich dich gestern Abend nicht gesehen?»

Weil ich mich mit William gestritten und mich dann in meinem Zimmer versteckt habe. «Ich bin früh ins Bett gegangen.» Aber es ist toll, dass Kendra auch dort wohnt. Dass in meinem Wohnheim jemand ist, mit dem ich gerne befreundet sein möchte, auch wenn mir der Weg dahin unendlich lang erscheint. Es gibt ein Wort dafür. *Adronitis.* Das frustrierende Gefühl, wie lange es dauert, bis man eine Freundschaft aufgebaut hat. Am liebsten möchte ich das sofort. Kendra als Freundin haben, mit der ich schon ganz viel erlebt habe. Aber so funktioniert das nicht. Man muss erst gemeinsam etwas durchleben, um gemeinsame Erinnerungen haben zu können. «Mein Zimmer ist im dritten Stock», sage ich. «Direkt gegenüber vom Treppenaufgang.»

Ms. Colegrove stellt in die Dunkelheit die nächste Frage, doch ich höre nicht mal zu.

Kendra stöhnt. «Okay, jetzt dämmert mir was. Wahrscheinlich haben sie die Kurse deshalb so zusammengelegt. Wir sind offenbar alle dort. Der gesamte Kurs. Ich habe eben gehört, dass Garrett und Chord über ihre Zimmer in North Park geredet haben.»

Scheiße. Das heißt, dass auch William und Devin dort wohnen.

«Auf den Kerl könnte ich echt verzichten.»

Oh Gott, ich wohne im selben Haus wie William und Devin. Das heißt, ich werde ihnen vier Jahre lang nicht aus dem Weg gehen können. «A-auf wen?»

«Garrett natürlich. So ein richtiger Arsch.» Sie stockt. «Äh, sorry. Wahrscheinlich sollte ich ihn einfach so annehmen, wie er ist, aber ich befürchte, so viel Alkohol kann man gar nicht trinken, um ihn zu ertragen.»

Ich komme mir so doof vor. Natürlich ist William im North Park House, sein Großvater hat es schließlich renovieren lassen. Wahrscheinlich hat er ein Superluxuspremiumapartment, wenn es so was dort gibt. Ich reiße mich zusammen. Garrett. Wir reden von Garrett. «Du meinst, weil Garrett schon irgendwie sexistisch ist?», flüstere ich.

«Genau das wollte ich sagen.» Sie knufft mich. «Spielst du eigentlich ein Instrument?», will sie urplötzlich wissen.

«Nein, wieso?»

«Weil das Ms. Colegrove gerade gefragt hat.»

Mist. Ich sollte besser aufpassen. Mich konzentrieren. Mitmachen. Zum Glück hätte ich bei dieser Frage eh nicht Ja gesagt. Musikunterricht war finanziell bei uns nicht drin, und ich bin auch nicht sonderlich talentiert.

Als das Licht nach kurzer Zeit wieder angeht, sehe ich neben Garrett, Sun-young, einem Typen namens Amartya und zwei Mädchen, deren Namen ich vergessen habe, auch William vorne stehen.

Ich seufze.

War ja klar.

12. KAPITEL

Für das nächste Mal schreibt bitte jeder von euch ein Geheimnis auf. Ohne Namen. Etwas, das ihr noch nie jemandem erzählt habt. Es kann positiv sein oder negativ, Hauptsache, es ist ehrlich. Achtet darauf, dass ihr normal weißes Papier benutzt und eure Schrift nicht zu erkennen ist. Am besten druckt ihr es aus.»

«Wie viele Wörter?», will Sun-young wissen, und ich bin ihr dankbar für diese Frage, halte schon Block und Stift bereit, um mir das zu notieren.

«Das ist egal», sagt Ms. Colegrove. «So viele Wörter, wie ihr braucht. Achtet nur darauf, dass der Text anonym ist, denn wir werden daraus vorlesen. Ich stelle eine Box auf, in die ihr eure Beiträge einwerfen könnt.»

Wir werden unsere Geheimnisse vorlesen. Und was dann? Reden wir darüber? Was tut unsere Kursleiterin uns hier an? Es gibt nicht ein Geheimnis, das ich mit diesem Kurs teilen möchte, selbst anonym. Und das Geheimnis, das mich am meisten belastet – ich könnte es nicht ertragen, wenn jemand erraten würde, dass es von mir kommt.

Als Ms. Colegrove uns schließlich entlässt, tauschen Kendra und ich noch Telefonnummern aus, dann verabschiede ich mich so schnell, dass es aussehen muss, als wäre ich auf der Flucht. Dabei muss ich nur dringend etwas essen, bevor ich umfalle. Und im Sekretariat mein Paket holen, bevor mein nächster Kurs anfängt. Der Flur ist überfüllt, deshalb merke ich erst gar nicht, dass Devin mir folgt. Bis er irgendwann nach meinem Arm fasst und mich so zum Stehen bringt.

Er sagt etwas, das sich fast so anhört wie «Das war echt scheiße.» Doch das Geplapper im Flur ist so laut, dass ich kaum ein Wort verstehen kann. Sein grimmiger Gesichtsausdruck würde allerdings gut dazu passen. Was habe ich jetzt schon wieder getan? «W-was?»

Er zieht mich aus dem Gedränge in eine Nische. «Warum hast du ihn nicht daran gehindert, verdammt?», blafft er mich an.

Wovon zum Teufel redet er? Und warum ist er plötzlich sauer auf mich? Ich bin es, die Grund hat, sauer zu sein!

«Will hat es mir eben erst gesagt. Wieso hast du nicht verhindert, dass er die Tabletten wegschmeißt? Scheiße», flucht er leise. «Ich kriege echt Probleme, wenn ich es ohne schaffen muss. Die nächsten Wochen werden der Horror. Wo soll ich bitte so schnell Ersatz herkriegen? Never ever kriege ich vom Arzt jetzt schon ein neues Rezept.»

«Tut mir leid», sage ich perplex. Dabei tut es mir gar nicht leid. Was passiert hier gerade? William hat ihm gesagt, dass *er* das Adderall weggeworfen hat? Aber warum? Meine Gedanken rasen. Wir haben eben beide mehr oder weniger so getan, als wäre nichts gewesen. Wieso lügt er seinen besten Freund an? Ich bin davon ausgegangen, dass er es Devin brühwarm erzählen würde. Noch gestern Abend. Das ergibt überhaupt keinen Sinn.

Am liebsten würde ich Devin jetzt sofort klarmachen, wie scheiße seine Aktion war, aber nicht hier im Flur, wo es jeder mitkriegen kann. «Du hättest das Zeug nicht in meine Tasche schmuggeln sollen», sage ich und versuche, meine Stimme leise zu halten, auch wenn es mir schwerfällt. Damit verrate ich nichts, es bringt mich aber auch keiner Antwort näher, warum William gelogen hat.

«Ja, war eine Scheißidee von mir. Das ist mir inzwischen auch klar.»

«Das war nicht einfach nur eine Scheißidee.» Sein Freund hält mich jetzt für eine Drogendealerin!

«Was willst du von mir hören? Soll ich mich vor dir in den Staub werfen?»

Er hätte damit meine ganze Zukunft ruinieren können! Das Mindeste wäre eine richtige Entschuldigung. Ich bin so sauer. Aber ich kann ihn schlecht hier vor allen Leuten anbrüllen. «Ich will jetzt nicht mit dir darüber reden!»

«Fuck, hättest du sie mir nicht einfach zurückgeben können?»

Das ist jetzt nicht sein Ernst! Ich schnappe schon nach Luft, da ruft jemand laut Devins Namen, und als ein Typ mit Basecap auf uns zukommt, nutze ich die Gelegenheit, aus der Nische zu schlüpfen und mich in den Strom der Leute einzureihen. Ich muss nachdenken, bevor ich Devin umbringe. Mein erster Impuls ist es, ihm sofort die Wahrheit an den Kopf zu knallen, dass ich es war, die die Tabletten ins Meer geworfen hat. Ich bin kein Feigling. Mein Dad hat mir beigebracht, dass es wichtig ist, das zu tun, was man für richtig hält, selbst wenn das negative Konsequenzen hat. Und Devin die Wahrheit zu sagen, hätte definitiv negative Konsequenzen für mich. Ich verstehe nur nicht, warum William gelogen hat. So angepisst, wie Devin ist, haben die beiden jetzt wahrscheinlich ziemlichen Stress.

Gott, bin ich wütend! Mein Herz rast immer noch. Eigentlich hatte ich vor, meinen Müsliriegel zu essen, sobald ich aus der Thayer Hall raus bin, aber jetzt wird mir klar, dass ich viel mehr brauche, um diesen Tag zu überleben. Vor allem Kaffee.

Damit ich richtig denken kann und weiß, was ich Devin sage. Ich brauche auch definitiv einen Kaffeevorrat für mein Zimmer. Kendra hat mir während einer der langweiligen Fragen erzählt, dass es auf dem Campus auch einen Laden gibt, in dem man Lebensmittel bekommt. Wir haben beschlossen, ihn morgen zu suchen, um uns mit Müsli, Toastbrot und Süßkram für das Wochenende einzudecken. Aber das hilft mir jetzt nicht weiter. Ich brauche sofort etwas!

In einer halben Stunde steht mein erster Pflichtkurs an, und dafür brauche ich einen klaren Kopf. Kendra hat leider ein anderes Hauptfach und ist deshalb nicht dabei, aber ich würde mich nicht wundern, wenn William auch im *How-to-read*-Kurs ist. Nach dem, was ich im Wikipedia-Artikel über seine Familie erfahren habe, würde es zu ihm passen. Woodford ist auf der Liste der besten Komparatistikstudiengänge der USA seit Jahren immer unter den Top 5. Was ganz sicher der Studienleiterin zu verdanken ist. Moira Cushing war als Doktorandin in Yale, bevor sie nach Woodford gekommen ist. Ich habe einen Heidenrespekt vor ihr und kann es kaum erwarten, sie live zu erleben.

Wieso hat William nur gelogen? Soll ich ihn danach fragen? Meine Gedanken kehren immer zu ein und demselben Thema zurück. Ich hasse es, zu lügen. Das Problem ist nur: Wenn ich Devin die Wahrheit sage, stelle ich gleichzeitig William damit als Lügner bloß. Ich habe keine Ahnung, was ich tun soll. Aber ich werde nicht drumherum kommen, William direkt zu fragen. Falls wir beide im selben Kurs sind, am besten sofort.

Ich nehme den Weg durch den Park, von dem ich hoffe, dass es eine Abkürzung zum Hauptgebäude ist. Sicher bin ich mir aber nicht. Tief hole ich Luft, dann springt mir das Schild von einem Coffee Shop ins Blickfeld, und ich seufze erleichtert.

Coffee Bar ➻ 250 m.

Eigentlich wollte ich vor dem Literaturkurs noch in mein Zimmer gehen. Das wird knapp. Aber abgesehen davon, dass ich dringend Koffein brauche – ich schulde Mr. Jackson aus dem Sekretariat auch noch einen Kaffee. Zumindest fühle ich mich verpflichtet, ihm für mein superschönes Zimmer zu danken. Und jeder verdient einen Kaffee, der nicht schmeckt, als wäre der gesamte Schlamm des Merrimack Rivers drin. Also werfe ich einen schnellen Blick auf mein Handy, um die Zeit zu checken, und lege dann einen Zahn zu.

Das Gebäude, in dem unten das Café untergebracht ist, ist aus dunklen Backsteinen und mit wildem Wein bewachsen, dessen Blätter sich rot verfärbt haben. *Public Domain Coffee Bar.* Auf dem aufgestellten Schild neben dem Eingang hat jemand mit einem weißen Kreidemarker hinzugefügt: *We use cookies to improve our performance.*

Gott, das klingt toll. Ich brauche auch dringend Cookies, um meine Performance zu verbessern. Als ich die *Coffee Bar* betrete, bin ich überrascht, wie groß der Laden ist. Und wie voll. Fast alle Plätze sind belegt, und der gesamte Raum wird von einer Geräuschdecke eingehüllt, die aus Gelächter, Gesprächsfetzen, Geschirrklappern und Tastaturtippen besteht. Es riecht köstlich nach Kaffee und warmem Gebäck. Mein Magen gibt ein empörtes Knurren von sich.

Es gibt freies WLAN, wie ich auf einem Plakat lesen kann. Im hinteren Bereich geht das Gebäude in einen altmodischen Wintergarten über, von dem man direkt aufs Meer sieht. Ich schlängle mich durch die Tische bis nach vorne zur Theke, wo hinter Glas eine ganze Reihe von Cookies präsentiert werden. Leider ist der Laden nicht gerade billig. Dafür sind die Cookies so groß, dass sie flach meine gesamte Hand verdecken würden und man locker zu zweit davon satt werden könnte. Ich horche in mich hinein. Okay, in meinem Fall eher nicht.

Auf den handbemalten Schildchen stehen Namen wie *For Goodness Cake, Flour Power* oder *Dough Knot*. Es gibt auch herzhafte Cookies mit Käse und Gewürzen: *Phineas & Herbs* oder *Laurel & Hearty*. Kurz spiele ich mit dem Gedanken, Mr. Jackson wegen seines Kürbis-Pullovers einen Kaffee mit Pumpkin Spice zu bestellen, nehme dann aber doch einen neutralen, großen Flat White und einen Cookie mit dem Namen *Rosemary's Bacon*. Für mich selbst bestelle ich einen einfachen Latte macchiato und einen Käse-Cookie, der sich *Best Of All Thyme* nennt.

So was werde ich mir leider nur selten leisten können, aber heute ist eine Ausnahme. Als ich wenige Minuten später beladen den Park durchquert habe und über den Innenhof laufe, fällt mir noch ein Grund ein, warum ich Kaffee liebe. Er wärmt meine Hände. Der Rest von mir ist eiskalt. Die Vormittagssonne versteckt sich hinter einem grauen Schleier, und der Nebel hängt immer noch tief zwischen den Gebäuden fest. Ich hätte eine Jacke anziehen sollen.

«Hey, Eden!»

Ich bleibe so ruckartig stehen, dass der Kaffee in den Bechern hochschwappt und trotz Deckel heiß auf meinem karierten Hemd landet. Aaah, Mist. Der Kaffee saugt sich durch bis in mein Shirt und brennt mir auf der Haut. Unmöglich, daran zu ziehen, um es von meiner Haut zu lösen, weil ich beide Hände voll habe. Mit zusammengebissenen Zähnen drehe ich mich um.

Schon wieder.

«Devin», presse ich hervor und will mich gleich wieder in Bewegung setzen. Ich bin sowieso schon spät dran. «Ich habe es eilig, tut mir leid. Und ich habe echt keine Lust mehr, mich von dir anschnauzen zu lassen.»

«Warte mal.»

«Ich muss ins Sekretariat.» Ich laufe los, aber Devin lässt sich nicht so leicht abschütteln. Mit großen Schritten schließt er zu mir auf. Was zum Teufel will er denn noch von mir?

«Sorry, dass ich dich eben so angefahren habe», sagt er, während er neben mir herläuft.

Ich bleibe irritiert stehen – diesmal nur nicht ganz so ruckartig, damit es nicht noch ein Kaffeeunglück gibt. Sorry, aber ist das sein Ernst? «Okay», knurre ich auf eine Art, die klarmachen soll, dass ich das ganz und gar nicht okay finde. «Du entschuldigst dich für deinen Ton, aber nicht dafür, dass du mir Drogen untergejubelt hast?», zische ich und sehe, wie er zusammenzuckt. Es kommen schon wieder Leute in Hörweite vorbei, aber jetzt kann ich mich nicht länger zurückhalten. «Ich hätte mein Stipendium verlieren können!», fauche ich ihn an und würde ihm am liebsten den Kaffeebecher an den Kopf werfen. «Mag sein, dass ich in deinen Augen nur ein kleines Licht bin, aber das hier ist meine Zukunft, und du hättest sie damit ruinieren können.»

«Ich habe nicht nachgedacht, okay?»

«Nein, das ist nicht *okay*!»

«Es tut mir echt leid. Was soll ich machen? Es war ein beschissener Fehler. Ich habe keine Ahnung, was ich mir dabei gedacht habe. Das war eine superdämliche Aktion.» Ich verenge die Augen, und sofort verbessert er sich. «Es war nicht einfach nur eine superdämliche Aktion, ich hab's kapiert. Es war scheiße, ich habe dich in Schwierigkeiten gebracht, weil ich Schiss hatte. Und du bist kein kleines Licht, ich bin ein Arsch. Sorry, Eden.»

Ich atme langsam ein und aus. Er sieht so aus, als würde es ihm wirklich leidtun. «Dealst du damit?»

«Was?» Sein Gesicht macht seinen Haaren Konkurrenz und wird knallrot.

«Ob du damit ...»

«Scheiße, ich habe dich schon verstanden.» Er hebt beide Hände und schüttelt fassungslos den Kopf. «Nein, natürlich nicht! Das war mein Eigenbedarf.»

«Okay.» Ich kaue nachdenklich auf meiner Unterlippe. «Mach so was nie wieder mit mir, klar?»

Devin fährt sich über den Hinterkopf und strubbelt sein kupferrotes Haar durch. «Es tut mir ehrlich leid. Und dass Will das Zeug weggeworfen hat ... ach fuck, es ist okay. Ich war einfach sauer, aber du kannst nichts dafür. Ich will nur wissen ...» Er stockt, und ich habe überhaupt keine Ahnung, was jetzt kommt. «Hast du Kendra was gesagt?»

Oh, das ist es also.

Die zwei kleinen Papiertüten mit den Cookies kommen ins Rutschen. Ich greife fester nach, klemme sie zwischen meinen Finger und den Pappbechern ein und hoffe nur, dass ich sie dabei nicht zerstöre. «Nein, ich habe nicht mit Kendra darüber geredet. Habe ich auch nicht vor.»

«Okay.» Er wirkt erleichtert. «Unsere Eltern würden mir sonst die Hölle heißmachen.»

Ich presse die Lippen zu einem gequälten Lächeln zusammen, bevor ich ein Seufzen ausstoße. «Lass uns das einfach vergessen, ja? Ich will keinen Ärger haben, und ich mag deine Schwester. Aber zieh mich bitte nie wieder in so was rein.»

Er zuckt mit den Schultern. «Nur, wenn du es selbst willst.»

Als ich ihm einen vernichtenden Blick zuwerfe, lacht er plötzlich auf. «War ein Witz! Freunde?» Er hält mir die Hand hin, aber weil ich beide Hände voll habe, stößt er mit seiner Faust leicht gegen meinen Unterarm.

«Freunde», sage ich mit belegter Stimme.

Für ihn ist das wahrscheinlich nur eine Floskel. Er kann nicht wissen, was dieses Wort in mir auslöst. Ich habe keine Freunde mehr. Aber ich brauche sie so dringend.

Gott sei Dank sind es nur noch ein paar Meter bis zum Sekretariat. Ich versuche, beide Kaffeebecher in eine Hand zu nehmen, um die Tür aufzumachen, was aber nicht funktioniert. Devin zieht mit einem Grinsen die Tür für mich auf. «Ich schätze, wir sehen uns dann spätestens am Wochenende», sagt er. «Kendra hat dir schon Bescheid gesagt, oder? Du kommst doch auch ins North Park House.»

«Ich schätze schon. Ich wohne dort, also lässt sich das sowieso nicht vermeiden.»

Jetzt grinst er noch breiter. «Ich weiß.»

13. KAPITEL

Wieso hast du gelogen?

Diese Frage spukt mir die ganze Zeit durch den Kopf.

Die Sitzreihen in dem kleinen Hörsaal verlaufen im Halbkreis um das Podium. William sitzt mir schräg gegenüber zwei Reihen höher und hat bis gerade eben noch in einem Buch geblättert. Er hat mich noch nicht bemerkt. Zumindest blickt er nie auf, wenn ich grad zufällig rübergucke, was schon viel öfter passiert ist, als mir lieb ist. Ich zupfe an meinem Hemd, auf dem die Kaffeeflecken langsam eintrocknen, senke den Blick auf meinen Notizblock und spiele mit meinem schwarzen Stift, bis Sun-young reinkommt und in meine Sitzreihe klettert. Schnell rutsche ich zur Seite und mache ihr Platz.

«Eden, richtig?», hakt sie noch einmal nach.

«Ja.» Ich nicke.

Sie packt ihre Sachen aus, legt mehrere Bücher und ein riesiges Stiftemäppchen auf den Tisch, das mit bunten Aufklebern bedeckt ist. Als sie den Reißverschluss aufzieht und es ausklappt, kommen gleich mehrere Lagen mit den unterschiedlichsten Farbstiften zum Vorschein. «Wow», flüstere ich und muss aufpassen, das Wort vor Überraschung nicht über drei Silben zu dehnen. «Das sind eine Menge Stifte.»

«Ich zeichne gern.» Sie klappt ein Buch auf, blättert die ersten Seiten durch, und ich erhasche einen kurzen Blick auf mehrere Porträts und Tierzeichnungen, die realistisch und total professionell aussehen.

«Ist das Sumi? Dein Chinchilla?»

Sie nickt.

«Du bist wahnsinnig talentiert.» Meine Stimme vibriert vor Anerkennung. Wieso ist sie mit mir in diesem Literaturkurs und nicht in einem über Kunst, wenn sie *so* begabt ist?

Sun-young sieht nicht so aus, als würde ihr mein Kompliment etwas bedeuten. «Es ist mehr Übung als Talent.» Sie zuckt mit den Schultern. «Ich zeichne jeden Tag. Man wird gut in Dingen, die man ständig macht, weißt du?»

Sie hat recht. Wahrscheinlich ist es in jedem Bereich so. Mein Dad sagt das auch immer. *Zwanzig Prozent Talent, achtzig Prozent Schweiß.*

Und eigentlich ist das ziemlich motivierend. Man ist nicht allein davon abhängig, was die Gene einem mitgeben. Man kann an allem arbeiten, wofür man sich interessiert, und richtig gut darin werden. Sogar besser als andere, die eigentlich talentierter sind als man selbst. Trotzdem wäre ich gerne in einem Bereich so gut wie Sun-young. Ich interessiere mich für so vieles, aber in nichts davon bin ich richtig, richtig gut. Zumindest nicht so gut, dass ich denke, das könnte mein Fachgebiet werden. Wahrscheinlich ist das der Grund, warum mir Bücher so viel bedeuten. Ich kann mich nicht entscheiden, was ich mit meinem Leben anfangen soll, und deshalb entscheide ich mich dafür, Hunderte anderer Leben zu leben. Das ist nur nicht wirklich ein Talent.

«Ich denke, ich weiß, was du meinst», sage ich nachdenklich. «Talentiert hört sich so an, als wäre das ein Geschenk, für das man nichts tun musste, oder? Aber es sieht so toll aus, was du machst! Ich finde, du bist wahnsinnig gut im Zeichnen. Man sieht, wie hart du daran gearbeitet hast.»

Jetzt lächelt Sun-young ein ehrliches, dankbares Lächeln. Fasziniert sehe ich ihr zu, wie sie anfängt, ein neues Gesicht zu skizzieren. Bis mir bewusst wird, dass ich zu neugierig bin. Dann wird es auf einmal still – unsere Dozentin ist reingekommen. Sofort straffe ich mich.

Professor Cushing sieht aus wie Anfang dreißig und strahlt pure Begeisterung aus. Ihr glattes, blondes Haar reicht ihr fast bis zur Taille, und sie trägt einen klassischen karierten Blazer in sanften Brauntönen.

«Wir lieben Texte! Wir lieben Sprache!» Das sind die ersten beiden Sätze, die sie sagt, und von da an klebe ich an ihren Lippen. Sie erklärt uns die Unterschiede zwischen einem Literaturstudium und der vergleichenden Literaturwissenschaft, und ich weiß jetzt zumindest, *wie* ich einmal werden will. Wie kann man nur so unfassbar klug sein? Sie ist charmant, witzig und eloquent und schafft es spielerisch, uns wichtige Informationen zukommen zu lassen. Im Saal ist es totenstill, so fasziniert lauschen wir ihr, bis Professor Cushing die Literaturlisten austeilen lässt. Erst dann setzt wieder Getuschel ein. Als die zusammengetackerten Blätter auch bei mir ankommen, muss ich schlucken.

Es sind neun verdammte Seiten mit mehr als fünfhundert Titeln!

Ich werfe Sun-young einen fragenden Blick zu, aber sie kaut stirnrunzelnd auf einem Stift rum, während sie die Liste durchblättert. Gott, ich glaube, ich kriege Panik. Mir wird heiß, als ich die vielen Namen lese, mein Hals fühlt sich staubtrocken an, und gleichzeitig bricht mir der Schweiß aus. Ich werde das niemals schaffen, ich kenne so gut wie keinen der Titel, die auf dieser Liste stehen. Auf die Schnelle entdecke ich nur fünf Bücher, die ich schon gelesen habe, und davon habe ich auch noch eins nach der Hälfte abgebrochen, weil ich es doof fand.

Wuthering Heights. Vielleicht war ich einfach nicht klug genug, um es zu verstehen.

Das wird eine Katastrophe!

«Die Liste ist nicht in Stein gemeißelt, Sie dürfen gerne Vorschläge per Mail bei mir einreichen. Insgesamt müssen vierzig Titel ausgewählt werden. Zwölf Werke aus der Belletristik, zwölf Lyrik-Titel, zwei Epen, sieben Dramen und ebenso viele Sachbücher. Sie können jederzeit mit Ihrem Berater sprechen, wenn Sie sich unsicher sind, welche Bücher für Sie geeignet sind. Ein kleiner Tipp von mir», sie zwinkert, «nehmen Sie lieber nur Werke in Ihre Abschlussarbeit mit auf, die nicht bereits zu Tode abgehandelt wurden.»

Das würde selbst Jane Austen für mich ausschließen. Ich keuche verzweifelt auf.

«Und machen Sie sich nicht verrückt. Ihre endgültige Auswahl müssen Sie erst Mitte April treffen. Die Liste habe ich Ihnen nur so früh gegeben, falls Sie die Zeit in den nächsten Ferien nutzen möchten, um schon etwas davon zu lesen.»

Sie geht zu ihrem Pult und schaltet einen Beamer ein. Eine Aufzählung von mehreren Sprachen taucht auf der Projektionsfläche auf: Arabisch, Latein, Altgriechisch, Hebräisch, Französisch, Spanisch, Russisch, Japanisch, Italienisch, Chinesisch, Koreanisch, Urdu, Bengalisch, Zulu, Persisch, Portugiesisch, Äthiopisch, Deutsch.

«Die meisten von Ihnen haben ein oder auch zwei dieser Sprachen als Muttersprache gelernt oder inzwischen so weit studiert, dass Sie Bücher in der Originalsprache lesen können.»

Wie bitte? Die meisten von uns? Ich schaue mich um, ob noch jemand außer mir gerade den Kopf schüttelt. Oder genauso entgeistert ist wie ich. Sieht nicht so aus.

Nur mühsam unterdrücke ich ein Stöhnen. Ich glaube, sie

geht einfach von sich selbst aus. Ich habe gelesen, dass Professor Cushing in Europa aufgewachsen ist und fließend Spanisch, Französisch, Italienisch und sogar Finnisch spricht. Ich hatte Spanisch in der Schule und im letzten Jahr einen Französischkurs, der insgesamt vielleicht sechsmal stattgefunden hat, weil unsere Französischlehrerin wegen einer Erkrankung gefehlt hat. Ich kann auf Spanisch Orangensaft bestellen und sagen, wie ich heiße, wie alt ich bin und wo ich wohne. Mit viel Glück bekomme ich noch eine Wegbeschreibung zustande. Auf Französisch kann ich so gut wie nichts, geschweige denn ein Buch lesen.

«Sie dürfen die Texte in der englischen Übersetzung lesen, aber ich würde mich freuen, wenn Sie sie mit dem Original vergleichen. Das ist das Großartige an unserem Studiengang: Sie sind nicht wie in der Anglistik auf den Kanon englischsprachiger Literatur beschränkt. Wir unterstützen Sie auch gerne dabei, ein Semester im Ausland zu verbringen.»

Ja, klar!

Ich sehe zu William, der meinen hilflosen Blick zufällig im selben Moment auffängt und mit einer hochgezogenen Braue beantwortet. Ich bin erledigt!

«Wir können uns gegenseitig dabei helfen, Texte zu übersetzen und uns Sprachen beizubringen! Sie werden nirgendwo so leicht neue Sprachen lernen wie in Woodford, denn wir sind alle hier, um unser hart erkämpftes Wissen miteinander zu teilen! Nur deshalb kommen wir als Gelehrte an einem Ort wie Woodford zusammen.»

Sicher. Wenn man ein Sprachgenie ist, vielleicht.

William wirkt völlig entspannt. Vielleicht hat er auf seiner Privatschule schon fließend drei Fremdsprachen gelernt. Aber ich fühle mich völlig fehl am Platz. Ich bin keine Gelehrte und werde das garantiert auch nie sein. Ich bin bloß Eden Collins, die Tochter eines Fluggerätmechanikers. Und ich habe Angst, dass ich es nicht schaffe.

Zwanzig Prozent Talent, achtzig Prozent Schweiß.

Gerade eben habe ich noch gedacht, dass es nicht allein aufs Talent ankommt. Aber was nützt mir das in diesem Fall? Was, wenn ich jetzt schon so weit hinterherhinke, dass ich das auf keinen Fall aufholen kann?

Professor Cushing erklärt uns, was wir in den folgenden Wochen in diesem Kurs lernen werden, und ich versuche, mich wieder zu beruhigen. Wenn sie mit ihrer begeisterten Stimme spricht, klingt das alles gar nicht so schlimm, ich darf nur nicht an die Leseliste denken. Im Notfall lese ich eben nur englische Übersetzungen und bekomme ein paar Punkte abgezogen. Davon geht die Welt nicht unter.

Tief atme ich durch. Ich bin nicht hier, um alles zu können, ich bin hier, um etwas zu lernen. Und ich bin fest entschlossen, meine Chancen zu nutzen. Deshalb mache ich mir Notizen und schreibe auf, welche Bücher ich zur Vorbereitung lesen sollte. *How to Read Literature Like a Professor* ist eines davon. Als die ersten Zwischenfragen kommen, die Professor Cushing mit Geduld und einem Lächeln beantwortet, bin ich wieder weitestgehend entspannt. Sogar entspannt genug, dass der Gedanke an Devin erneut aufploppt, und ich überlege, wie ich William am besten darauf ansprechen kann.

Wenn er ein Handy hätte, würde ich ihm einfach eine SMS schicken. Die könnte er beantworten, oder es sein lassen. Wenn ich ihn aber persönlich zur Rede stelle, zwinge ich ihn zu einem Gespräch. Das will ich nicht. Also ... ein Brief?

Klar, Eden, du kannst ihm ja wie im Mittelalter einen Brief schreiben!

Der Gedanke ist absurd. Damit würde ich mich total lächerlich machen. Aber irgendwie möchte ich ihm die Möglichkeit geben, nicht zu antworten, ohne gleich unfreundlich zu werden. Vielleicht ist der Plan mit dem Brief doch nicht so absurd.

Doch, ist er.

Jemand kommt in den Saal und spricht eine ganze Weile mit unserer Professorin. Da ich vorhin vor Nervosität die Klammern aus der Leseliste gepult habe, suche ich jetzt nach einer Büroklammer. Mit ein bisschen Glück fliegt irgendwo am Boden des Rucksacks eine rum. Während ich krame, stoßen meine Finger an einen festen rechteckigen Gegenstand, den ich hervorziehe. Es ist der Liebesroman, den ich im Bus dabeihatte und in dem ich bisher Blüten gepresst und eine Seite für Blackout Poetry benutzt habe. Er hat einen dunkelblauen Leineneinband mit eingeprägten Efeuranken. Die Ränder und die Goldprägung sind vom vielen Anfassen schon abgewetzt. Ich habe das Buch beim Auspacken offensichtlich im Rucksack vergessen – was mir jetzt allerdings gelegen kommt, denn ich hatte beim Anblick des Buches eine Idee für eine Nachricht an William. Ich blättere die Seiten durch auf der Suche nach einem bestimmten Wort: *lie* = lügen. Es wäre sicher einfacher, wenn ich das verdammte Buch wenigstens gelesen hätte. Aber auch so dauert es gar nicht mal lange, bis es mir ins Auge fällt, und als ich feststelle, dass auch alle anderen Wörter, die ich brauche, auf derselben Seite stehen, gebe ich mir einen Ruck. Eigentlich wollte ich das Buch noch lesen, aber jetzt gerade ist mir die Sache mit der Nachricht wichtiger. Also kreise ich die einzelnen Wörter mit meinem schwarzen Stift ein und fange dann an, Wellenlinien um diese Wörter herum auf die Seite zu malen.

Professor Cushing entschuldigt sich für einen Moment bei uns und verlässt den Saal. Also mache ich damit weiter, die Hälfte der Seite mit vielen langen Linien zu füllen, damit die entscheidenden Wörter sofort hervorstechen.

Sun-young hält mir einen Stift hin.

Ich blicke zu ihr auf und nehme ihn automatisch.

«Deiner ist zu dick», sagt sie. «Nimm lieber den, die Spitze ist nur 0,2 Millimeter breit, das wird viel besser aussehen.»

«Ich wusste nicht mal, dass es so dünne Stifte gibt.»

«Ich habe sogar noch dünnere.» Sie lächelt. «Aber da muss man verdammt aufpassen, dass man beim Zeichnen nicht die Spitze umknickt.»

Vorsichtig setze ich den Stift an und mache die ersten zarten Linien. Sun-young hat recht. Es sieht tausendmal schöner aus, wenn die Linien filigraner sind. Nicht dass es unbedingt auf Schönheit ankäme, wenn ich William einfach nur eine Nachricht schreiben will, aber ...

Okay, ich will trotzdem, dass es gut aussieht. Wenn ich schon ein Buch ruiniere.

Es dauert länger, als ich dachte, bis ich die Hälfte der Seite mit diesem Muster gefüllt habe. Aber es sieht am Ende aus wie ein tosendes Meer aus Wellenlinien. Wie das Meerwasser, das die verdammten Tabletten verschluckt hat. Weil ich nicht genug Zeit habe, lasse ich den Rest der Seite frei. Jetzt sind die sechs Wörter, die ich ausgespart habe, aber deutlich lesbar.

Why did you lie to him?

Sun-young schaut nicht mehr zu mir rüber. Offenbar ist das so ein Künstler-Ding, dass man anderen nicht neugierig über die Schulter glotzt, und ich bin ihr echt dankbar dafür. Unsere Professorin kommt zurück, deshalb knicke ich nur schnell ein Eselsohr in die Seite und klappe das Buch zu.

«Danke für den Stift», sage ich zu Sun-young und will ihn ihr zurückgeben.

«Kannst du behalten. Meine Eomma schickt mir sowieso ständig Nachschub.»

"I'm sorry," I say, perplexed. I'm not sorry at all. What's happening here? William told him he threw away the Adderall? But why? My mind is racing. We both more or less pretended that nothing had happened. Why is he lying to his best friend? I figured he'd tell Devin immediately last night. That doesn't make any sense at all.

I'd like to tell Devin right now how shitty his action was, but not here in the hall where everyone can see it. "You shouldn't have smuggled that stuff into my [redacted] I say, trying to keep my voice low, even though it's [redacted] giving anything away, but it doesn't get me [redacted] answer either. I don't want to argue [redacted] Devin. But [redacted]

"Yeah, it was a [redacted] mine. [redacted]

"It [redacted] just a [redacted]

Dankbar stecke ich ihn in mein Mäppchen und warte dann ungeduldig darauf, dass Professor Cushing uns entlässt, damit ich William das Buch geben kann, bevor er den Saal verlässt. Vorsorglich stopfe ich meine Sachen schon in meinen Rucksack, und als der Kurs endet, springe ich sofort auf. Das Geplapper im Saal geht wie auf Knopfdruck los. Geraschel, als Sachen eingepackt werden, das Schleifen von Schuhen über den Boden, Gelächter, aber auch ehrfürchtige Stimmen, weil die Professorin fast so etwas wie eine lebende Legende in Woodford ist. William spricht noch mit seinem Sitznachbarn, während ich mir meinen Weg zu ihm bahne. Aber ich bin noch nicht an seiner Reihe angekommen, als er ebenfalls aufsteht, seine Ledertasche am Henkel vom Tisch zieht und in die andere Richtung davongeht.

Nein, nein, nein!

Dann muss ich ihn eben am Ausgang abfangen. «Sorry, tut mir leid», stammle ich mehrmals, während ich mich, das Buch fest an die Brust gedrückt, durch die Menschen drängele. Ich trete jemandem auf den Fuß und werde angeschnauzt. «Tut mir wirklich leid, ich hab's eilig, sorry!» Ich bekomme einen Ellbogen in die Seite und unterdrücke ein Stöhnen. Ich kann William nicht mehr sehen, und als ich ihn dann endlich entdecke – keine zwei Meter von mir entfernt –, rufe ich laut: «William, warte!»

Im selben Moment wird mir heiß. Nicht nur, weil ich ihm gerade völlig kopflos hinterhergerannt bin. Auch nicht, weil ich peinlicherweise laut nach ihm gerufen habe und sich mehrere Leute deswegen umdrehen, und nicht mal deshalb, weil William seine Augenbraue anhebt, als hätte ich ihn bei etwas wahnsinnig Wichtigem gestört. Nein, vor allem, weil Professor Cushing neben ihm auftaucht und sich offenbar gerade mit ihm unterhalten wollte.

Scheiße. Einfach nur Scheiße.

Ich schätze, er wird es mir nicht abnehmen, wenn ich so tue, als hätte ich jemand anderen gemeint. Wie viele Williams gibt es schon in diesem Kurs? Soll ich einfach abwinken und so tun, als hätte ich es mir plötzlich anders überlegt? Es ist schließlich nicht dringend. Es ist überhaupt nicht wichtig, und ich wünschte, ich wäre bei meiner ersten Überlegung geblieben, dass es einfach nur bescheuert ist, ihm zu schreiben.

Augen zu und durch, Eden! Umso schneller ist der Moment vorbei.

Auch wenn der Drang, einfach davonzulaufen, unermesslich groß ist, schiebe ich mich an zwei Studentinnen vorbei, werfe Professor Cushing einen entschuldigenden Blick zu und halte William das Buch hin. «Sorry, wenn ich störe. Ich wollte dir das nur schnell geben, bevor ich gehe.» Es klingt so, als wäre das verabredet gewesen, deshalb beiße ich mir auf die Lippe.

Es gäbe einhundert Möglichkeiten, mich jetzt bloßzustellen. Er könnte fragen, was das soll oder was das für ein Buch ist. *Bitte frag das bloß nicht!* Er könnte auch so tun, als würde er mich gar nicht kennen, oder, noch schlimmer, mich belächeln.

Für den Bruchteil einer Sekunde, in der in Williams Augen etwas aufflackert, rechne ich wirklich damit. Dann spüre ich, wie das Gewicht des Buchs in meiner Hand verschwindet, als er es an sich nimmt. «In Ordnung, danke.» Er hebt es kurz hoch und nickt, als hätte er nur darauf gewartet.

Ich verschränke die Arme, um den Kaffeefleck auf meinem Hemd zu verdecken, lächle die Professorin unsicher an und sehe zu, wie William mein Buch in seine Ledertasche steckt. Es war nicht so schlimm wie befürchtet. Was ich dann aber mitkriege, lässt mich beinahe stolpern, als ich mich wieder in Bewegung setze.

«Wie geht es dir, William?»

In den Augenwinkeln registriere ich, wie Professor Cushing eine Hand auf seinen Arm legt. Und dass sie sich mehr als nur freundlich zu ihm rüberbeugt, fast vertraulich.

Sie kennen sich. Sie kennen sich ziemlich gut.

14. KAPITEL

Ich denke mal durch seine Eltern», sagt Kendra, als wir am Samstagnachmittag für die Party noch einmal den Lebensmittelladen auf dem Campus durchstöbern und ich ganz nebenbei frage, woher William unsere Professorin kennen könnte.

Ihre Antwort ist nur logisch: Williams Eltern führen ein Verlagshaus in Boston, und Moira Cushing ist Professorin für Literatur. Ich seufze. Wir haben neben Haferflocken, Toastbrot, Kaffee, Sojamilch und ein paar getrockneten Feigen viel zu viel Süßkram im Einkaufswagen, es wird dringend Zeit, dass wir auch was Gesundes einkaufen. «Beruflich?», hake ich trotzdem nach in der Hoffnung, dass Kendra mehr erzählt. Gleichzeitig versuche ich, nicht zu neugierig auszusehen, während ich zur Tarnung übertrieben interessiert eine riesige Wassermelone in den Händen wiege. Besteht die nicht eigentlich auch nur aus Zucker?

«Schätze schon. Professor Cushing hat drei Bücher bei *Grantham & Tracy Press* veröffentlicht.» Mit dem Daumen scrollt sie eine Seite auf ihrem Handy nach oben, und ich bereue, dass ich überhaupt gefragt habe.

«Ist auch nicht so wichtig», wiegle ich ab, weil ich Sorge habe, dass mein Interesse an William seltsam rüberkommt. Gestern nach dem Kurs habe ich mich gezwungen, nicht danach zu googeln, weil ich keine Stalkerin bin. Auf meine Buchnachricht hat

William auch noch nicht reagiert. Vielleicht hat er noch nicht mal in das Buch reingesehen. Woher soll er auch wissen, dass ich darin mehr oder weniger eine Botschaft *versteckt* habe? Was mir im Nachhinein echt dämlich vorkommt. Ich hätte ihn einfach fragen sollen.

Ich lege die Melone zu den Kettle Chips und den lilafarbenen Popcorntüten von Boom Chicka Pop in den Wagen. «Willst du noch dieses Brausepulver holen, das du so gern magst?», frage ich. So viel zu meinem Vorsatz, etwas Gesundes zu kaufen.

«Mmmh.» Kendra brummt leise, während sie den Text auf ihrem Handybildschirm überfliegt. «Das eine ist ein allgemeines Fachbuch über Komparatistik. Hey, vielleicht solltest du das zur Vorbereitung lesen? Kann sicher nicht schaden zu wissen, wie deine Studienleiterin so tickt und worauf sie Wert legt.»

«Ja, vielleicht. Worum geht es in den anderen beiden?»

Okay, ich bin doch eine Stalkerin!

Es macht es nicht besser, dass ich nicht mal selbst recherchieren muss, weil Kendra das für mich übernimmt. Innerlich gebe ich mir einen Fußtritt.

«Einmal ihre Dissertation ...» Kendras Lippen bewegen sich, als sie stumm liest, dann verzieht sie das Gesicht. «Wie unsympathisch, sich so ein Thema auszusuchen. Der Titel heißt *Jenseits der Worte: Suizid als modernes Narrativ finnischer Erzählliteratur*. Wer will sich denn mit so was beschäftigen?» Sie schüttelt sich, und ich erstarre mitten in der Bewegung.

«Das dritte Buch klingt auch nicht besser», meint sie. «Ich bin echt froh, dass ich nicht in deinem Kurs bin. Wieso machst du so was freiwillig?»

Ich schlucke, versuche, meine lähmenden Gedanken abzuschütteln. «Das habe ich mich auch schon gefragt.» *Rede, Eden! Sag einfach irgendwas!* «Aber es gibt wirklich spannende Themen. Man kann ... Man kann sich auch auf den Bereich Film und Theater spezialisieren.»

«Gehen auch Comics?»

«Soll ich es für dich in Erfahrung bringen, falls du wechseln willst?» Ich lächle, aber es fühlt sich falsch an. Mir ist nicht mehr nach Lächeln zumute. Nicht nach dem Thema von Cushings Dissertation.

«Vergiss es», knurrt sie. «Mein Professor in Philosophie ist begnadet. Ich weiß, es ist ein absolutes Laberfach, aber ich liebe einfach diese Gedankenexperimente.»

Ich hatte Philosophie nicht auf der Highschool und mich damit noch nie groß beschäftigt, deshalb kann ich da nicht mitreden. «Und kannst du deine Vorliebe für Comics mit Philosophie verbinden?», frage ich, um Kendra am Reden zu halten und damit hoffentlich zu verhindern, dass meine Gedanken weiter in eine Richtung abdriften, die mir einfach nur wehtut.

«Professor Pollard hat heute zu uns gesagt, dass es völlig legitim ist, philosophische Essays über Popkultur zu lesen. Er hat uns sogar ein Buch über *Die Simpsons* empfohlen. Ich schwöre dir, er muss mich vorgestern in meinem Hoodie gesehen haben.» Sie wechselt abrupt das Thema. «Hast du eigentlich schon dein Geheimnis für Ms. Colegrove aufgeschrieben?»

«Nein», krächze ich. Ich will nicht mal daran denken und weiß jetzt schon, dass es mir das gesamte Wochenende verderben wird.

«Ich schon, aber ich frage mich, ob ich das wirklich abgeben soll. Ich habe keinen Bock auf die Spekulationen, wer von uns was geschrieben hat. Wie will Ms. Colegrove das verhindern? Sie geht danach raus, und wir können uns mit Kommentaren von Vollidiot-Garrett rumschlagen. Oder noch schlimmer von Devin. Devin wird sofort wissen, dass das Geheimnis von mir ist.»

«Kannst du es vielleicht so umschreiben, dass er es nicht

erkennt?», frage ich. «Oder du nimmst ein anderes. Eins, das nicht so brisant ist.»

«Habe ich auch überlegt, aber das ist nicht der Sinn der Aufgabe, oder? Wir sollen ein echtes Geheimnis aufschreiben. Etwas, das wir noch nie jemandem erzählt haben. Und so wie ich das verstanden habe, werden wir danach darüber diskutieren. Dass ich Devins Kitzel-mich-Elmo kahl geschoren habe, als er klein war, ist nicht unbedingt ein interessantes Thema. Außer für meinen Bruder. Er denkt wahrscheinlich immer noch, dass Elmo krank war und deshalb sein Fell verloren hat. Worauf sollte so eine Diskussion hinauslaufen?»

«Eifersucht unter Geschwistern?»

Kendra wirft mir einen bösen Blick zu, und ich fange an zu lachen.

«Devin hat übrigens einen Senior dazu gebracht, *etwas* für uns in der *Coffee Bar* zu kaufen.» Sie hebt die Brauen, als sie das Wort *etwas* betont, und ich zucke innerlich zusammen, weil ich sofort an seine Tabletten denke. Ich muss das verdrängen, abhaken.

«Der einzige Ort in Woodford, wo man *es* bekommt. Er hat schon alles für heute Abend im Wohnheim deponiert.»

«Okay, dann sollten wir noch mehr zu Essen einkaufen. Auf nüchternen Magen vertrage ich weniger als nichts.»

Wir werfen Käse und einen fertigen Blätterteig in den Wagen, der nur noch aufgebacken werden muss. Es gibt im Wohnheim auf jeder Etage eine Küche, die gut ausgestattet ist, deshalb habe ich meinen Miniplattenherd bisher noch gar nicht benutzt. Okay, und auch, weil es offiziell verboten ist, in den Zimmern zu kochen, und ich nicht dabei erwischt werden will. Im Flur hängt eine Hinweistafel mit der Hausordnung, die ich erst gestern entdeckt habe.

Als wir an der Kasse ankommen, sortieren wir unsere Einkäufe danach, wer noch mehr Platz in seinem Kühlfach hat. Der Kühlschrank in der Küche ist riesig, aber es gibt für jedes Zimmer nur ein kleines Schubfach. Fast jeder hat sein Fach mit einem Aufkleber oder der Zimmernummer markiert. Auf dem Fach neben meinem sind ein paar Blumen und ein Aufkleber mit den Worten *I'm sorry for what I said when I was hungry.* Darunter hat jemand mit einem Sharpie in dicken Druckbuchstaben FINGER WEG!!! geschrieben, vermutlich weil man die Fächer nicht abschließen kann.

Ich habe einen Aufkleber der Air Force von Dads altem Koffer abgepult und mein Fach damit markiert. Darauf ist ein Tarnkappenbomber. *Day and night I defend my country!* Ich hoffe, das ist Abschreckung genug.

Wir schleppen unsere Einkäufe in den unpraktischen Papiertüten zurück zum Wohnheim. «Soll ich lieber das ganze Zeug für heute Abend mit zu mir nehmen?», fragt Kendra, als wir am North Park House ankommen. «Ich habe noch genug Platz in meinem Kühlschrankfach, weil ich sowieso nicht koche, und die Snacks müssen ja nicht gekühlt werden.»

«Sag mir Bescheid, bevor du hochkommst, dann helfe ich dir beim Tragen.»

«Abgemacht.»

Gemeinsam bringen wir das Zeug in ihre Küche auf der zweiten Etage. Kendra deutet im Flur auf ihr Zimmer und auf das von Devin. «Will ist oben bei dir.»

«Ach wirklich?» Das habe ich noch nicht mitbekommen, obwohl mein Zimmer direkt gegenüber vom Treppenaufgang liegt. «Welches denn?»

Kendra zieht eine Grimasse. «Das mit dem Erker. Wenn du im Flur einmal um die Ecke gehst, ist es das zweite auf der linken Seite. Warte», sie stockt, «kannst du das nicht sogar von deinem Fenster aus sehen?»

«Ich glaube schon.» Okay, das ist ... interessant. «Ich dachte eigentlich, das wäre so eine Art Aufenthaltsraum. Oder ein Lesezimmer oder so was. Wegen des Erkers. Kein anderes Zimmer hat einen Erker, oder?»

«Das sind die Vorteile, die es mit sich bringt, ein Grantham zu sein.» Kendra seufzt. «Ich glaube, William hasst es. Als ich ihn gefragt habe, welches Zimmer er hat, hat er nur gesagt ‹Das beste natürlich›, und es klang nicht wirklich begeistert. Eher so, als würde ihn das richtig ankotzen.»

Klar. Würde mich auch total ankotzen, wenn ich immer nur das Beste kriege. Dann ärgere ich mich über mich selbst. Wenn ich ehrlich bin, kann ich mich überhaupt nicht in seine Lage versetzen.

Zusammen räumen wir die Lebensmittel in die Küche, dann verabreden wir uns für halb acht, bevor ich hoch in mein Stockwerk laufe und den Rest in meinem Kühlschrank verstaue. Als ich die Zimmertür hinter mir abschließe, atme ich einmal tief durch. Meinen Rucksack schiebe ich unter den Schreibtisch, und dann – kann ich einfach nicht anders. Ich starre aus dem Fenster auf die schräg gegenüberliegende Hauswand. Der Erker ist in Dunkelheit getaucht. Hinter den Vorhängen regt sich nichts. Wahrscheinlich ist William nicht zu Hause. Vielleicht ist er mit Devin unterwegs, und sie besorgen auch noch etwas für heute Abend. Oder er ist übers Wochenende nach Hause gefahren und wird heute Abend gar nicht da sein.

Ob mein Buch dort auf seinem Schreibtisch liegt? Oder gammelt es in seiner Tasche vor sich hin, weil er es völlig vergessen hat? Wundern würde es mich nicht. Denn wieso sonst hätte er mir noch nicht geantwortet? Keine Ahnung, was ich erwartet habe. Sicher nicht, dass er mir einen halben Roman zurückschreibt. Aber ich dachte, er würde wenigstens antworten.

Oder mir im schlimmsten Fall das Buch einfach zurückgeben, ohne etwas zu sagen. Dass er gar nicht reagiert, habe ich nicht erwartet.

Ich will vor der Party noch duschen gehen und mir was anderes anziehen. Am besten das, worin ich mich am wohlsten fühle, und das ist meine löchrige Mom-Jeans und ein bequemes Oversized-Shirt.

Aber vorher räume ich die restlichen Sachen aus dem Karton ins Regal. Ich sortiere die Bücher nach Thema und schiebe sie sorgfältig bis vorne an die Kante. Daneben ist noch Platz für ein paar Kerzen. Meine schönste, eine Venus-Figur, aus deren Hals der Docht nach oben ragt, stelle ich auf meinen Schreibtisch neben den Stiftehalter. Den habe ich bei Etsy gekauft. Es ist der Kopf von Michelangelos David aus weißer Keramik. Oben ist er aufgebrochen wie ein Frühstücksei und hohl. Ich stecke Stifte, Schere, Lineal und ein paar Pinsel in seinen Kopf, und sofort sieht mein Zimmer viel wohnlicher aus. Neben dem Regal bringe ich ein paar Postkarten an. Eine davon ist ein Ausschnitt aus dem Deckenfresko der Sixtinischen Kapelle. Ich liebe dieses Bild vom Zeigefinger Gottes, der sich nach Adams Hand ausstreckt, um ihm Leben einzuhauchen. Ich weiß, dass es nicht besonders originell ist. Dieses Bild ziert vermutlich Millionen von Postkarten und Postern, aber für mich ist sie etwas Besonderes, weil Lark sie gekauft hat.

Lark.

Ich habe den ganzen Tag nicht an ihn gedacht. Das ist mir noch nie passiert, und es fühlt sich nicht befreiend an, sondern macht mir im Gegenteil noch mehr Schuldgefühle. Wie kann es sein, dass ich erst ein paar Tage hier bin und auf einmal anfange, ihn zu vergessen? Wenn auch nur für ein paar Stunden? Ich wollte unbedingt hierher. An einen Ort, an dem mich nichts mit Lark verbindet, und nun, wo es wirkt, fühle ich mich unfassbar schlecht deswegen. Treulos. Als würde ich ihn verraten.

Ich muss an die Aufgabe denken, die Ms. Colegrove uns gestellt hat.

Ein Geheimnis. Etwas, das niemand von mir weiß. Etwas, das ich noch nie jemandem gesagt habe.

Mir wird heiß, wenn ich mir auch nur vorstelle, jemandem davon zu erzählen. Aber ich muss es nicht. Ich kann es aufschreiben, nur für mich, und es dann wieder löschen. Vielleicht geht es mir besser, wenn ich das getan habe, wenn ich einmal die Worte finde, es zu beschreiben.

Ich setze mich auf den harten Holzstuhl und ziehe ihn ran an den Tisch. Ich schalte den Laptop an. Meine Finger berühren die Tastatur. Und dann fange ich an zu tippen.

15. KAPITEL

Ich habe meinen besten Freund sterben lassen.

Nur diesen Satz tippe ich, und meine Finger fangen an zu zittern. Nach diesem einen Satz schon. Dabei ist der noch nicht mal der Schlimmste, der aus mir herausbrechen will. Ich schlucke und drücke auf Enter, um in die nächste Zeile zu gelangen.

Ich habe mit Lark geschlafen, und jetzt ist er tot. Lark ist tot.

Wir haben zusammen im Bett gelegen, und es hat ... Oh Gott, ich kann es nicht einmal denken! Er wollte mit mir schlafen und ...

... ich glaube ... nein, ich habe solche Angst, dass es alles nur noch schlimmer gemacht hat.

Ich habe es schlimmer gemacht. Ich war der Katalysator. Und vielleicht ... vielleicht habe ich ihn sogar damit getötet.

Wie konnte ich das auch nur versuchen? Wie konnte ich nur denken, dass es etwas in ihm heilen würde, wenn wir auf diese Art zusammen sind? Wie konnte ich nur so blind sein? So dumm? So unfassbar dumm?

Ich schluchze auf.

Oh Gott, ich schäme mich so sehr, wie ich mich noch nie in meinem Leben geschämt habe. Schwarz auf weiß zu lesen, was ich getan habe, überspült mich mit einer Welle aus Scham und

Schuld. Wie konnte ich ihm das nur antun und ihm damit auch noch den letzten Rest seiner Würde nehmen? Wie konnte ich nur??

Ich halte das nicht aus. Ich kann es nicht aufschreiben. Immer mehr Tränen schießen mir aus den Augen. Unter Schluchzern drücke ich auf die Taste mit dem kleinen x und lösche es. Buchstabe für Buchstabe.

Lark ist tot.
Lark ist tot
Lark ist to
Lark ist t
Lark ist
Lark is
Lark i
Lark

Ich reiße die Hände vors Gesicht, weil ich so laut schluchzen muss, dass ich Angst habe, es könnte jemand hören. Es dauert unendlich lange, bis ich mich wieder beruhigt habe. Bis ich alles gelöscht habe bis auf den letzten Buchstaben und den Laptopdeckel schließen kann. Ich werde es niemals über mich bringen, dieses Geheimnis mit jemandem zu teilen. Was an diesem Tag passiert ist zwischen Lark und mir, ist ein Geheimnis, das ich so fest in mir einschließen werde, dass es niemals jemand erfährt, mich nie jemand so dafür verurteilen kann, wie ich mich selbst dafür verurteile.

Mir ist heiß. Das Weinen, die Scham, die Angst und die Wut – das alles ist so unendlich anstrengend. Als würde ich in der Brandung stehen, gegen meterhohe Wellen kämpfen und unweigerlich verlieren, sodass ich von meinen schlimmsten Erinnerungen und Gedanken herumgeschleudert werde.

Ich rolle mich auf meinem Bett zusammen und ziehe die Decke über mich, aber nach ein paar Minuten wird mir nur noch heißer darunter, und ich strample sie wieder weg. Das Sweatshirt klebt an mir. Meine Jeans ebenso. Gott, ich muss unter die Dusche. Ich brauche kühles, frisches Wasser, das mir übers Gesicht läuft und die Tränenspuren wegschwemmt. Ich robbe zum Bettrand und richte mich auf, schäle mich aus meinem Pulli, pelle mir die Jeanshose von den Beinen und streife die Unterwäsche ab. Für eine Sekunde denke ich an das Fenster, aber die Sonne steht so tief, dass man von außen garantiert nur das spiegelnde Licht sehen kann.

Trotzdem reiße ich, so schnell es geht, ein Handtuch aus dem Schrank und wickle mich darin ein. Es reicht mir vom Dekolleté bis zur Mitte der Oberschenkel. So kann ich schnell über den Flur huschen, um zu den Duschen zu gelangen. Selbst wenn mir jemand begegnen sollte, wäre das nicht schlimm. Mit Duschgel, Shampoo und Schlüsselkarte in der Hand laufe ich aus dem Zimmer. Ich muss nur einmal schräg über den Flur. Aus einem der Zimmer höre ich Musik und Gelächter, kann es aber nicht zuordnen.

Es gibt sechs Duschkabinen, die alle auf einer Seite liegen, ich husche in die erstbeste hinein und schließe die Tür ab. Erst einmal tief durchatmen, bevor ich das Handtuch aufhänge, die Brause anstelle und dann ein erleichtertes Stöhnen von mir gebe, als das Wasser schnell warm wird. Eine Minute stehe ich nur da und lasse das Wasser auf mich niederprasseln. Dann seife ich mich von oben bis unten ein und verteile Shampoo auf meinem Kopf.

Gott sei Dank ist niemand hier. So muss ich nicht so aufpassen, was für Laute ich ausstoße. Die Dusche tut mir gut, aber schließlich stelle ich sie aus, rubble mich ab und knete das Wasser aus meinen Haaren. Ich wickle mich gerade wieder in das Handtuch, als plötzlich ein lautes Schrillen zu hören ist.

Was zur Hölle ...?

Ich lausche. Türklingeln ist das nicht. Es ist schrill, es ist laut, und es schallt über den gesamten Flur. Dann wird mir klar, dass es das fest installierte Telefon auf dem Flur sein muss, das da so laut und penetrant klingelt. So ein Geräusch habe ich schon ewig nicht gehört. Mit angehaltenem Atem warte ich darauf, dass jemand rangeht, aber nichts passiert.

Als ich mit meinen beiden Plastikflaschen und der Schlüsselkarte in der Hand auf den Flur trete, ist niemand da und das Telefon schrillt immer noch. Also gehe ich hin und nehme den Hörer ab.

«Ha–hallo?», stottere ich und räuspere mich dann, weil meine Stimme vom Weinen immer noch ganz rau ist. «Hier ist Eden», sage ich. «Von der dritten Etage.» Keine Ahnung, warum ich das mache, ich bin keine verdammte Telefonistin! *Hallo und danke, dass Sie im North Park House auf der dritten Etage anrufen, Sie sprechen mit Eden Collins, was kann ich für Sie tun?*

Vielleicht bin ich einfach überfordert davon, an ein Telefon zu gehen, ohne vorher auf einem Display sehen zu können, wer da gerade anruft. Das Herz schlägt mir deshalb bis zum Hals. Will sich jemand wegen der Musik beschweren? Habe ich zu viel heißes Wasser verbraucht? Ich habe keine Ahnung.

«Mein Name ist Greer Grantham», sagt eine melodische Stimme. «Ich würde gerne mit meinem Sohn William sprechen. William Grantham. Er wohnt bei Ihnen auf der Etage. Könnten Sie eventuell nachsehen, ob er da ist, und ihn ans Telefon holen?»

Oh mein Gott, es ist Williams Mom!

Williams MOM!

Gerade frisch geduscht und schon bricht mir wieder der Schweiß aus.

«Ja, natürlich», sage ich, und im gleichen Moment starre ich an mir runter. Nasses Handtuch, Shampoo- und Duschgelflaschen in meiner Hand, nackte Beine.

«Tut mir leid, wenn ich Sie damit belästige. Er will sich partout kein Mobiltelefon zulegen.» Sie lacht auf, und das Geräusch lässt es in meinem Brustkorb hüpfen. Sie klingt nett und herzlich. Kein bisschen versnobt, wie ich mir das eher vorgestellt hätte.

«Und falls er sich weigert», fährt sie fort, «könnten Sie ihm bitte sagen, dass ich dann leider nach Woodford kommen muss? Aber es muss wie eine richtige Drohung rüberkommen, sonst glaubt er das nicht. Bekommen Sie das hin?»

Ich spüre, wie meine Mundwinkel sich nach oben ziehen, und das Lächeln ist deutlich in meiner Stimme zu hören, als ich antworte. «Ja klar, das schaffe ich. Eine Sekunde, ich schau mal, ob er da ist.» Ich lege den Hörer oben auf das Gehäuse, und dann, eine Millisekunde später, ist die Realität wieder da.

Ich trage ein Handtuch.

Ich trage bloß ein verdammtes nasses Handtuch!

Was mache ich denn jetzt? Ich kann schlecht in mein Zimmer laufen, mich anziehen und erst danach an Williams Zimmertür klopfen.

Mist, Mist, Mist.

Für einen Moment überlege ich, den Hörer wieder aufzunehmen und Mrs. Grantham zu bitten, in fünf Minuten noch mal anzurufen, aber ... ich traue mich nicht. Für wie blöd würde sie mich halten, nachdem ich gerade «eine Sekunde» gesagt habe? Ich könnte mir selbst in den Hintern treten. Stattdessen beiße ich die Zähne zusammen und tapse los – halb nackt und mit bloßen Füßen.

Meine Gedanken spielen Ping-Pong: Ich bin so blöd. Bitte lass ihn nicht aufmachen. Ich bin total dämlich. Hoffentlich ist er nicht da. Warum bin ich nur an das verdammte Telefon gegangen? Hätte ich doch einfach so getan, als ginge mich das nichts an, und wäre in meinem Zimmer verschwunden.

Ich laufe um die Ecke. Das zweite Zimmer auf der linken Seite, das muss es sein. Ich höre nichts. Nur die Musik von ganz am Ende des Flurs. Für einen Moment schließe ich die Augen, dann hebe ich die Hand und klopfe an die Tür.

Bitte lass ihn nicht da sein!

Ich klopfe noch mal energischer. Ich will nicht lügen, wenn ich gleich wieder ans Telefon gehe.

Hinter der Tür rumpelt es, und mir rutscht das Herz in die Hose. Meine Finger krampfen sich um die Plastikflaschen, und mit der Rechten kralle ich mich im Frotteestoff fest, als die Tür plötzlich aufgeht und ein ziemlich verschlafen aussehender William Grantham III. auftaucht. Sein Haar ist zerzaust. Gott, er sieht hinreißend aus, und er riecht gut, nach Wärme und ... noch mehr Wärme.

Das Wasser aus meinem Haar tropft auf meine nackten Schultern und lässt mich schaudern. Und deshalb weiß ich nicht, ob die Gänsehaut, die mich mit einem Mal überzieht, davon kommt oder doch von Williams ziemlich perplexem Blick, der von meinem Gesicht über meine Schultern bis runter zu meinen Füßen wandert. Und wieder nach oben. Bis er an meinem Gesicht haften bleibt, irgendwo zwischen meiner Nase und meinem Kinn, und nur langsam und fast widerwillig hoch zu meinen Augen klettert.

«Tut mir leid, wenn ich dich geweckt habe», fange ich an. «Aber ...»

«Hast du nicht», murmelt er rau. Seine Stimme klingt eingerostet.

«Oh, du hast gar nicht geschlafen?» Wäre es sehr unhöflich, ihm zu sagen, dass es aber verdammt danach aussieht?

«Doch, aber du hast mich nicht geweckt. Offensichtlich schlafe ich immer noch.» Ich öffne den Mund, um ihn zu fragen, wie er das meint, da redet er weiter: «Ich träume. Und es muss ein guter Traum sein, wenn Eden Collins in einem winzigen Handtuch und mit tropfnassen Haaren vor meiner Tür steht. Ich will nichts davon verpassen. Lass mich einfach weiterschlafen, okay?» Er macht Anstalten, die Tür wieder zuzuziehen.

«Warte!» Ich halte die Tür fest, was das nicht unerhebliche Risiko birgt, gleich mein Handtuch zu verlieren. Schnell lasse ich wieder los und raffe den Stoff in meiner Mitte fester zusammen. «Ist das nicht total unlogisch?»

«Vielleicht fällt es mir gerade schwer, logisch zu denken?», erwidert er prompt.

«Okay, aber deine Mutter ist am Telefon. Sie wartet schon ziemlich lang, also könntest du bitte einfach rangehen und mit ihr reden?»

«Jetzt?»

Wieso sieht er plötzlich wie ein kleiner Junge aus? Das muss an den zerzausten Haaren liegen. Und an dem zerknitterten T-Shirt, das er trägt. Bisher habe ich ihn immer nur in perfekt gestyltem Zustand gesehen.

«Nein, sie wartet bestimmt auch noch gerne bis morgen. Natürlich jetzt», sage ich. «Ich bin gerade aus der Dusche gekommen, als das Telefon geklingelt hat, und ich habe nicht bedacht, was ... also, ähm, was für Konsequenzen es hat, wenn ich rangehe.»

«Das sehe ich.» Ein Grinsen lässt das Grübchen in seinem Kinn stärker hervortreten, und mein Gesicht flammt auf. Da ist es wieder. Dieses Glitzern in seinen Augen, das ich zum letzten Mal in der Thayer Hall gesehen habe, als wir zusammen in sein Notizbuch geschrieben haben. Meine Gänsehaut breitet sich noch weiter aus. Sie überzieht mich bis zum Haaransatz. Ich hebe die Hand, um mir ein paar feuchte Strähnen aus dem Gesicht zu wischen, die gar nicht da sind.

Er starrt auf meinen linken Arm, mit dem ich die Plastikflaschen halte. Genau dorthin, wo die beiden blauen Morphofalter eintätowiert sind. In Wirklichkeit sind die Schmetterlinge gar nicht blau. Es sind nur die feinen Rillen in den Hautschuppen, die seine Flügel im Licht so intensiv blau schimmern lassen.

Ich muss schlucken, weil William wie gebannt wirkt. Er starrt die Falter an, so wie ich sein Feuermal angestarrt habe.

Morphofalter kämpfen sich vier Monate lang durch ihr Raupenstadium, bis sie die Metamorphose durchlaufen und aus ihnen Schmetterlinge werden. Und dann, wenn sie es geschafft haben, leben sie nur vierzehn Tage. Sie haben Sex, dann sterben sie.

Mit meiner freien Hand reibe ich mir über die Stelle, um die Tattoos zu verdecken. Was sinnlos ist, weil meine Hand dafür zu klein ist, aber es sorgt dafür, dass William den Blick endlich löst.

«Deine Mutter hat gesagt, wenn du nicht mit ihr sprichst, kommt sie persönlich her, und es klang so, als meinte sie es wirklich ernst.»

«Verstehe.» William zieht die Tür weiter auf, und ich trete zurück, um ihn vorbeizulassen. Mir ist es definitiv lieber, wenn er vor mir geht. Neben dem zerknitterten Shirt kommen eine lockere, für ihn völlig untypische Jogginghose und ebenfalls bloße Füße zum Vorschein. Ich halte meinen Blick auf den Fußboden geheftet, als ich ihm zum Telefon folge. Dort atmet er tief durch und nimmt den Hörer auf.

«Hey, Mom.»

Ich husche die letzten zwei Meter bis zu meiner Zimmertür,

während William sich an die Wand lehnt. «Eden», höre ich ihn sagen.

Hat sie nach mir gefragt? Das ist ...

Eine der nassen Flaschen gleitet mir aus der Hand. Einfach so. Ich versuche noch, sie mit der anderen Hand festzuhalten, was nur dazu führt, dass ich beide verliere und sie dumpf auf den Boden poltern. Mein Blick schießt zu William. «Nein», sagt er in diesem Moment in den Hörer. «Perfektes Timing. Wie immer.»

Wenn er damit mich meint, bringe ich ihn um. Wie zum Teufel soll ich in diesem kleinen Handtuch die verfluchten Flaschen aufheben? Ich kann mich nicht runterbeugen, weil es dann hochrutscht. Wenn ich in die Hocke gehe, wird es aber genauso aufklaffen. Ich beiße die Zähne zusammen, halte das Handtuch fest und gehe ganz langsam in die Knie, darauf bedacht, dass das Handtuch genau da bleibt, wo es ist. Als ich kurz hochgucke, hält William den Hörer nicht mal mehr richtig an sein Ohr. Aus der Muschel dringt die fragende Stimme seiner Mutter: «Will? Bist du noch da?»

Er schluckt, reißt den Hörer hoch und dreht sich abrupt weg. «Ja.» Er räuspert sich. «Ich bin noch dran.»

Ich schnappe mir die Flaschen und komme in dem Moment nach oben, in dem William seinen Kopf gegen die Wand zurückfallen lässt. Sein Adamsapfel tritt hervor. Er hat die Augen halb geschlossen und stößt den Atem mit einem heiseren Lachen aus. Mit der anderen Hand fährt er sich nervös in den Nacken. «Sorry, Mom. Was hast du gesagt?»

Ich werfe die Tür mit einem lauten Rumms hinter mir ins Schloss.

16. KAPITEL

Eine gute Stunde später klopft es an meine Tür. Ich bin sofort, nachdem ich mein Zimmer betreten habe, in meine Klamotten geschlüpft. Frische Unterwäsche, meine Lieblingsjeans mit den Löchern am Knie und darüber einen Kapuzenpullover, den ich vor Kurzem in einem Secondhandladen gekauft, aber noch nie angezogen habe. Es ist nachtblau und hat vorne auf der Brust einen verwaschenen Aufdruck mit den Mondphasen. Die langen Ärmel verdecken die Schmetterlinge an meinem Arm, was ich nach dem Handtuchfail dringend für mein Wohlbefinden brauche.

Ich verkneife es mir, zu fragen, wer da ist, und ziehe die Tür auf. Ich bin Studentin und keine Highschoolschülerin mehr, ich verstecke mich nicht in meinem neuen Zuhause.

«Hast du keine Angst, dass dich jemand überfällt?», fragt Kendra. «Ich frage immer, wer da ist, wenn es bei mir klopft.»

«Wer ist da?»

«Ich bin's, Kendra.» Sie lacht ihr typisch raues Lachen und umarmt mich umständlich mit den Einkäufen in ihrem Arm.

Ich räuspere meine Verlegenheit weg. «Du wolltest doch anrufen, damit ich dir tragen helfe.»

«Ich habe es in meinem Zimmer nicht mehr ausgehalten. Und außerdem – so schwer ist es nicht.» Sie knistert mit der großen Papiertüte, dann streckt sie eine Hand aus und hält mir etwas hin. «Das lag vor deiner Tür.»

Mein Buch. Es ist das blaue Buch, das ich William mit meiner Botschaft gegeben habe. Botschaft – Gott, das klingt total übertrieben. Es war einfach nur eine Frage, oder?

«Danke, das gehört mir, ich hatte es ... verliehen.» Ich nehme es an mich und kann mich nur mit größter Willensstärke daran hindern, sofort alle Seiten durchzublättern. Und wie bescheuert ist es, dass mein Herz deswegen jetzt lospoltert, als wäre die Antwort auf meine Frage wahnsinnig wichtig. Ist sie nicht. Eigentlich will ich ihm damit nur einen Gefallen tun und gegenüber Devin bei derselben Geschichte bleiben.

«Sollen wir gleich in die Küche gehen?», fragt Kendra.

«Ja, klar. Ich bin fertig.» Ich bringe das Buch zum Schreibtisch, und als ich es ablege, fällt mir das schmale Lesezeichen auf, das ziemlich weit hinten im Buch ein paar Millimeter oben herausguckt. Am liebsten würde ich es sofort aufschlagen. Gott, das ist so hart. Ich überlege echt, Kendra unter einem Vorwand schon mal vorzuschicken.

«Kommst du?»

«Ja.» Ich ziehe die Hand weg und drehe mich zu ihr um. Später. Ich folge Kendra in die Küche, wo Garrett gerade dabei ist, mit einem anderen Typen zusammen Bierflaschen in jedes Fach des Kühlschranks zu stopfen. Die beiden leeren Flaschen auf dem Tisch zeugen davon, dass sie sich schon was gegönnt haben.

«Eden, bei dir habe ich auch ein paar Flaschen reingestellt.»

«Klar, kein Problem», sage ich.

«Solange du nichts von ihren Sachen geklaut hast ...» Kendra wirft ihm einen misstrauischen Blick zu und wuchtet die Tüte auf die Theke.

Er hebt eine Braue an, was ihm einen wahnsinnig blasierten Ausdruck verleiht. «Du meinst, etwas von der Acht-Kilo-Wassermelone? Ich weiß gar nicht, wie ich mich zurückhalten konnte.»

«Ist schon okay», sage ich schnell, bevor die beiden sich an die Gurgel gehen. Zwischen die Fronten zu geraten, könnte explosiv werden. «Partygesetze, oder?»

Kendra kann es trotzdem nicht lassen. «Es geht ums Prinzip.» Ich kann das in ihrem Kopf stumm angehängte ‹Arschloch› laut und deutlich hören und presse die Lippen zusammen, um nicht zu grinsen. Ich habe das Gefühl, Kendra schon ganz gut zu kennen.

«Mit Prinzipien kommst du sicher weit im Leben», erwidert Garrett gelassen. *«Persönlichkeiten, nicht Prinzipien bewegen die Welt.»* Er streckt ihr seinen Mittelfinger entgegen und fischt eine Tüte Popcorn aus Kendras Einkaufstasche.

Okay, so gelassen scheint er doch nicht zu sein.

«Du hast Oscar Wilde gelesen?» Kendra reißt überrascht die Augen auf. Sie ist so fassungslos, dass sie sogar die Tatsache, dass er ihr das Popcorn geklaut hat, unkommentiert lässt.

«Kendra», flüstere ich. Ich würde ihr gerne unauffällig einen Stoß mit dem Ellbogen geben, aber dafür steht sie zu weit weg.

Garrett fasst sich an die Brust. «Gott, das trifft mich tief. Aber falls es dich interessiert: Wilde ist ein Vorbild für mich. Ich liebe seinen Style einfach.»

«Jeder liebt seinen Style», gibt sie zurück. «Vorbild, ja?», fragt Kendra dann mit einer hochgezogenen Braue. «Du stehst also auch auf Jungs?»

Jetzt fängt Garrett an zu grinsen. «Wenn ich mich noch länger mit dir unterhalte, dann vermutlich bald schon.»

Zusammen mit Kendra verdrehe ich die Augen. Als Garrett mit seinem Kumpel redet, nicke ich in seine Richtung. *«Bei der Wahl seiner Feinde kann man nicht vorsichtig genug sein.»* Das ist leider das einzige Zitat aus Dorian Gray, das ich mir gemerkt habe.

«Halt die Klappe, Eden», gibt sie lachend zurück. «Ich hatte genug Oscar Wilde für einen Abend!»

Ich zucke nur mit den Schultern. Ich glaube, dass Garrett sie interessanter findet, als Kendra das wahrscheinlich lieb ist.

«Ich kann bei dem Blödmann einfach nicht cool bleiben», stöhnt sie. «Irgendwann fließt Blut.»

Mir fällt jetzt erst auf, wie groß Garrett eigentlich ist. Er überragt Kendra und mich mindestens um einen Kopf. Trotzdem zweifle ich keine Sekunde daran, dass Kendra einen Kampf gegen ihn gewinnen würde. Garretts Freund habe ich noch nie vorher gesehen, er trägt Sportklamotten und eine dunkelblaue Cap mit dem Pferdelogo der Dallas Mavericks.

Garrett stellt uns ihm vor. «Eden und Kendra. Das ist Morris.» Er klopft seinem Kumpel auf die Schulter, der daraufhin in einer Mischung aus Verzweiflung und Resignation aufstöhnt.

«Eigentlich Moritz.» Er zieht die Cap aus, unter der ein Wust dunkelbrauner Locken zum Vorschein kommt, dann lässt er die Kappe an einem Finger runterbaumeln.

Den Namen habe ich noch nie gehört. Ich versuche ihn nachzusprechen. «*Moh-riss.*» Ich merke selbst, wie falsch das klingt, und fange gemeinsam mit ihm an zu lachen. Ich versuche es noch einmal, und es hört sich wieder genauso an.

«Morris ist auch okay», meint er. «Ich habe hier noch keinen Menschen getroffen, der meinen Namen richtig aussprechen konnte, also mach dir nichts draus.»

Er hat einen Akzent, den ich nicht einordnen kann, aber in meinen Ohren klingt es, als würde er jedes Wort mit dem Lineal nachziehen. «Bist du aus Europa?»

«Aus Berlin. Austauschsemester. Bin jetzt im zweiten Jahr.» Er fängt an, mir von Deutschland zu erzählen und wie anders es hier ist. Vor allem, was die Regeln mit Alkohol angeht. «Bei uns darf man mit sechzehn schon offiziell Alkohol trinken.

Bier, Wein, die leichteren Sachen halt. Was nicht heißt, dass die Kids nicht auch schon früher damit anfangen.»

Ich nicke, höre aber nur halb zu. Zum einen, weil ich keine Diskussion darüber führen will, in welchem Land die Gesetze besser sind – denn ganz ehrlich, dann landen wir nachher beim Thema Waffengesetze und werden nur alle deprimiert. Aber das ist nur ein Grund, warum ich mich nicht auf das Gespräch einlassen kann. Der andere ist das Buch auf meinem Schreibtisch, das ich nicht aus meinem Kopf bekomme.

Kendra wirft mir eine Paprika zu, die ich klein schneiden soll, während sie den Blätterteig ausrollt. Garrett reißt die Boom-Chicka-Pops-Tüte auf und kippt das Popcorn in eine Schüssel. Als Morris davon probiert und im nächsten Moment das Gesicht verzieht, fängt Kendra heiser an zu lachen. «Habt ihr in Deutschland kein Popcorn?»

«Nicht solches», sagt er. «Ich habe nicht damit gerechnet, dass es süß *und* salzig ist.» Er steckt sich noch etwas in den Mund. «Krasse Kombi. Aber schmeckt echt gut.»

Garrett und er bringen das Knabberzeug schon mal in den Aufenthaltsraum. Ziemlich schnell wird es lauter auf dem Flur, als die Nächsten eintrudeln. Sun-young kommt mit zwei anderen aus dem Einführungskurs in die Küche und bringt noch mehr Essen mit. Nur ein paar Minuten später ist es so voll, dass ich bei jeder Bewegung jemanden anstoße. Im Aufenthaltsraum wird Musik angemacht, und das so laut, dass wir uns selbst in der Küche fast anbrüllen müssen. Erst ein Lied von U2, danach The Cure.

«Da steht jemand auf den alten Achtziger- und Neunzigerkram», meint Kendra.

Ich gehöre auch dazu. «*Anemoia*», sage ich ganz automatisch und presse dann die Lippen zusammen, weil es klugscheißerisch rüberkommen könnte.

«Heißt so der Song?»

Ich schüttle den Kopf und überlege krampfhaft, was ich sagen soll. Ich will nicht, dass Kendra mich für seltsam hält. «Das ist ... nur so ein Wort. Für ein Nostalgiegefühl», antworte ich ausweichend. Ich bin froh, dass Kendra nicht weiter nachhakt, was genau ich damit meine. *Anemoia* ist das Gefühl der Sehnsucht, das einen überfällt, für eine Zeit, die man selbst gar nicht erlebt haben kann, weil man zu jung ist. Ich spüre das ganz oft, wenn ich alte Musik höre oder Fotos von früher sehe, auf denen der Klamottenstil mir gefällt. Oder wenn ich mal wieder eine Folge *Stranger Things* gesehen habe. Dad findet es witzig, weil er zur Handlungszeit der Serie ein Teenie war. Er meint, die Vergangenheit wäre für mich wie ein anderes Land, das man besuchen kann, wenn auch nur im Kopf. Und wahrscheinlich hat er recht damit.

Wir verteilen Tomatensoße, Paprika und Käse auf dem Blätterteig. Kendra schafft es, den Teig einzurollen, ohne dabei die Hälfte wieder rausfallen zu lassen, so wie mir das sonst immer passiert. Wir schneiden die Rolle in Scheiben, um daraus ein paar schnelle Pizzaschnecken zu machen, und schieben die Stücke auf einem Backpapier in den Ofen. Morris drückt mir ein Bier in die Hand, von dem ich gerade mal einen Schluck nehmen kann, bevor ich von Sheela, einem Mädchen aus unserem Kurs, ein Glas gereicht bekomme, das ich auch austrinken soll und in dem am Boden eine ziemlich eklig aussehende grüne Flüssigkeit schwimmt. Ich verziehe das Gesicht, als ich das Glas abgesetzt habe. Meine Kehle brennt wie Feuer. «Ich will gar nicht wissen, was das gewesen ist.»

«Hast du das etwa getrunken?» Kendra sieht mich entgeistert an und beugt sich dann zu mir, um mir im Lärm etwas zuzuraunen. «Anfängerfehler. Ich kippe so was immer sofort weg. Oder stelle es irgendwo hin, auf eine Fensterbank oder so.» Sie nickt zum Küchenfenster, wo schon mehr als ein Glas mit zwei Fingerbreit dieser grünen Flüssigkeit steht.

Okay, sie ist ganz offensichtlich nicht die Einzige, die das macht. Ich schüttle mich, wische mir die klebrigen Finger an einer Serviette ab und stopfe sie in den großen zusätzlichen Müllbeutel, den jemand an die Türklinke der Küchentür gehängt hat. In meinem letzten Highschooljahr ist wohl einiges an mir vorbeigegangen. Wir schnappen uns ein paar Gläser, um sie rüberzutragen, und als ich den Raum das erste Mal betrete, halte ich überrascht den Atem an. Ich habe mit einem typischen Aufenthaltsraum gerechnet, wie ich das von der Highschool kenne. Mit kahlen Wänden, ein paar Stühlen und Tischen. Dabei hätte mich die schwere Tür mit den Holzkassetten eigentlich darauf vorbereiten können, dass das in Woodford anders ist. Alles ist anders in Woodford. Erst recht in einem Haus, dessen Renovierung William Grantham Senior gesponsert hat.

Der Geruch von Leder, Parfum, Alkohol und Essen schlägt mir an der Tür entgegen. Es ist angenehm schummrig. An der Decke hängen zwei Kronleuchter, die aber niemand eingeschaltet hat, dafür brennen überall Kerzen und ein paar Wandleuchter. *Edel* ist das erste Wort, das mir dabei in den Sinn kommt. Der Raum ist unfassbar teuer und geschmackvoll eingerichtet. Die gemusterten Tapeten, der glatte Holzboden mit den Teppichen, die Gemälde an den Wänden mit den goldfarbenen Rahmen – das alles schreit geradezu Geld.

Gott, am liebsten würde ich in diesen Raum einziehen! An den Wänden reihen sich Bücherregale wie in einer Bibliothek, Sofas mit dunkelgrünem Samtbezug gruppieren sich um einen dunklen Holztisch. An einer Seite verbreitet ein Kamin gemütliche Stimmung, auch wenn kein Feuer darin brennt. Darüber hängen Dutzende gerahmte Bilder mit ... Schmetterlingen. Es sind aufgespießte Schmetterlinge und Nachtfalter in den unterschiedlichsten Farben. Auch in Blau. Eine Gänsehaut überzieht mich, und unwillkürlich fasse ich mir an den linken Arm.

Devin ist schon da, und natürlich suchen meine Augen sofort den Rest des Raumes nach William ab. Was ich nicht will. Wahrscheinlich taucht er gleich wieder aus dem Nichts auf wie in der Thayer Hall und weiß sofort, dass ich mich nach ihm umgesehen habe.

«Hast du vielleicht noch Gläser in deinem Zimmer?» Kendra ist ihr Zeug losgeworden und neben mir aufgetaucht. «Ich habe gerade noch mal im Küchenschrank geguckt und die paar gespült, die auf der Fensterbank standen, aber die hier reichen niemals für alle. Ich hole eben aus der Küche unten mehr.»

«Zwei Gläser habe ich auf jeden Fall noch.» Das ist die Gelegenheit, mal kurz zu verschwinden. «Und bestimmt auch noch Tassen, die kann man ja auch nehmen. Bin gleich wieder da.» Ich drehe auf dem Absatz um und stoße erst mal mit Sunyoung zusammen, die hoch konzentriert vier Flaschen auf ihrem Arm balanciert.

Aus mehreren Boxen dröhnt Elektropop über den gesamten Flur, während ich zu meinem Zimmer laufe. Mir begegnen mehrere Leute, die ich nicht kenne, ein Mädchen, das mir entgegenkommt, tanzt mich spontan an. Dann lacht sie mich aus, als ich ziemlich unkoordiniert reagiere. Aber ich kann mich einfach nicht locker machen. Meine letzte Party fällt in die Zeit, in der meine Welt noch in Ordnung war. Es ist seltsam, mit so vielen gut gelaunten Menschen zusammen zu sein. Ohne Lark. Ich fühle mich schlecht bei dem Gedanken, unbeschwert zu feiern. Und in den letzten Monaten hatte ich so wenig Kontakt zu anderen, dass ich vollkommen eingerostet bin.

Als ich an Williams Zimmer vorbeilaufe, halte ich unwillkürlich den Atem an. Ich weiß nicht mal, ob er überhaupt da ist. Vielleicht ist er weggegangen, nachdem er das Buch vor meine Tür gelegt hat. Vielleicht hat seine Mutter ihn übers Wochenende nach Hause beordert. Gut möglich, so dringend, wie sie ihn sprechen wollte. Oder er hasst Partys und hatte von vornherein nicht vor, hier aufzukreuzen.

Ich ziehe meine Zimmertür auf, werfe sie hinter mir sofort wieder zu und gehe zielstrebig zum Fenster. Meine Hände zittern, als ich mich über den Tisch beuge und mir das Buch schnappe. Das ist lächerlich. Mir sollte nicht so viel an seiner Antwort liegen, es sollte mir egal sein. Aber es ist mir wichtig, dass er mich nicht für eine Lügnerin hält. Viel wichtiger, als ich dachte.

William hat mein Eselsohr glatt gestrichen, das fällt mir als Erstes auf. Mit dem Zeigefinger fahre ich den Rand des Buchschnitts entlang, bis ich mit der Fingerspitze sein Lesezeichen berühre. Ich schlage es auf und ...

... ziehe erst einmal die Luft ein.

Was ist DAS?

Because

I am

sorry.

I believe

you

17. KAPITEL

Ich halte das Buch ins Licht meiner Schreibtischlampe – die Seiten sind bis auf ein paar Stellen leer. Was um Himmels willen hat er damit gemacht?

Es sind nur noch ein paar Wörter übrig, beide Seiten hat er fast vollständig ... ausgekratzt? Ich bin mir nicht sicher.

Oben steht der Satzanfang: *Weil,* und dann gabelt sich der Satz in zwei verschiedene Richtungen – auf der linken Buchseite lese ich *es mir leidtut*, und auf der rechten endet der Satz mit *ich dir glaube*.

Vor Erleichterung macht mein Herz einen Hüpfer. Als meine Fingerkuppen über die Seiten tasten, fühlt es sich rau und ausgefranst an. Das Papier ist ganz dünn, und wenn man es dicht vor die Lampe hält, scheint das Licht viel stärker hindurch. William muss das alles mit einem Messer weggekratzt haben, jeden einzelnen Buchstaben. Ich wusste nicht mal, dass so was geht, und ich kann mir kaum vorstellen, wie lang er daran gesessen hat. Zumindest muss ich mich jetzt nicht mehr fragen, wieso seine Antwort so lange auf sich warten ließ.

Er glaubt mir.

Es ist mehr als nur bescheuert, dass mir das so wichtig ist, schließlich sind wir keine Freunde oder so, wir besuchen nur ein paar Kurse zusammen. William hat Devin angelogen, weil er mir glaubt. Und weil es ihm leidtut. Wahrscheinlich will er nicht, dass ich mit seinem Freund Ärger bekomme, und hat deshalb die Sache auf sich genommen. Okay, das ist reine Spekulation, aber wenn es so ist, dann ist es nett von ihm.

Es ist inzwischen stockduster draußen, trotzdem geht mein Blick unwillkürlich zu seinem Zimmer. Da brennt Licht. Ich beuge mich noch weiter vor, und aus meinem Mund kommt ein erschrockenes Keuchen, als ich den Schatten an seinem Fenster sehe.

Shit!

Sofort weiche ich zurück und schalte das Licht aus.

William steht an seinem Fenster, und ich kann nur hoffen, dass er mich nicht gesehen hat. Falls er da schon länger gestanden hat, konnte er genau beobachten, wie akribisch ich das verdammte Buch unter der Lampe untersucht habe.

Ich stöhne innerlich auf.

Nichts wie raus hier.

In meinem Regal stehen zwei saubere Gläser und zwei Tassen, die ich schnell herausnehme und vor meiner Brust gestapelt zur Tür trage. Als ich über den Flur zurücklaufe, sehe ich direkt, dass die Küche leer ist. Offenbar sind alle zum Aufenthaltsraum umgezogen. Ich komme gerade an Williams Zimmer vorbei, als die Tür langsam aufgeht. Wie in einem Film, in dem man darauf wartet, dass ein Monster aus der Dunkelheit tritt, starre ich wie hypnotisiert hin.

«Hey», sagt er, als er in der Tür auftaucht.

William lehnt sich lässig an, eine Hand in der Tasche seiner Stoffhose. Darüber trägt er ein so blütenweißes Hemd, damit könnte er zu einem Vorstellungsgespräch gehen. Ich schlucke, weil ... er hat eine dunkle Brille auf der Nase, und ... Himmel, sieht das interessant aus. Die Strähnen fallen über den Brillenrand, sodass sein Feuermal wieder einmal halb verdeckt wird.

Er blinzelt und greift nach der Lesebrille, offenbar hat er jetzt erst gemerkt, dass er sie noch aufhat. Er setzt sie ab und klappt sie zusammen, bevor er sie in seine Hemdtasche schiebt.

«Ich dachte, du bist gar nicht hier.» Ich fasse den Stapel auf meinem Arm fester. «Weil deine Mutter angerufen hat, meine ich. Ich dachte, du wärst vielleicht nach Hause gefahren.»

«Sie hat nur angerufen, weil Katie mir unbedingt was erzählen wollte.» Als er meinen fragenden Ausdruck bemerkt, erklärt er: «Katie ist fünf.»

«Du hast eine kleine Schwester?» Wieso klinge ich so ungläubig? Ich hatte das doch schon vermutet, und außerdem ist es völlig normal, dass man Geschwister hat. Fast jeder außer mir hat Geschwister. Trotzdem habe ich William die ganze Zeit als verwöhntes Einzelkind katalogisiert.

«Eine Schwester, zwei Cousinen ...» Er stockt kurz und verbessert sich dann. «Drei Cousinen. Und Eltern, mit denen ich mich tatsächlich gut verstehe. Sie zwingen mich nicht in dieses Studium rein, und ich zerbreche auch nicht an ihren Erwartungen.» Ein Mundwinkel zieht sich schief nach oben. «Ich bin kein klischeehafter Bad Boy mit dunkler Vergangenheit oder toxischer Familie. Keinerlei psychischer Schaden. Sorry, falls du das erwartet hast.»

Das habe ich nicht erwartet. Na gut, vielleicht doch. Ein bisschen. Aber nun habe ich noch tausend Fragen mehr in meinem Kopf. Ich meine, wie süß ist es bitte, dass seine kleine Schwester ihm unbedingt etwas erzählen wollte? «Dann hat Katie dieses niedliche Armband für dich gebastelt, oder?»

Überrascht starrt er mich an. Als er die Hand hebt, zieht er den Ärmel seines Hemdes dabei ein Stück hoch. «Du meinst das hier? Ja. Und sie wird mir mit ihren winzigen Händen den Kopf abreißen, wenn ich es ausziehe.» Sein liebevoller Tonfall beweist einmal mehr, wie sehr er an seiner Schwester hängt. «Hast du auch Geschwister?»

«Leider nicht.» Ich schüttle den Kopf. «Deine Mutter klang richtig nett am Telefon.» Sofort beiße ich mir auf die Lippe. Wieso um Himmels willen sage ich das? Als wäre es so wahnsinnig überraschend, dass seine Mutter nett ist. Nur weil er aus einem irre privilegierten Elternhaus kommt, muss seine Mom nicht Cruella sein.

«Dasselbe hat sie auch von dir gesagt.»

Oh.

Hinter mir laufen Leute vorbei, was ich erst registriere, als Williams Wangenmuskeln sich plötzlich anspannen und er die Tür hinter sich weiter zuzieht, um den Blick in sein Zimmer zu versperren. «Okay», murmelt er mehr zu sich selbst. «Vielleicht habe ich doch einen Schaden.»

«Hi», sagt eine Mädchenstimme, dann folgt Gekicher. Als ich mich umdrehe, trampelt eine ganze Gruppe an uns vorbei Richtung Treppenhaus, von denen ich aber niemanden kenne. Sie geben sich nicht mal Mühe, unauffällig zu starren, und ganz automatisch stelle ich mich vor William, als könnte ich ihn damit irgendwie vor ihren Blicken schützen. Was natürlich nicht funktioniert – William ist größer als ich. Ich will es nicht hören, aber manche Kommentare kann man einfach nicht überhören. Nicht mal, wenn sie halb geflüstert sind, nicht mal, wenn Musik über den Flur schallt.

«Siehst du's?»

«Ja, am linken Auge.»

«Kommt, Leute, ist doch egal.»

«Kann man so was nicht wegmachen lassen? Der ist doch steinreich, daran kann's ja nicht liegen.»

«Geht's noch lauter?»

«Guck nicht so auffällig!»

«Stell dir vor, du datest ihn, der bezahlt bestimmt alles für dich.»

«Schscht, ich glaube, er hat das gehört.»

Williams Lippen sind zusammengepresst und sein Blick ausdruckslos. Wahrscheinlich sollte ich einfach so tun, als hätte ich es nicht gehört, und darüber hinweglächeln, aber das Ganze macht mich so wütend. In mir steigen Erinnerungen hoch von den Sätzen, die ich auf der Highschool nicht überhören konnte.

Hast du das von Lark gehört?

Und sie will seine beste Freundin sein?

Wie kann man das bitte nicht merken? Ich wusste schon immer, dass mit Lark was nicht stimmt.

Der muss an seiner eigenen Kotze erstickt sein. Wer lässt denn seinen besten Freund so erbärmlich verrecken?

Ich hätte sofort gemerkt, dass etwas mit ihm nicht in Ordnung ist. Ich hätte einen Krankenwagen gerufen oder die Polizei.

Und jetzt heult sie rum. So lächerlich. Was für eine miese Freundin.

Für einen Moment bin ich wie betäubt. Die Musik rückt in den Hintergrund, klingt nur noch dumpf unter dem Pochen in meinem Kopf. Ich hasse es. Ich hasse es so sehr. Diese Hilflosigkeit, dieses Ausgeliefertsein, dieses Gefühl, nichts ändern zu können an dem, was passiert ist, oder an dem, wer man ist. Ich halte die Gläser auf meinem Arm so fest, dass ich sie fast zerdrücke. «Könnt ihr vielleicht woanders hinglotzen?», fauche ich.

Ein Mädchen mit perfekten blonden Beach Waves bleibt stehen. «Was ist dein Problem?»

«Du. Euer Verhalten ist einfach nur scheiße!» Das Herz hämmert mir hart gegen die Rippen. «Kümmert euch doch einfach um euch selbst.»

«Krieg dich mal wieder ein, ja? Was willst du überhaupt von uns?»

Und als die Gruppe unter Gelächter weitergeht, knurre ich vor mich hin. Ich kann das einfach nicht mehr. Über etwas hinweglächeln, das einem wehtut. Und ich kann es auch nicht ertragen, wenn andere das tun müssen.

«Eden.»

«Was?» Als ich zu William herumfahre, sehe ich, dass er gegen ein Lachen ankämpft.

«Aber du willst dich jetzt nicht für mich prügeln oder mit deinen Tassen nach ihnen werfen, oder?» Da ist wieder dieses Glitzern in seinen Augen, zumindest so lang, bis er den hilflos-frustrierten Ausdruck in meinen bemerkt, dann verschwindet es so schnell, wie es aufgetaucht ist. «Hey, das war echt süß von dir.» Er legt den Kopf schief.

«N-nein, natürlich will ich mich nicht prügeln. Es tut mir leid, das war echt peinlich, oder? Aber sind die Leute immer so, so ...?»

«Ja», unterbricht er mich. «Aber nur am Anfang, das hört irgendwann auf.»

War ich auch so? Ich hoffe nicht. Bitte nicht.

«Es ist nicht so tragisch», behauptet er, aber ich sehe ihm an, dass er das nur vortäuscht. Ich will noch etwas sagen, mich dafür entschuldigen, dass ich ihn auch so angestarrt habe, als wir uns an der Fähre begegnet sind, aber in diesem Moment mischt sich unter die Musik ein seltsam schriller Ton.

Das Haustelefon?

Nein.

Dafür ist der Ton viel zu kurz und durchdringend, auch wenn er sich gleichmäßig wiederholt. Klingt auch nicht so, als wäre das ein Tonproblem der Bluetoothboxen. Eher so, als ...

«Was ist das?», fragt William nun auch. Wir starren beide den Gang runter.

Dieses schrille Piepen ist durchdringend – genauso durchdringend wie der Geruch, der sich plötzlich im Gang ausbreitet.

«Oh nein!», stoße ich atemlos aus. «Der Backofen!» Im nächsten Moment drücke ich William meinen Gläser- und Tassenstapel in die Arme, fahre auf dem Absatz herum und renne zur Küche. Sobald ich näher komme, wird der Geruch richtiggehend beißend. Die Pizzaschnecken! Ich habe sie total vergessen, und Kendra offensichtlich auch. Außer mir hat noch niemand reagiert, die Musik übertönt alles. Genauer gesagt übertönt *Panic! at the Disco* alles. Sogar das durchdringende Fiepen des Feuermelders. Jetzt bekomme ich echt Panik.

Mein Herz rast, als ich die Tür zur Küche ganz aufstoße. Die Luft besteht hier nur noch aus dichtem Qualm und beißt mir in den Augen. Ich stürze in Richtung Fenster, taste unter Husten nach dem Griff und schiebe es mit ganzer Kraft nach oben. Sofort strömt kühle Nachtluft herein. In der nächsten Sekunde drücke ich hektisch auf den Knopf, von dem ich vermute, dass er den Backofen ausschaltet. Ich finde ein Küchenhandtuch und wedle wie wild damit durch die Luft, damit der Feuermelder endlich aufhört, diesen durchdringenden Alarmton auszustoßen – was er aber nicht tut. Er piept unaufhörlich weiter. Wahrscheinlich muss ich die verkohlten Schnecken aus dem Ofen holen und mit Wasser übergießen, damit sie aufhören zu qualmen. Ich greife nach der Backofenklappe.

«Scheiße», stößt William aus. «Nein!» Plötzlich ist er da und reißt mich am Arm zurück. Aber es ist zu spät.

Ich habe einen Fehler gemacht. Einen Riesenfehler! Eine kochend heiße Wolke schießt aus dem Ofen direkt in mein Gesicht, und ich taumle zurück, während der letzte Rest vom angekokelten Backpapier in Flammen aufgeht. Die Hitze treibt mir die Tränen in die Augen, und ich krümme mich stöhnend zusammen. Alles glüht. Meine Hände, meine Augen, meine Lippen, mein ganzes Gesicht steht in Flammen.

William knallt die Backofenklappe zu, bevor er zu mir herumfährt. «Hast du dich verbrannt?» Sein Blick sucht mein Gesicht ab.

«Nein, ich ... ich weiß nicht.» Den Unterarm hatte ich schützend vor meine Augen gehalten, nun taste ich vorsichtig über meine Haut. Es tut weh, aber nur ein bisschen. «Fühlt sich so an, als wären meine Augenbrauen noch dran», versuche ich zu scherzen. «Tut mir leid.» Ich hasse es, dass meine Stimme dabei so jämmerlich klingt.

William schüttelt nur den Kopf und geht dann zur Spüle, wo er das Handtuch unter den Wasserhahn hält und es auswringt, bevor er zu mir zurückkommt.

«Es tut mir so leid. Dass ich das Essen vergessen habe. Der ganze Qualm», stammle ich, während er mit dem nassen Küchenhandtuch vorsichtig mein Gesicht abtupft. Es tut gut, weil es sich kühl anfühlt, aber da ist auch Williams Hand, die mein Kinn festhält, sein Gesicht, das so nah ist. «Es tut mir wirklich leid.»

«Entschuldigst du dich gerade *bei mir*?» Überrascht lässt er mich los, seine Hand mit dem feuchten Tuch sinkt herab.

Natürlich entschuldige ich mich bei ihm. Sein Großvater hat das Haus gerade erst renovieren lassen, und ich habe die ganze Küche ruiniert. Das ist fast, als würde ich sein Andenken mit Füßen treten. Und William – das muss ihn treffen, oder?

«Es ist nur ein bisschen Qualm», sagt er.

«Aber was ist mit dem Ruß? Vielleicht müssen die Wände neu gestrichen werden, und dein Großvater ...» Plötzlich knackst es über uns. Mein Blick schießt zur Decke, genauer gesagt zu den kleinen Öffnungen an der Decke. Ein kurzes Röcheln ist zu hören, als würden irgendwelche Leitungen mal kurz husten müssen, und im nächsten Moment sprüht kaltes Wasser auf uns herab.

«Nein, nein, nein, bitte nicht!» Das kann jetzt nicht wahr

sein. Nicht das auch noch! Eine Sprinkleranlage, ernsthaft? «Oh Gott, das wollte ich nicht.»

«Das ist nicht mein Haus», fährt William mich an, und ich zucke zusammen. «Also hör auf damit.»

Merkt er denn gar nicht, dass über uns gerade ein Wolkenbruch losbricht? Es geht gerade buchstäblich alles den Bach runter.

«Aber ...»

«Nein, Eden. Es ist. Nicht. Mein. Haus. Also hör verdammt noch mal auf, dich bei mir zu entschuldigen. Ich bin hier genauso Student wie du. Ich zähle kein bisschen mehr, ist das klar?»

Ich nicke, während ich versuche zu verstehen, was er mir damit wirklich sagen will, aber da ist überall Wasser. Das Rauschen aus der Löschanlage vermischt sich mit der Musik. *Soft hearts, electric souls, heart to heart and eyes to eyes. Is this taboo?*

Bitte lass das nur ein Albtraum sein!

Devin taucht in der Tür auf. «Fuuuck!», ruft er lang gezogen aus. «Leute, was geht hier ab?»

«Kannst du mal nachsehen, wie man das Wasser abstellt?» William ist überraschend beherrscht. «Vielleicht gibt es im Flur einen Hauptschalter. Oder im Keller. Wenn das Ganze zentral geregelt ist, müssen wir die Feuerwehr rufen. Falls die nicht automatisch benachrichtigt wird. Verdammt, ich hoffe nicht, dass ...» Er bricht ab, als auf dem Flur das Haustelefon anfängt zu schrillen. Mit dem Handrücken wischt er sich seufzend den Wasserfilm vom Gesicht.

«Ich regle das.» Devin zieht sein Handy aus der Tasche und verschwindet aus meinem Blickfeld. William macht das einzig Vernünftige und zieht alle Stecker der elektronischen Geräte raus, dann dreht er den Wasseranschluss unter der Spüle ab, aber das hat keinen Effekt auf die Sprinkleranlage.

Und ich? Ich stehe nur rum wie eine Idiotin und fange am ganzen Körper an zu zittern. Ich habe alles ruiniert, diese Party, diesen Abend, die gesamte Küche. Ich werde abgemahnt oder gleich von der Uni geworfen, ich ...

«Eden.» Er stößt mich an, was mich aus meiner Starre holt. «Geh raus, du wirst noch ganz nass.»

«Aber du doch auch», sage ich. Wir sind beide ohnehin bereits ziemlich durchnässt. Williams Hemd klebt ihm an den Schultern wie eine zweite Haut. «Außerdem ... Das Holz quillt auf. Wir müssen das alles abtrocknen, sonst kann man die Schränke nachher auf den Sperrmüll werfen», sage ich und reiße aus dem Küchenschrank mehrere Handtücher heraus. Ich wische das Wasser auf der Theke auf und wringe es in der Spüle aus, während es unaufhörlich von der Decke auf uns runterregnet. Gefühlt ist kaum eine Minute vergangen, da sind mein Hoodie und meine Jeans so vollgesogen, dass sich jede Bewegung schwerfällig anfühlt, als würde ich durch Wasser waten.

Und dann fängt William plötzlich an zu lachen. «Das hat doch keinen Sinn.» Er steht einfach nur da und lässt das Wasser an sich runterrinnen, während er lacht, als wäre das hier ein Witz und keine Vollkatastrophe.

Ich halte inne, zwei triefende Handtücher in der Hand, während mir das Wasser in den Kragen sickert. Die ganze Zeit, seit meiner Fahrt hierher nach Woodford, habe ich mich gefragt, was das Schlimmste ist, was mir passieren kann. Zum Trost und um mich aufzubauen. Nie hätte ich erwartet, dass so etwas dabei rauskommt. «Das ist wirklich das Schlimmste, was passieren konnte», sage ich.

William klebt das Haar im Gesicht, genau wie mir. In seinen Augen blitzt es auf. «Es ist so ziemlich das Aufregendste, was passieren konnte.»

Er findet das *aufregend*?

Klar. Wenn man sich keine Sorgen machen muss, vom College zu fliegen, dann ist es vielleicht aufregend, ein Haus zu zerstören. Er ist ein Grantham, ihn werden sie kaum der Uni verweisen. Mich hingegen schon. Das ist nichts, was ich mit einem Kaffee und einem Cookie wiedergutmachen kann. Unter den Sohlen meiner Sneaker quietscht es, meine Socken sind auch schon nass. Es rinnt mir feucht den Hals runter. Mit der Hand versuche ich die Tropfen wegzuwischen und beiße mir auf die Unterlippe. Der dicke Sweatstoff ist kalt und klebrig, und er haftet an meinen Brüsten, was ich hasse. Ich gucke hoch und direkt in Williams Gesicht.

Er beobachtet mich, vollkommen ernst, obwohl er gerade noch gelacht hat. Und plötzlich fällt mir auf, wie durchsichtig sein dünnes weißes Hemd im Gegensatz zu meinem dicken blauen Hoodie ist. Wie Glas. Ich sehe *alles* von ihm. Seine Gänsehaut, die Linien seines Schlüsselbeins, wie sich seine Brustwarzen unter dem nassen Stoff zusammenziehen. Ich schlucke, weil ich mir vorstelle, wie schwer es sein muss, dieses klatschnasse Hemd gleich aufzuknöpfen, Stück für Stück. Die Wassertropfen, die gerade von seiner Unterlippe tropfen, würde ich am liebsten mit den Fingern auffangen.

Baby, we built this house on memories. Take my picture now ...

Schon erledigt. Ich habe eine ganze Serie an Fotos für mein inneres Moodboard geschossen.

William ist ... schön. Anders schön.

Er ist interessant. Er steht mit mir hier in der Küche und amüsiert sich, während es eiskalt auf uns niederprasselt und alles unter Wasser gesetzt wird. Er fasziniert mich. Dieses rote Feuermal in seinem Gesicht fasziniert mich. Er hat mein Buch verstümmelt und gleichzeitig mein Eselsohr glatt gestrichen und ein Lesezeichen reingelegt. Er hat Adderall genommen, mich aber davor gewarnt. Er hat scheinbar alles und doch wieder nichts, nicht mal ein Handy. Er bekommt von allem das Beste, und ...

... er hasst es.

Nicht das, was hier gerade passiert, ist aufregend. William Grantham III. ist aufregend.

Ich meine, er kratzt zwei Seiten aus meinem Buch raus, nur um mir eine Nachricht zu schicken? Dafür muss er doch Stunden gebraucht haben!

«Wie hast du das mit meinem Buch gemacht?», frage ich atemlos und völlig aus dem Zusammenhang gerissen. Vielleicht auch nur, weil ich die Stille zwischen uns nicht aushalte. Nein, nicht die Stille, denn es ist laut, auch wenn der Rauchmelder inzwischen verstummt ist. Die Wortlosigkeit ist das, was ich nicht aushalte. Außerdem brauche ich etwas, um mich von seinem nassen Hemd abzulenken, und da hilft es nicht, mir krampfhaft zu überlegen, welche Farbe wohl die Tapete hinter ihm hat. Ich sehe nur noch ihn. «Die Wörter, meine ich, wie hast du sie ...» Ich mache eine Handbewegung, als würde ich etwas wegradieren.

Es dauert nur eine Millisekunde, bis sich auf Williams Gesicht Verstehen ausbreitet und sich sein Mund zu einer Antwort öffnet. Sein Mund, von dem das Wasser abperlt und langsam über sein Kinn läuft. Ich kann nicht anders, als mit den Augen diesen Wassertropfen zu folgen.

«Rasierklingen», sagt er. «Ich brauche jetzt neue. Gibt es noch etwas, das du von mir wissen willst? Jetzt. Hier. Im Regen.»

Er sagt Regen, als wäre das etwas Natürliches. Aber es ist nichts Natürliches, ich bin schuld, dass es hier regnet. Ich kann nur beten, dass Devin den Hauptschalter findet, bevor das Wasser in den Flur läuft oder gar durch die Decke in die zweite Etage tropft.

«Ja», sage ich und räuspere mich. «Da gibt es noch etwas, das ich gerne wissen würde.» Genau genommen gibt es Hunderte Sachen, die mich an ihm interessieren. Ich nenne die erste, die mir in den Sinn kommt. «Kannst du wirklich einen Knoten in einen Kirschstängel machen? Mit deiner Zunge?»

18. KAPITEL

K*annst du wirklich einen Knoten in einen Kirschstängel machen? Mit deiner Zunge?*

Wieso musste ich jetzt ausgerechnet daran denken? Bestimmt lacht er mich gleich aus. Vermutlich kann er sich gar nicht mehr daran erinnern, dass er mir das erzählt hat. Seine geheime Superkraft. Außerdem weiß ich genau, dass ich mir nicht vorstellen sollte, wie er irgendwas mit seiner Zunge macht – das ist einfach keine gute Idee.

William lacht aber nicht, er wirkt nicht mal überrascht, dass ich mich daran erinnere. «Soll ich's dir zeigen?»

Ich nicke, und zeitgleich rutscht mir das Herz in die Hose. Wir haben keine Kirschen hier, und überhaupt ist das total verrückt. Haben wir nicht gerade andere Probleme?

William kommt näher, so nah, dass ich jedes noch so feine blonde Haar sehen kann, das an seiner Stirn klebt. Er streckt die Hand aus und greift nach der Kordel meines Hoodies.

«Die ist nicht so starr wie ein Kirschstängel, aber ...» Er rückt noch näher, weil das Band zu kurz ist, und die Wärme, die er dabei ausstrahlt, der Geruch – mir werden die Knie weich. Das ist besser als *Petrichor,* viel besser! Ich wünschte, es würde einen Namen dafür geben. Einen Namen für den Geruch, der entsteht, wenn Regen auf Williams Haar fällt. Aber weil es den nicht gibt, werde ich ganz bestimmt einen erfinden müssen.

Ich höre meinen eigenen Herzschlag, spüre das Pochen bis

in meinen Hals, als William die Hand hebt und die Kordel zwischen seine Lippen nimmt. Meine Kordel. Höchstens zwanzig Zentimeter von meinem Gesicht entfernt. Seine Zunge legt sich von unten um das Band, schiebt es zur Seite in seine Backentasche und dreht sich dort, dann kommt seine Zungenspitze wieder nach vorne. Das Ganze geht so schnell, dass ich es kaum mitbekomme. Auf einmal liegt eine Schlinge um seine Zunge, William fixiert sie mit den Zähnen und zieht beim Abstreifen den Knoten damit fest. Als er zurückweicht, verzieht sich sein Mund zu einem Lächeln. Einem provozierenden Lächeln, das mir den Atem raubt. Hat es aufgehört zu regnen? Ich glaube schon, aber ich starre wie eine hypnotisierte Katze auf seinen Mund. Wieso wird mir dabei so heiß? Gott, kann er das bitte noch mal machen?

«Es gibt auch etwas, das ich gerne wissen würde», sagt er.

«Okay.» Ich atme keuchend aus und nicke. Mein Blick klebt immer noch an ihm fest.

«Was war deine Lieblingsszene in dem Buch?»

«In welchem Buch?» Im nächsten Moment würde ich mir am liebsten selbst vor den Kopf hauen. Erst denken, dann reden. Er kann nur ein Buch meinen, deshalb verbessere ich mich stammelnd. «Du meinst, aus dem Buch, das ich ... in das wir ... Ehrlich gesagt, habe ich es noch nicht gelesen.»

«Du hast mir ein Buch gegeben, das du selbst noch nicht gelesen hast?»

«Ich hab's bisher zum Blütenpressen benutzt», sage ich entschuldigend. «Ist das schlimm?»

Er fasst nach seinem nassen Kragen, um am Stoff zu ziehen, gibt dann aber seufzend auf, weil sich das Hemd sofort wieder an seiner Haut festsaugt. «Dann war es wohl ein Fehler, in deine Auswahl so viel reinzuinterpretieren.»

Er hat etwas reininterpretiert? Er? Das kann nicht sein, das ist eigentlich mein Job. Ich bin die CEO des Reininterpretierens. Was steht denn in dem verdammten Buch? Und warum habe ich ihm einen Liebesroman gegeben? Oh Gott!

«Ich habe erst keine passende Seite für meine Antwort gefunden, deshalb ...» Jetzt wischt er sich die nassen Haarsträhnen aus dem Gesicht. «Also habe ich es erst einmal gelesen, das war einfacher.»

«Das ganze Buch?»

«Natürlich.»

Oh. Hoffentlich war es nicht der totale Reinfall für ihn. Will er mir jetzt sagen, dass ich mit meinem Büchergeschmack seine kostbare Zeit verschwendet habe? «Hat es dir nicht gefallen? Wenn nicht, dann tut es mir wirklich ...»

«Du meinst, abgesehen von den spicy Szenen?» Seine Miene bleibt völlig ausdruckslos, dafür kriecht mir jetzt trotz des eiskalten Wassers die Hitze über die Haut.

«Es gibt eine spicy Szene in diesem Buch?», frage ich mit einem krächzenden Unterton. Ich habe eine spicy Szene direkt vor mir, ich brauche kein Buch.

«Plural», sagt er.

Oh.

Ich möchte die Augen schließen, so unangenehm ist mir das. Wieso habe ich das Buch nicht vorher wenigstens gelesen? Oder einfach ein anderes genommen? Es ist mir keineswegs peinlich, dass ich Liebesromane mag, ich lese wahnsinnig gerne authentische Sexszenen, ich würde jedes meiner Bücher sofort Kendra geben, aber doch nicht ihm! Und was hat er bitte in meine Buchauswahl reininterpretiert? Das würde ich zu gerne wissen, aber weil ich ihn das unmöglich fragen kann, komme ich zu seiner Ausgangsfrage zurück.

«Hast du denn eine Lieblingsszene?» Seine Augenbrauen schießen in die Höhe, und ich kann meine Lippen unmöglich fest genug zusammenpressen, um das Kichern zurückzuhalten. Als ich auflache, klingt es zumindest nur ein bisschen überdreht. «Ich meine ganz allgemein, nicht die expliziten Stellen.»

Er überlegt nur kurz. «Es gibt eine Szene in einer alten Bibliothek, die ist mir ziemlich nahegegangen. Ich denke, die ist mein Favorit. Kann sein, dass ich sie sogar mehr als einmal gelesen habe.»

Nahegegangen. Ich denke noch über seine Wortwahl nach, als auf dem Flur Stimmen ertönen.

«Wir sollten wohl lieber die Küche retten», meint er. «Nicht dass wir beide noch von der Uni fliegen.»

Irgendjemand stellt die Musik ab, und nur Sekunden danach ist der Flur voller Menschen und aufgeregter Stimmen. Dann platzen Devin und Kendra in die Küche. «Leute, das war *so* knapp!» Devin presst Daumen und Zeigefinger aneinander. «Ein paar Minuten später und wir hätten die Feuerwehr auf dem Campus gehabt. Offenbar gab es schon mal einen Brand vor zwei Jahren. Die wollten einen verdammten Löschhelikopter schicken.»

«Mist.» William fährt sich durchs Haar. «Ich erinnere mich, davon gelesen zu haben. Hat damals zwei Gebäude der Gärtnerei erwischt. Muss der Horror gewesen sein.»

«Hat mich auch verdammt viel Überredungskunst gekostet, der Campuspolice klarzumachen, dass es ein Fehlalarm war.»

Mir wird schwindelig. «Danke, Devin.»

«Sorry, Eden», sagt Kendra zerknirscht. «Ich hab das Essen komplett vergessen.»

«Ich doch auch. Devin, du hast wirklich was gut bei mir.»

Er grinst so breit, dass es mir eigentlich Angst machen müsste. Zumal er eigentlich mir etwas schuldig ist. Aber ich verbessere mich nicht, im Moment bin ich einfach nur erleichtert, und vielleicht sind wir jetzt auch quitt. Er hat mich gerade gerettet.

«Gut zu wissen. Ich werde bei Gelegenheit drauf zurückkommen. Aber wir hatten echt Schwein. Morgen kommt jemand vorbei, um sich die Küche anzusehen, also müssen wir das wieder hinkriegen.»

Kurz darauf ist der Raum fast wieder so voll wie zu Beginn der Party, jeder hat von sich etwas zum Aufwischen mitgebracht. Es dauert eine knappe Stunde, bis wir alle zusammen die Schränke und den Fußboden abgetrocknet haben. Das Wasser ist natürlich auch auf den Flur gelaufen. Immer wieder sage ich den anderen, wie leid mir das tut, bis Garrett irgendwann der Kragen platzt und er mich anraunzt, ich solle die Klappe halten. «Das ist unsere Party, oder? Wenn was schiefläuft, dann stehen wir zusammen dafür gerade. Jeder von uns hätte doch nach dem verdammten Ofen gucken können.» Weil wir alle ihn verdutzt anschauen, fügt er noch ein gereiztes «Was?» hinzu.

«Ich kann nicht glauben, dass er das eben wirklich gesagt hat», meint Kendra eine Minute später zu mir. «Als wäre er auf einmal *nett*.» Sie spuckt das Wort beinahe aus.

«Vielleicht ist er das ja, und wir haben uns in ihm getäuscht», flüstere ich.

«Vielleicht ist der Himmel auch pink!»

Im Augenblick ist er nachtschwarz. Motten flirren durch die Luft, die durch das Licht angelockt wurden, deshalb schalten wir es aus, lassen die Geräte noch ausgesteckt, das Fenster aber geöffnet, damit die Restfeuchte trocknen kann. Ich fühle mich wie nach einer Woche Camping im Dauerregen. Meine Haut ist kalt und klebrig, auch wenn die Klamotten schon angefangen haben zu trocknen. Aber es sieht längst nicht so schlimm aus, wie ich dachte. Es gibt ein paar Stellen an der Tapete, die sich wellen, aber Morris meint, das würde sich wieder glatt ziehen, wenn es trocken ist. Ich hoffe, er behält recht.

Die Partystimmung ist zwar vorbei, aber wir verabreden uns noch in kleiner Runde im Aufenthaltsraum. Erleichtert und erschöpft laufe ich in mein Zimmer, um die Klamotten zu wechseln. Meine Jeans und den Hoodie hänge ich direkt über die Heizung, der Rest landet auf meinem Schreibtischstuhl. Ich schlüpfe in eine gemütliche Jogginghose und ein weites Shirt mit langen Ärmeln, dessen Ausschnitt so weit ist, dass er mir immer über eine Schulter fällt, egal, in welche Richtung ich es ziehe. Nicht optimal, aber das muss jetzt reichen.

Im Aufenthaltsraum werfe ich mich direkt zu Kendra auf eines der dunkelgrünen Sofas. Die Polster sind so weich, dass man tief darin einsinkt. «Ich glaube, ich stehe hier nie wieder auf.»

«Ich auch nicht. Höchstens, um an was zu essen zu kommen. Aber vielleicht können wir auch einen der Jungs überreden, uns was zu bringen. Will», ruft sie mit einem Stöhnen, «kannst du uns was zu essen bringen?»

«Ich mach das schon», sage ich schnell und quäle mich wieder hoch, weil es mir unangenehm ist, dass sie ausgerechnet William anspricht. Aber er steht schon am Tisch und häuft Stücke von der Wassermelone, Trauben und etwas Brot für uns auf einen Teller. Er hat sich nach dem Fiasko seinen dunklen Rollkragenpullover angezogen, trotzdem habe ich immer noch das Bild von seinem nassen Hemd im Kopf, das ich gerne löschen würde. Nein, nicht löschen, lieber nur in einen anderen Ordner schieben, der vielleicht ein bisschen weiter hinten steht. Als ich bei ihm ankomme, reicht er mir den Teller.

«Danke.» Ich habe das Gefühl, noch etwas sagen zu müssen. «Der Raum ist wirklich wunderschön. Ich weiß nicht, ob du das hören willst, aber falls dein Großvater etwas mit der Inneneinrichtung zu tun hatte, dann hatte er einen wirklich guten Geschmack.»

Seine Stirn runzelt sich. «Meinst du das ernst?»

«Ja. Aber nicht wegen der teuren Teppiche», sage ich schnell. «Ich meine vor allem die Bilder, also die Schmetterlinge.» Ich deute auf die Wand, an der die Rahmen hängen.

William zögert. «Ich glaube nicht, dass er für die Einrichtung verantwortlich war. Aber Schmetterlinge haben ihn immer schon interessiert. In seinem Haus hängen Hunderte davon. Vielleicht wusste er nicht mehr, wohin damit, und hat sie deshalb für North Park zur Verfügung gestellt. Ich weiß nie, ob ich die Dinger gruselig finden soll oder doch faszinierend.»

«Du meinst, weil es echte Schmetterlinge sind, die nur zur Deko aufgespießt wurden?» Als er nickt, rede ich weiter. «Ich finde sie schön und ein bisschen schaurig zugleich. Aber es ist schon ein bisschen absurd, dass wir tote Schmetterlinge als makaber empfinden, es uns aber völlig normal vorkommt, einem Tier die Haut abzuziehen, um daraus ein Portemonnaie zu machen. Darüber denkt niemand nach, weil Kühe nicht so schillernd und unschuldig rumflattern wie Schmetterlinge.»

«Okay, du hast gewonnen.» Er nickt zur Wand. «Da ist auch ein *Morpho peleides* dabei. Wie die auf deinem Arm.»

«Ja», sage ich mit belegter Stimme. «Ist mir schon aufgefallen.»

«Mein Großvater hat sie immer Himmelsfalter genannt.»

Ich weiß, dass sie so genannt werden, ich weiß nur nicht, ob mir das gefällt. «Ich ... das Tattoo ist ... Ich habe mir das vor ein paar Monaten stechen lassen. Es erinnert mich an einen Freund.» Es kostet mich unheimlich viel Überwindung, das auszusprechen. Und warum habe ich das überhaupt getan? Wir haben zusammen in diesem verdammten Kreis gestanden. William weiß sicher genau, dass ich von meinem toten Freund rede. Ich hätte es besser nicht sagen sollen. Unschlüssig kaue ich auf meiner Unterlippe und halte wie eine Idiotin den vollen Teller in der Hand, ohne mich zu rühren.

«Dein Freund», fängt William an. «Wie war sein Name?»

Es ist nicht leicht, seinen Namen vor anderen auszusprechen. Vor mir selbst mache ich das andauernd, aber das ist ein stummes Gebet. Ihn laut zu sagen, bringe ich kaum fertig. Aber William klingt nicht so, als würde er das aus Höflichkeit fragen. Er will es wirklich wissen.

«Lark», hauche ich. Keine Ahnung, ob William mich überhaupt verstanden hat. Die anderen quatschen und lachen so laut; es ist seltsam, ein ernstes Gespräch zu führen, wenn hinter einem Devin von den anderen Jungs angefeuert wird, eine Ginflasche zu exen. Aber William muss mich gehört haben, weil seine Lippen Larks Namen formen.

Er nickt, und ich will mich schon abwenden, da fragt er: «Hatte er einen Unfall?»

19. KAPITEL

Hatte er einen Unfall?»

Diese Frage lässt mich straucheln. Niemand hier soll es wissen, das habe ich mir fest vorgenommen. Aber was, wenn es, um Freunde zu finden, nötig ist, sich verletzlich zu machen, obwohl ich mich eigentlich schützen wollte? Vor der Reaktion, die selten so ausfällt, wie man sich das erhofft?

«Nein ... er ...» Gott, das ist so schwer! Vertrauen ist so unendlich schwer. Aber ich kann William vertrauen, oder? Er hat mich vor dem Adderall gewarnt, er hat für mich gelogen, er hat mir ohne zu zögern in der Küche geholfen, er ... Hinter uns grölen die Jungs auf, wahrscheinlich hat Devin es nicht geschafft, die Flasche zu leeren. «Er war krank», flüstere ich, und noch während ich das sage, wird mir bewusst, wie unaufrichtig dieses Gespräch im Grunde ist. Wie falsch. So falsch, dass es mir beinahe körperliche Schmerzen verursacht. Als würde ich lügen. Dabei ist es nicht mal eine Lüge. Lark war krank! Er hatte Depressionen. Aber es ist auch nicht die ganze Wahrheit.

Da ist noch so viel mehr.

«Eden.»

«Ja?»

«Das ...» William atmet langsam aus. Er weiß es nicht. Er kann es nicht wissen. Trotzdem muss er den Schmerz sehen, weil ... Ich spüre ihn überall. «Scheiße», sagt er.

«Ja.» Ich flüstere nur.

Er will noch etwas sagen, aber dann kreischt Sheela plötzlich auf und unterbricht uns. Morris hat ihr vor Lachen die Hälfte seines Gins ins Gesicht geprustet. Es ist furchtbar, aber es reißt mich aus meinen Gedanken, als ich sehe, wie sie sich angeekelt mit ihrem Ärmel durchs Gesicht wischt.

«Danke für das Essen.» Ich werfe William ein entschuldigendes Lächeln zu, bevor ich den Teller zurück zum Sofa trage. Kaum sitze ich wieder, lässt sich Devin auf der anderen Seite neben mich plumpsen und klaut mir direkt die Trauben vom Teller. «Dieser Abend war schon mal ein gutes Training für den Ernstfall.» Er riecht unfassbar stark nach Gin. Ich werde wahrscheinlich an einer Alkoholvergiftung sterben, wenn ich seinen Atem nur inhaliere.

«Was denn für ein Ernstfall, du Spinner!?» Kendra beugt sich über mich und schlägt ihrem Bruder die Mavericks-Kappe vom Kopf, die er sich von Morris besorgt haben muss. «Wenn wirklich ein Feuer ausbricht, oder was?»

Er hält die Trauben hoch und pflückt mit dem Mund welche davon ab. «Entweder das, oder falls eine Dämonenapokalypse bevorsteht. Kann nicht schaden, sich auf so was vorzubereiten.»

«Klar. Die Gefahr, dass wir von Dämonen angegriffen werden, ist wahnsinnig groß. Ist ja altbekannt, dass die regelmäßig aus dem Nordatlantik auf die Insel klettern.» Sie verdreht die Augen. «Du hast wohl zu viel *Ashes of Fear* gespielt. Und selbst wenn. Was genau wissen wir denn jetzt? Dass die Feuerwehr einen Helikopter auf die Insel schickt, um uns zu retten?»

«Dass wir im Notfall Eden haben, die alles unter Wasser setzen kann, um die Dämonen absaufen zu lassen.»

Alle fangen an zu lachen, während ich aufstöhne und mir beide Hände vors Gesicht halte. Ich befürchte, dass ich mir das ewig werde anhören müssen. Bitte lass das keinen Running Gag werden!

«Kann gut sein, dass der Abend als Edens Waterloo in Woodfords Analen eingehen wird.»

«Bitte nicht», sage ich flehend. Aber dann muss ich doch grinsen, weil es so guttut, einfach hier dabei zu sein. Weil dieses Küchendesaster uns zusammengeschweißt hat, wenigstens ein bisschen, und ich mich deshalb nicht mehr so allein fühle. Und für eine Sekunde sehe ich unwillkürlich zu William, der sich vom Tisch abstößt und dann auf dem Sofa gegenüber Platz nimmt.

«Themenwechsel!» Kendra greift sich eine Schüssel und wirft eine Handvoll Popcorn auf ihren Bruder.

Devin und ich sehen uns an und futtern dann lachend das verstreute Popcorn auf.

«Dämonenfragen sind total dämlich. Weiß niemand was Besseres? Etwas wie ‹Deine beste Narbengeschichte?›, oder ‹Wie alt warst du, als du erfahren hast, dass es den Weihnachtsmann nicht gibt?›. Das wäre wenigstens lustig.»

«Mir fällt was ein», sagt Sun-young. «Was ist das letzte Foto, das ihr mit eurem Handy aufgenommen habt?»

Devin platzt mit einem lauten «Scheiße» heraus. Als ihn daraufhin alle ansehen, murmelt er: «Das kann ich euch nicht sagen, viel zu intim.»

Kendra gibt ein Stöhnen von sich. «Devin, du bist so ekelig!» Sie macht Würgegeräusche, dann schüttelt sie sich und lässt sich ins Sofa zurücksinken. «Weiß niemand was anderes? Etwas, das keine widerlichen Bilder von meinem Bruder in meinem Kopf projiziert?»

«Ja, ich.» Garrett macht eine theatralische Pause. «Wenn du ein Verbrechen begehen darfst und vorher weißt, dass du damit davonkommst, was würdest du tun?»

Kendra setzt sich wieder auf, ihre Augen funkeln. «Ich kann nicht dafür belangt werden?»

«Nein.»

«Es wird niemand je davon erfahren?»

«Nope.»

«Mmh, okay, dann würde ich einen nervtötenden Kommilitonen im Schlaf mit einem Kissen ersticken.» Sie streckt ihm die Zunge raus.

«Dafür müsstest du erst mal in sein Schlafzimmer reinkommen», gibt er sofort zurück.

«Als ob das so schwierig wäre.» Sie schlägt die Beine übereinander. «Was würdest du denn tun? Du würdest natürlich den Helden spielen und irgendeinen Diktator umbringen, was?»

«Sicher nicht. Dann rückt direkt einer aus der zweiten Reihe nach, der vielleicht noch schlimmer ist. Ich denke, ich würde eine Zentralbank ausrauben. Das ist nur Geld, das tut niemandem weh.»

«Wie langweilig», meint Kendra.

Sun-young schüttelt den Kopf. «Was ist daran langweilig?», fragt sie. «Man könnte mit dem Geld was Gutes tun. Wie Robin Hood. Muss ein tolles Gefühl sein, wenn man anderen helfen kann. Oder, William?»

Wieso fragt sie gerade ihn? Nur weil sein Großvater in seiner zweiten Lebenshälfte so was wie ein Philanthrop gewesen ist? Was hat William denn damit zu tun?

William blickt von Sun-young zu Kendra und dann zu mir. «Ich schätze schon», antwortet er ausweichend. Er beugt sich vor und schenkt sich etwas in ein Glas, das ziemlich dunkel und ziemlich alkoholisch aussieht. Ich warte darauf, dass er die Frage selbst beantwortet, aber er sagt nichts mehr. Mir wird wieder bewusst, wie wenig ich über ihn oder seine Familie weiß. Wahrscheinlich weiß er jetzt schon mehr von mir als ich von ihm. Aber ich will ihn nicht stalken und das Internet durchforsten, das käme mir falsch vor.

«Also ganz ehrlich», meint Morris, «ich würde auch eine Bank ausrauben, die Kohle aber einfach für mich ausgeben. Sorry, wenn das egoistisch ist.»

«Wieso denkt bei einem Verbrechen eigentlich jeder nur an Geld?», fragt Devin. «Ich würde definitiv etwas kaputtmachen. Wie geil das wäre. Einfach was zu zerstören, und kein Schwein kann einem dafür was anhaben.»

Das finde ich interessant. «Was würdest du denn zerstören? Mir würde da gar nichts einfallen.»

«Echt nicht?» Er richtet sich auf, um mir besser ins Gesicht sehen zu können. «Mir fallen tausend Sachen ein. Ich habe da noch einige Rechnungen offen.»

«Aber hast du keine Angst, dass du anderen damit schadest? Ich meine, wenn du zum Beispiel deine alte Highschool abreißen lässt – warum auch immer –, dann trifft das doch auch andere, selbst wenn es nur das Gebäude wäre.»

«Zerstör meine Fantasie jetzt nicht mit deiner Scheißrealität.»

«Okay, mein Fehler.» Lachend gebe ich mich geschlagen.

«Ich finde die Idee gar nicht schlecht», sagt Kendra. «Ich würde die Gesichter aus dem Mount Rushmore raussprengen. Oder wir könnten ein paar andere Denkmäler zerstören, die wir nur behalten, weil sie historisch sind, dabei sind sie richtig schlimm. Wer braucht denn bitte noch Statuen von Südstaatengenerälen oder so? Die könnten wir einfach einschmelzen.»

Garrett starrt sie entgeistert an. «Aber die sind uralt, du kannst so was nicht einfach zerstören. Die haben einen historischen Wert.»

«Nicht für jeden», sagt sie in einem Tonfall, der resigniert und erschöpft klingt. Als sie alle ansehen, wirft sie mir einen Hilfe suchenden Blick zu.

«Das ... stimmt», pflichte ich ihr bei und suche nach Worten. Ich glaube, ich weiß, was Kendra meint, auch wenn ich mich mit diesem Thema wahrscheinlich noch nie so beschäftigen musste wie sie. «W-weil ... also ... Denkmäler erzählen in den meisten Fällen nur die Geschichte von mächtigen weißen Männern. Die häufig auch noch absolute Arschlöcher waren. Alle anderen werden dabei ausgeklammert, meinst du das?»

«Danke, Eden. Genau das. Es gibt nur ganz wenige Denkmäler von Frauen oder People of Color. Und wenn, dann laufen sie nur neben dem bewaffneten, weißen Mann auf dem Pferd her. So was braucht kein Mensch.»

«Ich finde trotzdem nicht, dass man sie deshalb einfach zerstören darf», wendet Garrett ein. «Stell sie halt in den Keller eines verdammten Museums, anstatt gleich die ganze Geschichte auszulöschen.»

«Warum nicht?», fragt William plötzlich. «Ist doch kein großer Verlust. Im Laufe der Geschichte wurden ständig Denkmäler aufgestellt, vernichtet und dann durch andere ersetzt.» Mit den Fingern streift er sich das Haar zurück. Es scheint ihm nichts auszumachen, dass man sein Feuermal sieht. Vielleicht hat er es einfach vergessen. «Außerdem hat Eden recht. Diese Denkmäler zeigen nur, wie die Geschichte von den Mächtigen erzählt wird.»

«Ach ja?» Garrett wirkt tatsächlich sauer, weil William ihm widerspricht. «Hätte nicht gedacht, dass du so darüber denkst. War dein Großvater nicht Kunstsammler?»

Williams Mund verzieht sich zu einem amüsierten Grinsen. «Nennst du das Kunst? Diese Statuen wurden serienweise in Zink gegossen. Es geht um Denkmäler, die Gewalt, Kolonialismus und Rassismus symbolisieren. Ihr habt doch auch keine Hitler-Statuen mehr in Deutschland, oder?», wendet er sich an Morris.

«Ach du Scheiße. Natürlich nicht.» Morris zieht sich für einen Moment den Kragen seines Sweaters bis über die Nase. «Aber wir haben noch andere echt fragwürdige Abbildungen. Ist nicht so, als wären wir so viel besser.»

«Siehst du?» William schenkt sich einen neuen Drink ein. «Sorry, dass ich mit dem Hitlerthema angefangen habe, Moritz.»

Ich bin überrascht, wie leicht William der deutsche Name über die Lippen kommt. Und noch überraschter darüber, dass die beiden ein paar Sätze wechseln, die ich nicht verstehen kann. Morris fragt ihn noch etwas, und William hebt entschuldigend die Hand. «So gut auch wieder nicht», sagt er auf Englisch.

«Wo warst du?»

«In der Schweiz. Ist schon eine Weile her, deshalb bin ich etwas eingerostet.»

William hat also Deutsch mit ihm gesprochen. Wow. Ich wünschte wirklich, ich könnte wenigstens so gut Spanisch. Jetzt wird mir wieder bewusst, dass ich den anderen gnadenlos hinterherhinke. Ich werde nie eine andere Sprache so gut lernen, dass ich ein Buch aus Cushings Liste in der Originalsprache lesen kann.

Und William hat auch viel besser argumentiert als ich. Er scheint über das Thema schon öfter nachgedacht zu haben. Oder es liegt an seinem Elternhaus. Seine Mutter hat Kunstgeschichte studiert, sein Vater Philosophie. Ich kann mir gut vorstellen, dass sie über so etwas zu Hause diskutieren.

Irgendwie beneide ich ihn darum. Mit meinem Dad habe ich noch nie über Geschichte gesprochen. Nicht, weil er nicht mit mir diskutieren würde, sondern weil so etwas einfach nichts mit seinem Leben zu tun hat.

«Leute, bevor das hier zu hitzig wird. Kommen wir wieder zum Thema hedonistische Zerstörung zurück.» Devin grinst und wird tatsächlich rot. Also noch röter, als er mit seinen Kupferhaaren ohnehin schon aussieht. «Wenn ich sage, ich will was zerstören, dann meine ich, dass ich mit einer richtig fetten Karre durch die Straße fahren und die verdammten Autos wegrammen will, die immer so beschissen parken, dass man Slalom fahren muss. Das muss so ein geiles Gefühl sein.»

Jetzt fangen wirklich alle an zu lachen. Und als Nächstes stößt Morris eine neue Diskussion an, indem er uns fragt, was wir besser fänden: lieber allein auf einer einsamen Insel zu stranden oder mit unserem größten Feind. Während die anderen sich deswegen die Köpfe heißreden, besorge ich noch ein paar Trauben, weil Devin alle weggefuttert hat. Dabei bin ich todmüde und sollte langsam ins Bett gehen.

«Möchtest du noch welche?» Ich halte Devin den Teller hin, als ich zurückkomme, da fällt mir auf, dass sein Blick seltsam leer ist. Alle reden durcheinander, aber Devin scheint auf einmal komplett weggetreten. Gott, er muss noch mehr getrunken haben, als ich dachte.

«Hey.» Ich stupse ihn an. «Müde?»

Er reagiert überhaupt nicht. Atmet nur flach aus und schaut starr ins Leere. Mein Herzschlag beschleunigt sich, die Trauben auf meinem Teller kommen ins Rutschen. Ich weiß gar nicht, warum mich das so alarmiert, aber dieser leere Blick verursacht mir eine Gänsehaut. Schnell stelle ich den Teller ab.

«Bist du okay?», frage ich laut. «Devin?»

Da schüttelt er plötzlich den Kopf, als wäre er gerade aus einem Tagtraum aufgewacht, und ich stoße erleichtert die Luft aus. Er hat einfach nur vor sich hingeträumt.

«Was? Ja, klar. Hab echt zu viel getrunken», murmelt er mit belegter Stimme. Er räuspert sich ein paarmal und geht dann seiner Lieblingsbeschäftigung nach: sich über seine Schwester lustig machen. «Verdammt, Kendra, du bist voll die Soziopathin. Kein Mensch auf der Welt wäre lieber allein auf einer einsamen Insel.»

Das seltsame Gefühl kann ich trotzdem nicht ganz abstreifen. Ich fahre mir mit den Händen über die Arme, an denen sich jedes einzelne Haar aufgestellt hat.

«Und du, Eden?», fragt Morris.

«Ich glaube, ich sehe das wie Devin. Ich wäre auch lieber mit meinem größten Feind auf einer einsamen Insel als allein. Alles ist besser, als allein zu sein», sage ich.

20. KAPITEL

Die Szene in der alten Bibliothek.

William hat am Samstag gesagt, die Stelle wäre ihm *nahegegangen*, und ich schwöre, das ist definitiv nicht die Wortwahl, die ich getroffen hätte. Die beiden Protagonisten hatten heißen Sex in der alten Bibliothek.

Oh. Mein. Gott.

Das Schlimme ist, dass ich beim Lesen die ganze Zeit an ihn denken musste. Ich konnte mich deshalb auch nicht richtig auf die Geschichte einlassen. Vor allem weil William gedacht hat, dass ich dieses Buch mit Absicht ausgesucht habe! Das ist es doch, was sein «Reininterpretieren» bedeutet, oder? Aber bedeutet das auch, dass ihn der Gedanke, dass ich es mit Absicht gemacht habe, nicht abgeschreckt hat? Heißt das, der Gedanke hat ihm vielleicht sogar gefallen? Würde mir das gefallen? Ich mache mir fast einen Knoten ins Gehirn, je länger ich darüber nachgrüble.

Den ganzen Sonntag bin ich in meinem Zimmer geblieben und habe nur gelesen. Ich konnte nicht damit aufhören, weil ich mich gefragt habe, ob noch eine andere Bibliotheksszene kommt. Spät in der Nacht bin mit dem Buch im Arm eingeschlafen und deshalb jetzt schon wieder spät dran. Ich greife mir meinen Hoodie von der Stuhllehne, aber weil er noch ein wenig nach Rauch riecht, sprühe ich ihn kurz mit meinem Deo ein. Ich schlüpfe in den dicken warmen Stoff, erst dann fällt mir auf, dass da immer noch der Knoten in der Kordel ist. Der Knoten, den William mit seiner Zunge gemacht hat. Meine Hand schließt sich um die Kordel. Nur für eine Sekunde. Dann lasse ich los, weil ich meine Sachen packen muss.

Bücher, Block zum Mitschreiben, meine alten Notizen und das Stiftemäppchen werfe ich schnell in meinen Rucksack. Die Aufgabe für den Einführungskurs habe ich immer noch nicht erledigt. Ich will neu anfangen, Freundschaften aufbauen, mich irgendwann anvertrauen können und all das hinter mir lassen, was auf der Highschool passiert ist. Samstagabend, das war ein Anfang. Aber für einen echten Neuanfang muss ich aus diesem Geheimnis eine Erinnerung machen. Ich muss es aufschreiben. Oh Gott, ich wünschte, das wäre so einfach!

Ich stoße hart den Atem aus, setze mich an den Schreibtisch, klappe den Laptop auf und lasse meine Finger ein paar Sekunden auf der Tastatur liegen.

Jetzt tu es einfach, Eden!

Mir bleibt kaum noch Zeit, also hämmere ich mein schlimmstes Geheimnis in die Tastatur meines Laptops. Vielleicht ist es der Zeitdruck, der mir dabei hilft, endlich Worte zu finden. Ich schreibe mein Larkgeheimnis auf, ohne ihn beim Namen zu nennen, schnell, knapp, ohne innezuhalten. Diesmal breche ich nicht in Tränen aus.

Es ist nur ein Projekt, Eden. Einfach nur ein Projekt, eine Hausarbeit!

Schnell ziehe ich die Datei auf einen Stick und beeile mich, aus meinem Zimmer zu kommen. Nachgeguckt, wo ich auf dem Campus drucken kann, habe ich natürlich nicht. Also laufe ich über den Platz zum Hauptgebäude, vorbei an den anderen Leuten, die zu ihrem ersten Kurs strömen. Ich hoffe, Mr. Jackson ist da und hat gute Laune. Okay, das ist wahrscheinlich zu viel Optimismus für einen Montagmorgen. Ich hoffe einfach, er lässt mich schnell diese Seite ausdrucken, und wenn er mir das erlaubt, darf er mich auch gerne dafür anmeckern.

Mit den Fingerknöcheln klopfe ich gegen die Tür, obwohl sie offen steht, und sehe sofort, wie seine Augenbrauen misstrauisch über den Rand seiner Brille nach oben schießen. Nicht sehr ermutigend. Nur sein Ugly Sweater schenkt mir ein bisschen Hoffnung. Er trägt heute einen Strickpullover mit einer fliegenden Hexe. Sie transportiert einen riesigen Kürbis auf ihrem Besen. Der Pulli ist noch hässlicher als der vom ersten Tag, und ich muss automatisch grinsen.

«Guten Morgen, Mr. Jackson», keuche ich. Gott, bin ich außer Atem. «Kann ich das kurz bei Ihnen ausdrucken?» Ich halte den Stick in die Höhe. «Es ist nur eine Seite, versprochen, und ich bin in dreißig Sekunden wieder weg.»

Er hält sich nicht mit Begrüßungsfloskeln auf. «Historisches Institut», blafft er. «*Wage zu denken!*»

«W-was?»

«So steht es über dem Raum. *Sapere aude!* Ist ein riesiger Arbeitsraum mit allem, was das Studentenherz begehrt. Da gibt es Drucker en masse. Jeder Ausdruck kostet zehn Cent.» Er beugt sich über seine Tastatur und beachtet mich nicht weiter.

Oh Mann, ich schaffe es niemals bis zum historischen Institut und wieder zurück zur Thayer Hall. Nicht mal, wenn ich fit und ausgeschlafen wäre. Nicht mal, wenn mein Leben davon abhinge.

«Bitte, Mr. Jackson. Es ist wirklich nur eine Seite. Ich bezahle Ihnen auch den Ausdruck.»

Er schaut nicht mal auf. «Nachdem Sie mir neulich den Kaffee mitgebracht haben, könnte man es mir als Bestechung auslegen, wenn ich Ihnen hier Freiheiten einräume.»

Freiheiten? «Ich will nur eine Seite ausdrucken und keine

Sonderbehandlung. Es dauert auch nur ein paar Sekunden. Bitte.»

«Paar Sekunden», murmelt er mit einem Schnauben. Dann spricht er mit einem starken französischen Akzent und einem abgehackten Singsang weiter: «Zwei-tausend-Jahre-späterrr.»

Spongebob?

Er macht jetzt ernsthaft ein uraltes Spongebob-Meme nach? Meine Güte.

«Ich komme sonst zu spät. Ja, ich weiß, das ist meine eigene Schuld, aber ...» Weil er nicht reagiert, sage ich nach einem tiefen Seufzen: «Dann frage ich Ms. Genelius.» Ich mache Anstalten, an der Theke weiterzulaufen, hinter der seine Kollegin gerade mit einem Telefonat beschäftigt ist.

«Na gut», raunzt er. «Geben Sie mir den verdammten Stick.»

Wirklich? Erleichtert reiche ich ihn über die Theke. «Es ist nur eine einzige PDF-Datei drauf.»

«Ich verlasse mich darauf, dass Sie mir keinen verdammten Virus einschleppen. Wenn das passiert, kann ich für nichts garantieren.»

Ich hebe feierlich eine Hand zu einem Eid, und Mr. Jackson dreht so schnell den Kopf weg, dass ich mir sicher bin, er will mich nur sein Grinsen nicht sehen lassen. Er steckt den Stick in seinen Rechner, und kurz darauf fängt der Drucker hinter ihm an zu brummen. Mit halb zugekniffenen Augen reicht er mir dann das Blatt und den Stick zurück. «Mein schrecklichstes Geheimnis?», fragt er und schüttelt den Kopf. «Was lernen Sie hier eigentlich auf dem College? Also langsam frage ich mich ...» Er spricht nicht weiter.

Warum habe ich Idiotin die Datei nicht neutral benannt? Ich hätte «Einführungskurs_Paper1» schreiben sollen. Oder «Hausarbeit_Colegrove» oder sonst etwas. Blitzschnell lasse ich ein Zehn-Cent-Stück auf die Theke fallen, schnappe mir meinen Ausdruck und rufe ihm im Rausrennen noch mal ein Danke zu. Den Zettel schiebe ich zusammengefaltet in meine Hosentasche.

So schnell ich kann, haste ich zur Thayer Hall und stelle fest, dass niemand mehr vor der Tür steht und schon alle im Veritas-Raum sein müssen. Oder wurde der Kurs verlegt? Es wäre so peinlich, in den falschen Raum zu stolpern. Ich zücke mein Handy und rufe die App auf. Doch bevor ich meinen Einführungskurs auswählen kann, höre ich hinter mir ein Keuchen. Kendra kommt angerannt.

«Gott sei Dank, da bist du endlich. Wir treffen uns heute alle auf dem Sportplatz hinter dem psychologischen Institut. Ich bin extra noch mal umgedreht, um nach dir zu suchen.»

«Was? Wieso denn auf dem Sportplatz?»

«Sie brauchen wohl ganz viele Leute für ein Experiment, und Ms. Colegrove hat uns gebeten auszuhelfen. Die Hausarbeit sollen wir aber schon mal in die Box stecken.» Sie zeigt auf einen Tisch mit einem großen Karton.

Als ich näher komme, sehe ich den breiten Schlitz auf der Oberseite. Ich hole den Zettel hervor, aber ...

Kendra bemerkt mein Zögern. «Keine Sorge, die anderen Kurse haben dieselbe Aufgabe gekriegt, und alle werfen sie da rein, damit man sie nicht nachverfolgen kann.»

«Okay.» Mit einem letzten tiefen Durchatmen lasse ich den gefalteten Zettel in der Box verschwinden. Für einen Panikanfall oder Ähnliches habe ich keine Zeit, weil Kendra mich auch schon am Ärmel mit sich zerrt. «Beeilen wir uns, ich will unbedingt mit den anderen in eine Gruppe.»

Wir laufen los.

«Danke, dass du mich abgeholt hast», keuche ich.

«Klar. Du hättest mir doch auch Bescheid gesagt.»

Gott sei Dank kennt Kendra den Weg. Wir nehmen eine Abkürzung durch den Park, sprinten am *Public Domain* vorbei, wo die Leute an diesem Morgen Schlange stehen, und vorbei am psychologischen Institut. Als wir am Sportplatz ankommen und ich die ganzen Leute mit Shorts und Turnschuhen sehe, bleibt mir kaum noch Luft zum Reden. «Hätten wir Sportklamotten anziehen sollen?», japse ich. Hoffentlich nicht. Frühsport und ich passen so gar nicht zusammen.

Kendra zuckt mit den Schultern. «Davon hat Ms. Colegrove nichts gesagt. Ich glaube auch nicht, dass es ein Fitnesstest ist. Da sind Will und Devin!» Sie winkt in ihre Richtung und zieht mich mit sich.

William hat eine neue Sonnenbrille. Das ist das Erste, was mir auffällt. Am unteren Rand schaut etwas von seinem Feuermal hervor, aber das sieht man auf die Entfernung nur, wenn man es weiß. Es könnte auch einfach ein Schatten sein. Er sieht gut aus heute Morgen. Wahnsinnig gut. Über sein obligatorisches Hemd hat er einen Pullover gezogen, der farblich bestimmt perfekt zu seinen grünblauen Augen passt. Devin trägt seinen dunkelblauen Woodford-Hoodie und Jeans. Er ist unfassbar blass, und ich frage mich, ob das immer noch Nachwirkungen von dem ganzen Gin sind.

«Hey, weiß einer von euch, worum es in diesem Experiment geht?», fragt Kendra Garrett, der mit Sun-young und Amartya im Schlepptau auf uns zukommt.

«Nur dass es um ein Rennen geht.»

Ich wechsle einen stummen Blick mit Kendra. Sie sagt nichts, aber ich kann ihre unausgesprochene Frage auch so verstehen: *Sollen wir abhauen?*

«Das ist doch freiwillig, oder?», raune ich ihr zu.

«Devin», zischt sie, um seine Aufmerksamkeit zu erlangen. Aber bevor wir uns absprechen können, räuspert sich plötzlich eine zittrige Stimme über ein Mikrofon.

«Danke, dass ... also dass so viele von euch freiwillig teilnehmen. Wir ... also wir aus dem Psychologiekurs sind immer auf Probanden aus den neuen Jahrgängen angewiesen, weil ... also ... um unsere Studien durchzuführen. Weil ... es ist wichtig, dass ihr den Test nicht kennt, also ...»

Der Typ, der ins Mikrofon spricht, sieht nicht viel älter aus als wir. Er ist klein, aber sehr sportlich, und er umklammert das Mikro, als müsste er sich daran festhalten, um nicht tot umzufallen vor Aufregung. «Also ... also vielen Dank noch mal», stammelt er. «Und ich bin ... also ich heiße Theo. Wenn ... also wenn ihr irgendwelche Fragen habt ...»

Ich drehe mich zu Kendra um. «Ich glaube, wir können jetzt nicht mehr gehen», flüstere ich.

«Gott, der tut mir leid», stimmt sie mir zu. «Er ist so nervös.»

«Ich habe noch etwas vergessen», sagt Theo, und durch das Mikrofon dringt ein lautes Fiepen. Mehrere Leute lachen, und sein Gesicht färbt sich sofort dunkelrot. «Also ... wir haben da vorne einen Tisch aufgestellt mit einem Fragebogen. Wenn ... also nach dem Rennen ... Es wäre super, wenn ihr alle danach den Fragebogen ausfüllen könntet und uns sagt, wie ihr das Experiment fandet und wie es eure Sicht auf euer Studium oder das Leben verändert hat. Also ... *falls* es eure Sicht verändert hat.» Er nimmt das Mikro runter, nur um es in derselben Sekunde wieder hochzureißen. «Das wäre echt super, danke!» Wieder Gelächter.

Theo reicht das Mikrofon so schnell an einen Kommilitonen weiter, dass der es beinahe fallen lässt. «Hi, mein Name ist Abe Landon, ich bin im vierten Jahr. Diesen Test machen wir heute das erste Mal.» Er holt etwas aus seiner Tasche und hält es hoch. Im ersten Moment denke ich, dass es Geld ist, aber wahrscheinlich ist es einfach nur ein leerer Zettel, der etwas symbolisieren soll. «Das hier ist ein Graduiertenzertifikat. Oder zumindest soll es das darstellen. Nach vier Jahren in Woodford werden wir alle unseren Bachelor of Arts gemacht haben. Ich möchte jetzt, dass ihr euch alle an der Startlinie aufstellt. Derjenige, der zuerst die Ziellinie erreicht hat, bekommt diese Bachelorurkunde.»

«Ist die echt?», ruft jemand rein.

«Geil, vier Jahre gespart!»

Abe schüttelt genervt den Kopf. «Nein, sie ist nicht echt. Das ist ein Experiment, okay?»

«Was für ein Scheiß.» Devin verschränkt die Arme vor der Brust, stellt sich aber trotzdem neben Kendra auf. Wir bleiben dicht beieinander. William kommt an meine andere Seite. Ich schenke ihm ein unsicheres Lächeln.

«Hey», sagt er, und in meinem Bauch sammelt sich Wärme.

«Hey.» *Ich habe das Buch gelesen.* Gott sei Dank hindert mich der Student mit dem Mikro daran, etwas total Dämliches wie diesen Satz zu sagen.

«Ich werde ein paar Aussagen machen», sagt Abe. «Wenn diese Aussagen auf euch zutreffen, geht ihr zwei Schritte nach vorn. Wenn diese Aussagen nicht auf euch zutreffen, bleibt ihr einfach stehen, okay? Sobald wir damit durch sind, gibt Theo euch mit der Trillerpfeife das Startzeichen, dass das Rennen losgeht und ihr zur Ziellinie sprinten könnt.»

Das heißt, dass diejenigen, die die Aussagen bestätigen können, einen Vorsprung haben. Ich weiß jetzt schon, dass ich unmöglich gewinnen kann. Ich werde weder alles bestätigen können, noch bin ich im Laufen so stark, dass ich die ganzen Jungs überholen könnte.

«Jetzt zu den Aussagen: Macht zwei Schritte nach vorn ...», er macht eine kunstvolle Pause, «... wenn eure Eltern noch verheiratet sind.»

Okay, ich hasse dieses Spiel. Das sind keine Dinge, die man selbst beeinflussen kann. Was soll das Ganze bitte?

William versenkt seine Hände in den Hosentaschen. «Jetzt ist klar, worauf das hinausläuft, oder?» Er beißt die Zähne aufeinander und geht zwei Schritte nach vorne. Kendra und Devin sind neben mir stehen geblieben. Schon jetzt zeigt sich auf vielen Gesichtern ein frustrierter Ausdruck.

Abe hebt das Mikro wieder an. «Geht zwei Schritte nach vorne, wenn ihr vor dem Studium eine Privatschule besucht habt.»

Druck baut sich in meinem Magen auf. Kendra wirft mir einen fragenden Blick zu. Als ich nur stumm den Kopf schüttle, geht sie gemeinsam mit ihrem Bruder los. William ist jetzt noch weiter von mir entfernt. Und nun bekomme ich Angst, dass wir alle immer weiter auseinandergerissen werden. Ich schaue nach links und rechts. Ich bin zwar nicht die Einzige, die noch auf der Ausgangsposition steht – ein paar Jungs sind noch in meiner Reihe –, aber von den Mädchen ist es nur noch ein einziges. Alle anderen sind schon mindestens einmal nach vorne gegangen.

«Macht zwei Schritte nach vorne, wenn ihr euch nie Sorgen darum machen musstet, wie eine Krankenhausrechnung bezahlt wird.»

Ich muss schlucken. Diese Aussage kann ich auch nicht mit Ja beantworten. Die Entzugskliniken, in denen Mom mehrmals war, haben Unsummen an Geld verschlungen, und ich weiß genau, wie viele Sorgen sich Dad gemacht hat, wie viel er nebenbei noch in einer Autowerkstatt gearbeitet hat, um all das bezahlen zu können. Auch wenn ich noch klein war – Dads Sorgen waren auch meine Sorgen.

Kendra und Devin gehen nach vorne. Ich spüre, dass William sich zu mir umdreht, ohne auch nur aufzusehen. Ich spüre seinen Blick und auch den von anderen, und mir wird heiß vor Scham. Keine Ahnung, ob ich meine Kommilitonen noch einholen könnte, wenn das hier wirklich ein Rennen wäre und nicht ein Spiel, das mir nur zeigen soll, wie wenig ich dazugehöre.

«Macht zwei Schritte nach vorne, wenn ihr euch nie Sorgen machen musstet, dass euer Mobiltelefon ausgeschaltet wird.»

Meine Hand gleitet in die Hosentasche meiner Jeans, wo ich sofort Larks Stein finde und festhalte. Wenn Lark bei mir wäre, dann wäre er neben mir stehen geblieben. Ganz egal, ob es stimmen würde oder nicht. So war er einfach. Aber jetzt fühle ich mich allein und ausgegrenzt. Wie auf einem Präsentierteller. Jeder kann sehen, dass ich nicht dazugehöre. Ein paar Meter rechts von mir steht ein Schwarzer Junge, der sich so fest auf die Lippen beißt, dass es mir schon vom Zugucken wehtut.

«Geht zwei Schritte nach vorn, wenn bei euch zu Hause jeden Tag ein warmes, gesundes Essen auf dem Tisch stand.»

Ich bleibe stehen.

«Geht zwei Schritte nach vorn, wenn ihr euch nie Sorgen machen musstet, woher eure nächste Mahlzeit kommt.»

Es gab Tage, an denen Dad arbeiten war und Mom zu high oder zu krank war, um sich um das Essen zu kümmern. Das alles ist schon so lange her, aber wenn ich ehrlich sein will, dann kann ich auch bei dieser Aussage nicht nach vorne gehen.

«Geht zwei Schritte nach vorn, wenn ihr neben der Schule nie arbeiten musstet.»

Was heißt denn müssen? Wenn ich gearbeitet habe, dann, damit ich mir auch mal neue Klamotten kaufen konnte. Oder Geld hatte, um auszugehen. Ist das schon *müssen*? Ich klemme mir die Unterlippe zwischen die Zähne, um das nicht laut zu fragen. Wir sind hier auf einer Eliteuni. Es ist doch völlig klar, dass die meisten Leute hier diese ganzen Probleme nie hatten. Was für einen Sinn hat dieses Spiel?

Als ich den Kopf hebe, dreht William sich zu mir um. Ich glaube, dass mich noch nie in meinem Leben etwas so sehr gedemütigt hat wie dieses Spiel. Nicht mal, als ich die ganzen Kommentare und das Getuschel nach Larks Tod aushalten musste. Denn da habe ich mich selbst schuldig gefühlt. Aber jetzt, hier? Ich kann nichts dafür, dass ich hier hinten stehe. Überhaupt gar nichts.

Ich hasse, hasse, hasse dieses Spiel. Ich hasse es unendlich.

William sieht mich an. Aber ich kann seine Augen nicht sehen, das getönte Glas seiner Sonnenbrille ist wie eine undurchdringliche Mauer. Und dann setzt er sich plötzlich in Bewegung. Im ersten Moment glaube ich, dass ich die Trillerpfeife nicht gehört habe und jetzt alle loslaufen, um dieses dämliche Rennen zu gewinnen, aber dann kapiere ich, dass die anderen immer noch stehen und es nur William ist, der geht. Zurückgeht.

Er kommt in meine Richtung.

21. KAPITEL

Macht zwei Schritte ...» Abe hält irritiert inne, als William das Experiment einfach unterbricht. «Wir ... es sind nur noch zwei Aussagen, vielleicht kannst du kurz ...» Er räuspert sich. «Oh, okay.»

Die anderen fangen an zu tuscheln. William scheint das völlig egal zu sein, er sieht sich nicht mal um. Ich höre auch nicht mehr hin, als der Psychologiestudent wieder ins Mikrofon spricht und die Kluft zwischen den anderen und mir immer größer wird. Warum habe ich nicht einfach gelogen? Warum bin ich nicht einfach nach vorne gegangen? Warum lasse ich jeden sehen, dass ich nicht dazugehöre?

William nimmt seine Sonnenbrille nicht ab, er wirkt vollkommen gelassen. Er kommt immer näher, und ich schaue zu Boden, weil er sonst bestimmt erkennt, dass ich jede Sekunde in Tränen ausbrechen werde. Wofür ich mich verfluche. Mir schlägt das Herz bis zum Hals, als er mich erreicht. Mit der Hand wische ich mir schnell über die Augen, und dann gucke ich doch hoch und blinzle überrascht, weil er mich anlächelt. Allerdings bin ich mir ziemlich sicher, dass es ein gespieltes Lächeln ist.

«Lass uns gehen!»

Ich schlucke den Kloß in meinem Hals runter. «Jetzt?»

Mein Blick schießt von links nach rechts. Ganz viele haben sich zu uns umgedreht. Abe redet immer lauter, um die Aufmerksamkeit zurückzubekommen, und das Mikro gibt deswegen wieder ein empörtes Fiepen von sich. Ein paar Leute weiter vorne halten ihre Handys auf William gerichtet, was in mir sofort Beklemmungen auslöst. Es ist wirklich egal, was William macht, er wird einfach immer beobachtet. Viel mehr als ich. Kein Mensch interessiert sich im Grunde dafür, dass ich noch hinten stehe. Kein Mensch interessiert sich für Eden Collins. Es ist ganz offensichtlich viel spannender für sie, dass William Grantham III. sich gerade nicht an die Regeln hält. Das sollte mich erleichtern, aber ...

«Ja, jetzt. Das hier ist reine Zeitverschwendung.»

«Aber dürfen wir das überhaupt?» *Gott, Eden! Wen interessiert das?* Diese Unsicherheit passt gar nicht zu mir. Früher war ich nicht so. Bevor die Sache mit Lark passiert ist, war ich überhaupt nicht unsicher. Ich bin mit einem Soldaten als Vater aufgewachsen, verdammt! Wir haben Selbstverteidigung im Garten geübt, und er hat mir gezeigt, wie ich jedem Typen richtig wehtun kann, bevor er auch nur den kleinen Finger nach meinem Hintern ausstreckt. Nur dass mir das hier kein bisschen weiterhilft. In Woodford ist das völlig irrelevant. Im Augenblick habe ich das Gefühl, dass mich Woodford nicht bestärkt oder selbstbewusster macht, das Gegenteil ist der Fall. Ich fühle mich klein, im Vergleich zu den anderen winzig klein.

«Ist das nicht egal?», fragt William. «Lass uns einfach abhauen.»

Als ich nicke, fasst er mich am Arm und zieht mich mit. Es ist unmöglich für mich, zu ignorieren, dass irgendwelche Idioten uns mit ihren Handykameras folgen. Ob William das auch merkt? Wir laufen quer über die Wiese. Schon nach wenigen Schritten bekomme ich vom taufeuchten Gras nasse Füße, aber dafür spüre ich die Wärme seiner Hand sogar durch den dicken Hoodie. Er hält mich so fest, als hätte er Sorge, ich könnte es mir anders überlegen und plötzlich davonlaufen, was überhaupt nicht zu seiner gelassenen Haltung passt. Erst als wir den Weg zum Park erreichen, lässt er meinen Arm los und entschuldigt sich.

«Tut mir leid, dass ich dich so mitgezerrt habe», sagt er, als er stehen bleibt. «Aber da waren ein paar Idioten, die uns mit ihren Handys gefilmt haben. Also wahrscheinlich mich», verbessert er sich. Erst jetzt registriere ich die Anspannung in seiner Stimme. «Ich will dich da nicht mit reinziehen, das muss verdammt unangenehm für dich sein.»

«Und für dich erst.»

Er lacht resigniert auf. «Hey, ich bin daran gewöhnt, oder? Ich kann das eigentlich ganz gut ignorieren, aber wenn Freunde dabei sind, ist es nur noch beschissen.»

Freunde. Zählt er mich etwa dazu?

«Dieses Experiment gerade ... Das ist nur ein dummes psychologisches Spielchen, Eden. Du musst dir das nicht antun.»

Die Morgensonne steht so tief, dass ich mein Gesicht mit der Hand abschirmen muss, als ich zu ihm aufsehe. Ich wünschte, er würde seine Sonnenbrille ausziehen. «Ich weiß», lüge ich. Meine Stimme klingt schwächlich, deshalb räuspere ich mich.

«Ich meine das ernst. Wenn du nicht mitmachen willst, dann kann dich niemand dazu zwingen. Außerdem kann ich dir auch so sagen, wie das Spiel ausgeht. Wir haben so was Ähnliches schon mal in der Schule gemacht.» Er versenkt beide Hände in den Hosentaschen und kickt mit einem Fuß einen imaginären Stein beiseite. «Nach diesen Statements erzählen sie einem als Nächstes, dass keine dieser Aussagen irgendetwas damit zu tun hat, welche Entscheidungen wir im Leben bisher getroffen haben. Und dass es offensichtlich ist, dass wir vorne bessere Chancen haben, bei diesem Rennen zu gewinnen. Dass diejenigen, die eine super Kindheit in einem begüterten Elternhaus hatten, es viel leichter haben als alle anderen. Welche Überraschung. Ich denke, das wissen wir alle, auch ohne dass man es uns noch mal unter die Nase reibt.»

Ich nicke nur wortlos.

«Und dieser Abe ...», presst er hervor. «Er wird gleich erzählen, dass Woodford das alles ändert. Dass Woodford uns allen dieselben Chancen gibt und uns auf dieselbe Ausgangsposition für unser weiteres Leben bringt.»

«Und du glaubst das nicht? Dass Woodford das ändern kann?»

«Ich weiß es nicht. Ich hoffe es», verbessert er sich. «Nur ganz bestimmt nicht durch dieses Spiel, das uns alle vorführt.»

«Nicht alle, oder?» Ich schlucke. «Eigentlich nur diejenigen, die nicht nach vorne gehen können.» Ich bin immer noch wie betäubt vor Scham. Dieses verdammte Experiment ...

«Findest du?» William holt tief Luft. «Für mich ist das ... Okay, wahrscheinlich kannst du das nicht nachvollziehen.» Er bricht ab und schüttelt mit einem frustrierten Schnauben den Kopf.

«Was?»

«Ach, vergiss es. Du kannst in jedem Fall nichts dafür, dass du stehen bleiben musstest. Das ist nicht deine Schuld, und es ist auch nichts, was du beeinflussen kannst. Es tut mir echt leid. Das muss eben ein Scheißgefühl gewesen sein.»

«Es fühlte sich schlimm an, aber du hast es weniger schlimm gemacht. Danke, dass du mit mir gegangen bist», sage ich mit einem zittrigen Lächeln. Das ist etwas, was nur ein Freund tun würde, oder? «Manchmal habe ich einfach Angst, dass ich nie wirklich dazugehören werde.» *Nicht heulen, Eden! Nicht jetzt.*

«Ich auch», erwidert er heiser. «Es fühlt sich für mich genauso an, Eden.»

Ich auch.

Zwei Wörter nur. Zwei Wörter, die mich sprachlos machen,

weil ich das, was er gerade gesagt hat, und das, was ich über ihn zu wissen glaube, nicht in Einklang miteinander bringe. Ich kann seine Augen nur als Schatten hinter den dunklen Gläsern erkennen, aber ich weiß auch so, dass er müde aussieht. Weil er eigentlich immer ein bisschen müde aussieht.

Wie meinst du das?, will ich fragen, aber ein paar Leute gehen an uns vorbei und werfen uns von der Seite neugierige Blicke zu, deshalb halte ich die Klappe.

«Lass uns hier verschwinden.» Er zieht die Hand aus der Hosentasche und wirft einen knappen Blick auf die Armbanduhr. «Ich würde dir gerne was zeigen», wechselt er plötzlich das Thema.

«Was denn?»

«Einen meiner Lieblingsorte hier auf dem Campus.» Plötzlich lächelt er. «Falls du dich traust mitzukommen.»

Gott, diese kleine Kerbe in seinem Kinn! Als wäre sie nur da, damit man ihn unbedingt anfassen und sie mit dem Finger nachfahren will.

«Warum sollte ich mich nicht trauen?»

«Falls du inzwischen das Buch gelesen hast. Das, was ich dir zeigen will, ist in der alten Bibliothek.» Williams Augenbrauen gehen herausfordernd in die Höhe.

Das Buch. Seine Lieblingsszene in der alten Bibliothek, die *spicy* Szene – oh Gott. «An der Stelle bin ich leider noch nicht.» Ich tue einfach so, als hätte ich sie nicht gelesen. Was er mir vermutlich nicht für eine Sekunde glaubt. Mein Gesicht läuft siedend heiß an, und die Hitze bleibt nicht mal dort, sie strömt durch meinen gesamten Brustkorb. Zumindest bis zu seinem nächsten Satz.

«Also?», fragt er. «Paratus es?»

Als ich nicht sofort reagiere, hakt er nach. «Paratus ad omnia. Weißt du noch, was das heißt?»

Nein, verdammt! Ich kann kein Latein, das muss er doch wissen! Keine Ahnung, was das heißt, was ich ihm darauf antworten soll, und das macht mich fertig. Für ein paar Sekunden überlege ich, ob er mich damit in Verlegenheit bringen will. Wir wissen beide, wer von uns die bessere Bildung genossen hat, das muss er nicht extra ...

Oh, Moment.

Doch, natürlich! Er wollte mich gar nicht in Verlegenheit bringen, nein. William geht nur zu Recht davon aus, dass ich weiß, was auf unserem Hauptgebäude steht. Es fühlt sich an wie eine Ewigkeit, bis ich mich an das Motto der Woodford Academy erinnere, aber in Wirklichkeit sind es nur Sekunden.

«Ja», antworte ich erleichtert und nicke. *Bereit für alles.*

22. KAPITEL

Das graue Steingebäude sieht noch älter aus als North Park House. Die Fenster sind so zugewachsen, dass sicher nur wenig Licht ins Innere gelangt. Ich frage mich, wie man die noch putzen kann, wenn der Efeu alles überwuchert. William hat mich gerade auf einer so verschlungenen Strecke durch den Park geführt, dass ich für den Rückweg garantiert ein Navi brauche. Ich habe keine Ahnung mehr, wo ich bin.

«Ich dachte, die Bibliothek ist direkt neben dem Hauptgebäude», sage ich, bevor ich den Fuß auf die unterste Eingangsstufe setze.

«Die Gillett, ja, aber das hier ist die alte Woodford Library. Es kommt kaum noch jemand her, weil es keinen Lesesaal mit WLAN gibt und die moderne Fachliteratur zum größten Teil in der Gillett-Bibliothek aufbewahrt wird. Hier gibt es nur alte Schinken und Kunst.»

«Und du magst alte Schinken?»

«Eher die Kunst», erwidert er.

Ich lege den Kopf in den Nacken, um die Inschrift am steinernen Türbogen zu entziffern. *Claude os, aperi oculos*. Als William meinen Blick bemerkt, übersetzt er mir das sofort. «Schließe den Mund, öffne die Augen.» Er zieht die Tür auf und murmelt: «Andersrum fände ich es manchmal besser.»

In der Luft hängt der Geruch von Staub, Papier und altem Leder. Es sind kaum Leute hier. Nur eine ältere Dame, die uns am

Eingang begrüßt, ohne aufzusehen, weil sie in ein Buch vertieft ist, und eine Handvoll anderer Besucher, die uns komplett ignorieren. Regalreihen ragen rechts und links in den Raum, der von innen wie eine Kapelle anmutet. Muss an den Wandmalereien liegen mit den Efeublättern. Die Seitenteile sind mit auffälligen Intarsien verziert, und an jedem Ende steht eine weiße Büste von alten Uni-Präsidenten. Die Reihen sind mit lateinischen Nummern beschriftet, und obwohl ich die mal in der Schule gelernt habe, kann ich mir sie bis heute nicht merken. Zumindest alles, was über zwanzig hinausgeht. Ganz vorne an der rechten Seite steht eine gespreizte Holzleiter auf Rollen, die so hoch aufragt, dass man dafür definitiv schwindelfrei sein muss.

William deutet nach oben. «Der beste Ort ist die Galerie.»

Von hier unten kann ich davon kaum etwas erkennen. Nur ein Geländer, das ringsum verläuft. «Können wir raufgehen und sie uns ansehen?»

William schüttelt den Kopf. «Sie machen nur zweimal im Jahr eine Führung, für die man sich auf eine Warteliste setzen lassen muss.»

«Schade. Ich glaube, ich war noch nie in einer Bibliothek, die so alt ist.»

«So alt ist sie gar nicht», sagt William. «Ich war in der Schweiz mal in einer Benediktiner-Bibliothek aus dem frühen Mittelalter. Da gibt es Handschriften aus dem achten Jahrhundert. *Das* ist alt. Man traut sich kaum zu atmen, aus Angst, dass etwas zu Staub zerfällt.»

Wow. Das klingt total interessant. «Warst du mit deinen Eltern dort?»

Er nickt. «Obwohl meine Mutter das eigentlich boykottieren wollte. Sie hat uns vorher geschworen, dass niemand sie da reinkriegt, aber mein Vater hat sie überredet.»

Ich war gerade dabei, die Intarsien im Holzboden zu betrachten, jetzt hebe ich überrascht den Kopf. «Wieso wollte sie denn nicht reingehen?»

«Es gibt eine ägyptische Mumie in der Ausstellung, die Anfang des 19. Jahrhunderts von Grabräubern an Europäer verkauft wurde. Fällt ihrer Meinung nach unter Raubkunst. Meine Mutter hat Kunstgeschichte studiert, deshalb ...» Er hebt die Schultern an. «Sie unterstützt die Forderungen der afrikanischen Staaten, ihre Kunst zurückzuerhalten. Aber am Ende ist sie doch mitgekommen, weil sie sich die Gelegenheit nicht entgehen lassen konnte. Hinterher war sie noch viel aufgebrachter als vorher.»

«Ich wusste gar nicht, dass es so was in Europa gibt. Ich dachte, Mumien und ägyptische Kunst gibt es auch nur in Ägypten. Wahrscheinlich ziemlich naiv von mir.»

«Dann musst du dich mal mit Moritz unterhalten. Er ist aus Berlin, in einem Museum dort steht die Büste von Nofretete. Sie hat einen Wert von fünfhundert Millionen Dollar. Deutschland bildet sich ein, ein Anrecht darauf zu haben, weil sie sie vor hundert Jahren durch eine Schenkung der britischen Besatzer bekommen haben. Bei einem Kunstwerk, das vor mehr als dreitausend Jahren entstanden ist, wohlgemerkt. Das ist so richtig abgefuckt.»

Obwohl William so ernst aussieht, muss ich lächeln.

«Das ist eigentlich nicht lustig», entgegnet er, als er das bemerkt, erwidert es aber dennoch.

«Ich weiß. Aber ich glaube, ich weiß jetzt, welches Verbrechen du begehen würdest.»

«Was für ein Verbrechen denn?»

«Wenn du nicht erwischt werden würdest. Garretts Frage», erinnere ich ihn. «Du würdest Nofretete stehlen und nach Ägypten zurückbringen.»

«Brillanter Plan. Die diplomatische Krise muss ich ja dann nicht ausbaden.»

Okay, definitiv ein Punkt für ihn. «Gäbe es noch was anderes, was du tun würdest? Du hast die Frage an dem Abend nicht beantwortet. Würdest du etwas zerstören wie Devin oder lieber etwas stehlen wie Garrett? Etwas, das du unbedingt haben willst?»

Williams Körper versteift sich, und deshalb bin ich mir ziemlich sicher, gerade die falsche Frage gestellt zu haben. «Ich möchte gar nichts», sagt er und wendet sich ab, um die Regalreihe entlangzugehen. «Es gibt echt nichts, was ich unbedingt besitzen will.»

«Okay.» Ich passe mich seinem Schritt an. «Tut mir leid, wenn du die Frage blöd findest.» Ich kaue auf meinen Gedanken herum. William will gar nichts für sich, okay. Aber wieso hat er Angst, nicht dazuzugehören? Er gehört doch schon dazu, oder? Er ist doch eigentlich einer derjenigen, um die sich alles dreht. «Ich wollte nicht ...»

«Entschuldigung, aber das hier ist eine Bibliothek», unterbricht uns eine Frauenstimme. «Silentium!» Ich zucke ertappt zusammen und fahre herum. Mist, ich habe gar nicht gemerkt, dass die grauhaarige Dame vom Eingang auf uns zugekommen ist.

Vor ihrem grauen Strickpullover hält sie ihre Brille fest in der Hand und deutet nun mit dem Bügel auf uns. «Wenn Sie sich unterhalten wollen, dann bitte draußen.»

«Oh», sage ich schnell. «Wir wollten nicht stören. Ich war nur so begeistert, wie schön diese Bibliothek ist. Tut mir total leid.»

William dreht sich mit einem Lächeln zu ihr um. «Hallo, Mrs. Whitney. Wie geht es Henry? Ich habe ihn noch nicht gesehen, ist er heute gar nicht hier?»

«William Grantham, ich hätte Sie fast nicht erkannt. Wie

schön, dass Sie mal wieder da sind.» Ihr Gesicht blüht sichtlich auf. Aber dann wirkt sie plötzlich ernst. «Es tut mir so leid mit Ihrem Großvater.»

Die beiden unterhalten sich nur kurz über Williams Grandpa, dann lenkt William das Thema in eine andere Richtung und fragt noch einmal nach ihrem alten Terrier, den sie sonst wohl immer mit zur Arbeit nimmt. Er erkundigt sich nach dessen letzter Operation. Ich frage mich, woher sie sich so gut kennen, schließlich ist er auch ein Erstsemester. Aber diese Gedanken geraten schnell in den Hintergrund. Er ist so liebenswürdig zu ihr, dass ich schlucken muss. Ich meine, er hat sich nicht nur gemerkt, wie der Hund der Bibliothekarin heißt, er weiß auch noch, dass es ihm nicht gut ging.

«Zeigen Sie der jungen Dame die Bibliothek? Dann lassen Sie sich bitte nicht länger von mir stören.»

«Danke, Ma'am.»

Sie nickt, hebt nur noch einmal einen Finger an die Lippen und lässt uns wieder allein. Und ich bin mir in einer Sache gerade einhundert Prozent sicher: Dass er der Enkel von William Grantham senior ist, ist definitiv nicht der Grund, weshalb sie uns keinen Vortrag gehalten hat. Ich bin mir nur nicht sicher, ob William das auch weiß.

«Dass sie gerade nicht mit uns geschimpft hat, hat übrigens nichts damit zu tun, dass du ein Grantham bist», flüstere ich ihm zu.

William lacht leise auf. «Da liegst du falsch.»

«Nein», behaupte ich und lächle vor mich hin.

«Wieso sonst?» Er verschränkt die Arme vor der Brust. Seine Brauen gehen skeptisch nach oben.

«Lass mich nachdenken.» Ich tippe mir mit dem Zeigefinger an die Lippen. «Vielleicht, weil du einfach wahnsinnig nett zu ihr bist und ihr ein Eine-Million-Dollar-Lächeln geschenkt hast?» *Bei dem auch mir die Knie weich geworden sind,* füge ich in Gedanken hinzu.

«Klar.» William schüttelt den Kopf. «Komm hier lang», flüstert er mir dann zu und biegt in der Mitte der Bibliothek in einen Seitengang ab. «Die Bücher hast du gesehen, jetzt kommt die Kunst.»

Ich folge ihm bis zur Wand, wo die Regalreihe in einer Holztäfelung mündet. William wirft einen schnellen Blick über die Schulter, ob uns auch niemand sieht, und ich habe keinen blassen Schimmer, was er vorhat. Ich hoffe nur, nichts Illegales. Für ihn war der Feueralarm aufregend; ich will gar nicht wissen, was er sonst noch alles aufregend findet, bei dem ich vor Panik eine Herzattacke bekomme.

Im nächsten Moment fasst er in das Regal. Ich kann nicht erkennen, was er da genau macht, aber eine Sekunde später schwenkt es samt Büchern einfach nach vorn. Eine Geheimtür. Eine echte Geheimtür!

William gibt mir ein Zeichen, und ich schlüpfe hinter ihm in den angrenzenden Raum. Ich habe gerade genug Zeit, um zu erkennen, dass auch hier Regale die Wand bedecken und dass alles ziemlich unaufgeräumt aussieht, bevor William blitzschnell die Tür hinter uns schließt und der Raum in Schwärze versinkt.

Mein Herz pocht wie wild. Das ist ganz sicher so was von verboten!

William legt eine Hand auf mein Schulterblatt und schiebt mich sanft vorwärts, dann lässt er sie sinken, und mir läuft ein Schauer über den Rücken. Es ist noch früher Morgen, aber hier drin ist es nachtschwarz, obwohl sich langsam Umrisse abzeichnen. Unter meinen Schuhen knirscht es leise, als läge Sand auf dem Boden. Es muss ewig her sein, dass hier jemand sauber gemacht hat. Ich meine sogar, den Staub zu riechen.

Ich drehe mich um. «Will, du ...»

«Scht!» Seine Hand auf meinem Mund lässt mich scharf die Luft einziehen. «Moment.»

Ich bin wie paralysiert. Weil ich ihn Will genannt habe, ohne darüber nachzudenken, und weil seine warmen Finger langsam über meinen Mund gleiten. Dann zieht er sie plötzlich weg und entfernt sich von mir. Die Tür knarzt leise, als er horcht, ob jemand auf uns aufmerksam geworden ist.

Nach endlosen Augenblicken, in denen mir der Puls bis in die Ohren pocht, flackert ein Licht auf. Zuerst denke ich, dass es ein Handylicht ist, dann fällt mir ein, dass William ja gar kein Handy hat. Es ist eine Taschenlampe, die er aus einem der Regale genommen hat.

«Okay», flüstere ich. «Du kennst einen Geheimraum in dieser alten Bibliothek, und du weißt, wo sie die Taschenlampe aufbewahren.» Langsam glaube ich, er hat seine Lieblingsszene hier schon mal durchgespielt. *Kopfkino aus, Eden!* «Woher weißt du das?»

«Intuition.»

Haha, sehr witzig. Woher zum Teufel kennt er diesen Raum? «Von deinem Grandpa?»

Er lacht leise. «Meine Eltern waren vier Jahre in Woodford, Eden. Und Grandpa hat mich während der Sanierung von North Park jeden Monat einmal mitgenommen. Es gibt so gut wie nichts, was ich nicht über diesen Campus weiß.»

«Oh, okay.»

«Außerdem ist der Raum nicht wirklich ein Geheimnis. Ich will nur vermeiden, dass Mrs. Whitney uns hier erwischt. Sonst habe ich bei ihr wirklich verspielt.» Mit der Lampe strahlt er einmal durch den gesamten Raum, der so schmal ist wie ein Korridor.

Seine Familie hat so eine lange Geschichte mit Woodford,

wieso hat er nur das Gefühl, dass er nicht dazugehören würde? Ich kapier's wirklich nicht. Und dieses verfluchte Experiment ...

«Ich muss dich was fragen. Du fandest das Experiment eben genauso schlimm wie ich. Erklärst du mir, wieso? Ich würde das gerne verstehen.»

«In Ordnung», sagt er mit einem Seufzen. «Du willst wissen, was ich daran so schlimm finde? Eigentlich schon die Frage selbst. Schon mal drüber nachgedacht, dass es mir genauso gehen könnte wie dir? Dass es für mich scheiße ist, immer ganz vorne zu stehen?»

Ich schüttle den Kopf. William kann das allerdings nicht sehen, weil der Strahl der Taschenlampe über die Regale zuckt, deshalb räuspere ich mich. «Nein», gebe ich zu.

«Du kannst nichts dafür, dass du keinen Schritt vorgehen konntest, aber ich auch nicht. Ich habe nichts dafür getan, dass ich immer in der ersten Reihe stehe.» Der Lichtstrahl erfasst einen Schalter an der Wand, den William drückt. Zwei Lampen an der Decke flammen auf, zuerst flackern sie, aber dann pendelt sich das Licht zu einem gleichmäßigen Schein ein. Mit der rechten Hand fährt William sich über die Stirn und wischt sich ein paar blonde Strähnen aus dem Gesicht. In seinen Augen spiegelt sich auf einmal eine Verletzlichkeit, die ich nicht erwartet habe und die mich überrascht.

Für ihn läuft doch alles perfekt, dachte ich. Er ist immer der Erste. Derjenige, der das Beste bekommt. Derjenige, der sich niemals Sorgen machen muss, dem alle mit Respekt begegnen, der ernst genommen wird. Klar, das hat auch eine Kehrseite. Er wird ständig angestarrt, und einige Leute wollen ihn nur kennenlernen, um in den Genuss seiner Privilegien zu kommen. Und vielleicht ...

«Du denkst», ich schlucke. «Du denkst, du hast das nicht verdient?»

«Ich stehe beim Start schon an der Ziellinie, Eden», stellt er fest, und es klingt resigniert. «Ich habe nichts dafür geleistet. Es gibt keinen Tag meines Lebens, an dem mir das nicht bewusst wäre. Ich hatte einfach nur Glück.» Er zuckt mit den Schultern.

Sein Leben ist ganz anders als meins, und trotzdem geht es uns beiden irgendwie ähnlich. Das ist total verrückt, aber ich verstehe ihn.

«Das, was du erreichst, ist dadurch doch nicht weniger wert.»

«Ach nein?» Seine Augenbrauen gehen in die Höhe, dann verzieht sich sein Mund zu einem freudlosen Lächeln. «Es ist egal, was ich tue, die Leute werden immer denken, dass ich es geschenkt bekommen und nicht wirklich dafür gearbeitet habe.»

«Aber du hast viel dafür getan, nach Woodford zu kommen, oder? Du hast mindestens genauso hart dafür gearbeitet wie jeder andere auch. Du hast außerdem viel mehr gelernt als ich. Ich kann jedenfalls kein Deutsch oder Latein. Ich bin froh, wenn ich bei Professor Cushing mit Englisch durchkomme. Und diese Tabletten, du hast das Adderall doch nicht aus Spaß genommen.»

«Ich habe es mir leicht gemacht, großartig.»

Ich weiß noch jedes Wort, das er zu mir gesagt hat, und nun versuche ich, ihn sanft daran zu erinnern. «Hast du nicht selbst gesagt, es mache niemanden zu Einstein?»

«Hab ich das?»

«Ja, hast du.»

«Es spielt im Grunde keine Rolle, ich kann sowieso nichts daran ändern.» William unterbricht unseren Blickkontakt. «Ich weiß nicht mal, wofür ich eigentlich loslaufen soll. Ich stehe direkt vor der Ziellinie, und mir fehlt der verdammte Grund, um sie zu übertreten. Ergibt das irgendeinen Sinn für dich?»

«Ja», sage ich sofort, aber dann muss ich doch darüber nachdenken. Ich habe so viele Gründe, um zu studieren. Ich möchte das Gefühl haben, etwas geleistet zu haben, ich will meinen Vater stolz machen und mein Versprechen an Lark erfüllen. Und schließlich muss ich auch von irgendwas leben. Aber gerade der letzte Punkt ist einer, der auf William höchstwahrscheinlich nicht zutrifft.

«Ich finde es auch schwer», gestehe ich ihm. «Ich habe keine Ahnung, wie ich herausfinden soll, was ich im Leben erreichen und welchen Job ich einmal machen möchte. Das ist der Grund, warum ich unbedingt nach Woodford wollte. Das Liberal-Arts-Studium umfasst so viele Wissenschaftsgebiete, dass man sich danach in alle möglichen Richtungen weiterentwickeln kann. Ich hoffe einfach, dass ich in vier Jahren weiß, welche Richtung ich einschlagen will.»

«Wie unglaublich privilegiert das ist. Wer auf der Welt kann es sich schon leisten, sich überhaupt diese Gedanken zu machen? Die meisten Menschen müssen jeden gottverdammten Tag Dinge tun, die sie nicht wollen.»

Mir wird heiß, weil William recht hat. Plötzlich ist es mir unangenehm, dass ich wegen des verdammten Spiels eben so empfindlich reagiert habe. Mir geht es so viel besser als vielen anderen. Kann es sein, dass William sich für den Reichtum seiner Familie schämt? «Du solltest dich nicht schlecht fühlen, weil es dir gut geht. Dein Großvater hat doch viel für andere getan, oder?»

«Ja», sagt William knapp, und ich habe das Gefühl, dass es genau das Falsche war, seinen Großvater ins Spiel zu bringen, weil er die Lippen zusammenpresst und jedes weitere Wort zurückhält.

«Tut mir leid», füge ich schnell hinzu. «Ich kann das überhaupt nicht beurteilen.»

«Ist schon in Ordnung.» William geht zu einem Regal, vor dem mehrere Bilderrahmen auf dem Boden lehnen. Er will ganz offensichtlich nicht weiter darüber reden, und ich beobachte, wie er eines der Bilder hervorzieht. «Impressionistische Studien irgendeines Kunst-Seminars», erklärt er, als er mir eine Landschaft zeigt. «Möchtest du sie dir ansehen, oder ist das eher nicht dein Fall?» Jetzt zwinkert er mir zu. «Wir können auch gleich zum besten Part vorspulen.»

Es gibt etwas, das noch besser ist als ein geheimer Raum? «Was ist der beste Part?»

Sein langsames Kopfnicken wird von einem breiten Grinsen begleitet. «Wir gehen auf die Galerie.»

«Aber ich dachte, die ist abgesperrt?» Mein Herz rast, weil in seinen Augen wieder dieses Glitzern liegt, das ich auch schon in der Küche wahrgenommen habe, als er gesagt hat, dass er das aufregend findet. «Ich will nicht von der Uni fliegen.»

«Habe ich auch nicht vor.»

Wieso passt sein Gesichtsausdruck dann so überhaupt gar nicht zu dieser Aussage? Das kann nicht gut ausgehen. Aber weil ich nicht einfach hier stehen bleiben kann, während William den Korridor entlanggeht, folge ich ihm. Am Ende des Raumes ist eine schmale und sehr steile Wendeltreppe, die er langsam hochsteigt. Als ich auf die unterste Stufe trete, weiß ich schon, dass es ein Fehler ist. Das Holz knarzt unter jeder Bewegung.

«Sollen wir das Licht nicht lieber ausschalten?»

«Wir müssen gleich denselben Weg wieder zurück.»

Okay. Ich hole tief Luft und steige Stufe für Stufe nach oben. Wenn einer von uns das Gleichgewicht verliert, brechen wir uns garantiert beide das Genick. Ich klammere mich am dürren Geländer fest, das nicht so aussieht, als wäre es für besondere Belastungen geeignet, während ich die Stufen hochklettere. William wartet oben auf mich.

«Die Tür führt direkt auf die Galerie, dahinter müssen wir aufpassen, damit man uns nicht erwischt, verstanden?»

Oh Gott, wieso scheint ihm das so viel Spaß zu machen? Ich habe den Eindruck, er genießt es geradezu, gegen die Regeln zu verstoßen. Trotzdem nicke ich, obwohl ich lieber wieder diese Horrortreppe nach unten gehen würde, als oben über die Galerie zu schleichen.

«Wir müssen dicht an der Wand und ganz am Boden bleiben, dann kann man uns von unten nicht sehen.» William wartet nicht auf meine Bestätigung, er öffnet leise die Tür und geht vor mir in die Hocke.

Das ist mit Abstand das Verrückteste, was ich je gemacht habe. Unter uns unterhalten sich flüsternd Leute, Papier raschelt, Schuhe schlurfen über den Parkettboden.

Ich kann nicht fassen, dass ich das hier gerade tue. Ich krieche auf allen vieren hinter William Grantham III. über den Fußboden einer Galerie, und mein Puls rast dabei, als würde ich ein Zehnmeterbrett hochklettern mit dem Wissen, dass ich gleich runterspringen muss.

23. KAPITEL

William hilft mir hoch, als wir in einer Nische ankommen, die von der Galerie abgeht. «Leider können wir nicht zu ihr», flüstert er. Mit einem Kopfnicken deutet er zurück zu der beeindruckenden marmornen Poseidonstatue, an der wir eben vorbeigekrochen sind. «Dann entdeckt man uns sofort. Aber wir können uns die Medusa ansehen und ein paar andere griechische und römische Götter.» Er tritt näher zu der Büste, die auf einem Holzsockel direkt in dieser Nische steht.

Die Medusa sieht angsteinflößend aus. Der graue Stein gibt dem ernsten Gesicht einen bedrückend strengen Ausdruck. In Höhe der Schläfen wachsen rechts und links zwei Flügel, und ich beuge mich vor, um mehr zu erkennen. Die Galerie ist nicht beleuchtet. Natürlich nicht, wir sollten schließlich gar nicht hier sein.

«Ihr Haar besteht aus Flammen», flüstert William. «Die Schlangen, die man sonst auf Illustrationen auf ihrem Kopf sieht, schlingen sich hier um ihren Hals.»

Als ich die Hand hebe, dann aber wieder zurückweiche, sagt er: «Keine Sorge, das ist nur eine Replik, sie ist nicht besonders wertvoll.»

Ich traue mich trotzdem nicht, sie zu berühren.

In der nächsten Nische ist auch eine Frauenbüste. Das angebrachte Schild verrät mir, dass sie die Venus darstellt. Ein zarter

Marmorschleier bedeckt ihre Brüste, verhüllt aber so gut wie nichts. Ich muss schlucken, weil sie so wunderschön ist, dass es mir in den Fingern kribbelt. «Gott, man will sie unbedingt anfassen, oder?», entschlüpft es mir. Dann halte ich mir schnell die Hand vor den Mund, weil das bestimmt zu laut war.

William fängt an zu grinsen. «Ich war schon ein paarmal hier oben», flüstert er. «Und ich würde lügen, wenn ich behaupte, ihre Brüste noch nie angefasst zu haben. Der Marmor ist nur leider ziemlich kalt. Außerdem fehlt mir der Rest ihres Körpers.»

Ich strecke ihm die Zunge raus.

William zeigt mir noch zwei andere Figuren. Einmal Apollon und dann einen trojanischen Priester, der so verzweifelt aussieht, dass ich eine Gänsehaut bekomme.

«Na ja», meint William. «Das ist Laokoon. Man hat gerade seine beiden Söhne getötet. Da würde ich auch nicht lächeln. Wollen wir weiter?»

Ich nicke. Vorsichtig schiele ich nach unten, horche für einen Moment auf die Geräusche aus der Bibliothek unter uns, bevor ich mich eng an die Regalwand gepresst in die nächste Nische bewege. Hoffentlich hat niemand unsere Stimmen gehört, bete ich. Dann ziehe ich die Luft ein, weil ich die nächste Figur, die nun vor mir auftaucht, kenne. Und sie ist noch viel beeindruckender, als ich dachte. Das ist definitiv ein König, keine Frage. Genauer gesagt der biblische König, dessen Kopf ich auf meinem Schreibtisch stehen habe.

«Ich wusste gar nicht, dass David so groß ist», flüstere ich ehrfürchtig. Die Statue ragt lebensgroß über meinen Kopf hinaus.

«Das ist sogar eine verhältnismäßig kleine Nachbildung», sagt William. «Das Original ist fast dreimal so groß und wiegt schätzungsweise sechs Tonnen. Wahrscheinlich hat man einfach immer diese kleinen Bilder auf T-Shirts und Mousepads im Kopf.»

«Ich habe seinen Kopf als Stiftebecher», gestehe ich ihm, und Williams Mundwinkel ziehen sich nach oben. «Hast du mal das Original gesehen?»

William nickt. «In Florenz, ja. Und wahrscheinlich auch noch hundertfünfzig Kopien, die überall auf der Welt verteilt sind.»

«Er ist so perfekt», raune ich.

«Er hat Fehler», entgegnet William.

«Nein.» Ich lache leise auf. «Er hat definitiv keine Fehler.»

William zieht herausfordernd die Augenbrauen hoch. «Okay, hab's verstanden, du findest ihn heiß. Kann ich nachvollziehen. Michelangelo hat jeden noch so kleinen Muskel perfekt herausgearbeitet. Aber da ist eine Stelle an seinem Rücken, an der das Material nicht ausgereicht hat. Dafür ist sein Kopf ganz schön groß. Und sieh dir seine Hände an, die passen von den Proportionen her gar nicht zum Rest des Körpers.»

So ein Mist. Je länger ich mir die Statue ansehe, umso klarer wird mir, dass William recht hat. Ab heute werde ich Michelangelos David nie wieder so sehen können wie zuvor.

«Und es gibt ein Problem mit seinem Penis.»

«Was?» Ich fahre so ruckartig zu William herum, dass ich fast das Gleichgewicht verliere.

Um seine Lippen zuckt es. «Er könnte größer sein.»

«A-aber auf die Größe kommt es nicht an», stammle ich und schlage im nächsten Moment eine Hand vor den Mund, weil ich kurz davor bin, in leicht hysterisches Gelächter auszubrechen.

William hält warnend einen Finger an seine Lippen. «Nein, natürlich nicht», raunt er. «Er kann bestimmt großartig mit seiner Ausrüstung umgehen.»

Oh Gott, ich kann nicht mehr, ich pruste erstickt in meine Hand.

«Schscht», sagt er schnell, nur um dann selber anzufangen zu lachen. Als wir uns beide wieder mühsam beruhigt haben, erklärt er mir: «Bei den alten Griechen wurden die Genitalien wirklich deutlich kleiner dargestellt als in der Realität. Das hat sich bis in die Renaissance gezogen.»

«Warum das denn?»

Er beugt sich näher zu mir. «Große Penisse waren früher nicht so beliebt», raunt er. «Man fand es hässlich, weil damit Dummheit assoziiert wurde. Der ideale Mann sollte im antiken Griechenland rational sein und intellektuell, nicht wollüstig.» Als er in mein Ohr flüstert, nehme ich Williams Geruch wahr. Er riecht unglaublich gut, und ich würde am liebsten meine Nase in seinem Haar vergraben.

«Okay, das ist ... interessant. Gut, dass es eine römische Statue ist und keine griechische. Aber du hast gesagt, es gibt ein Problem mit seinem Penis.» Gott, ich kann es einfach nicht lassen. Wieso um Himmels willen reite ich darauf herum? «Was ist das Problem?»

Um Williams rechten Mundwinkel zuckt es. «Fällt dir nichts daran auf?»

Will er jetzt, dass ich Davids Penis eingehend untersuche? Das kann nicht sein Ernst sein! Ich trete zurück. Mein Blick schwenkt für eine Millisekunde zwischen die Beine der Statue, dann zwinge ich mich, nur noch stur auf das steinerne Sixpack zu gucken. Ist er doch zu klein? Finde ich eigentlich nicht. Ich meine, er ist schlaff, da ist das doch ...

Gott, ich hasse meine Gedanken!

«Gib mir einen Tipp», bitte ich ihn flüsternd.

«König David wurde als Sohn einer jüdischen Familie in Betlehem geboren, deshalb ...» Er lässt das Ende offen, und es dauert nur eine Sekunde, bis sich das Bild in meinem Kopf zusammenschiebt und ich es endlich kapiere.

«Oh, er ist nicht beschnitten.»

William nickt.

«Historisch korrekt ist seine Darstellung also nicht», sage ich.

«Und schau dir an, wie er sich auf das eine Bein stützt und das andere ganz entspannt ist. Dieser Kontrapost ist auf Dauer nicht gesund. Nach all den Jahren hat er jetzt einen Meniskusschaden und Rückenschmerzen.» Sein Atem kitzelt an meinem Ohr. «Du hättest nicht viel Freude an ihm.»

«Er ist aus Stein», wispere ich und muss mich mühsam beherrschen, nicht gleich wieder loszuprusten. «Ich hätte so oder so nicht viel Spaß.»

«*Harter* Stein.»

Ich beiße mir auf die Lippe.

Unter uns knallt etwas auf den Boden, und wir zucken beide zusammen. William macht einen Schritt Richtung Geländer und sieht vorsichtig nach unten.

«Alles okay», stellt er fest, aber mein Herz hämmert trotzdem wie im Zeitraffer.

«Sollen wir gehen?», frage ich.

«Oder soll ich dich lieber mit ihm alleinlassen?», wispert William. Diese Rauheit in seiner Stimme, das sanfte Vibrieren – eine Gänsehaut breitet sich über meinem Hals aus. Ich gebe ihm einen kleinen Schubs vor die Brust, was ein Fehler ist, weil er meine Hand reflexartig festhält.

«Hey.» Er lacht leise auf.

Sein Herz pulsiert unter meiner Hand, und ich zwinge mich, langsam zu atmen, damit William nicht merkt, wie angespannt ich bin. Sekundenlang bewegt sich keiner von uns, dann spüre ich, wie sich sein Handgriff lockert und er mich wieder freigibt. Widerwillig lasse ich meine Hand sinken.

«Du könntest ihn anfassen, wenn du willst.»

«Nein», stoße ich mit einem überraschten Lachen aus.

«Würde ihm bestimmt gefallen.»

«Das ist reine Spekulation», erwidere ich. «Du kannst nicht wissen, wie er sich fühlt. Solange er sich nicht äußern kann, gehe ich davon aus, dass er nicht begrabscht werden will. Schon gar nicht von mir.»

«Ganz sicher will er ...» William bricht ab. «Er hat keine Gefühle. Er ist eine Marmorstatue.»

«Okay, aber er ist König David, oder? Das wäre irgendwie blasphemisch», flüstere ich.

«Willst du nicht oder traust du dich nicht?»

Ich habe den Mund schon geöffnet, um ihm zu sagen, dass ich das auf keinen Fall will, aber das wäre gelogen. «Okay, du hast recht, ich traue mich nicht. Aber ich finde, das ist legitim. Ich muss mich nicht alles trauen. Schon gar nicht, wenn mir jemand dabei zuguckt.»

Nicht irgendjemand – er.

Bietet er mir jetzt noch einmal an, mich mit ihm allein zu lassen? Ich habe ...

«Und wenn ich es zuerst mache?»

Mein Atem stockt. Das habe ich definitiv nicht erwartet. William ist verrückt. Und provozierend. Und wieso muss er dabei auch noch so verdammt anziehend sein? «Das machst du nicht», flüstere ich, obwohl ich mir da ganz und gar nicht sicher bin.

Sein Grinsen wird noch breiter.

Okay, er würde wahrscheinlich alles tun. Als William sich im nächsten Moment tatsächlich dicht vor ihn stellt und eine Hand ausstreckt, halte ich den Atem an, weil ich keinen Blick mehr für die Statue übrig habe. William berührt das steinerne Gesicht, fährt mit den Fingern an seiner Wange nach unten, über seinen Hals, das Brustbein, und das viel zu sanft. Mit den

Fingerspitzen berührt er Davids Brustmuskeln, tastet über den Rippenbogen nach unten, und mir wird verdammt heiß dabei, obwohl das eigentlich ganz unverfänglich ist – noch.

William hat keine kleinen Hände. Er spielt ein Instrument, oder? Sie wirken so geschickt. Und ich bin besessen davon, ihm zuzugucken, wie er mit diesen Händen eine Marmorfigur streichelt, mit dem Daumen den Bauchnabel umkreist und dann auf dem Hüftknochen verweilt.

Gott, er soll damit aufhören, das ist viel zu ... sexy? Zu krass? Zu verrückt? Aber er hört nicht auf. Er greift der Statue zwischen die Beine, berührt die steinernen Hoden, dann gleitet seine Hand wieder nach oben, umfasst Davids Taille, hält sich daran fest. Wieso um Himmels willen zieht es jetzt in meinem Inneren?

William wirft mir einen kurzen Blick zu, dann schließt er die Augen und beugt sich vor. Sein Gesicht ist so viel markanter als das der Statue. Diese Wangenknochen, dieses Kinn, die rotviolette Farbe um sein Auge – davon konnte Michelangelo nur träumen. Dieser Kontrast von seiner Haut zum weißen Marmor ist der Unterschied zwischen Leben und Tod. Williams Haarsträhnen fallen über das leblose Gesicht, als seine Lippen den Marmormund berühren.

Er küsst die verdammte Statue!

Oh mein Gott.

Seine Zunge gleitet langsam über Davids Lippen, und mir will das Herz aus der Brust springen. Für quälend lange Sekunden küsst er ihn, und als er sich von der Statue löst und schwer dabei ausatmet, glänzen die marmornen Lippen vor Feuchtigkeit.

Der Blick, den er mir jetzt zuwirft, ist ebenso selbstzufrieden wie provozierend. «Ich würde sagen, du bist dran. Wenn du bereit bist.»

Bereit für alles, habe ich eben noch gedacht, und wie naiv war das von mir?

Ich muss das nicht tun. Aber ... will ich es nicht oder traue ich mich nicht? Wir sind hier oben auf der Galerie, was eh schon verboten ist. Ist es dann nicht egal, wenn ich noch etwas Verbotenes tue? Etwas, das ein Kribbeln durch meinen ganzen Körper schießen lässt, wenn ich nur daran denke? Bevor ich meine Entscheidung hinterfragen kann, schlinge ich die Arme um den kalten Marmorhals, und William zieht hörbar die Luft ein. Ich stelle mich auf die Zehenspitzen, aber der harte Stein ist so abweisend. Davids Kopf ist nach links gedreht, weil er wahrscheinlich gerade nach Goliath Ausschau hält. Ich muss meinen Kopf zur Seite legen, um seinen Mund erreichen zu können. Als ich seine Lippen berühre, sind sie immer noch feucht, und das lässt das Kribbeln noch viel intensiver werden. Ich bewege meinen Mund, atme ein, atme aus und bilde mir ein, William noch schmecken zu können.

Mein Herz rast, meine Hände zittern, weshalb ich sie im Nacken der Statue verschränke. Ich merke, dass mich das Ganze alles andere als kaltlässt, und ich frage mich, ob es für William eben genauso gewesen ist. Diese Figur ist nicht lebendig, aber Williams Blicke sind es.

William kommt näher, lehnt sich gegen die Statue. Sein Kopf ist von meinem nur wenige Zentimeter entfernt, und ich kann sogar seinen Atem spüren. Dann ein Ziehen. Und als ich die Augen öffne und an mir runtergucke, begreife ich, dass William die Kordel meines Hoodies festhält.

«Du hast den Knoten nicht rausgemacht», flüstert er rau.

Er meint den Knoten, den er mit seiner Zunge geknüpft hat. Wenn ich behaupte, ich hätte das vergessen, wäre das wohl nicht gerade glaubwürdig.

«Nein», wispere ich.

William beugt sich zu mir, und als er die Augen schließt, fängt mein Herz wie wild an zu rasen. Das letzte Mal, dass ich einem Mann so nah gekommen bin, war das Lark, und es ist in einer Katastrophe geendet. In dieser Sekunde schießt mir das Bild von ihm wieder in den Kopf. Lark war so kalt und leblos wie diese Statue. Williams Wange streift meine. Er ist das genaue Gegenteil. So verflucht lebendig, so warm und anziehend.

Er löst meine linke Hand aus dem Nacken der Statue und lenkt sie über den steinernen Oberkörper. «Wie fühlt sich das an?», flüstert er.

«Kalt.»

«Nur kalt?»

«Und glatt», wispere ich mit geschlossenen Augen. «Hart», füge ich hinzu, als William gemeinsam mit meinen Fingern über Davids Brustwarzen streichelt, was ihn wieder dazu bringt, leise zu lachen. Dann zieht er meine Hand auf sich, auf seinen eigenen Brustkorb, und schlagartig rauscht mir das Blut in den Ohren. Für eine Sekunde bin ich versucht, die Hand wegzuziehen, weil ... Die Situation überfordert mich gerade komplett, wahrscheinlich sage ich deshalb automatisch «wärmer», als würden wir verdammtes Topfschlagen spielen.

Sehr viel wärmer. Gott, wird mir heiß!

Williams Atem geht abgehackt und rau, als er meine Hand unter seinen Pullover schiebt. Darunter hat er immer noch ein Hemd an, trotzdem muss ich hart schlucken, weil es sich so intim anfühlt.

«Noch wärmer?», fragt William, und ich weiß nicht, warum seine Stimme plötzlich so schroff klingt. Vielleicht ist er genauso überfordert wie ich? Aber das glaube ich nicht. Er führt schließlich meine Hand. Er hat die Kontrolle, und ich hätte nie erwartet, wie wahnsinnig gut mir das gefällt.

«Ja», wispere ich, und es kostet mich schon unmenschliche Kraft, diese zwei Buchstaben auszusprechen.

Williams Finger verflechten sich mit meinen und halten mich fest, während er sich selbst streichelt und ich somit auch ihn. Sein Herz rast genauso schnell wie mein eigenes. Ich treffe auf die Knopfleiste und spüre, wie er erst den einen, dann einen zweiten aufmacht, damit er meine Hand unter sein Hemd schieben kann. Seine nackte Haut zu berühren, fühlt sich gleichzeitig verboten und wundervoll an.

Es ist nur nicht genug.

William lässt meine Hand los, sein Atem streift mein Gesicht, dann fasst er mir in den Nacken und zieht mich an sich. Ich keuche auf, weil ich das nicht erwartet habe. Nichts davon. Mein Körper besteht nur noch aus Herzklopfen und diesem sehnsuchtsvollen Ziehen in meinem Schoß. Gänsehaut breitet sich über meinem Nacken aus, wo ich den sanften Druck seiner Finger spüre, die sich in mein Haar schieben. Sein Herz geht doch nicht so schnell wie meins, merke ich, es geht noch viel schneller und trommelt hart gegen meine Handfläche. Sein Atem streift über meine Wange, und ich seufze leise. Aber ... etwas in meiner Hosentasche drückt gegen mein Bein, es lenkt mich ab. Und dann erstarre ich. Es ist der Stein. Larks Stein. Nein, nicht jetzt! Bitte nicht jetzt!

Williams Lippen suchen meinen Mund, und ich versuche mich darauf zu konzentrieren, aber meine Gedanken rasen. Das alles hier, das kann nicht real sein. Es kann einfach nicht sein, dass er sich auch zu mir hingezogen fühlt, weil ... William ist so vollkommen außerhalb meiner Reichweite. Er ist der Typ mit dem Kaschmirpullover, und ich bin Eden Collins mit den Ripped Jeans, die in der letzten Reihe stehen bleiben muss. Aber ich will ... ich will ...

Gott, ich will das jetzt!

Williams linke Hand liegt an meiner Hüfte, und ich drehe den Kopf, um ihn zu küssen, aber selbst bei dieser kleinen Bewegung merke ich den Druck von Larks Stein in meiner Hosentasche, und ... ich kann das nicht. Ich zucke zurück, will diesen verdammten Stein loswerden, mich nicht daran erinnern, und fasse in meine Tasche.

Mit einem überraschten Stöhnen lässt William mich los und geht sofort auf Abstand. «Sorry», sagt er keuchend, und nach ein paar Sekunden, in denen er mich schwer atmend anstarrt, fährt er sich mit einer Hand über den Mund. «Tut mir leid, wenn ...»

«Nein. Ich ... Mir tut's leid», unterbreche ich ihn schnell. «Es ist nur ...»

«Was?» Hart stößt er die Luft aus. Sein Pullover ist hochgerutscht und lässt ihn verwirrt und auch etwas zerzaust aussehen, und das ist meine Schuld. Wahrscheinlich ist mein Haar durch seine Hände auch völlig durcheinandergeraten. Nur nicht so durcheinander wie ich selbst.

Was soll ich antworten? *Ich musste gerade an meinen toten Freund denken? Ich trage ein Andenken in meiner Hosentasche, und das lenkt mich ab?* Wie soll ich ihm das erklären, ohne dass er mich für kaputt hält? Er ist kein klischeehafter Bad Boy mit dunkler Vergangenheit, hat er mir gesagt. Er hat kein Trauma. Warum sollte er sich mit jemandem abgeben, der eines hat? Er wird mich niemals wieder berühren, wenn er weiß, wie kaputt ich wirklich bin. Ich habe das Gefühl, dass ich ihm etwas vortäusche. Als würde ich ihm einen Gebrauchtwagen verkaufen, von dem ich weiß, welche Reparaturen demnächst noch anstehen. Verdammt viele Reparaturen, oder?

Ich höre Stimmen unter uns, laute Stimmen, ein Lachen. Dann Mrs. Whitney, die tadelnd auf das Ruhegebot hinweist. Mein Herz rast immer noch so schnell. «G-gibst du mir einen Moment, Will?»

«So lange du willst.»

Er wendet sich ab. Für eine Minute schweigen wir beide. William knöpft sein Hemd richtig zu und glättet seinen Pullover, dann erst dreht er sich wieder zu mir um. «Du hattest übrigens recht», sagt er mit kratziger Stimme. «Michelangelos David ist perfekt. Er ist makellos. Sieh dir sein Gesicht an.»

Ich bin noch völlig verunsichert durch meine eigenen Gefühle und komme mit diesem plötzlichen Stimmungswechsel nicht klar. Verlegen will ich mein Haar über die Schulter streifen, aber es ist nicht mehr so lang, wie ich dachte. Immer wieder vergesse ich das.

Ich räuspere mich. «Nein, er sieht eigentlich langweilig aus.»

Im Vergleich zu dir sieht er unendlich langweilig aus. Er hat ein viel zu glattes Gesicht. Seine Augen sind zwei leblose weiße Flächen, er hat kein Feuermal und auch nicht dieses kleine Grübchen am Kinn. Nichts an dieser Statue ist auch nur irgendwie besonders im Vergleich zu dir.

«Bestimmt kann er auch keinen Knoten in einen Kirschstängel machen», sage ich, um die Situation aufzulockern, was aber völlig danebengeht.

William starrt mich an. Dann macht er einen Schritt zur Seite, ein paar Strähnen fallen wieder über seine linke Gesichtshälfte. «Wir sollten zurückgehen.» Er hebt sein Handgelenk an und guckt auf die Uhr. «Wir sind schon viel zu lange hier oben.»

24. KAPITEL

Zwei Tage später sitze ich neben Kendra im Veritas-Raum. William hatte sich vor der Bibliothek knapp von mir verabschiedet, und seitdem habe ich ihn kaum gesehen, und wenn wir uns in einem Kurs begegnet sind, ist er meinen Blicken ausgewichen. Ich fühle mich schlecht, weil wir nach diesem wunderschönen Moment in der Bibliothek so auseinandergegangen sind, aber ich weiß auch nicht, wie ich ihm von Lark erzählen soll, und habe deswegen kaum geschlafen. Immer wieder gehe ich ein fiktives Gespräch durch, aber es endet jedes Mal in einer Katastrophe, in der William nichts mehr mit mir zu tun haben will, weil ich ganz offensichtlich zu große Probleme habe. Ich hätte beinahe nicht daran gedacht, dass der Kurs mit unseren Geheimnissen heute weitergeht, wenn Kendra mir keine Nachricht geschrieben hätte. William ist noch nicht da, und ich drehe mich in meiner Endlosschleife, wie ich ihm mein Verhalten erklären soll. Warum hat mich Larks Stein überhaupt so aus der Fassung gebracht? Es ist nur ein Stein. Lark wusste nicht mal, dass ich ihn noch besitze. Als ich ihm im letzten Sommer davon erzählt habe, war er völlig überrascht. Wieso kann ich nicht auch einfach vergessen?

Dad meinte einmal, ich hätte eine treue Seele, und ich habe immer gedacht, dass damit etwas Positives gemeint ist. Aber das ist es ganz offensichtlich nicht. Denn was, wenn er recht hat und ich mich nie davon lösen kann?

Kendra hat mir vom Two-Steps-Forward-Experiment berichtet, und es ist genau so abgelaufen, wie William es prophezeit hat. Sie hat mich auch gefragt, warum wir früher gegangen sind, aber ich habe ausweichend darauf geantwortet, dass wir keine Lust dazu hatten. Sie hat es akzeptiert, aber mir war nicht wohl dabei, sie anzulügen, und ich glaube, dass sie gemerkt hat, dass etwas nicht stimmt.

Im Wohnheim habe ich dann die Davidstatue in den Liebesroman skizziert und genau die passenden Worte für ein weiteres Blackout Poetry gefunden. *Paratus ad omnia.* Das Buch passt erschreckend gut zu meinem Leben, habe ich festgestellt.

«Was für ein Geheimnis hast du eigentlich aufgeschrieben?», will sie jetzt wissen, und als ich zögere, winkt sie sofort ab. «Vergiss, dass ich gefragt habe! Ich habe wirklich etwas über meinen Ex aufgeschrieben, und wenn das gleich jemand vorliest, wird Devin mich bis zur Rente damit aufziehen. Wenn deins kommt, sei einfach eine Sphinx. Stell dir vor, du würdest pulverisiert, wenn du auch nur eine Miene verziehst.»

«Und das soll mich beruhigen?» Zweifelnd ziehe ich die Augenbrauen in die Höhe.

«Es muss dich gar nicht beruhigen. Hauptsache, man sieht es dir nicht an.» Jetzt knufft sie mich in die Seite. «Shit, siehst du das? Da hat jemand einen knallroten Zettel reingesteckt.»

Sun-young, die auf der anderen Seite neben ihr sitzt, beugt sich zu uns rüber. «Das soll irgendein blöder Witz sein, denkt ihr nicht?»

«Mmh», macht Kendra. «Dann kann der eigentlich nur von Garrett sein.»

Die beiden unterhalten sich, während die Tür wieder aufgeht und ein paar Nachzügler reinkommen.

Ich spüre sofort, dass William dabei ist, ich kann nicht mal erklären, wieso. Es ist wie ein Stich ins Herz, als würde ich ei-

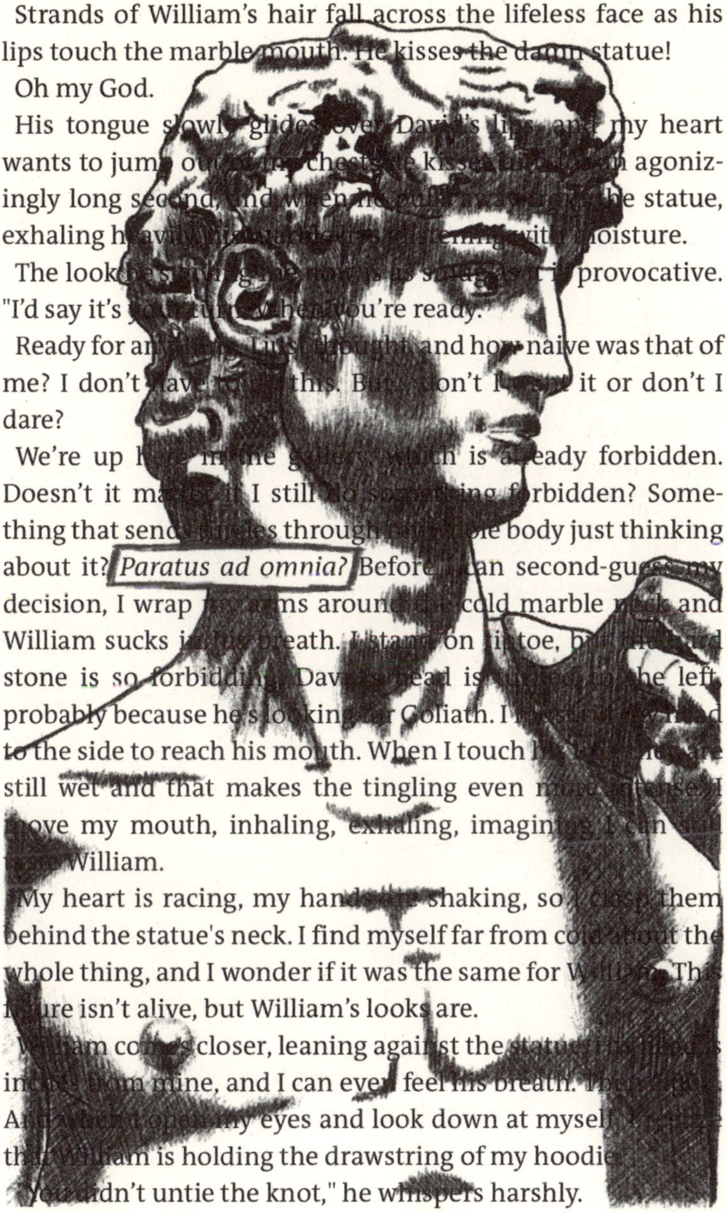

Strands of William's hair fall across the lifeless face as his lips touch the marble mouth. He kisses the damn statue!

Oh my God.

His tongue slowly glides over David's lips, and my heart wants to jump out of my chest. He kisses [illegible] agonizingly long second, and when he pulls away [illegible] the statue, exhaling heavily, [illegible] with moisture.

The look he's giving me now is as [illegible] provocative. "I'd say it's your turn when you're ready."

Ready for anything. I just thought, and how naive was that of me? I don't have to do this. But don't I want it or don't I dare?

We're up here in the gallery, which is already forbidden. Doesn't it matter if I still do something forbidden? Something that sends tingles through my whole body just thinking about it? *Paratus ad omnia?* Before I can second-guess my decision, I wrap my arms around the cold marble neck and William sucks in his breath. I stand on tiptoe, but the [illegible] stone is so forbidding. David's head is turned to the left, probably because he's looking for Goliath. I [illegible] to the side to reach his mouth. When I touch his lips, they are still wet and that makes the tingling even more intense. I move my mouth, inhaling, exhaling, imagining I can still [illegible] William.

My heart is racing, my hands are shaking, so I clasp them behind the statue's neck. I find myself far from cold about the whole thing, and I wonder if it was the same for William. This figure isn't alive, but William's looks are.

William comes closer, leaning against the statue. [illegible] inches from mine, and I can even feel his breath. [illegible] And when I open my eyes and look down at myself, [illegible] that William is holding the drawstring of my hoodie.

"You didn't untie the knot," he whispers harshly.

nen Song hören, bei dem diese eine Stelle mich plötzlich aus der Fassung bringt. William betritt den Raum, es sticht und eine Welle der Emotionen blutet heraus und überrollt mich. Einfach so.

«Hey, Will!»

«Hey.»

Er kommt zu uns, womit ich nicht rechne, denn in den letzten beiden Tagen hat er das vermieden, wenn ich in Kendras Gesellschaft war. Plötzlich spüre ich, wie er sich über meine Schulter beugt, was alle meine Sinne in Alarmbereitschaft versetzt.

«Ich wollte dir das nur geben. Wenn du Zeit hast, es zu lesen ...» Er zögert. «Ich musste nachdenken, und ... die Stelle mit dem Lesebändchen.» Er drückt mir sein blaues Notizbuch in die Hand. Das Buch, in das wir am ersten Abend bei der Rede von Präsidentin Amory geschrieben haben. Für eine Sekunde berühren sich unsere Finger, dann zieht er ruckartig seine Hand weg. Der Schock darüber trifft mich mit voller Wucht. Ich weiß nicht, was genau in den letzten Tagen mit ihm passiert ist, aber etwas hat sich verändert. Vor zwei Tagen hat er meine Hand festgehalten, sie auf seinen Brustkorb gelegt, weil er wollte, dass ich ihn anfasse, und jetzt ist jede kleine Berührung zu viel.

«Danke», krächze ich. Ich sehe erst auf, als William an uns vorbeigeht und sich drei Reihen vor uns neben Devin setzt. Sein Haar ist nicht so ordentlich wie sonst, und ich wünschte, dass ich die Schuld daran tragen würde, dass ich es durcheinandergebracht hätte. Kendra wirft mir einen neugierigen Blick zu, und ich probe meinen Auftritt als Sphinx, versuche einfach, mir keine Regung anmerken zu lassen, halte das Notizbuch locker auf meinem Schoß, auch wenn es in meinen Fingern brennt. Er hat mir einfach sein Notizbuch gegeben, was für

William in etwa denselben Stellenwert haben muss, als würde ich ihm mein Handy überlassen. Wie kann es sein, dass er mich nicht einmal mehr anfassen will, mir aber etwas so Persönliches wie sein Notizbuch anvertraut?

Unsere Dozentin baut vorne auf dem Tisch ein Mikrofon auf, das Stimmengemurmel wird lauter, und als ich merke, dass Kendra sich wieder mit Sun-young unterhält, ziehe ich vorsichtig das Gummiband zur Seite, das die Seiten des Notizbuchs zusammenhält. Ich schlage es gerade weit genug auf, um hineinsehen zu können, weil ich nicht will, dass jemand hinter mir mitlesen kann. Sicherheitshalber beuge ich mich auch noch über das Buch, um es abzuschirmen.

Williams Handschrift füllt fast zwei Seiten. Sie ist genauso groß und ausgreifend, wie ich sie noch von meinem ersten Abend in der Thayer Hall in Erinnerung habe.

2. Akt, 3. Szene
Woodford-Library, Galerie.
William und Eden.

(Er versucht, sie an sich zu ziehen und zu küssen, aber sie weicht zurück.)

WILLIAM
(Sieht zu Boden, das Gesicht verzerrt vor Unsicherheit und schlechtem Gewissen.)

Die ganze Zeit habe ich darauf gewartet, dass du mir ein Zeichen gibst, dass ich dich berühren darf. Scheiße. Dass du das gar nicht willst, habe ich viel zu spät gemerkt. Es tut mir leid, das war nicht in Ordnung. Ich stand total neben mir und habe einfach die Kontrolle verloren.

EDEN

(Wirft ihm einen verzweifelten Blick zu und sucht nach Worten, um ihre Abfuhr zu rechtfertigen. Schließlich bleibt sie stumm.)

WILLIAM

(Mit starrem Gesichtsausdruck, der verbergen soll, wie sehr er sich selbst verflucht, weil er sie so bedrängt hat.)

Du musst dich nicht rechtfertigen. Falls du denkst, dass du wegen meines verdammten Namens nicht Nein sagen kannst, macht mich das fertig. Ich kann das akzeptieren, und du wirst niemals Schwierigkeiten wegen mir bekommen. Ich gebe dir mein Wort.

(Beide ab.)

Ich kann das akzeptieren.

Ich gebe dir mein Wort.

Mir fehlen die Worte. Wie kann William das denken? Hat dieser Gedanke wirklich zwei Tage in ihm gebrodelt? Wie kann es sein, dass er mich so missverstanden hat? Hat er nicht gemerkt, dass ich das genauso wollte wie er? Denkt er wirklich, ich hätte mich in der Bibliothek nicht getraut, Nein zu sagen? Wegen seiner einflussreichen Familie? Ich klappe das Buch zu und verschränke meine Arme darüber, ungläubig den Kopf schüttelnd. Williams Rücken vor mir ist angespannt, auch wenn er gerade ganz normal mit Devin redet. Es fällt mir schwer genug, mir vorzustellen, dass er sich wirklich für mich interessiert. Aber dass er denkt, ich würde ihn nicht mögen und mich quasi dazu zwingen, weil er ein Grantham ist, lässt es eiskalt durch meine Adern fließen. Im Kopf gehe ich jede Minute durch, die wir zusammen in der Galerie verbracht haben, aber ich versteh's einfach nicht.

Ich versuche, das rational anzugehen. Wenn ich ein Mann wäre und aus einer einflussreichen Familie stammen würde, die auch noch gut mit unserer Professorin befreundet ist, und ich wäre so reich und privilegiert, könnte ich jemanden unter Druck setzen? Wahrscheinlich schon. Würde ich das tun? Natürlich nicht. Würde William das tun? Niemals! Ich kann nicht glauben, dass er das wirklich denkt. Weiß er wirklich nicht, wie er auf mich wirkt?

«Verurteilt nicht, das ist die einzige Regel», sagt Jenna Colegrove in diesem Moment, und ich zucke zusammen, als sie die große Box mit unseren Geheimnissen mit einem Knall neben das Mikrofon stellt.

«Shit, wieso bin ich jetzt so aufgeregt?», raunt Kendra mir zu.

«Ich weiß nicht», flüstere ich. «Aber ... ich bin es auch.» Ohne Ende. Aber im Moment grad weniger wegen der Geheimnisse. Mit Herzklopfen fische ich einen Kuli aus meinem Rucksack, weil ich William so schnell wie möglich antworten will. Noch bevor wir hier anfangen. Ich schlage das Buch auf meinen Knien wieder auf, blättere die Seite um und schreibe:

2. Akt, 4. Szene
Woodford-Library, Treppe zur Galerie.
William und Eden.
(Bevor er die unterste Stufe erreichen kann,
hält sie ihn zurück.)

EDEN

(Mit zitternder Stimme, weil sie Sorge hat, dass das, was sie ihm jetzt anvertraut, ihn abschrecken wird.)

Mein letzter Kuss ist elf Monate her, und danach ist Lark gestorben. Ich hatte einfach Angst, deshalb habe ich gezögert. Ich musste an ihn denken, obwohl ich das nicht wollte, und das tut mir leid.

WILLIAM

(Schweigt, weil ihm ihre Erklärung nicht genügt.)

EDEN

(Fasst sich ein Herz.)

Du hast gar nichts missverstanden. Ich wollte das. So sehr. Aber ich habe ein Andenken von Lark bei mir. In meiner Tasche. Wahrscheinlich klingt das in deinen Ohren total lächerlich, aber die Erinnerung hat mich in diesem Moment so gehemmt, dass ich einfach nicht weitermachen konnte. Obwohl ich es wollte. Ich wollte nicht diese langweilig perfekte Statue anfassen, sondern dich.

(Sie geht ab.)

Den letzten Satz quetsche ich gerade noch unten auf die zweite Seite, und dabei rast mein Puls. Es ist die Wahrheit. Auch wenn es mich Überwindung kostet, das zuzugeben. Aber ich habe von meinem Dad gelernt, dass man Dinge, die man ausspricht, zwar bereuen kann, aber noch viel mehr die Dinge, die man nicht ausgesprochen hat.

Ich kann so vieles nicht kontrollieren. Dad hat sich einmal

kopfschüttelnd darüber lustig gemacht, dass wir, ohne zu zögern, täglich unser Leben irgendeinem random Busfahrer, Lokführer oder Piloten anvertrauen, aber panische Angst davor haben, was andere über uns denken. Dabei können wir genauso wenig beeinflussen, was jemand über uns sagt oder fühlt, wie ob wir heil nach Hause kommen. Das Einzige, was wir beeinflussen können, ist die Art, wie wir auf jemanden reagieren. Das Einzige, worüber wir die Kontrolle haben, sind wir selbst.

Und ich weiß, wie ich reagieren würde, wenn ich noch mal zu dem Moment in der Bibliothek zurückspulen könnte. Ich schlage das Buch zu und spanne das Gummiband wieder um die Seiten. Dann tippe ich den Typen an, der vor mir sitzt, ich glaube, sein Name war Samir. «Kannst du das bitte an William weitergeben? Er sitzt da vorne in dem grünen Pullover.» Ich deute auf Williams Rücken.

Samir seufzt genervt, aber er stößt trotzdem seinen Sitznachbarn an und gibt ihm das Notizbuch. Es wandert durch vier weitere Hände, bis es endlich bei William ankommt. Mein Herz rast, als ich sehe, dass William es aufschlägt und liest. Dann schlägt er es wieder zu, ohne sich umzudrehen oder irgendetwas zu machen. Gott, was hat das zu bedeuten? War meine Erklärung nicht genug? Jetzt bin ich noch nervöser als vorher.

Ms. Colegrove ist fertig mit ihren Vorbereitungen und macht eine Ansage, dass wir leise sein sollen. Ich kann mich kaum auf ihre Worte konzentrieren. Warum hat er mir nicht irgendein Zeichen gegeben?

«Ich möchte, dass ihr der Reihe nach einen Zettel aus der Box nehmt und ihn vorlest. Es sind gesammelte Texte von noch drei anderen Einführungskursen, also ist die Wahrscheinlichkeit recht hoch, dass das Geheimnis, über das wir hier sprechen, nicht von einem aus diesem Kurs ist. Bitte spekuliert also nicht darüber. Ihr dürft euch gerne dazu äußern, und wenn es eine Diskussion anregt, umso besser. Aber seid nett!»

Noch einmal kontrolliert sie den Anschluss des Mikrofons, dann fragt sie den Kurs, wer von uns anfangen möchte. Weil sich niemand meldet, setzt sie sich schließlich selbst an den Tisch und zieht einen Zettel aus der Box. «Na gut, dann fange ich an und gebe danach an den nächsten von euch weiter.»

Sie faltet das Papier auseinander, und während sie liest, lehnt sie sich im Sitz zurück. «Okay», sagt sie schließlich und lächelt nervös. Dann verändert sie ihre Stimme, als sie laut vorliest:

«Ich habe keine Ahnung, was ich hier tue, wieso Woodford mich überhaupt angenommen hat. Mein kleiner Bruder hat so geweint, als ich zum College aufgebrochen bin, und in der ersten Nacht hier habe ich auch nur geheult. Außerdem habe ich Angst, dass jemand herausfinden könnte, wie dumm ich eigentlich bin.»

Der letzte Satz könnte von mir sein, denke ich sofort. Diese Angst ist so was von meine.

«Klingt ganz nach dir.» Sheela, die direkt hinter mir sitzt, stößt ihren Nachbarn an, und mehrere im Kurs fangen an zu lachen.

«Das denke ich auch manchmal», flüstert Kendra mir zu.

«Wirklich? Ich dachte, das geht nur mir so.» Damit habe ich nicht gerechnet. Kendra ist so smart, sie ist schlagfertig und selbstbewusst. Außerdem ist sie nicht allein nach Woodford gekommen, sondern hat ihren Bruder und William. Ich bin davon ausgegangen, dass es für sie viel leichter ist als für mich.

«Ich würde sagen, das klingt eher nach uns allen», meint Ms. Colegrove. «Ich habe mich genauso gefühlt, als ich mit dem Studium angefangen habe, und ich weiß, dass es vielen meiner Kommilitonen ähnlich ging.»

«Und was, wenn man denkt, dass man mit diesem Studium eine falsche Entscheidung für sein Leben getroffen hat?»

Diese Frage kommt von Chord, einem Typen, mit dem ich mich bisher noch nie unterhalten habe, der aber mit seinen Sommersprossen und der auffälligen Brille total sympathisch wirkt. Jetzt nimmt sein Gesicht Farbe an, weil wir uns alle zu ihm umdrehen.

«Vielleicht nimmt es Druck aus solchen Entscheidungen, wenn wir uns bewusst machen, dass es garantiert nicht die letzten sind, die wir treffen», sagt Ms. Colegrove. «Wir stehen alle noch ganz am Anfang. Und es ist nie zu spät, sich für etwas anderes zu entscheiden und neu anzufangen.»

«Sehe ich auch so», meint Amartya. «Wir denken immer, dass wir Entscheidungen für unser ganzes Leben treffen müssen, aber wer arbeitet denn nach zehn oder fünfzehn Jahren noch in dem Beruf, mit dem er einmal angefangen hat? Aus meiner Familie macht das niemand.»

«In meiner auch nicht», sagt Sun-young. «Ich habe einen Onkel, der Medizin studiert hat und Herzchirurg war. Jetzt hat er einen Youtube-Kanal und verdient sein Geld mit Werbung für Tierhaarbürsten.»

«Echt? Kannst du mir 'nen Link davon schicken? Meine Mom hat einen verdammten Chow Chow, der haart ohne Ende.»

Ich weiß nicht, wer das gefragt hat, aber der ganze Kurs fängt an zu lachen. Ms. Colegrove faltet den Zettel schließlich wieder zusammen. «Eden, möchtest du als Nächstes vorlesen?»

Ich bin so überrascht, dass sie ausgerechnet mich angesprochen hat, dass ich reflexartig auf Abwehr gehe und den Kopf schüttle. Ms. Colegrove nickt mir aufmunternd zu, aber ich kann ihr ansehen, dass sie nervös ist. Das ist ihr erster Kurs hier in Woodford. Ich kann ihr das eigentlich nicht antun, Nein zu sagen, oder?

«Okay. Ja, ähm, gerne.» Mit wackligen Knien stehe ich auf und gehe nach vorne. Auf der Highschool war das früher einer meiner Top-10-Hass-Momente. Vor dem gesamten Kurs nach vorne gehen und dabei von allen angestarrt zu werden, wurde nur noch getoppt von: vor anderen aus einem Pool steigen.

Ich straffe meine Schultern, weil es mir eigentlich nicht unangenehm sein sollte und es uns doch allen so geht. Diese Schamgefühle wollte ich mit der Highschool hinter mir lassen, und wahrscheinlich wird mir das auch gelingen, wenn wir uns alle besser kennen, aber im Augenblick fällt mir das noch schwer. Außerdem ... William.

Ich setze mich an den Tisch, ohne den Blick zu heben, weil ich befürchte, dass ich mich komplett lächerlich mache, wenn ich William ansehe und mein Herz dabei loshüpft wie ein Eichhörnchen. Ich räuspere mich und ziehe einen Zettel aus der Box. Schnell überfliege ich den Ausdruck und beiße mir auf die Lippe, weil ... Oh. Mein. Gott.

Wahrscheinlich wäre es schlimmer, meine Kursleiterin zu fragen, ob ich noch mal ziehen darf, oder? Ich bringe es also besser hinter mich.

«Ich stelle mir ständig vor, wie es wäre, mit der Mutter meines Kumpels zu schlafen», lese ich laut vor, und sofort stößt jemand ein lautes «What the fuck?!» aus. Aber weil Ms. Colegrove nichts sagt, lese ich einfach schnell weiter. *«Ich habe keine Ahnung, was ich machen soll. Soll ich darauf warten, dass es von alleine weggeht? Was, wenn es nicht weggeht? Ich meine, sie ist Single und superheiß, und scheiße, habe ich kranke Fantasien von uns beiden, aber sie könnte vom Alter her ja auch meine Mutter sein.»*

Es ist so still im Raum, dass mein Herzschlag alles übertönt. Ein leises Prusten kommt von Sheela, die sich die Hand an den

Mund presst. Gott, ich muss etwas dazu sagen, oder? Aber was? Nicht verurteilen, hat Ms. Colegrove gesagt, und warum sollte ich auch? Fantasien sind doch kein Verbrechen.

«Ich, ähm ...» Ich kann förmlich spüren, wie mich alle erwartungsvoll anstarren. Als ich kurz aufschaue, fange ich erst Kendras weit aufgerissene Augen auf und dann Devins Grinsen, der sich im Stuhl zurückgelehnt hat. Ich vermeide es immer noch, in Williams Richtung zu sehen. Alle warten auf meine Antwort.

«Ich denke, das ist okay.» Meine Stimme klingt kratzig, wird aber fester, als ich einmal tief Luft geholt habe. «Du musst dich deswegen nicht schlecht fühlen. Im umgekehrten Fall finden wir es doch auch völlig in Ordnung. Leonardo di Caprio hat zum Beispiel ständig Frauen, die halb so alt sind wie er, und niemand verurteilt das, einfach weil er ein Kerl ist und ein Hollywood-Star. Solche Träume zu haben, verletzt doch niemanden, und selbst wenn ... also ... sollte da mehr draus werden, weil die Mutter deines Freundes auch Interesse an dir hat, dann ...» Ich spreche niemand Bestimmtes an, rede einfach nur in den Raum, weil es ja sein kann, dass derjenige, der dieses Geheimnis aufgeschrieben hat, wirklich hier in unserem Kurs sitzt. «... hoffe ich einfach, dass dein Freund damit umgehen kann. Auch wenn sie deine Mutter sein könnte, die Hauptsache ist doch, sie *ist* nicht deine Mutter, oder?»

«Go for it! Hab einfach fun!», ruft Devin, was alle zum Grölen bringt und mich total erleichtert, weil ich unter dem Gelächter schnell wieder zu meinem Platz zurückgehen kann. Der gesamte Kurs fängt an, wild durcheinanderzudiskutieren, und ich höre Kommentare raus, die von «schon irgendwie widerlich» bis hin zu «Yo, kann ich voll verstehen» eigentlich alles abdecken. Ms. Colegrove lässt uns das ein paar Minuten durchgehen.

«Devin», spricht sie ihn schließlich an. «Dann mach du doch direkt weiter.»

Er springt sofort auf. «Okay. Ich hoffe echt, ich kriege auch so was. Dazu habe ich so was von eine Meinung.» Als er an mir vorbeigeht, zieht er eine Hand aus der Kängurutasche seines Hoodies und zeigt mir einen Daumen hoch. Nachdem er sich vorne auf den Stuhl fallengelassen hat, wühlt er eine ganze Weile in der Box, bis er einen Zettel herausholt, und ich spüre sofort, dass er meinen erwischt hat.

Das ist nicht rational.

Ich weiß auch gar nicht, woran ich es merke. Es ist ein neutraler Ausdruck auf weißem Papier. Die Wahrscheinlichkeit, dass er mein Geheimnis herausgezogen hat, ist absolut gering. Aber er hält es in der Hand, ich weiß es. Ich weiß es so sicher wie die Tatsache, dass ich hier auf meinem Stuhl sitze und dass das Ganze kein Albtraum ist, aus dem ich gleich schweißgebadet aufwachen werde.

25. KAPITEL

Vielleicht ist es Devins Gesichtsausdruck, der von einem Grinsen zu einer starren Maske wechselt. Oder weil er zu unserer Dozentin sieht, als wollte er sie fragen, ob er das wirklich vorlesen soll. Es ist mein Geheimnis. Ich weiß es einfach. Mein Puls geht schlagartig in die Höhe, als Devin auf seinem Stuhl unruhig nach vorne rutscht und sich schließlich auf seinen Knien abstützt.

«Oh Gott», stöhnt Kendra leise auf. «Bitte lass das nicht meins sein.»

In meinen Ohren rauscht es, als würde ein ganzer Fluss durch meinen Kopf brausen. Mir wird heiß und kalt zugleich, und meine Kehle ist so trocken, als hätte ich seit Stunden nichts getrunken.

Devin ist so unberechenbar. Ich kann mir einfach alles bei ihm vorstellen. Dass er etwas sagt, das alles ins Lächerliche zieht. Dass er mich verurteilt. Dass er verständnisvoll reagiert. Ich kann ihn überhaupt nicht einschätzen.

Ich habe Angst. Solche Angst, dass mein Geheimnis, wenn es einmal laut ausgesprochen wird, alles verändert. Was habe ich mir nur dabei gedacht, es aufzuschreiben und in diese Box zu werfen? Dass jemand mich versteht? Dass mir irgendjemand aus diesem Kurs die Absolution erteilt? *Wie lächerlich ist das, Eden?* Ich brauche keine Absolution. Das Einzige, was ich brauche, ist, dass ich mir selbst verzeihe.

Ich erinnere mich daran, wie neutral, wie sachlich ich den Text formuliert habe, und ... das ist tatsächlich eine Erleichterung. Ich habe so gut wie keine Details erzählt. Nichts von der Nacht ein paar Tage davor. Nichts von dem Horror danach. Ich habe relativ nüchtern die Fakten aufgezählt, und wenn ich Glück habe, wird die Diskussion über mein Geheimnis genauso kurz wie die über das Hochstapler-Syndrom der Erstsemester. Ich hoffe es.

Sei eine Sphinx!, rufe ich mir Kendras Worte in Erinnerung.

«Okay, Leute, das ...» Devin reibt sich mit einer Hand über das Gesicht und stößt den Atem ruckartig aus. «... das ist echt richtig, richtig scheiße, aber ich lese das jetzt mal vor», sagt er. Er zögert, dann holt er tief Luft.

«Mein bester Freund hat im letzten Herbst Suizid begangen.» Devin stockt und schüttelt fassungslos den Kopf, und meine Befürchtungen werden in dieser Sekunde zur Gewissheit. *«Ich fühle mich schuldig, weil ich wusste, dass es ihm schlecht geht, und ich ihm trotzdem nicht helfen konnte. Er hat sich mit einem Konservierungsmittel vergiftet. Das Zeug hat er bei Amazon bestellt und es an meine Adresse schicken lassen. Ich habe ihm das Paket in die Schule mitgebracht, weil er mich in dem Glauben gelassen hat, es wäre ein Geschenk für seinen Dad. Jemand hat mitbekommen, dass ich ihm das Paket gegeben habe, und als alles rausgekommen ist, hat mich die ganze Schule dafür verurteilt. Wenn ich ihm das Paket nicht gebracht hätte, würde er vielleicht noch leben. Wenn ich ihm eine bessere Freundin gewesen wäre, würde er vielleicht heute auch hier sitzen. Diese tausend Wenns gehen mir nicht aus dem Kopf. Ich weiß, dass ich nicht schuld bin, weil es seine Entscheidung war. Aber dennoch, auf irgendeine Art, bin ich es.»*

Ich bin keine Sphinx.

Ein erstickter Laut kommt aus meinem Mund. Sun-young

neben mir hält hörbar die Luft an, und Kendra stößt ein leises «Krass» aus. Ich presse die Lippen zusammen und warte darauf, dass sich jetzt alle zu mir umdrehen, warte darauf, dieselben Stimmen zu hören wie im letzten Jahr. Aber das passiert nicht. Weil niemand es weiß. Niemand außer ...

In der einen winzigen Sekunde, in der ich aufsehe, trifft mich Williams Blick, und der Ausdruck in seinen Augen ist schlimmer als alles andere. Er weiß, dass das Geheimnis von mir ist. Wahrscheinlich ist er sogar der Einzige, dem das sofort klar geworden ist. Er wendet sich ab, und ich sehe, wie er sich nach vorne beugt, sich auf den Knien abstützt und seine Hände sich fassungslos in sein Haar graben. Wahrscheinlich bereut er seine Nachricht an mich. Wahrscheinlich bereut er noch viel mehr, dass er überhaupt mit mir in die Bibliothek gegangen ist. Gott, dieser Gedanke tut weh.

Das Schweigen im Raum ist ohrenbetäubend. Sekundenlang. Vielleicht sogar eine ganze Minute. Devin fängt sich als Erstes wieder und presst ein aggressives «Was für ein Arschloch!» durch die Zähne. Ich zucke unter den Worten zusammen. Wen meint er damit? Devin hebt beschwichtigend die Hände, weil Ms. Colegrove ihn mit hochgezogenen Brauen bedacht hat. «Okay, nicht verurteilen, ich hab's kapiert.»

Mein Herz schlägt immer noch so laut, dass es in meinem Kopf dröhnt. Das Rauschen ist auch noch da, das Atmen fällt mir schwer, weil ich kaum Kraft habe, Luft zu holen. Aber niemand außer William hat mich wirklich angesehen. Die Befürchtung, dass alle es jetzt wissen, war nur in meinem Kopf.

«Unfassbar», sagt Devin. «Ich bin echt geschockt, dass dieser Freund so ein unfassbares Arschloch war.»

«Er war ganz offensichtlich krank, Devin.»

William. William hat das gesagt. Er verteidigt Lark, und ich glaube, dass er das mir zuliebe macht, weil er nicht wissen kann, wie ich darüber denke. Er verteidigt Lark nur meinetwegen, und das rührt mich so sehr, dass mir nun doch die Tränen in die Augen schießen.

«Schon, aber ich kann trotzdem nicht fassen, dass er das Päckchen an seine Freundin geschickt hat. Ganz ehrlich, man muss ein egoistisches Riesenarschloch sein, um das jemandem anzutun. Okay, wahrscheinlich konnte er nicht mehr wirklich klar denken, aber ... Also du kannst auf jeden Fall nichts dafür», sagt er an uns alle gewandt. «Ich kann voll verstehen, dass du dich schuldig fühlst, das würde mir genauso gehen. Das würde jedem verdammten Menschen so gehen, aber du kannst null dafür. Und dass die Leute an deiner Schule so beschissen reagiert haben, sagt mehr über sie aus als über dich. Damit haben sie sich nur von ihren eigenen Schuldgefühlen reingewaschen, was superfeige ist. Wenn du Hilfe brauchst, hol dir Hilfe. Aber lass dir davon nicht dein Leben kaputtmachen. Ich bin ... na ja, ich bin stolz auf dich, dass du hier bist und trotzdem dein Ding durchziehst.»

«Danke, Devin.» Ms. Colegrove sieht uns der Reihe nach an. «An alle, die eins der heutigen Themen gern noch vertiefen möchten oder die bei irgendwas Hilfe brauchen, ihr könnt jederzeit in einem Vier-Augen-Gespräch mit mir reden. Wir haben aber auch auf der Website Kontaktdaten von einem Hilfetelefon. Mr. Knowles und Ms. Healey bieten außerdem regelmäßig Gesprächszeiten an, die ihr auch ohne Termin wahrnehmen könnt.» Ich halte den Blick gesenkt, und als niemand etwas sagt, spricht Ms. Colegrove weiter. «Sun-young, wie wäre es, wenn du das Nächste vorliest?»

Sun-young nickt und steht auf, und ich bin Ms. Colegrove so dankbar, dass sie direkt sachlich zum nächsten Punkt übergeht. Das rettet mich, denn so schaffe ich es, wieder normal zu atmen. Das Seltsame ist, dass eigentlich nichts passiert ist.

Mein Geheimnis stand im Raum, und ich lebe noch, und nun gehen wir zum nächsten über.

Sun-young faltet ein Blatt auf, und an ihrem Gesicht kann man deutlich sehen, dass sie erleichtert ist. *«Ich habe ein Hochzeitskleid gekauft, als ich sechzehn war, obwohl ich nicht mal einen Freund habe»*, liest sie vor. *«Es hängt in meinem Kleiderschrank in meinem Kinderzimmer, weil ich es nicht mit ins Wohnheim nehmen konnte, und ich habe totale Angst, dass meine Eltern es finden, während ich weg bin. Wie soll ich ihnen das erklären? Sie werden mich für verrückt halten.»*

Dieses Geheimnis handelt eigentlich von Träumen und Sehnsüchten, aber ich verstehe auch die Angst, die dahinter steht. Während die anderen darüber diskutieren, wird mir mehr denn je bewusst, dass jeder Mensch seine eigene Geschichte hat. In einem Wörterbuch habe ich den Begriff *Sonder* dafür gefunden. Wir gehen achtlos aneinander vorbei, und jeder ist der Hauptcharakter seines Lebens, umgeben von Nebendarstellern in Form von Freunden, Familie, Arbeitskollegen und ganz vielen unbedeutenden Figuren wie dem Kellner, der einem den Kaffee reicht, oder der Frau, die an der Ampel neben uns steht. Wir streifen uns nur für Sekunden. Und trotzdem ist jeder von uns das Zentrum seines eigenen Universums. Ich fühle mich besser, wenn ich daran denke, dass meine Probleme nur meine eigenen sind, auch wenn das seltsam klingt.

«Einigen wir uns doch einfach darauf, dass die Antwort 42 ist.»

Mein Kopf schwenkt erst zu Garrett, der das gesagt hat, und dann zu Kendra, die neben mir ein Schnauben ausstößt. «Er hält sich für so unglaublich witzig.» Obwohl sie leicht genervt wirkt, fällt mir trotzdem auf, dass es in ihren Augen funkelt und ein leichtes Lächeln um ihre Lippen spielt.

«Kendra?»

«Was denn?»

«Wenn du mir von deinem Geheimnis erzählen willst, ich meine, von deinem Exfreund, dann ... bin ich für dich da.» Ich lächle sie unsicher an.

«Eigentlich ist es gar nicht so wild, denke ich. Im Vergleich zu dem, was wir eben gehört haben.» Sie kaut auf ihrer Wange, dann flüstert sie. «Ich vermisse ihn einfach. Es ist schrecklich, weil er so kontrollsüchtig war. Ich sollte keine Jungs als Kumpels haben und musste immer sofort nach dreißig Sekunden auf seine Nachrichten antworten, sonst ist er ausgeflippt. Er hat mich ständig nur kleingemacht und an mir rumgemäkelt. Glätte deine Haare, zieh dies an und das nicht, lach nicht so laut, solche Sachen. Aber ich trage seine verdammten Hoodies, und ich höre mir immer noch die Playlists an, die er mit mir geteilt hat. Und dann heule ich und habe gleichzeitig ein schlechtes Gewissen, weil ich damit mein früheres Ich betrüge. Kannst du das irgendwie nachvollziehen?»

Ich nicke. «Auf jeden Fall.»

«Sollen wir uns später noch treffen? Devin hat mir eben eine Nachricht geschickt, dass ein paar Sophormores eine kleine Party am Strand geplant haben. Okay, es ist wahrscheinlich superkalt nachher, aber wir können einfach ein paar Decken mitnehmen, Musik hören, in Ruhe quatschen ...»

«... uns über Garrett aufregen», vervollständige ich ihre Aufzählung.

«Das steht in der Tagesordnung auf jeden Fall ganz oben.» Sie drückt meine Hand. «Und wenn du willst, dann kannst du mir auch von deinem besten Freund erzählen. Nur wenn du willst, okay?»

26. KAPITEL

Wenn du willst, dann kannst du mir auch alles von deinem besten Freund erzählen.

Kendra weiß es. Sie weiß, dass das Geheimnis von mir ist. Und sie will mit mir darüber reden. Ich grüble darüber nach, bis Ms. Colegrove die Stunde endlich beendet. Ich will Kendra als Freundin, ich brauche sie! Warum nur fällt es mir so schwer, das anzunehmen? Sie weiß doch schon fast alles, und sie hat mich nicht verurteilt. Ich habe gedacht, dass ich mich nie jemandem anvertrauen könnte, und nun soll es so leicht sein? So einfach?

Als wir den Saal verlassen, spüre ich genau, dass William meinen Blick sucht. Ich sehe so viele unterschiedliche Fragen darin. Fragen nach Lark, Fragen nach dem, was in meiner Schule passiert ist, und Fragen nach den Dingen, die ich in sein Notizbuch geschrieben habe. Nur zuerst schulde ich Kendra noch eine Antwort.

Später?, forme ich stumm mit den Lippen und schenke ihm ein unsicheres Lächeln.

Später. Er nickt. Das blaue Notizbuch hält er in der Hand. So fest, als wäre es etwas wirklich Kostbares, und ich hoffe, dass meine Antwort in seinem Notizbuch überzeugend genug war, seine Zweifel zu zerstreuen. Er muss mir einfach glauben.

«Ich habe gehofft, niemand hätte es gemerkt», flüstere ich Kendra zu, als wir im Flur stehen bleiben und die anderen an uns vorbeilaufen lassen. «Dass es von mir ist, meine ich. Aber wahrscheinlich bin ich eine ziemlich beschissene Sphinx.»

«Oh, Eden, du ...» Sie zögert. Und dann zieht sie mich unvermittelt in eine Umarmung. «Es tut mir so leid.» Ich spüre ihre Hände auf meinem Rücken, und die Art, wie sie mich drückt, so tröstend und liebevoll, lässt mich schwer schlucken. «Ich hatte solche Angst, dass Devin es versaut.» Sie lässt ihre Arme sinken. «Du bist neben mir regelrecht zusammengesunken, und ich habe nur gebetet, dass Devin nichts Dummes sagt. Du weißt, wie er ist. Er ... Manchmal reagiert er einfach anders, als man es erwartet. Aber was er gesagt hat ...» Sie hält inne.

«Ja?», frage ich atemlos.

«Ich hätte dasselbe gesagt. Was da in deiner Schule abgegangen ist, ich kann mir das gar nicht vorstellen. Es tut mir total leid. Das hast du nicht verdient.»

Ich hebe unsicher die Schultern an. «Ich habe mich selbst so schuldig gefühlt, dass es leicht war, die Schuld anzunehmen, die alle anderen mir gegeben haben.»

«Das verstehe ich. Aber es ist schrecklich. Lark war schließlich dein bester Freund. Wie war er denn so? Was war zum Beispiel sein Lieblingsessen?» Sie sieht ehrlich interessiert aus, und das lässt mir unerwartet die Tränen in die Augen schießen. Sie fragt nach ihm. Nicht danach, wie er gestorben ist, nicht nach den ganzen furchtbaren Sachen, die danach vorgefallen sind, sie fragt nach *ihm*.

«Hab ich was Falsches gesagt?», fragt sie bestürzt.

«Nein.» Ich schüttele schnell den Kopf. «Nein, überhaupt nicht. Im Gegenteil. Er hat ... Lasagne. Sein Lieblingsessen war Lasagne.» Ich blinzle. «Und die Pancakes von meinem Dad.»

«Okay, das allein macht ihn schon supersympathisch. Ich meine, gibt es was Besseres als Lasagne und Pancakes? Hast du ein Foto von ihm? Willst du es mir zeigen?»

Ich hole mein Handy aus der Tasche und zeige ihr Fotos von einem unserer letzten Grillabende. Auf meinem Lieblingsbild sitzt Lark satt und zufrieden draußen im Garten und schirmt sein Gesicht vor der Sonne ab. Die dunklen Haare umkringeln sein jungenhaftes Gesicht. Er liest in einem Buch. Ich habe genau die Sekunde abgepasst, in der er zu mir aufblickt und sich ein Grinsen auf seinem Gesicht anbahnt.

Und dann erzähle ich ihr von Lark. Davon, wie er wirklich gewesen ist. Wie lustig er war, wie er über sich selbst lachen konnte. «Ich hasse es, dass sein Tod das alles überschattet», sage ich schließlich. «Ich möchte nicht immer nur daran denken, wie es zu Ende gegangen ist, sondern daran, wie er als Freund war. Verstehst du, wie ich das meine?»

«Ich glaube schon», antwortet Kendra nachdenklich. «Es ist egal, wie er sich selbst gesehen hat oder wie er gelebt hat. Wenn jemand stirbt, bleiben irgendwie nur die Erinnerungen der anderen Leute übrig, oder?»

«Ja», stoße ich erleichtert aus. «Es gibt so viel mehr, an das ich mich erinnern möchte.»

Wir gehen zusammen zum Wohnheim, setzen uns dort in die Küche und reden stundenlang. Erst über Lark und dann auch über Kendras Exfreund. Und als es dunkel wird, fischen wir zwei Bierflaschen aus dem Kühlschrank und gehen damit zum Strand.

Vom Meer weht nur ein leichter Wind, und in der Ferne leuchten die Lichter vom Festland zu uns rüber. Portsmouth an der Küste, die vielen Brücken, die über die ganzen Inseln führen – ich habe den Anblick jetzt schon in mein Herz geschlossen. Und ich liebe die Geräusche des nächtlichen Strandes. Das leise Platschen der Wellen, wenn sie auf die Insel treffen, und die Stimmen von Leuten um uns herum, die lachen und leise Musik hören. Es spazieren immer noch Menschen durch den

Park, ich sehe die Silhouetten, wenn sie an der Wegebeleuchtung vorbeikommen.

«Ist gar nicht so kalt wie befürchtet, oder?», fragt Kendra, als sie sich neben mich auf die Decke plumpsen lässt. Sheela, Moritz und Sun-young sind schon da.

«Finde ich auch.» Vorsorglich habe ich eine Jacke mitgenommen, aber es ist überraschend mild, deshalb habe ich momentan nur meinen Lieblingspullover an, den ich auf der Busfahrt nach Woodford getragen habe. Ich entdecke William und Devin, die auf dem beleuchteten Feld Beachvolleyball spielen, und ich kann nicht verhindern, dass mein Blick immer wieder zu ihm wandert.

«Ich kann übrigens gut verstehen, dass du deinen Ex vermisst, auch wenn er nicht gut für dich war», sage ich zu Kendra. «Ihr wart drei Jahre zusammen, deine Erinnerungen müssen voll sein von Momenten mit ihm. Es ist bestimmt schwer, sich davon zu trennen.»

«Allerdings.» Kendra seufzt. «Aber ich habe mir überlegt, endlich seine Playlists zu löschen.»

«Wirklich?»

«Ja. Es ist echt an der Zeit.» Sie zieht ihr Handy aus der Tasche, und das Displaylicht leuchtet auf. «Gott, ich werde es vermissen, aber da muss ich jetzt durch. Ich weiß nur nicht, was ich mit seinen Hoodies anstellen soll.» Sie zupft an ihrem weiten Pullover.

«Willst du sie ihm zurückschicken?»

«Auf keinen Fall. Obwohl ... vielleicht wenn ich vorher damit das Klo geputzt habe.» Ihr Lachen klingt so rau und dreckig, dass Garrett uns einen misstrauischen Blick zuwirft. Trotzdem kommt er kurz zu uns und legt mehrere Flaschen vor uns in den Sand.

Wir öffnen uns beide ein Bier, und ich strecke die Beine aus.

Aus einem Impuls heraus schlüpfe ich aus meinen Schuhen und Strümpfen und vergrabe meine Zehen im kühlen Sand. Auf Ivy Island gibt es keinen natürlichen Strand, er wurde an dieser Stelle künstlich angelegt, weil die Böschung sonst nur aus Felsen und Ufermauern besteht. Aber das macht für mich keinen Unterschied, es fühlt sich toll an.

Devin und William klatschen sich gerade ab. Devin zieht sich lachend seinen Pullover über das Shirt, William hat die Ärmel seines Hemdes hochgekrempelt. Auch er ist barfuß, fällt mir sofort auf. Als er am Lagerfeuer vorbeigeht, wirkt im flackernden Licht alles an ihm golden. Die blonden Haare, seine gebräunte Haut, sogar sein Feuermal. Ich drehe den Kopf weg.

«Es gibt etwas, das ich von Lark geschenkt bekommen habe und immer bei mir trage», gestehe ich Kendra mit einem Seufzen und ziehe Larks Stein aus meiner Hosentasche. «Diesen Stein habe ich, seit ich fünf bin. Lark hat ihn damals im Urlaub am Strand gefunden. Ich überlege auch, ob ich mich davon trennen soll.»

Kendra lässt ihr Handylicht aufleuchten, nimmt ihn mir aus der Hand und betrachtet ihn neugierig. «Aber der ist voll schön», sagt sie. «Wie hast du dieses Muster in den Stein bekommen? Oder ... Moment. Das ist gar kein Stein, oder?»

«Doch, klar. Was soll es sonst sein?»

«Kommt mir irgendwie bekannt vor.» Sie ruft nach William und Devin. «Sagt mal, könnt ihr euch noch erinnern, als wir vor ein paar Jahren mal in diesem stinklangweiligen Museum waren? Das mit den Fossilien.»

«Du meinst, als Will wegen diesen Dinosaurierknochen einen feuchten Traum hatte?»

«Sei kein Idiot, Devin», faucht Kendra ihn an. «Nur weil es für uns langweilig war, musstest du ihn nicht verarschen.» Sie streckt ihren Arm aus. Ich will schon protestieren, da hält sie

William, der näher gekommen ist, Larks Stein hin. «Sieht das nicht genauso aus wie diese Dinger, die man dort im Souvenirshop kaufen konnte? Ich hab vergessen, was das war, aber dieses Muster erinnert voll daran, findest du nicht?»

Im Souvenirshop.

Kendras Aussage versetzt mir einen Stich. Trage ich etwa seit Jahren ein billiges Souvenir mit mir herum, das es zigtausendfach gibt? Ich dachte, der Stein wäre etwas Besonderes. Für mich war er die ganze Zeit etwas Besonderes. Etwas, das Lark nur für mich gefunden hat.

Ich schlucke, als William den Stein unter das Licht von Kendras Handykamera hält und ihn in der Hand dreht. Zwischen seinen Fingern wirkt er auf einmal viel kleiner. Er ist rund, glatt poliert und so groß wie mein Daumen, in Williams Hand hingegen verschwindet er fast. Das Muster auf der sandfarbenen Oberfläche sieht aus wie eine fünfblättrige Blüte. «Ich schätze, das ist ein Sanddollar», erklärt er, «eine Art Seeigel.»

«Ach ja?», frage ich, und es klingt eine Spur genervt. Ich weiß gar nicht, warum mich das so stört. Aber muss ausgerechnet William das wissen? Wieso kann er nicht einfach mal keine Ahnung haben? Und wieso macht mich das so wütend?

«Die findet man doch total häufig, oder?», hakt Kendra nach. «Eden, dann brauchst du kein schlechtes Gewissen haben, wenn du ihn nicht behältst.»

Sie will mich damit bestärken, das weiß ich, aber ...

«Kendra», presst William durch zusammengebissene Zähne, aber sie ist gerade so in Gedanken, dass sie gar nicht hinhört.

«Gab es die nicht auch in Maine für zehn Dollar in diesen kleinen Shops zu kaufen? Nein, warte, hast du nicht selbst mal welche gefunden, als wir am Old Orchid Beach waren? Nur nicht so glänzend, oder?»

«Kann schon sein», sagt William ausweichend. «Ich weiß

es nicht mehr.» Es ist zu dunkel, um seine Mimik zu deuten. «Aber der hier ist versteinert. Er ist sicher ein paar Millionen Jahre alt.» Er gibt mir den Stein zurück, lässt ihn in meine offene Hand fallen, und damit fällt mir auch etwas aus der Brust. Als wäre etwas in mir zerrissen und einfach so rausgefallen.

Ich bin mir sicher, dass William lügt. Er macht das aus Freundlichkeit, genauso wie er heute Morgen im Kurs Lark verteidigt hat. Ich presse die Lippen zusammen, aber innerlich wird mir ganz heiß.

«Leute, ich verdurste!», ruft Devin auf einmal aus. «Hat hier keiner was zu trinken?»

Garrett springt vor und hält Devin eine Flasche an den Mund. Devin trinkt, dann spuckt er die Hälfte davon prustend in den Sand, und Garrett bricht in Gelächter aus.

«Scheiße, Garrett, ich dachte, das wäre Wasser! Was ist das, verdammt? Wodka?» Er dreht die Flasche in seiner Hand, um das Etikett zu entziffern. Dann versucht er, Garrett zu erwischen, um sich an ihm zu rächen. Die beiden flitzen über den Sand, und Garretts Gelächter verklingt im Dunkeln.

Ich könnte auch was von dem Wodka gebrauchen.

Ich bin es satt, so empfindlich und verletzt zu sein. Ich bin es so dermaßen satt. Dann ist es eben kein außergewöhnlicher Stein, den Lark in Frankreich am Meer gefunden hat. Dann ist es einfach ein toter Seeigel, den es zuhauf für zehn Dollar zu kaufen gibt, na und? Ich setze meine Bierflasche an die Lippen und trinke in großen Schlucken. Am liebsten würde ich Garrett hinterherlaufen und ihn fragen, ob er mir die verdammte Wodkaflasche überlassen kann.

Musik spielt über eine Bluetoothbox, und vom Lagerfeuer ein paar Meter neben uns schwappt lautes Gelächter zu uns rüber.

«Ich glaube, die spielen Wahrheit oder Pflicht», sagt Kendra.

Mein Blick schwenkt zu der anderen Gruppe, als der Song auf einmal schlagartig verstummt. Ein Mädchen holt ihr Smartphone aus der Tasche und tippt mit geschlossenen Augen auf das Display. Mit rauer Stimme flüstert sie eine sehr schmutzige Voicemail in das Mikrofon. Als sie fertig ist und die Augen öffnet, fängt sie an zu kreischen. «Oh mein Gott, das war Moms Yogalehrer! Ihr seid solche Arschgeigen. Shit, bitte lasst mich das löschen, bitte!» Ein Typ mit kariertem Hemd reißt ihr blitzschnell das Handy aus der Hand und haut damit ab. Die anderen fangen an zu grölen, und ich ducke mich weg, weil er uns fast über den Haufen rennt.

«Der Typ ist mindestens fünfzig!», schreit sie und stolpert über unsere Decke hinter ihm her.

Kendra sieht ihr nach. «Wahrheit oder Pflicht ist der absolute Albtraum für mich.»

«Kommt drauf an, mit wem man spielt», antworte ich und starre auf meine fast leere Bierflasche.

Kendra fängt urplötzlich an zu lachen. «Eden, bist das wirklich du? Gerade du willst spielen? Wie viel von dem verdammten Bier hast du schon getrunken?»

«Nur die eine Flasche.» Und es ist eine kleine Flasche. Längst nicht genug, dass mir alles am Arsch vorbeigehen würde. Leider. «Wusstest du, dass es ein Wort dafür gibt, wenn man sich danach sehnt, dass einem etwas egal ist und man einfach relaxed sein kann?»

«Das Mir-ist-alles-scheißegal-Gefühl?»

«Der Wunsch danach», präzisiere ich. «*Liberosis*. Die Sehnsucht danach, dass einem alle Probleme egal sind. Ich fühle mich gerade so was von *liberosisch*.»

Kendra lacht rau auf. «Das ist doch garantiert kein Wort.»

«Ich fühle mich aber trotzdem so.»

«Okay, dann lass uns auf dieses Gefühl anstoßen. Darauf,

dass wir beide *liberosisch* sind.» Sie fährt herum auf der Suche nach ihrer Bierflasche und stößt in der nächsten Sekunde einen spitzen Schrei aus, weil sie ihre Flasche umgeworfen hat und der Inhalt in die Decke sickert. Ich schnappe danach und schaffe es, wenigstens die Hälfte des Inhalts zu retten.

«Hier.» Ich reiche Kendra ihr Bier. «Ich habe heute wirklich genug von tiefgründigen Gedanken. Wir könnten auch Songs raten oder vielleicht ‹Wer bin ich?› spielen», schlage ich vor. Das Bier fängt definitiv an zu wirken. Würde ich sonst so einen bescheuerten Vorschlag machen?

«Aber das ist doch langweilig», wirft Sheela ein, die sich neben mich gesetzt hat. «Wir könnten nur Pflicht machen», schlägt sie vor. «Ohne Wahrheit. Mehr Action, mehr Spaß.»

«Bist du verrückt?», entschlüpft es Kendra. «Das ist doch noch schlimmer! Es sei denn natürlich, es gibt die Möglichkeit, sich mit einem Shot aus der Affäre zu ziehen.»

«Anstatt die Pflicht zu erfüllen, oder wie meinst du das?», fragt Sun-young. Sie hat sich gerade eine pinkfarbene Daunenjacke angezogen, auf deren Brust ein pausbäckiger Pandabär gestickt ist. Jetzt setzt sie sich im Schneidersitz schräg gegenüber von uns hin. Das Lagerfeuer der anderen ist zu weit weg und liegt genau in ihrem Rücken, deshalb kann ich ihr Gesicht nur als Schatten erkennen.

«Na ja», überlegt Kendra. «Wenn man sich weigert, seine Aufgabe zu erfüllen, sollte man zur Strafe einfach Alkohol trinken, und dann ist das damit abgegolten.»

«Das hört sich gut an.» Ich scheine es wirklich darauf anzulegen.

Sun-young rutscht ein Stück zur Seite, damit William auch noch neben ihr Platz hat. Jetzt sitzt er mir direkt gegenüber. Devin kommt zu uns rüber und quetscht sich zwischen William und Morris. Er hat eine Campinglaterne aufgetrieben, die er in unsere Mitte stellt, so kann ich wenigstens die Gesichter von allen erkennen. Nur dass es vielleicht besser wäre, wenn niemand mein Gesicht sehen würde. Bestimmt habe ich schon ganz rote Wangen vom Alkohol, sie fühlen sich nämlich heiß an.

Garrett keucht immer noch von dem Sprint, den er eben hingelegt hat. Er schraubt die Wodkaflasche wieder zu und setzt sich zwischen Sun-young und Kendra. «Gute Idee. Hat einer von euch das als App auf dem Handy oder sollen wir uns die Sachen selbst ausdenken?», fragt er in die Runde.

«Gott, bitte nicht!», stöhnt Sheela. Sie zieht ihre Jacke aus und legt sie sich als Decke über ihren Schoß. «Ich will mir den Mist nicht runterladen. Nachher habe ich gleich ein Abo für die nächsten zwölf Monate.»

Die anderen schütteln auch den Kopf, und ich will schon erleichtert aufatmen – weil ... Gott, wahrscheinlich ist da noch ein Rest Vernunft in mir –, da meldet sich Morris zu Wort.

«Ich glaube, ich habe die.» Er kontrolliert sein Handy. «Nein, doch nicht. Aber ich habe eine ‹Wer würde am ehesten ...?›-App. Allerdings auf Deutsch. Wenn es für euch kein Problem ist, lese ich das vor und übersetze. Man kann wählen zwischen der harmlosen Teenie-Version oder der für Erwachsene.»

«Bis gerade eben mochte ich dich noch», sagt William und lacht, als Sheela ihn deswegen mit einem Plastikbecher bewirft.

«Ich bestehe auf die Erwachsenen-Variante», sagt Devin. «Das andere ist mir zu lahm.»

«Wir können uns ja darauf einigen, dass man zur Strafe einen Wodka trinken muss, wenn man den Falschen verdächtigt», meint Garrett. «Truth or Drink, quasi.»

Die anderen sind einverstanden, und ich überlege krampfhaft, ob es auffallen würde, wenn ich mal kurz verschwinde. Gott, ich bin so eine Niete in so was. «Ich werde verdammt betrunken nach Hause torkeln, das weiß ich jetzt schon», raune ich Kendra zu. «Ich kenne niemanden so gut, dass ich ihn richtig einschätzen kann.»

«Ach, Quatsch. Außerdem ist es lustig, wenn du den Falschen erwischst. Das ist doch gerade der Gag.» Sie wirkt auf einmal total begeistert, und ich werfe ihr einen fassungslosen Blick zu.

Sie zuckt mit den Schultern. «Das macht voll Spaß. Und du musst keine ätzenden Fragen beantworten. *Und* du hast die Möglichkeit, jemandem eins auszuwischen.»

Garrett tut mir jetzt schon leid.

Morris richtet sich auf und setzt sich auf die Fersen, das Handydisplay vor seinem Gesicht. «Okay, ich lese vor, und ihr müsst dann jeweils einen aus der Gruppe nennen, auf den die Aussage passt. Aber beschwert euch nicht, ich kann die Fragen nicht beeinflussen, die App mischt die von allein durch.» Er tippt auf das Display und stellt Sheela, die direkt neben ihm sitzt, die erste Frage. «Sorry, Sheela.» Er fängt an zu grinsen. «Wer aus der Gruppe würde am ehesten einen Orgasmus vortäuschen?»

Kendra fängt jetzt schon an zu gackern, weil Sheela uns alle der Reihe nach eingehend mustert. «Boah, keine Ahnung. Ich schätze mal, Sun-young.»

Sun-young wird so pink im Gesicht wie ihre Jacke, das fällt selbst bei der mickrigen Beleuchtung auf. «Nein, würde ich nicht. Ich würde es meiner Freundin sagen.»

«Oh, ich wusste gar nicht, dass du auf Frauen stehst.»

«Spielt das denn eine Rolle?»

«Nein, natürlich nicht.»

«Okay, Sheela. Du lagst daneben, das bedeutet eine Runde Wodka für dich.» Garrett gießt einen großzügigen Schluck in einen roten Becher und reicht ihn ihr. Sheela kippt den Alkohol in einem Zug runter und verzieht angeekelt das Gesicht. «Das Zeug schmeckt aus dem Plastikbecher so widerlich.»

«Nächste Frage», sagt Morris. «Eden, wer aus der Gruppe steht darauf, wenn sein Sexpartner laut rumstöhnt?»

Woher soll ich das wissen, verdammt? Oh Gott, es ist mir schon peinlich, alle anzusehen. Devin grinst mich an, als würde er hoffen, dass ich ihn nenne. Garrett lehnt sich auf seine Arme zurück und verzieht anzüglich den Mund, und William ... Gott, ich hätte ihn nicht ansehen sollen, mir wird sofort heiß. Ich sollte einfach Sheela nennen, nur dass dann die Gefahr größer ist, dass ich trinken muss.

Devin hingegen ist eine sichere Bank. Glaube ich.

«Ich denke, Devin», sage ich und wünsche mir fast, dass ich trinken muss, damit mir das Spiel irgendwann wirklich egal ist.

«Bingo! Je lauter, umso besser.» Devin streckt eine Hand nach der Flasche aus. «Krieg ich was aus der Flasche, wenn ich es zugebe?»

«Ich schätze, du hast das Spiel nicht verstanden, Dev.» William reicht ihm trotzdem die Flasche rüber und lässt ihn trinken.

Als Nächstes ist Kendra an der Reihe, und Morris fragt sie, wer aus der Gruppe schon mal jemanden betrogen hat. «Garrett», kommt es wie aus der Pistole geschossen. Dabei lächelt sie so süß, dass ich wirklich Mitleid mit ihm bekomme.

«Auf keinen Fall!» Garrett wirkt richtig sauer. «Was denkst du eigentlich von mir?»

«Mmh, das war nur so eine Ahnung», redet sie sich raus.

«Wenn ich in einer Beziehung bin, bin ich in einer Beziehung.»

«Schon okay.» Ihr Lachen klingt auf einmal unsicher, aber sie nimmt tapfer den Becher entgegen, in dem Zweifingerbreit Wodka schwimmen.

Als Nächstes ist Garrett dran, weil er direkt neben Kendra sitzt.

Morris fängt schon an zu grinsen, bevor er die Frage überhaupt vorgelesen hat. Er räuspert sich. «Wer aus dieser Gruppe wird wohl als Erstes eine Million machen?»

Alle starren William an. Garrett legt den Kopf in den Nacken. «Das ist eine ziemlich überflüssige Frage. Wir wissen schließlich alle, dass Will erbt, wenn er fünfundzwanzig wird.»

Williams Gesicht wird zu einer Maske. Wissen wir das? Nicht alle. Ich hatte keine Ahnung, und ich frage mich auch, warum Garrett sich da so sicher ist. Außerdem wäre ich lieber weiter ahnungslos geblieben. Mich macht das nur befangen im Umgang mit ihm. Und William hasst es, darüber zu reden. Er hasst es, darauf reduziert zu werden.

«Ach ja?», geht Kendra dazwischen. «Woher willst du das wissen, Klugscheißer?»

«Vielleicht, weil ich lesen kann, Klugscheißerin?»

«Gehören Klatschzeitungen jetzt zu den seriösen Nachrichtenagenturen, oder was?»

Garrett hat wenigstens den Anstand, rot zu werden. «Lass Will doch einfach selbst darauf antworten.»

«Können wir einfach eine neue Frage nehmen?», höre ich mich sagen und spüre, dass William mich überrascht ansieht. Ich spüre es so deutlich, als würde Eiswasser über meinen Kopf gegossen und das Prickeln-Danach einsetzen. Mein ganzer Körper fängt an zu kribbeln. «Das ist nichts Persönliches, oder? Wollten wir nicht Fragen nehmen, die etwas über uns selbst aussagen?»

William öffnet den Mund, dann atmet er langsam aus. «Ich bin auch für eine neue Frage.»

«Kein Problem.» Morris berührt das Display und wartet auf das Ergebnis des Zufallsgenerators. «Okay, das ist jetzt Next Level. Wer aus der Gruppe trägt unter seinen Klamotten wohl die heißeste Unterwäsche?»

Ich befürchte sofort, dass Garrett jetzt im Gegenzug Kendra reizen will, ich sehe es an seinem Gesichtsausdruck, der genauso nachdenklich wie provokant ist. Er macht es auch, nur ganz anders, als ich es erwartet habe.

«Ich bin mir absolut sicher, dass es Eden ist», sagt er, lehnt sich auf seinen Händen zurück und lässt seine Worte auf uns wirken.

Entgeistert starre ich ihn an, nur um dann ein nervöses Lachen auszustoßen. Ich trage einen verdammt dicken Kuschelpullover und meine ausgebleichten Lieblingsjeans. Was denkt er, das ich darunter anhabe? Superunbequeme, kneifende Spitzenunterwäsche? «Sorry, Garrett, da muss ich dich enttäuschen. Keine heiße Unterwäsche, lass dir den Wodka schmecken.»

Kendra schnaubt neben mir auf, aber Garrett sieht kein bisschen so aus, als würde er das einfach so akzeptieren.

«Und wenn ich dir das nicht glaube? Gut möglich, dass du lügst, Eden.»

«Warum sollte ich lügen? Nur damit du einen Shot Wodka trinkst?»

Er nickt. «Vielleicht bist du scharf darauf, mich betrunken zu machen.»

Jetzt muss ich wirklich lachen. Ist er als Kind in den Topf mit dem Selbstbewusstseinstrank gefallen? Das ist ein Witz, oder? Denkt er etwa, ich stehe auf ihn? «Aber das ist doch sowieso total subjektiv. Vielleicht trage ich Unterwäsche wie meine Oma, und mein Opa fände sie an ihr heiß.»

«Das will ich ja gerade herausfinden.»

Plötzlich vergeht mir das Lachen. Ich weiß nicht mal, warum. Es ist so offensichtlich, dass er nur provozieren will. Ich könnte zu ihm gehen und kurz meinen Pullover hochheben. Oder ich könnte einfach den Träger von meinem schlichten schwarzen Sportbralette aus meinem Kragen herausziehen, und wir würden alle über sein dummes Gesicht lachen.

Mach es einfach, Eden. So schlimm ist das nicht.

Wenn wir schwimmen gehen würden und ich einen Bikini anhätte, fände ich das auch nicht schlimm. Aber so? Alles in mir sträubt sich. Weil alles an mir immer schon ein bisschen zu rund und zu weiblich war, zu auffällig, und Garrett mich mit seiner ganzen Art gerade sexualisiert. Ich kann das nicht. Ich will das nicht. Weil das hier kein Safe Space für mich ist. Ich schnappe Williams Blick auf, der sich nach vorne gebeugt hat und uns ziemlich interessiert zuhört.

Garrett fällt das offenbar auch auf, und das Aufblitzen in seinen Augen sollte mich warnen. «Das ist so was von überhaupt nicht subjektiv. Ich wette zu einhundert Prozent, dass wir alle», er macht eine ausladende Geste, «exakt dasselbe unter dem Begriff ‹heiß› verstehen, wenn es um Unterwäsche geht. Also lass sehen.»

Habe ich wirklich eben noch gedacht, Garrett täte mir leid? Warum muss er mich vor allen so bloßstellen? Nur um Kendra zu reizen? «Ich will das aber nicht», sage ich.

Garrett hebt die Brauen an. «Tja, und ich will Beweise.»

27. KAPITEL

Ich lache auf, aber es ist kein echtes Lachen. Ich weiß nicht, was ich tun soll. Hilflos schaue ich mich zu Kendra um, aber selbst ihr hat es die Sprache verschlagen.

«Sorry, Garrett», sagt William gelassen und richtet sich auf. «Aber Eden ist definitiv raus.» Er klopft sich den Sand von den Hosen und geht zwei Schritte auf Garrett zu, der ebenfalls wacklig aufsteht. Und einen winzigen Augenblick befürchte ich, dass Garrett mehr getrunken haben könnte, als ich denke, und die Sache eskaliert. Was, wenn William meint, mich verteidigen zu müssen?

Aber dann fängt William plötzlich an, gemächlich sein Hemd aus der Hose zu ziehen. «Es tut mir echt leid, dich zu enttäuschen, aber die heißeste Unterwäsche trage mit ziemlicher Wahrscheinlichkeit ich. Und da du Beweise willst ...» Er öffnet die Gürtelschnalle, zieht den Gürtel mit einem Ruck aus seiner Hose heraus und lässt ihn langsam in den Sand sinken.

Ich stoße ruckartig die Luft aus. Um Himmels willen ...

«Hey, Bro, bleib mal ganz cool. Ich bin echt nicht scharf drauf, deine Boxershorts zu sehen.» Garrett hebt beide Hände an und weicht mit einem nervösen Lachen einen Schritt zurück.

«Weil du meine Boxershorts noch nicht kennst», sagt William und hebt seine Augenbrauen an.

Ich bin so geschockt, dass ich nach Kendra neben mir taste und ihr fast den Arm abquetsche. Das ist nicht Williams Ernst, oder? Aber er tut es. Er tut es wirklich. Er knöpft in einem ultralangsamen Tempo seine Hose auf.

«Wenn hier einer sein Bro ist, dann ich, ist das klar?» Mit einem Satz springt Devin auf und stellt sich neben William. «Aber ich wette, dass ich da mitgehen kann.» Mit einem lasziven Grinsen fängt er ebenfalls an, sich die Hose aufzuknöpfen. «Ich habe heute Morgen meine besten Boxershorts angezogen. Wenn die nicht heiß sind, dann weiß ich auch nicht. Also sorry, Eden, wenn ich dir leider auch den Rang ablaufen muss.»

«Hey, Leute, guckt euch das an!», höre ich von der Lagerfeuergruppe Rufe, und als hätten sie es abgesprochen, regeln sie die Lautstärke der Bluetoothbox in die Höhe und lassen einen Rocksong abspielen, während sie im Takt anfangen zu klatschen und zu jubeln.

Morris gibt ein Stöhnen von sich. «Okay, ich schätze, ich muss da jetzt mitmachen.» Er drückt Sheela sein Smartphone vor die Brust, steht auf und zieht sich in einem Ruck Pullover und Shirt über den Kopf, bevor auch er anfängt, seine Jeans auszuziehen.

«Scheiße, Alter.» Garrett hat inzwischen einen knallroten Kopf. Aber das Einzige, woran ich denken kann, ist, dass wahrscheinlich noch nie jemand etwas so Süßes für mich getan hat wie diese Jungs gerade.

And you ... your sex is on fire ...

You, your sex is on fire ...

Die drei haben sich bis auf ihre Shorts ausgezogen und tanzen vor Garrett herum zu einem Rocksong, der kein bisschen zu ihrem Rhythmus passt. Oh mein Gott.

Kendra fängt neben mir so heftig an zu gackern, dass ich auch nicht länger an mich halten kann. Es sieht so bescheuert aus, weil Garrett steif wie ein Brett danebensteht. Als er schließlich doch anfängt mitzutanzen, weil es ihm anscheinend zu peinlich ist, weiterhin das Arschloch zu geben, hält Kendra sich kurz die Hände vor die Augen.

«Lass bloß deine Klamotten an!», ruft sie ihm zu. Aber Garrett nimmt das natürlich als Anreiz und zieht sich auch aus, schleudert sein Sweatshirt wie ein Lasso durch die Luft, bevor er es in den Sand segeln lässt.

Fast synchron lassen Kendra und ich uns lachend nach hinten fallen. Mir bleibt die Luft weg, und ich muss mir den Bauch festhalten, weil es so wehtut. Sun-young sieht aus, als würde sie einem Autounfall zugucken. Ihre Augen sind so weit aufgerissen, dass ich Angst um sie bekomme. Sheela fängt an zu johlen und klatscht, um die Jungs noch zu animieren.

Tropfen. Ich spüre plötzlich Tropfen auf meiner Haut. Erst ist es nur so wenig, dass ich glaube, mir das nur einzubilden, aber dann brandet Wind auf, und immer mehr Regen tröpfelt auf uns runter. Das passiert so schnell, dass ich es erst richtig kapiere, als die Musik plötzlich abbricht und die Gruppe am Lagerfeuer in hektische Aufbruchsstimmung verfällt.

«Scheiße», ruft Kendra. «Packen wir schnell zusammen.» Die Jungs suchen lachend ihre Klamotten, Devin hüpft auf einem Bein, während er verzweifelt versucht, in seine engen Jeans reinzukommen. Kendra und ich springen auf, ich reiße die Decke aus dem Sand, um sie in Windeseile zusammenzulegen. Dann schlüpfe ich in meine Jacke, damit ich sie nicht tragen muss, klaube im Licht der Campinglaterne schnell ein paar Flaschen auf. Nach nicht mal zwei Minuten laufen wir vollbepackt vom Strand in Richtung Park. Sun-young hält die Lampe, die hektische Lichtflecken vor uns auf den Boden wirft. Der Wind ist auf einmal so stark, dass er mir den Regen ins Gesicht peitscht, trotzdem giggeln wir albern herum, rennen über die Wiese, verlieren ein paar Flaschen, um sie fluchend wieder einzusammeln, und laufen zum North Park House. Eine ältere Studentin hält uns grinsend die Tür auf, als sie uns kommen sieht. Wir schlittern mit nassen Schuhen in das Foyer und halten erst einmal nach Luft keuchend inne.

«Hoffentlich haben wir nichts vergessen.» Morris kontrolliert die Flaschen auf seinem Arm. «Scheiße, es hat nicht irgendjemand von euch zufällig mein Handy mitgenommen?»

«Doch, ich!» Sheela zieht es aus ihrer Tasche, und Morris atmet erleichtert auf.

«Dafür habe ich hier noch einen Schlüssel. Gehört der einem von euch?» Er hält einen Bund mit einem Anhänger aus bunten Plastikfiguren in die Höhe.

Sun-young quietscht auf. «Der ist von mir. Ich habe gar nicht gemerkt, dass ich ihn verloren habe. Danke!»

William und Devin kommen erst ins Haus, als Sun-young, Sheela, Morris und Garrett schon die Treppe nach oben stapfen. Kendra hilft uns noch, die vollen Flaschen in die Küche in unsere Etage zu bringen, und kaum bin ich meine Last losgeworden, fasse ich mir ganz automatisch an meine feuchte Hosentasche. Etwas fühlt sich anders an als sonst. Klopfend taste ich meine Hosentasche ab und stoße ein erschrockenes «Nein!» aus.

«Was ist? Hast du auch was am Strand vergessen?», fragt Kendra.

«Larks Stein», keuche ich. «Ich weiß nicht, wo der Stein ist. Oh nein, ich glaube, ich habe ihn nicht wieder zurück in die Tasche gesteckt. Kendra, hast du ihn noch? Hatte ich ihn dir gegeben?» Die Panik in meiner Stimme ist unüberhörbar.

«William hatte ihn als Letztes. Aber hat er ihn dir nicht zurückgegeben?»

«Doch, stimmt.» Jetzt erinnere ich mich wieder. Er hat den Stein in meine Hand fallen lassen. Aber was habe ich danach damit gemacht? Habe ich ihn auf die Decke gelegt?

William und Devin kommen rein und verstauen die letzten leeren Flaschen im Schrank.

«Was ist los?», fragt Devin, als er Kendras besorgtes Gesicht sieht.

«Eden hat ihr Andenken verloren. Diesen Seeigel.»

«Ja», stoße ich keuchend aus. Ich beiße mir auf die Lippe, um die Tränen zu unterdrücken. Als ich hochgucke, fällt mir auf, dass William mich beobachtet hat. Ich schlucke, versuche, tapfer zu lächeln und mir nicht anmerken zu lassen, wie sehr mich das trifft. «Ist nicht so schlimm. Es … war ja nur ein Stein, oder?»

Nur ein blöder Stein, Eden! Ein Souvenir, das man an jeder Ecke für zehn Dollar kaufen kann.

Ich habe das Tattoo an meinem Arm, das mich für immer an Lark erinnern wird. Mehr brauche ich doch gar nicht.

«Wenn du willst, können wir morgen noch mal an den Strand gehen und zusammen danach suchen», schlägt Kendra vor. «Im Dunkeln findet man da sowieso nichts. Außerdem ist das Ding winzig. Wenn es wenigstens eine andere Farbe hätte.»

«Nein, du hast recht.» Ich schüttle den Kopf. «Es ist auch nicht so wichtig.» Ich merke, dass ich meine rechte Hand zur Faust geschlossen habe, und zwinge mich dazu, sie wieder zu öffnen.

«Gehen wir pennen, Leute!» Devin stößt William an. «Ich muss aus diesen Drecksklamotten raus. Ich schwöre euch, ich hab sogar im Arsch Sand.» Er lacht und zieht sich noch in der Küche den nassen Pullover aus.

«Bis morgen», sage ich und hebe kurz die Hand, dann

schlüpfe ich auch aus der Küche und gehe über den Flur zu meinem Zimmer.

Ich fühle mich völlig leer. Von der sanften Scheißegal-Stimmung, in die das Bier mich kurzzeitig versetzt hatte, ist nichts mehr zu spüren. Inzwischen bin ich völlig nüchtern. Und mal wieder muss ich meine Klamotten zum Trocknen über meinen Stuhl hängen. Ich wasche mir mechanisch das Gesicht an dem kleinen Waschbecken, putze mir die Zähne und schlüpfe in ein frisches Schlafshirt. Als ich nach draußen gucke, ist hinter Williams Fenster alles dunkel. Bestimmt ist er mit Devin zusammen duschen gegangen. Ich schalte die kleine Lampe an meinem Schreibtisch ein, weil ich heute nicht im Dunklen schlafen will, bevor ich mich unter die Bettdecke verkrieche. Der Regen trommelt gegen die Scheibe. Mir ist eiskalt. Nicht weil es im Zimmer so kalt wäre oder mir der Regen noch in den Knochen stecken würde, sondern weil mir die Entscheidung, mich von Larks Stein zu trennen, abgenommen wurde. Er wurde mir weggenommen.

So, wie Lark sich mir auch weggenommen hat.

Uns allen.

Mein Brustkorb fühlt sich bleischwer an. Lark hat unendlich hart gekämpft. Auch für mich. *Du bist der einzige Mensch, für den es sich zu leiden lohnt, Eden.* Aber das hat nicht gereicht. Er hat sich und mich ... *gelassen*. Er hat uns losgelassen, alleingelassen, zurückgelassen, hinterlassen, übrig gelassen.

Und jetzt in diesem Moment fühle ich mich einsam. Irgendwie anders als zuvor. Ich sehne mich nach ... nein, nicht nach Lark. Ich sehne mich nach William. Oh Gott, der Gedanke ist noch so neu. Außerdem muss William mich für völlig labil und kaputt halten. Er hat doch gesehen, wie sehr es mich mitgenommen hat, dass ich das Fossil verloren habe. Das muss ihm so lächerlich vorkommen. Wahrscheinlich verhält sich selbst seine kleine Schwester Katie erwachsener als ich. Aber dann denke ich daran, wie er sich um meinetwillen vor Garrett ausgezogen hat, und mein Herz weitet sich wieder. Und wahrscheinlich ist diese verdammte Achterbahn in meinem Herzen der Grund, warum ich jetzt heulen muss.

28. KAPITEL

Ich blinzele, aber ich bekomme die Augen kaum auf, weil sie verklebt sind. Vom Weinen ist mein Gesicht ganz verquollen. Ich weiß nicht, wovon ich aufgewacht bin, aber das Licht auf meinem Schreibtisch brennt noch. Mit beiden Händen reibe ich mir über das Gesicht, bis ich wieder richtig gucken kann, da höre ich ein Klopfen und schrecke auf.

Mein Puls schnellt in die Höhe. Hat mich das Klopfen geweckt? Ist da jemand an meiner Tür oder kommt das Geräusch von der verdammten Zentralheizung? Ich horche, da klopft es wieder.

«Eden? Bist du noch wach?»

William. William ist an meiner Zimmertür.

Mein Herz setzt für einen Schlag aus, dann springe ich aus dem Bett und schwanke, weil das meinem Kreislauf gar nicht guttut. Wieso ist William noch auf? Vielleicht gibt es irgendeinen Notfall, und er braucht ein Handy, blitzt es kurz durch meinen Kopf. Aber würde er dann nicht das Haustelefon auf dem Flur benutzen? Oder Devin fragen? Wie spät ist es eigentlich, und wie lange habe ich geschlafen? Gefühlt bin ich gerade eben erst weggenickt.

Ich schließe die Tür auf, ohne auch nur eine Sekunde daran zu denken, dass ich nur ein Schlafshirt und Unterwäsche anhabe, weil William niemals einfach nur so bei mir klopfen würde. Es muss etwas Wichtiges sein. Schnell ziehe ich die Tür auf.

Meine Augen weiten sich.

«Ich habe gesehen, dass noch Licht bei dir brennt.»

William ist triefnass. Er trägt immer noch dieselben Klamotten, mit denen wir am Strand waren, das Haar klebt ihm am Schopf, und der Sand ist einfach überall. In seinen Haaren, seinem Gesicht, seinem Hemd und auch seiner Hand, die er in diesem Moment ausstreckt und mir hinhält. «Ich wollte nicht, dass du die ganze verdammte Nacht daran denkst und dich verrückt machst, deshalb ...» Er stockt, als er mein verquollenes Gesicht bemerkt. «Zu spät?» Er lässt die Hand sinken, nachdem er mir etwas in meine gedrückt hat.

Ich kann nicht verhindern, dass mir die Tränen sofort wieder in die Augen schießen. Er hat Larks Stein gefunden. Er ist noch einmal zurückgegangen und hat im Stockdunkeln und im Regen im Sand nach dem verdammten Stein gesucht. Meine Kehle schnürt sich zusammen, während ich die Faust mit dem Stein darin gegen meine Brust presse.

«N-nein, nicht zu spät. D-danke.» Ich kann nicht glauben, dass er das wirklich für mich gemacht hat. Und dann muss ich plötzlich lachen. Ein seltsam hysterisches Auflachen, das sich anhört, als wäre ich ein dreizehnjähriger Junge, der gerade in den Stimmbruch kommt. William guckt mich an, als würde er sich Sorgen machen, aber das ist gerade gar nicht notwendig, weil ...

Ich mache einen Schritt auf ihn zu und schlinge spontan beide Arme um seinen Hals. William ist nur eine Sekunde lang perplex, dann spüre ich seine Arme in meinem Rücken, den leichten Druck seines Brustkorbs und wie die Nässe sofort in mein Shirt kriecht.

«Hey, alles okay?»

Ich nicke an seinem Hals.

«Wenn du eine Umarmung brauchst, sollte ich besser vorher duschen gehen, du wirst noch ganz nass», raunt er.

Aber ich halte ihn fest, weil ich einfach nicht anders kann, als ihn festzuhalten. Ich presse meine Wange an seine, spüre den klebrigen Sand und seinen Atem auf meiner Haut. Er fühlt sich kalt an vom Regen, aber das allein ist es nicht, was mir eine Gänsehaut über den Körper jagt. Es ist vor allem diese Rauheit in seiner Stimme, seine kratzige Stimme an meinem Ohr. Meine Finger graben sich in sein Haar, im selben Moment, in dem er mich noch fester an sich zieht. Ich bin jetzt schon völlig durchnässt. Regenwasser tropft auf meine Füße und rinnt an meinen nackten Schienbeinen runter.

Ich schließe die Augen.

Meine Lippen suchen Williams Mund, und als ich ihn finde, höre ich sein überraschtes Keuchen, atme es ein und will es nie wieder entweichen lassen. Ich presse meine Lippen sanft auf seine, küsse ihn, und das überwältigt mich. Wie weich er sich anfühlt und gleichzeitig rau. Er ist nass, schmutzig und voller Sand, und das bin ich jetzt wahrscheinlich auch. Wir stehen mitten in meiner Zimmertür, hinter William ist das Licht im Flur ausgegangen, und nur noch die kleine Schreibtischleuchte erhellt uns. Aber wie gut er riecht, nach Regen und Meer und Sehnsucht, und wie sanft er mich küsst und dabei seufzt. Das ist kein flüchtiger Kuss, und auch kein unbeholfener, verzweifelter, wie ich ihn von Lark bekommen habe. Sein Mund berührt mich, als hätte er sein ganzes Leben lang nur darauf gewartet. Wie sachte William an meiner Unterlippe saugt, wie er sich herantastet, lässt das Blut durch meinen Körper rauschen. Seine Zunge berührt mich so behutsam, dass etwas Eigenartiges mit meinem Herzschlag passiert. Er rast, stolpert, wird dann so schnell, dass mir die Knie weich werden. Allein die Nähe zu ihm überzieht meinen ganzen Körper mit einem Prickeln, das sich schließlich zwischen meinen Beinen sammelt.

Eine Hand in meinem Nacken, die andere in meinem Rücken, küsst William mich, bis wir beide keine Luft mehr bekommen und er schließlich keuchend seine Stirn an meine legt. «Ich muss ... Ich sollte duschen gehen, Eden.»

«Okay», seufze ich und räuspere mich. «Wenn du duschen warst, kommst du dann zurück?»

William stößt hart den Atem aus. «Nein, besser nicht. Du hast vorhin getrunken, deshalb ...»

«Ich bin stocknüchtern. Wie spät ist es?»

William lässt meinen Rücken los und wirft einen Blick auf seine Uhr. «Halb zwei.»

Oh mein Gott. Das heißt, er hat Stunden im Regen nach dem Stein gesucht. Mein Herz zieht sich zusammen, und das schlechte Gewissen sorgt dafür, dass meine Stimme unsicher klingt. «Ich hatte nur eine Flasche Bier und habe jetzt fast drei Stunden geschlafen. Ich bin ganz bestimmt nüchtern, Will. Und ich ... Es wäre schön, wenn du wiederkommst.»

Mit einem Seufzen zieht er mich noch einmal an sich, küsst mich, dann lässt er los. «Denk noch mal in Ruhe darüber nach, Eden. Gute Nacht.»

Ich stehe noch an derselben Stelle, als ich um die Ecke seine Zimmertür ins Schloss fallen höre. Ich habe längst genug darüber nachgedacht. Entschlossen halte ich Larks Stein fest. Ich gehe zum Fenster und lege ihn dort auf dem schmalen Sims ab. In Williams Zimmer brennt Licht. Ich sehe seine Silhouette, als er sich darin bewegt und sein Hemd auszieht, deshalb drehe ich anstandshalber den Kopf weg und lehne mich schwer atmend am Fensterrahmen an. Irgendwann schaue ich an mir runter, weil mir kalt ist, und erinnere mich daran, dass ich jetzt auch nass und voller Sand bin.

Schnell schließe ich meine Zimmertür und schlüpfe aus dem nassen Shirt. Dann wasche ich mich am Waschbecken, putze mir noch mal die Zähne und ziehe etwas Frisches an, bevor ich mit dem schmutzigen Shirt den Regen und den Sand vom Boden aufwische, was nur so semigut funktioniert. Ich höre Schritte auf dem Flur, die Tür von den Waschräumen und meinen eigenen lauten Herzschlag. Aus einer spontanen Idee heraus flitze ich zum Schreibtisch und reiße das blaue Buch aus der Schublade. Fahrig blättere ich die Seiten um.

Verdammt, verdammt, verdammt.

Auf die Schnelle finde ich natürlich nicht das, wonach ich suche, aber dann fällt mir ein, dass ich bei der Bibliotheksszene fündig werden müsste, und schlage das Buch dort auf, wo ich sie in etwa vermute. Meine Augen gehen suchend über die Seiten. Nichts. Aber es muss hier irgendwo stehen, ich bin mir absolut sicher. Ich überfliege die nächsten Seiten, blättere weiter und weiter. Schließlich fallen sie mir ins Auge. Zwei Wörter nur, mehr habe ich gar nicht zu sagen.

Aus meinem Mäppchen fische ich einen dicken Sharpie, weil es jetzt nicht darauf ankommt, dass es irgendwie gut aussieht. Und dann fange ich an, Zeile für Zeile durchzustreichen. Mit dem dicken schwarzen Stift, der die Buchstaben fast vollständig überdeckt. Am Ende bleiben auf der ganzen Seite nur zwei Wörter übrig, die ich auslasse.

Touch me.

Zwei Wörter ziemlich weit unten. Okay, es ist nicht schön. Es sieht rau aus, abgehackt, fast brutal, die Wörter einfach so zu schwärzen. Aber dadurch wirkt das, was übrig geblieben ist, noch einmal drängender und wichtiger. Und es ist wichtig für mich! Das Wichtigste überhaupt.

Ich lege Williams Lesezeichen zwischen die Seiten und klappe das Buch zu. Vor meiner Tür horche ich, ob William immer noch im Duschraum ist, und tatsächlich ist ein leises Wasserrauschen zu hören. Barfuß, nur mit meinem Shirt bekleidet laufe ich über den Flur und lege das Buch vor seine Zimmertür.

[redacted] Touch me. [redacted]

Das Herz schlägt mir bis zum Hals, weil ich nicht auf dem Rückweg von ihm erwischt werden will. Leise tapse ich zurück, husche in mein Zimmer und lehne die Tür nur an. Okay, ich gehe lieber auf Nummer sicher und stelle auch noch meinen David-Stiftebecher zwischen Tür und Angel, weil sie sonst beim kleinsten Durchzug zufallen könnte. Dann schlüpfe ich unter meine Bettdecke und halte den Atem an.

Ich komme mir vor wie beim Versteckenspielen, und das ist wirklich bescheuert.

Atme einfach, Eden! Atmen!

Nach ein paar Minuten höre ich die Tür vom Waschraum, und mein Herz donnert los.

Gott, Eden, werd erwachsen!

Wieder Schritte auf dem Flur.

Jetzt ist William wahrscheinlich auf dem Weg in sein Zimmer.

Nun müsste er da sein.

Gerade findet er das Buch auf dem Fußboden, hebt es auf und nimmt es mit rein. Glaube ich. Hoffe ich.

Eine Tür schlägt zu.

Ich schätze, dass er sich erst einmal anzieht, bevor er überhaupt in das Buch reinguckt. Vielleicht guckt er auch gar nicht sofort rein, weil es für ihn nicht so wichtig ist wie für mich. Wenn ich Pech habe, hebt er es sich vielleicht für morgen früh auf, weil er todmüde ist und einfach nur schlafen will.

Arrgh! Ich ziehe mir die Decke hoch über den Kopf und brülle frustriert in die verdammte Füllung rein. Dann reiße ich sie wieder runter, weil ich glaube, dass ich was gehört habe. Sind das wieder Schritte? Nein, das bilde ich mir nur ein. Gott, ich bin so besessen von ihm, das ist krank!

Aber dann spüre ich einen Luftzug von meiner Zimmertür, obwohl ich nicht mal gemerkt habe, dass er über den Flur gelaufen ist. Ein leises Klirren ist zu hören, weil William gegen meinen Stiftebecher tritt. «Shit.»

Gott, ich kann nicht mehr atmen, weil ich lachen muss, mich aber krampfhaft schlafend stellen will. Ich sterbe! Kann man vor Aufregung einen Herzinfarkt kriegen, wenn man erst achtzehn ist? Kann einem das Herz einfach so aus dem Brustkorb hüpfen? Denn es fühlt sich verdammt noch mal genau so an!

William schließt leise die Tür. Zwei Schritte, drei, vier. Die Matratze senkt sich, dann rutscht er zu mir unter die Bettdecke, deckt uns beide zu und schlingt von hinten einen Arm um meinen Bauch.

29. KAPITEL

Kann man sich in das Atemgeräusch eines anderen Menschen verlieben? Ich glaube schon. William atmet mir in den Nacken, und das bringt meinen Puls zum Rasen. Mein Körper ist so angespannt, dass ich ihm sowieso nicht vortäuschen kann, ich würde schon schlafen.

«Hey, hör auf, den Bauch einzuziehen.» Seine Stimme ist Gold. Ein pures goldenes Lächeln.

Ich versuche, mich zu entspannen, aber wenn man als Frau auf der Seite liegt, ist das einfach unangenehm. Alles rutscht an irgendwelche Stellen, wo es nicht hinsoll. Trotzdem gebe ich nach, atme aus, atme ein und lasse meinen Bauch so sein, wie er ist, und höre dann, wie William erleichtert seufzt. Seine Finger sind warm, und seine andere Hand streift in meinem Nacken das Haar beiseite. Ich spüre seinen Mund an meinem Haaransatz und dass er tief Luft holt.

«Wir haben noch gar nicht über das geredet, was du mir ins Notizbuch geschrieben hast, Eden. Zweiter Akt, vierte Szene. Und ich muss das wissen, bevor ... also ... Du hast geschrieben, dass der letzte Mann, den du geküsst hast, Lark war.»

«Ja.» Ich drehe mich auf den Rücken und schließe für einen Moment die Augen, weil ich weiß, worauf er hinauswill, und weil ich auch weiß, dass das sehr schmerzhaft für mich werden wird. Schmerzhaft, da ich mich unendlich dafür schäme.

«Aber er war dein bester Freund.»

«Ja.»

«Hatte sich etwas daran geändert?»

«Nein, es ist ...» Oh Gott, es fällt mir so schwer, ihm das zu erzählen. «Ich habe einen Fehler gemacht, Will. Dass ich ihn geküsst habe, war der größte Fehler meines Lebens.»

Er brummt etwas Zustimmendes, aber ich denke, das soll mir nur sagen, dass er mir zuhört und dass ich weiterreden soll. Als ich zu ihm hochgucke, geht sein Nicken übergangslos in ein Kopfschütteln über. «Erzähl mir, was passiert ist.» Er greift nach meiner Hand, sein Daumen schmiegt sich in meine Handfläche.

«Lark ... war in einer depressiven Phase», beginne ich zögernd. «Er hatte seit Wochen das Haus nicht mehr verlassen. Er war nie so der extrovertierte Typ, und dass er eine Weile gar nicht mehr rausgegangen und niemanden getroffen hat, hat seine sozialen Ängste nur schlimmer gemacht. Die Therapeutin hat mir erklärt, dass seine Ängste eine Depression nicht verursachen, aber sie reaktivieren können.»

«War das Larks Therapeutin, mit der du gesprochen hast?»

«Nein, meine eigene.»

«Verstehe.» Er streichelt weiter meine Hand, und das hat eine beruhigende Wirkung auf mich, die es mir erleichtert, weiterzureden.

«Oft sind die Symptome einer Depression bei Männern anders als bei Frauen. Aber Lark war nie aggressiv und hatte auch keine Probleme mit Alkohol oder Drogen. Er hat sich einfach zurückgezogen. Ich hatte sogar das Gefühl, dass es ihm besser ging. Er war nicht mehr so antriebslos, hat angefangen, mir wieder häufiger Nachrichten zu schreiben und mir lustige Memes zu schicken. Sein Dad war so froh darüber.» Ich muss schlucken und zwinge mich weiterzureden.

«Als er endlich wieder in die Schule gegangen ist, haben wir nachmittags zusammen gelernt oder an unseren Hausaufgaben gearbeitet. Er war fast so, wie ich ihn von früher in Erinnerung hatte. An einem Nachmittag haben wir auf seinem Bett gelegen und eine Serie auf Netflix angesehen. Auf einmal hat er angefangen zu weinen. Einfach so, ich weiß nicht mal, was der Auslöser dafür war. Ich wollte ihn trösten, habe ihn umarmt wie schon tausendmal zuvor, habe ihm einen Kuss auf die Stirn gegeben, nicht mehr. Zuerst», verbessere ich mich. «Er tat mir so unendlich leid. Ich wollte ihn nicht auf diese Art küssen. Aber er hat sich plötzlich zu mir rumgedreht. Und nachdem es passiert war, wollte ich mich entschuldigen, darüber lachen, weil es absolut seltsam ist, seinen besten Freund auf den Mund zu küssen. Aber Lark ... Er ... er hat es erwidert.» Meine Stimme bricht.

Ich blinzle, weil sich Tränen in meinen Augen ansammeln, die ich unbedingt zurückdrängen will. «Ich habe nicht damit gerechnet. Ich dachte wirklich, er würde genauso darüber lachen wie ich. Und als er auf einmal mehr wollte, habe ich ... ihm zuliebe ... Oh Gott, es klingt so schrecklich, wenn ich das ausspreche, aber ...»

«Das klingt überhaupt nicht schrecklich, Eden. Du wolltest ihn trösten.»

«Ja», stoße ich aus. «Ich weiß nicht, was da genau in mir vorgegangen ist. Das Schlimme ist nur, dass ... Es war ... Es hat keine Gefühle in mir ausgelöst, Will. Also nicht auf diese Art. Es hat sich nicht richtig angefühlt.»

Gott, ich halte mir die Hände vors Gesicht, weil das, was jetzt kommt, sich in meinen Ohren so furchtbar anhört. «Ich konnte nur keinen Rückzieher machen, weil *er* es wollte. Das hat mich völlig überrumpelt. Ich konnte ihm in diesem Moment nicht sagen, dass ich für ihn wirklich nur freundschaftliche Gefühle habe. Ich hatte Angst, ihn zu verletzen, und das war das

Letzte, was ich riskieren konnte in seiner Situation. Also habe ich ihm etwas vorgespielt.»

William braucht so lange für seine Antwort, dass ich sicher bin, ihn gerade schockiert zu haben. Ich halte die Augen geschlossen. «Und wie war das für dich?», fragt er schließlich, und ich bin so überrascht, dass ich zuerst gar nicht weiß, wie ich darauf reagieren soll.

Ich nehme die Hände runter und sehe ihn an. «Für mich?»

«Ja, für dich. Ihr hattet so was wie Trostsex, wenn ich das richtig verstehe.» Es ist keine Frage, sondern eine Feststellung. «Wie hast du ... ich meine, bist du damit klargekommen? Du hast dich offenbar selbst dazu überredet, oder? Du hast dich gezwungen gefühlt, etwas zu tun, was du nicht wolltest, Eden.»

Ich ... ich weiß es nicht. Ich habe bisher immer nur an Lark gedacht und daran, wie schlimm es für ihn gewesen sein muss. Dass es für mich auch schlimm war, ihm etwas vorzuspielen, so zu tun, als würde ich das wollen, diesen Gedanken habe ich nie zugelassen. Und jetzt, wo William ihn an die Oberfläche holt, merke ich erst, wie sehr es mich belastet.

«Wir ... wir haben es nicht bis zum Ende ... also ... Für mich war es eine Erleichterung, dass es nicht funktioniert hat, aber für Lark war es das nicht, glaube ich.» Ich zögere. «Es ist nicht bis zum Ende gekommen, weil er ... nicht konnte.»

«Oh. Okay, verstehe.»

Ich hole tief Luft. «Das ist nicht selten bei Männern mit Depressionen, habe ich gelesen, und es kam mir logisch vor. Ich meine, ganz ehrlich, Sex ist wahrscheinlich das Letzte, was man in so einer Situation gebrauchen kann.»

«Klingt wirklich logisch.»

«Ich habe noch nie mit jemandem darüber geredet», gestehe ich ihm.

«Nicht mal mit deiner Therapeutin?» William richtet sich auf. «Oder deinem Dad?»

Ich schüttele den Kopf. «Ich habe mich so sehr dafür geschämt, Will. Ich wollte ihn nur trösten, und dann ist die Situation außer Kontrolle geraten, und das hat dazu geführt, dass ... Es muss ihn gedemütigt haben.»

«Und dich nicht? Er hätte es merken können, Eden. Er hätte dich fragen können, ob du das wirklich willst.» William presst die Lippen zusammen.

«Ich weiß», stoße ich aus. Aber ich kann Lark im Nachhinein nicht dafür verurteilen. Meine Stimme ist nur noch ein Flüstern. «Am nächsten Tag hat er seine Bestellung bei Amazon aufgegeben.»

William lässt so langsam seinen Atem entweichen, dass mich ein Schauer überläuft. «Scheiße.»

«Ja.» Als ich es wage, ihn anzusehen, ist sein Gesicht unglaublich ernst, seine Augenbrauen bilden eine gerade Linie. «Er muss es schon länger geplant haben», erzähle ich ihm, was ich von Larks Dad erfahren habe. «Er hatte drei Monate vorher ein E-Book auf seinen Rechner runtergeladen, in dem beschrieben wird, wie man es am besten macht. Ich kann immer noch nicht fassen, dass es so etwas gibt, dass jemand zulässt, dass man sich eine solche Anleitung einfach so runterladen kann! Und das Zeug hatte er seit Wochen auf seiner Wunschliste, das hat die Polizei herausgefunden. Nur ... er war so normal», sage ich. «Es ging ihm gerade besser, er wollte unbedingt in die Schule gehen, hat davon gesprochen, dass wir uns beide für Woodford bewerben. Ich hatte keine Ahnung, dass er so was plant, aber er hat es geplant. Und wenn ... Vielleicht hätte er das Zeug nicht bestellt, wenn ich ihm nicht auch noch das Gefühl gegeben hätte, dass er ...»

«Hey», flüstert William und dreht mein Gesicht zu sich.

«Hey, schau mich an. Ich bin mir absolut sicher, dass du ihm nicht das Gefühl gegeben hast, sich dafür schlecht fühlen zu müssen. Er wollte es. Er hat es versucht. Und so was passiert. Das ist doch kein Grund. Und es war bestimmt auch nicht das erste Mal. Ich hatte auch schon ein paar Momente, wo ich nicht konnte, weil ... Gott, es gibt Tausende Gründe dafür, oder? Man hat Alkohol getrunken, hat eine Erkältung oder man kann sich einfach nicht entspannen. Wir sind doch keine scheiß Maschinen. Wie dämlich ist es, nicht einfach mal nicht können oder auch nicht wollen zu dürfen?»

«Ziemlich dämlich», bestätige ich.

«Ich denke, ich könnte jetzt auch nicht, weil ich wirklich unfassbar müde bin», sagt er.

«O ... okay.»

«Was aber nicht bedeutet, dass ich mich gleich nicht trotzdem auf die andere Seite drehen sollte.»

Ich rolle mich zu ihm auf die Seite und schiebe meinen angewinkelten Arm unter den Kopf, um ihn besser ansehen zu können. William hat sich auf seinen Arm gestützt. Er trägt nur Boxershorts und ein T-Shirt. Unsere Beine berühren sich.

«Ich glaube nicht, dass du irgendetwas hättest tun können, um das zu verhindern. Du konntest doch nicht in seinen Kopf sehen. Ich kann nur nicht fassen, was er dir damit angetan hat.» Für einen Moment hängt er seinen Gedanken nach, dann sagt er: «Vielleicht war es das Einzige, was er noch wollte. Dich einmal küssen, bevor er geht.»

«Sicher nicht», sage ich automatisch, aber so sicher bin ich mir gar nicht.

«Und falls doch? Vielleicht hat er sich gedacht: Eden ist der letzte Mensch, den ich küssen werde, und irgendwann in hundert Jahren werde ich deshalb die erste Person sein, die sie sieht, wenn sie in den verdammten Himmel kommt.»

Mir läuft eine Träne übers Gesicht, als er das sagt, und William streckt die Hand aus und wischt sie vorsichtig mit seinem Daumen weg.

«Danke, dass du seinen Stein gesucht hast», sage ich.

«Ich denke, du solltest selbst entscheiden können, ob du dich davon trennst. Und wann.»

Ich muss das jetzt wissen. «Ist es wirklich ein Souvenir, das man zu Tausenden in diesen Shops am Strand bekommt?», frage ich ihn, obwohl das eigentlich keine Rolle spielt.

«Es ist ein Millionen Jahre altes Fossil, Eden. Das ist alles andere als gewöhnlich.»

Das beantwortet meine Frage aber nicht. «Sind nicht alle Steine auf der Welt Millionen Jahre alt? Ich meine, selbst irgendein langweiliger Kieselstein ist doch irgendwann einmal aus zusammengepresstem Sand oder anderen Mineralien entstanden.»

«Guter Punkt.» William kann sich zwischen Kopfnicken und Kopfschütteln nicht entscheiden. Er zögert. «Dein Echinoidea ist ... na ja, er ist so glatt poliert, dass ich nicht davon ausgehe, dass man ihn in dieser Qualität einfach am Strand findet.»

Ich presse die Lippen zusammen. Es ist egal, oder? Es macht keinen Unterschied.

«Aber es sind die Geschichten, die etwas wertvoll machen, findest du nicht? Du verbindest die Gefühle damit, die du hattest, als er ihn dir geschenkt hat, und deshalb ist es doch völlig egal, woher er ihn hatte. Wie lang ist das jetzt her?»

«Wir waren gerade in der Vorschule.»

«Okay, dann habe ich eine Theorie dazu. Willst du sie hören?»

Jetzt muss ich lächeln. «Unbedingt.»

«Meine Schwester ist jetzt fünf. Wenn wir am Strand sind, macht sie den ganzen Tag nichts anderes als Muscheln und

Steine suchen. Sie karrt das Zeug eimerweise heran, und wenn etwas Besonderes dabei ist, hüpft sie herum wie eine Irre. Wenn ich ein Fossil in einem Laden entdecken würde, würde ich es kaufen, es mir in die Hosentasche stecken und bei der nächsten Gelegenheit heimlich vor ihr in den Sand legen, damit sie es findet, und mich dann wie ein Idiot freuen, wenn sie ausflippt vor Begeisterung. Ich könnte mir gut vorstellen, dass Lark es auf diese Art gefunden hat.»

Ich blinzle, weil das so süß von ihm ist. William ist ganz bestimmt ein großartiger Bruder. «Danke, dass du den blöden Stein jetzt mit noch mehr Emotionen aufgeladen hast.» Ich seufze erst, dann muss ich selbst lachen.

«Weil sein Dad oder seine Mom ihn gekauft haben?»

«Weil du ihn stundenlang im Regen gesucht hast und dann damit zu mir gekommen bist.» Ich strecke die Hand aus, weil ich sein Gesicht anfassen will, aber William zuckt kaum merkbar zurück, bevor er langsam und konzentriert ausatmet.

«Darf ich?», frage ich etwas verspätet.

«Wenn ... wenn dich das nicht stört?»

Damit meint er sein Feuermal, und ich kann nicht glauben, dass ihn das so verunsichert. «Hat dir noch niemand gesagt, wie unglaublich anziehend dein Gesicht ist?» Ich streife mit meinen Fingern über seine Stirn, mein Daumen zieht die gerade Linie seiner Augenbraue nach, und William schließt automatisch die Augen, weil ich ihnen zu nah komme.

«Nein, nicht wirklich.»

«Seltsam», sage ich. «Ich fand das Feuermal schon bei unserer ersten Begegnung wahnsinnig faszinierend.»

«Das habe ich gemerkt.»

«Es sieht aus wie die Landkarte von Brasilien.»

«Mein Dad meint, es wäre Indien.»

«Okay», gebe ich zu. «Das könnte auch sein.» Mit den Fingerspitzen fahre ich langsam die Ränder entlang, unter seiner Braue über das Augenlid, seinen Wangenknochen bis zur Nase und wieder nach oben. Es ist genauso glatt wie der Rest seiner Haut, ich fühle gar keinen Unterschied. «Ich habe gedacht, dass so was nur mit ziemlich viel Liebe gemalt worden sein kann.»

«Es ist nur ein veränderter Verlauf der Blutgefäße, deshalb ist es so rot», erklärt er mir.

«Hast du mal überlegt, etwas daran machen zu lassen?»

William seufzt. «Es ist schon ein paarmal behandelt worden. Die Stelle war vorher noch deutlich dunkler. Aber es gab immer das Risiko, dass mein Auge etwas abbekommt. Irgendwann habe ich mich dann dazu entschieden, dass es mir das nicht wert ist und es einfach zu mir gehört. Ich muss es nicht lieben, aber ...»

«Ich liebe es», unterbreche ich ihn und beiße mir dann auf die Lippe, weil William überrascht die Luft einzieht.

«Klar, Eden.»

Wahrscheinlich werde ich gerade so rot im Gesicht wie sein Feuermal. Ich gebe zu, das kam ziemlich spontan, und hätte ich vorher darüber nachgedacht, dann ... hätte ich es verdammt noch mal trotzdem gesagt. Ich beuge mich vor und höre, wie William den Atem anhält. Und dann küsse ich ihn. Lasse meine Lippen sanft über seine Stirn gleiten, seine Augenbraue, sein Auge, küsse jeden Zentimeter von seinem Feuermal, bis William lacht und mich von sich wegschieben will, ich aber gleichzeitig etwas Salziges schmecke, als meine Lippen seine Wimpern treffen.

«Hör auf, Eden», flüstert er rau.

Aber ich höre nicht auf. Ich küsse ihn weiter auf seiner Wange nach unten, halte sein Kinn fest, genau an der Stelle, wo diese hinreißende Kerbe ist. Lasse meine Lippen an seinem Kiefer entlanggleiten bis zu seinem weichen Mund. Und dann stemme ich mich hoch und klettere auf ihn, rahme seinen Kopf mit meinen Armen ein, was William aufseufzen lässt. Mein Haar fällt über sein Gesicht, und William greift mit seinen Händen hinein, fasst es in meinem Nacken zusammen.

Ich spüre William überall. Seine Hüfte an meinen Schenkeln, seine nackten Beine, seine Fingerspitzen in meinem Nacken. Die Hitze, als meine Zunge in seinen Mund dringt, die Süße, als seine auch in meinen dringt. William fasst mich am Hinterkopf, hält mich fest, und ich gebe ein Seufzen von mir.

«Wir sollten aufhören.»

«Ja», raune ich, aber anstatt aufzuhören, wird mein Kuss noch fordernder. William ist so warm, so fest, so unglaublich anziehend. Ich kann es nicht ertragen, ihn nicht zu berühren, und ich kann jetzt auf keinen Fall damit aufhören.

«Eden.»

«Nur zehn Sekunden, Will. Okay?»

«Okay.» Er lässt meinen Kopf los, seine Hände gleiten an meinem Rücken nach unten und umfassen meinen Po. Ich höre sein Stöhnen und seufze leise, weil es so schön ist. Gott, ich hätte bei diesem Trinkspiel heute Abend auch mich selbst nennen können, anstatt Devin, weil ... Williams Stöhnen macht etwas mit mir. Sein Tonfall, seine kratzige Stimme fühlt sich an, als würde er damit rau über meine Haut fahren, ich bekomme eine Gänsehaut, und meine Brustwarzen ziehen sich zusammen.

«Zwanzig Sekunden», keucht er. Und obwohl es nicht wie eine Frage klingt, antworte ich darauf.

«Ja, zwanzig Sekunden.» Meine Hände graben sich in sein feuchtes Haar, ich umfasse seine Unterlippe mit meinem Mund, sauge zärtlich daran, atme, lasse meine Zunge an seine stoßen und fange sein heiseres Stöhnen mit meinem Mund auf. Ich stöhne auch, weil es so sehr zwischen meinen Beinen prickelt.

William drückt seine Hüften fest gegen meinen Schoß, und ich spüre seine Erektion so deutlich zwischen meinen Beinen, als wäre gar kein Stoff mehr dazwischen. Und weil ich nicht anders kann, fange ich an, mich auf ihm zu bewegen.

«Zeit ... ist ... abgelaufen», ächzt er. William rollt uns herum. Aber er hört nicht auf, mich zu küssen, und ich seufze in seinen Mund. Sein Gewicht auf mir zu spüren, fühlt sich unglaublich gut an. Ich schlinge meine Beine um seine Hüften, bewege mich gegen ihn.

«Eden», keucht er rau und sehr, sehr schroff, und das zieht sich wie ein Stromschlag durch meinen gesamten Körper. Mit einer Hand fahre ich an seiner Brust nach unten über seinen Bauch, berühre den Saum seiner Boxershorts, reibe sanft über seine Erektion, und Williams Stöhnen tönt so tief in seiner Brust, dass es bis in meine eigene Kehle vibriert. Seine Finger tasten nach meinem Slip, haken sich ein, ich versuche, den Po anzuheben, damit er ihn mir ausziehen kann, aber Williams Gewicht auf mir lässt das nicht zu. Unsere Hände treffen sich, als ich selbst versuche, meinen Slip nach unten zu ziehen. In diesem Moment lässt William mit einem frustrierten Laut plötzlich los und schiebt sich von mir runter.

«Gott, Eden», stößt er schwer atmend aus, als er sich neben mich auf die Matratze fallen lässt.

Alles an und in mir steht in Flammen, ich bekomme nur schwer Luft. Wir atmen beide mit einem seltsam lachenden Unterton aus. Unsere Schultern stoßen aneinander. Unsere Arme berühren sich. Williams kleiner Finger verhakt sich mit meinem, während wir beide darauf warten, dass sich unser Herzschlag beruhigt. Minutenlang, ohne dass einer von uns ein Wort sagt. Wir liegen eine halbe Ewigkeit so da und atmen, und ich wünschte, ich hätte nie einen Tropfen von dem Bier angerührt, dass William nicht stundenlang nach meinem Stein hätte suchen müssen, dass es nicht schon drei Uhr morgens wäre und wir beide unbedingt schlafen müssten. Ich wünschte, wir würden uns jetzt lieben. So richtig lieben.

Irgendwann erschlafft der Druck seiner Hand. Und als ich zur Seite sehe, fällt mir auf, dass William seine Augen kaum noch offen halten kann. Er lässt meine Hand los und rollt sich auf die Seite. Er muss wirklich völlig fertig sein. Am liebsten würde ich mich jetzt von hinten an ihn schmiegen, aber stattdessen lausche ich einfach nur auf seinen Atem, sehe zu, wie sich seine Schulter bei jedem Zug anhebt und wieder senkt, und ziehe schließlich die Decke höher über seine Schulter, damit er in der Nacht nicht friert. Dann presse ich meine Hand auf meinen Brustkorb, weil es dahinter immer noch hämmert und einfach nicht langsamer werden will.

30. KAPITEL

Als ich aufwache, spüre ich das Gewicht von Williams Hand schwer auf meinem Bauch. Mein Shirt ist unter seiner Hand völlig durchgeschwitzt. Gott, William muss eine Extraheizung in sich tragen. Ich liege auf der Seite, William hat ein Bein halb unter meins geschoben und einen Arm ausgestreckt, dem ich mit meinem Kopf ganz sicher das Blut abschnüre. Zaghaft versuche ich, mich zu bewegen, und sofort gibt er ein Stöhnen von sich. Ich weiß genau, wie sich das jetzt anfühlen muss. Tausend Nadelstiche, die sich in seinen Arm bohren.

Vorsichtig steige ich über ihn hinweg aus dem Bett, taste nach meinem Handy, um die Uhrzeit zu kontrollieren. Ich sehe zwar die Zahl, aber mein Gehirn braucht mehrere Sekunden, um zu registrieren, was das bedeutet. Dann stoße ich ein keuchendes «Nein!» aus.

Unser Kurs beginnt in zwölf Minuten.

«William», rufe ich. «Wir haben verschlafen. Ich habe vergessen, den Wecker zu stellen, es tut mir leid.»

«W …was?» Er schreckt auf, rubbelt sich mit der flachen Hand übers Gesicht, taumelt aus meinem Bett, um dann im nächsten Moment auf der Bettkante zusammenzusacken. Stöhnend beugt er sich nach vorn und fasst seinen Kopf mit beiden Händen. «Fühlt sich an, als hätte mich letzte Nacht eine ganze Footballmannschaft getakelt.»

Ich unterdrücke ein Grinsen, während ich in Windeseile

meine Klamotten zusammensuche. Klamotten, die nicht nass und völlig zerknittert sind. Ich muss unbedingt in den Keller und meine Sachen dort durch die öffentliche Maschine jagen.

«Okay, ich schätze, ich kann meinen Arm nie wieder bewegen.»

«Ich befürchte, daran bin ich schuld. Tut mir leid, ich bin darauf eingeschlafen.»

«Macht nichts», sagt William, aber seine gerunzelte Stirn spricht Bände. Dann folgt ein «Shit, shit, shit», als er einen Blick auf seine Uhr wirft. William springt auf, läuft zur Tür, bleibt ruckartig stehen, kommt wieder zurück und zieht mich so schnell in seine Arme, dass ich nur nach Luft schnappen kann.

«Guten Morgen.» Er presst seine Lippen auf meine, dann lächelt er, und mir geht das Herz auf. «Alles okay mit dir?»

«Ja.» Wenn meine Augen genauso strahlen wie seine gerade, dann dürfte er mir das ansehen können. «Mit dir auch?»

Als Antwort nimmt er mein Gesicht in beide Hände und drückt mir einen weiteren Kuss auf die Lippen. Zwei Sekunden später fällt die Zimmertür hinter ihm ins Schloss, und ich höre ihn über den Flur zu seinem Zimmer sprinten. Bleibt nur zu hoffen, dass ihn niemand dabei sieht, sonst können wir uns garantiert gleich im Einführungskurs blöde Sprüche anhören.

Ich habe Zombie-Augenringe im Gesicht, das sehe ich in dem kleinen Spiegel über meinem Waschbecken. Schaffe ich es, mir in zwei Minuten einen Kaffee zu kochen und wenigstens ein paar Schlucke davon zu trinken? Einen Coffee to go vom Public Domain kann ich mir nicht schon wieder leisten, deshalb stecke ich das erste Mal den kleinen Plattenherd ein. Es ist nur Wasser, dabei kann eigentlich gar nichts passieren. Ja, es verstößt gegen die Hausregeln, aber das Risiko muss ich jetzt eingehen. Hektisch fülle ich einen Minitopf mit Wasser und schaufle schnell drei Löffel eines Instantkaffeepulvers in die Tasse. Das war der einzige Kaffee, den es im Campusshop zu kaufen gab, und er riecht widerlich süß nach Karamell. Bis das Wasser kocht, stopfe ich für den Einführungskurs schnell Stift und Block in meinen Rucksack und dann noch meine Unterlagen für den Komparatistikkurs bei Professor Cushing.

Noch acht Minuten!

Ich schlüpfe in eine schwarze Strumpfhose und einen knielangen Rock, weil sich meine Jeans immer noch klamm anfühlen, und streife mir ein viel zu eng anliegendes Ringelshirt über den Kopf, weil ich leider keine große Auswahl mehr an sauberen Klamotten habe. Meine Zähne putze ich in dreißig Sekunden, wasche mir das Gesicht mit eiskaltem Wasser und kämme mir dann mit den noch feuchten Fingern durch die Haare. Für Concealer habe ich keine Zeit, und ich würde es auch bereuen, weil ich jetzt schon das Bedürfnis habe, mir minutenlang die Augen zu reiben.

Als ich das Wasser in die Tasse gieße, breitet sich ein viel zu süßer Kaffeeduft in meinem Zimmer aus, und es schmeckt sogar noch viel schlimmer, als es riecht. Die Tür vom Waschraum gegenüber knallt mehrmals, und ich hebe den Kopf. Etwas fällt draußen zu Boden, Gelächter ertönt, dann ein Fluch und schließlich laute Stimmen, die an meiner Zimmertür vorbei zum Treppenhaus ziehen.

Sechs Minuten.

Ich stelle die Tasse so schnell ab, dass dunkelbrauner Schaum über den Rand auf meinen Schreibtisch rinnt, und werfe mir gerade den Rucksack über die Schulter, als es an meiner Zimmertür klopft.

«Fertig?», fragt William, als ich mit einer Hand die Tür öffne. Mit der anderen ziehe ich mir meinen Turnschuh an.

Wir haben nicht verabredet, gemeinsam zum Kurs zu gehen,

deshalb bin ich überrascht, dass er mich abholt. Ich versuche gerade hüpfend meinen zweiten Schuh über die Ferse zu ziehen, was wie erwartet schwer geht, weil ich mir nicht die Zeit genommen habe, die Schnürsenkel aufzuknüpfen. «Ja.» Als ich endlich drin bin, werfe ich die Tür hinter mir zu, und gemeinsam laufen wir durchs Treppenhaus nach unten.

«Kannst du mal auf deinem Handy nachgucken, ob der Kurs heute wieder in der Thayer Hall stattfindet? Ich hatte keine Zeit, meinen Laptop hochzufahren.»

«Ja», keuche ich, als wir aus dem Haus in Richtung Park rennen. Mein Rucksack schlägt mir bei jedem Schritt gegen den Rücken, William hat seine Ledertasche unter den Arm geklemmt und macht gefühlt doppelt so große Schritte wie ich. Im Laufen nestle ich das Handy aus meiner Tasche und versuche, mit dem Daumen die verdammte App zu treffen. Als ich es endlich schaffe, kann ich nur nichts lesen, weil ich meine Hand nicht ruhig halten kann. «Warte!» Ich bleibe stehen, hole keuchend Luft und rufe den Kurs von Ms. Colegrove auf.

«Planänderung. Wir müssen zum Cabot-Theater. Da steht etwas von einer Führung.»

«Okay, das ist das Gebäude in der Nähe vom Eliot Place.» William zieht mich am Arm nach rechts. Ich versuche im Laufen, mein Telefon zurück in den Rucksack zu stecken, und schaue nicht richtig hin. In der nächsten Sekunde rutscht es einfach an der Öffnung meiner Tasche vorbei und fliegt scheppernd vor mir auf den Boden.

«Nein, nein, nein!», stoße ich erschrocken aus.

Ich kann nicht rechtzeitig abbremsen, meine Schuhspitze trifft es im Lauf, und das Handy schießt im hohen Bogen über das Pflaster.

«Shit!» William läuft vor und hebt mein Handy auf. «Hier! Sieht leider nicht gut aus.»

«Mein Telefon sah noch nie gut aus», keuche ich, als ich es entgegennehme. Das Display scheint ein paar Risse mehr zu haben, aber das macht auch keinen Unterschied mehr. «Ist bestimmt nichts passiert. Wo lang?», frage ich und laufe wieder los.

William sieht auf seine Uhr und stößt einen weiteren Fluch aus. «Noch zwei Minuten. Hier lang! Ich kenne eine Abkürzung.» Er hat mich nach drei Sekunden wieder eingeholt.

Mein Atem geht so keuchend, dass ich wahrscheinlich für den Rest des Tages nur noch kriechen kann. Ich habe keine Hosentasche, deshalb halte ich das Telefon in der Hand fest, während ich hinter William über den Rasen laufe. Ich schlittere über das Laub, kann mich gerade noch so fangen und verhindern, dass ich auch noch auf der Wiese lande.

Links und rechts weichen wir den Leuten aus, die ihre erste Stunde auf Stühlen im Park verbringen, und quetschen uns durch eine Hecke.

«Da vorne, das viktorianisch-gotische Gebäude.» William nickt in eine unbestimmte Richtung und biegt kurzerhand rechts ab.

Woher zum Teufel soll ich wissen, was viktorianisch-gotisch ist? «Meinst du das rote?»

Im Lauf dreht er sich zu mir um, über das ganze Gesicht grinsend. «Ja, das rote. Das mit der unfassbar hässlichen Rosette über dem Eingang. Komm schnell.»

Das Cabot-Theater ist ein riesiges Gebäude aus roten Backsteinen, und wir schaffen es gerade noch rechtzeitig, am Eingang zu sein, als die letzten unseres Kurses ins Innere verschwinden. Schwer atmend presse ich meine Hand auf mein Zwerchfell, weil es sticht wie verrückt.

«Das war knapp.» William streift mich am Arm, bevor er sich unauffällig zu Devin gesellt. Ms. Colegrove hat offenbar schon eine Ansage gemacht, jetzt laufen ihr alle stillschweigend hinterher durch die Halle.

Als Kendra mich entdeckt, lässt sie sich zurückfallen und wartet, bis ich bei ihr bin. «Wieso seid ihr beide so spät dran?», flüstert sie.

«Wir ... Zufall», sage ich schnell. Ich kann Kendra unmöglich von letzter Nacht erzählen. Ich würde es gerne, aber sie ist mit William schon seit Jahren befreundet, und ich kenne sie gerade mal seit zwei Wochen. Außerdem weiß ich gar nicht, was genau das mit uns beiden ist. Ich weiß nur, was ich mir wünsche. Und das ist mehr. Viel mehr.

«Ich hatte nicht mal Zeit, einen Kaffee zu trinken», plappere ich los, um meine Nervosität zu überspielen. «Hab total verpennt und dann zu spät gesehen, dass wir uns heute hier treffen.»

Sie nickt. «Die Drama School probt heute das erste Mal in Kostümen und lässt schon Publikum zu. Ms. Colegrove meint, das wäre etwas Besonderes, was wir uns als Neulinge nicht entgehen lassen dürfen.»

«Das klingt toll. Was spielen sie denn?» Ich hoffe auf einen Klassiker.

«Keine Ahnung, irgendwas Lustiges, bitte.»

«Ein beschissenes Musical», sagt Devin. «Fuck, ich hasse es, wenn sie singen. Musicals sind zum Kotzen.»

«Was?», frage ich entgeistert.

«Seit wann sind Musicals zum Kotzen?», werfen Kendra und Garrett fast gleichzeitig ein und schauen sich dann betreten an.

Während Devin mit Kendra flüsternd darüber diskutiert, versuche ich, mein Handy zu aktivieren. Als ich die Taste an der Seite drücke, reagiert es nicht, aber okay, das ist nichts Neues. Vielleicht war mein Akku einfach wieder unter vierzig Prozent und hat spontan den Geist aufgegeben. Es muss deswegen nicht endgültig kaputt sein. Ich verdränge den Gedanken daran, dass dann auch alle alten Nachrichten weg wären, und hoffe einfach, dass es nachher wieder anspringt, wenn ich es geladen habe.

Garrett bleibt an meiner Seite, als wir einen schmalen Gang entlang in den Zuschauerraum gehen. «Eden, das ... das gestern tut mir leid. Ich hatte echt zu viel Alkohol und ...» Er presst er die Lippen zusammen und zögert. «Sorry, dass ich dich so angemacht habe. Das war scheiße von mir, und es hat nichts ... Ich meine, es war nichts Persönliches.»

«Ich weiß», sage ich. «Aber trotzdem war das nicht okay.»

«Klar. Ich war echt drüber, Kendra hat mich wahnsinnig gemacht, und ich wollte ... ach, vergiss es. Ich bin voll eskaliert. Sorry, Eden.»

Ich nicke ihm zu. «In Ordnung. Und hey, deine Tanzeinlage war doch gar nicht so schlecht, oder?», ziehe ich ihn auf.

Er stöhnt gespielt, wirkt aber erleichtert, und als wir im Zuschauerraum ankommen, huschen wir zusammen mit den anderen in eine Reihe möglichst weit hinten. Auf der Bühne werden noch Requisiten für ein Hotel-Setting verteilt, die Scheinwerfer neu ausgerichtet und Kommandos hin und her gerufen. Wir erhalten ein paar Hinweise, wie wir uns zu verhalten haben, und die Info, dass es zwischendurch noch zu Regieanweisungen kommt. Es wird laut geredet, bis das Licht im Zuschauerraum abgedunkelt wird. Wir haben noch keine fünf Minuten vom Stück gesehen, die Heldin singt gerade ein ziemlich trauriges Lied, als ich merke, dass es in unserer Reihe unruhig wird. Ich beuge mich vor, weil William mit Devin flüstert, bevor er sich geduckt aus der Reihe schleicht. Devin stößt daraufhin Garrett an, der wiederum Sun-young ein Zeichen gibt.

«Was ist los?», frage ich Kendra.

«Komm mit», flüstert sie. Wir schleichen uns zusammen

aus der Reihe und im gedämpften Licht an der Seite des Raumes entlang. Die anderen schlüpfen vor mir durch einen dunkelroten Samtvorhang.

Ich zögere. Das ist garantiert verboten. William hat mir in der Woodford Library erklärt, dass es eigentlich nichts auf diesem Campus gibt, was er nicht kennt. Und wahrscheinlich auch nichts, wovon er sich abhalten lässt.

Eine Hand hält den Vorhang für mich auf. «Bereit?», flüstert William, als wäre es eine Losung, ohne die ich den Raum dahinter nicht betreten dürfte.

Paratus ad omnia.

Ich muss lächeln. «Bereit für alles.»

Er zieht mich hinter den Vorhang.

31. KAPITEL

«Ach du Schande, was hat Devin da an? Sieht aus, als wollte er bei den Village People mitmachen.»

«Ich bin Ferris Bueller», beschwert er sich.

«Ferris Bueller trägt eine Weste mit Tierfellmuster?» Kendra schlingt sich lachend etwas um den Hals, von dem ich mir nicht sicher bin, was es darstellen soll. Einen Schwan?

Wir sind im hintersten Bereich des Theaters gelandet, wo sich der Kostümfundus befindet. Die Musik von der Bühne ist hier immer noch laut zu hören, und ich kann nicht behaupten, traurig zu sein, das zu verpassen. Kendra setzt mir einen Hut auf den Kopf, der so müffelt, dass ich mich nur mit angehaltenem Atem im Spiegel ansehen kann. «Oh Gott, der sieht aus, als würde er mich gleich nach Hufflepuff schicken.» Lachend reiße ich mir den Hut vom Kopf und hänge ihn zurück auf das Gestell zu den anderen. Sun-young und Kendra sind ziemlich scharf darauf, ein paar von den pompösen, glitzernden Kleidern anzuprobieren, aber ich bin unschlüssig und gehe die Reihe mit den Kopfbedeckungen entlang. Schließlich setze ich mir einen Cowboyhut auf. Die Jungs sind hinter einem Vorhang verschwunden und haben die Sachen, die sie schon anprobiert haben, einfach auf einem Tisch im Gang liegen lassen.

Kendra versucht, ein mittelalterliches Kleid über ihre Jeans zu zwängen. Durch die dicken Vorhänge schallt Musik zu uns, und als Kendra es schließlich schafft, dreht sie sich synchron dazu um die eigene Achse. «Sag ehrlich, ich sehe aus wie eine Prinzessin, oder?»

«Ich weiß nicht», sagt Sun-young zweifelnd, hält aber ihr Handy hoch, um ein Foto für Kendra zu machen. «Vielleicht doch eher wie die böse Stiefmutter. Ich meine, die Stiefschwester. Die immer so gemein ist.»

«Sun-young!»

Sie weicht Kendras schlagender Hand aus.

«Nein, sie hat recht», bestätige ich. «Du musst diesen komischen Hut weglassen. Was soll das auch darstellen? Eine Milchtüte?»

«Okay, helft mir aus diesem verfluchten Teil wieder raus.» Sie zieht das Gummiband unter ihrem Kinn weg und quietscht auf, weil es an ihren Haaren hängen bleibt. Dann zerrt sie an dem Kleiderstoff.

«Lasst uns lieber wieder zurückgehen. Ich habe echt Angst, dass es auffällt, wenn wir so lange wegbleiben.» Ich helfe ihr, das Kleid mit vorsichtigen Ruckbewegungen über ihren Kopf zu ziehen, und lausche. Aber außer der Musik und einer Art Sprechgesang ist nichts zu hören.

«Die sind so ... beschäftigt ... mit ihrem Musical. Kein Mensch ... ist doch ... hier hinten.»

Letzter Ruck, geschafft. Ich hänge das Kleid zurück auf den Bügel.

«Ist das eigentlich Garretts Handy auf dem Tisch da?» Sie zeigt auf ein Telefon neben dem zurückgelassenen Klamottenberg.

Sun-young zuckt mit den Schultern. «Keine Ahnung.»

Kendra geht zum Tisch und nimmt es in die Hand. «Er hat doch diese langweilige durchsichtige Standardhülle, oder?»

«Die habe ich auch.»

«Ja, aber deine ist voller Aufkleber.»

«Was hast du vor?», flüstere ich. «Kendra?» Und weil sie nicht reagiert, noch mal lauter: «Kendra!»

Sie nimmt das Handy mit einem süffisanten Grinsen auf und kommt damit auf uns zu.

«Kennt ihr das auch, dass ihr euch über irgendwas unterhaltet, eine neue Sorte Tiefkühlpizza zum Beispiel, und kaum gehst du online, wird dir genau diese verdammte Werbung eingeblendet?»

«Ja, das passiert mir ständig.» Sun-young nickt heftig. «Komische Zufälle, oder? Aber vielleicht vergisst man auch einfach, dass man die Sachen schon mal gesucht hat.»

«Ich habe noch nie online nach Tiefkühlpizza gesucht. Die hören uns doch ab! So viele Zufälle kann es gar nicht geben! Ich habe nur ein einziges Mal …», sie hebt feierlich die Hand, «… und das schwöre ich euch, nur ein einziges Mal habe ich zu Devin gesagt, dass ich gerne wissen würde, wie ich mit einem Septumpiercing aussehe, und seitdem werde ich mit Werbung für Nasenringe bombardiert. Das ist doch nicht normal!»

«Und was willst du jetzt mit Garretts Handy?», frage ich misstrauisch und muss dann doch lachen, weil ihr perfide Freude ins Gesicht geschrieben steht.

Mit einem breiten Grinsen hebt sie das Handy an den Mund. «Therapie, Therapieplatz», säuselt sie ins Mikrofon, und Sun-young fängt sofort an zu kichern, während ich die Augen verdrehe. Dann sehe ich mich schnell um, ob keiner von den anderen das mitbekommt.

«Toxische Männlichkeit, schlimme Kindheit, Therapie», zählt Kendra weiter auf. «Entdecke deine weibliche Seite, Feminismus, Feminismus ist gut für Männer, Therapie, Feminist, Feminismus ist sexy, Therapie, Männer dürfen Pink tragen, Männer dürfen ihre Gefühle zeigen, Männer weinen, warum feministische Männer so anziehend auf Frauen wirken ...» Sie muss selbst lachen.

«Hör auf», bringe ich erstickt hervor. Ich weiß nicht, ob ich einfach nur lachen oder ob ich sie nicht lieber anflehen soll, sofort das Handy wegzulegen. «Wenn Garrett uns erwischt!»

Kendra beißt sich auf die Lippe, während sie mit einer Hand vor ihren Augen rumwedelt, als könnte sie damit verhindern, vor Lachen zu weinen.

Sun-young hält ihre Hand fest, um auch etwas zum leblosen Handy zu sagen, und ganz ehrlich, ihr herzenstreuer Blick dabei macht mir Angst. Mit zuckersüßer Stimme flüstert sie: «Reden beim Sex, Dirty Talk, Consent ist sexy, wie befriedigt man eine Frau, was IHR im Bett gefällt, Cunnilingus für Fortgeschrittene, wenn ER zu früh ...»

«Oh Gott, hört auf, ihr beiden!» Ich pruste los und reiße ihnen das Handy aus der Hand. «Das ist so fies. Garrett hat sich eben bei mir für gestern Abend entschuldigt. Er meinte das nicht so, und eigentlich ist er doch ganz in Ordnung.»

«Er meinte das nicht so?» Sie schnaubt. «Ist mir völlig egal, wie er das meinte. Das Einzige, was zählt, ist, wie es beim anderen ankommt. Also komm schon, das war witzig.»

Schnell lege ich das Handy zurück auf den Tisch. «Du solltest das Wort Therapie vermutlich noch ein paar Dutzend Mal einflechten, für den Fall, dass der Algorithmus es nicht kapiert.» Ich schüttle lachend den Kopf und schnappe mir ein paar der Klamotten. Als ich um die Ecke biege, um die Sachen zurückzuhängen, taucht William vor mir auf. Mit einer dunklen Hornbrille auf der Nase.

Er hebt eine Augenbraue an. «Therapie, Therapieplatz, Feminismus? Ernsthaft?», flüstert er.

Ich werde sofort rot. «Du hast uns belauscht?»

Lässig will er sich an eine Kleiderstange anlehnen, die daraufhin wegzurollen beginnt. «Shit.» Er fängt sich wieder und zieht den Ständer zurück an seinen Platz. «Hey, ich wollte das gar nicht mitkriegen, aber euer Gekicher war nicht zu überhören.» Er kommt zu mir und tippt mir auf die Hutkrempe. Ich hatte ganz vergessen, dass ich das Ding noch auf dem Kopf habe. «Erinnere mich nur bitte daran, dass ich mir niemals ein Handy zulege.»

«In Ordnung.» Ich hänge die Sachen zurück und drehe mich wieder zu ihm um.

«Und falls doch, dass ich es niemals unbeaufsichtigt in einem Raum mit euch alleinlasse.»

«Versprochen.»

William sieht umwerfend aus. Zusätzlich zu der nerdigen Brille hat er sich noch einen Morgenmantel in einem Paisleymuster über sein weißes Hemd gezogen. «Mein Der-talentierte-Mr.-Ripley-Look», sagt er lächelnd.

«Du siehst aus, als würdest du dich im Morgengrauen an eine alte Schreibmaschine setzen», stelle ich fest. «Auf der Terrasse einer Villa. In den Fünfzigern. In Italien. Oder Frankreich. Um einen Roman zu schreiben.»

«Und du siehst aus wie jemand, der mich garantiert davon ablenken würde.» Im nächsten Moment zieht er mich an sich, aber dann kommen Kendra und Devin lachend in unseren Gang. Williams Mund streift nur für einen Sekundenbruchteil meine Wange, dann tut er so, als hätte er mir nur geholfen, meinen Hut richtig aufzusetzen. Ich unterdrücke den Impuls, meine Finger auf die Stelle zu legen, an der seine Lippen mich gerade berührt haben.

«Hier bist du. Wie findest du das hier?», fragt Kendra und hält sich ein goldfarbenes Abendkleid vor den Körper.

«Wow. Das würde dir bestimmt super stehen», bestätige ich. «Hat was von Marilyn Monroe.»

«Ja, oder?»

Ich spüre Williams Nähe so überdeutlich, er muss mich nicht mal anfassen, damit ich eine Gänsehaut bekomme. Aber dann tut er es doch. Seine Fingerkuppen berühren unauffällig meine Hand, streicheln wie in Zeitlupe an meinem linken Arm nach oben, bevor er so tut, als würde er interessiert die Kostüme durchgehen, und an einem ziemlich auffälligen lilafarbenen Samtanzug hängen bleibt.

«Will, was hast du eigentlich heute Nacht gemacht?», fragt Kendra. «Du siehst echt müde aus.»

«Ich sehe immer müde aus.»

Ich kaue auf meiner Lippe.

Meinetwegen. Er ist meinetwegen so müde, weil er den Stein für mich gesucht hat. Unauffällig strecke ich die Hand aus und drücke seine Finger. Die Berührung wird von meinem Körper verdeckt, weil ich mit dem Rücken zu Kendra und Devin stehe. Unsere Finger verflechten sich. Williams Daumen massiert meine Handinnenfläche. So zärtlich, dass ich schlucken muss. Die Sehnsucht danach, jetzt von ihm umarmt zu werden, ist übermächtig. So übermächtig, mein Herz könnte auseinanderbrechen.

Ich blinzle.

Und als ich den Kopf hebe, ihn ansehe und er mich anlächelt, reißt etwas in mir auf. Mein Brustkorb wird ganz heiß, meine Knie werden weich. Das Gefühl ist so überwältigend, dass ich mich abwenden muss. Langsam ziehe ich meine Hand zurück. Der Atemzug, der William entweicht, klingt wie ein Seufzen, als er seine Hand in seine Hosentasche schiebt.

«Hey, Leute. Wir sollten langsam mal zurück.» Devin sieht aus, als könnte er in Las Vegas auftreten. Er hat sich in einen Pailletten-Anzug gezwängt, der unfassbar grün und ihm noch dazu viel zu klein ist. Er glitzert von oben bis unten.

«Verdammt, Devin. Dafür hätte ich eine Flashlight-Warnung gebraucht.»

«Ich finde ihn mega. Passt so krass zu meinen roten Haaren, findet ihr nicht?»

«Auf jeden Fall», sage ich.

Devin bewegt sich tanzend zur Musik, die zu hören ist. Ist das gerade der Showdown? War die Musik eben auch schon so laut? Devin steigt auf den Tisch im Gang, kickt mit dem Fuß die Klamotten beiseite und läuft über die Tischplatte, als wäre es ein Catwalk.

Kendra verdreht nur die Augen, aber Sun-young hält ihre Kamera auf ihn, was Devin animiert, alles zu geben. Er läuft bis zum Ende, zieht sich lasziv das Jackett aus und wirft es sich lässig über die Schulter. Im nächsten Moment fällt er.

Niemand von uns hat das kommen sehen. Er macht einen Schritt, plötzlich scheint er zu erstarren. Das Nächste, was ich höre, ist das Geräusch seines Aufpralls, der knirscht, als würde Holz zerbrechen.

32. KAPITEL

Es ist nur der verfluchte Tisch. Er hat Devins Gewicht nicht standgehalten, ein Bein ist abgebrochen und der Tisch zur Seite gekippt. Gott, ich bin so erleichtert, dass Devin nichts Schlimmeres passiert ist. Wahrscheinlich sind wir alle gerade ein bisschen durch den Wind. Er sitzt im Schneidersitz auf dem Boden und hält sich eine Hand an den Hinterkopf, wo sich sofort eine dicke Beule gebildet hat. «Leute, kriegt euch wieder ein, es geht mir gut.»

Garrett und Sun-young versuchen, den Tisch zu retten und das Bein wieder einzuhängen, während Kendra beide Arme um ihren Oberkörper geschlungen hat und aussieht, als würde sie ihren Bruder am liebsten schlagen, weil er ihr so einen Schrecken eingejagt hat. «Du brauchst was zum Kühlen. Wir können in der Freistunde ins Public Domain gehen und fragen, ob sie ein paar Eiswürfel für dich haben. Oder einen Beutel Erbsen.»

«Geht ohne mich. Ich lege mich lieber ins Bett und penne noch eine Runde.» Er struwwelt sich durch das rote Haar und verzieht das Gesicht. «Hört auf, mich so anzustarren, es ist nur eine fucking Beule.»

«Okay», sagt Kendra. «Aber ich brauche jetzt dringend einen Kaffee. Ich hole schon mal meine Sachen.»

William geht vor Devin in die Hocke und flüstert mit ihm. «Hast du irgendwas genommen, Dev?»

Ich will den beiden gar nicht zuhören, kann aber nicht verhindern, dass ich es mitkriege.

«Nicht seit gestern Abend», antwortet Devin mit einem Gähnen.

«Und was war es gestern Abend?»

«Hab nur ein bisschen was geraucht, um nach der Strandparty runterzukommen.»

«Du hast eben echt kurz weggetreten gewirkt. Kann es sein, dass du einen Anfall hattest? Soll ich lieber mitkommen?»

Was meint er mit Anfall? «Ich könnte mitkommen und aufpassen», mische ich mich zögernd ein. «Ich wollte sowieso nicht mit ins Public Domain, weil ich noch mal ins Wohnheim muss, um mein Handy ans Ladekabel zu hängen.» *Und weil ich mir dieses wahnsinnig teure Café nicht leisten kann.*

William sieht aus, als wolle er etwas sagen, aber dann nickt er nur.

Ich helfe Devin vom Boden auf, und er gibt dabei ein Ächzen von sich. William und Garrett sammeln die restlichen Klamotten ein, und Sun-young geht mit Kendra schon mal vor.

«Ist dir irgendwie schwindelig?», frage ich Devin.

«Nein, alles super.»

Ich erinnere mich an den Tag an der Fähre und kann es mir nicht verkneifen, Devin zu necken. «Dein armer Kopf. Vielleicht passt du beim nächsten Mal besser auf, wo du drauffällst.»

Devin lacht, während er hinter dem Vorhang verschwindet, um sich umzuziehen. Kurz darauf fliegt mir seine Paillettenhose entgegen. Ich hänge die Sachen auf, schaue mich noch einmal um, ob niemand von uns etwas vergessen hat, dann folgen wir den anderen durch den schmalen Gang zurück zum Zuschauerraum.

• • •

«Warum wolltest du nicht mit ins Public Domain?», will Devin wissen, während wir durch den Park zum Wohnheim zurückgehen.

«Mir ist vorhin mein Handy runtergefallen», erkläre ich ihm. «Jetzt geht es nicht mehr an.» Ich ziehe es aus dem Rucksack und zeige Devin das Display.

«Also das hast du geschrottet», stellt er nüchtern fest.

«Ich hoffe, dass es wieder angeht, wenn ich es geladen habe. Der Akku spinnt schon länger. Es geht oft einfach aus, wenn er unter vierzig Prozent ist.»

«Und warum kaufst du nicht einfach ein neues?»

«Weil ...» Ich stoße lachend den Atem aus. Ist das für ihn echt so wenig nachvollziehbar, dass er fragen muss? In was für einer Welt lebt Devin bitte? «Ich habe nicht so viel gespart.»

«Du hast nicht genug Geld für ein verdammtes Handy? Das ist ein Witz, oder?»

«Notfalls würde ich das schon irgendwie hinkriegen. Oder mein Dad würde mir aushelfen. Aber Extraausgaben sind einfach nicht drin. Und solange es noch läuft, sehe ich ehrlich gesagt auch keinen Grund, warum ich so viel Geld für ein neues Telefon ausgeben sollte.»

Und außerdem sind da noch die ganzen alten Nachrichten von Lark.

«Will kauft dir bestimmt ein neues Handy. Frag ihn einfach.»

«Wie bitte?» Meine Stimme ist etwas zu hoch, aber ansonsten beherrscht. Ich kann kaum glauben, dass ich es schaffe, so ruhig zu bleiben, denn mein Gehirn hat gerade ein ziemlich impulsives ‹Bist du bescheuert?!› rausgebrüllt.

Er zuckt mit den Schultern. «Da läuft doch was zwischen euch, oder etwa nicht?»

Devin hat was gemerkt. Das ist nur der erste Punkt, der mir klar wird. Der zweite ist, dass er mir unterstellt, mich von William aushalten zu lassen, wäre eine Option für mich. Und nur um das klarzustellen: Das ist keine Option. Niemals! Will er mich damit irgendwie testen?

Ich bin so geschockt, dass mir keine Antwort einfällt. Zuerst. Ich hole tief Luft. «Kennst du das, wenn du mit jemandem sprichst und derjenige etwas sehr Dummes und Beleidigendes sagt und dir hinterher erst die guten Antworten einfallen, mit denen du gerne gekontert hättest?»

Devin nickt sofort, aber ich lasse ihn gar nicht erst zu Wort kommen. «Das ist wie ein kleiner Flashback. Man geht zu Hause noch mal in Ruhe das ganze Gespräch durch, und es fällt einem endlich der perfekte Konter ein, der den anderen in seine Schranken gewiesen und ihn so richtig sprachlos gemacht hätte. Ein total befriedigendes Pingpong-Spiel in deinem Kopf. Aber stattdessen ärgert man sich, dass man in diesem Moment nicht schlagfertig genug war, und das Einzige, was einem eingefallen ist, etwas Kindisches war wie: Du bist ein Riesenarschloch! Was man aber natürlich nicht gesagt hat, weil man ja zivilisiert ist.»

«Klar kenne ich das. Funktioniert auch umgekehrt. Man weiß genau, man wird ein superätzendes Gespräch mit seinen Eltern führen und geht im Kopf schon mal jedes Argument durch, das sie bringen könnten. Nur dass es hinterher immer anders kommt und ihnen tatsächlich noch etwas einfällt, was du nicht auf dem Schirm hattest. Gibt sogar so ein kurioses Wort dafür, heißt, glaube ich, *Jouska* oder so.»

«Du kennst ein Wort dafür?» Jetzt bin ich wirklich perplex und lasse es mir von ihm für mein inneres Wörterbuch buchstabieren.

«Hast du mich echt gerade ein Riesenarschloch genannt?», fragt er dann.

«Natürlich nicht», lüge ich. «Ich habe lediglich davon gesprochen, wie so ein innerer Dialog hypothetisch verlaufen könnte.»

Devin grinst. «Ich könnte jetzt sagen, dass ich dich irgendwie mag, weil du rhetorisch schon ein bisschen was draufhast, aber das wäre wahrscheinlich zu durchschaubar. Und jetzt lass mich bloß nicht *rhetorisch* für dich buchstabieren! Das Scheißwort hat mich schon in der Schule immer einen Bienchenaufkleber gekostet.»

Ich muss lächeln. «Devin?»

«Was?»

«Ich mag dich auch irgendwie.»

«Und du magst Will.»

Ich bin nicht sicher, ob es eine Feststellung ist oder doch eher eine Frage, deshalb antworte ich lieber darauf. «Ja, sehr.»

«Okay.» Er nickt.

Als wir an North Park ankommen, hält er unten die Tür für mich auf. «Wenn er dich mit nach Hause zu seinen Eltern nimmt, dann kannst du dir sicher sein, dass er dich auch sehr mag», sagt er.

Dieser Satz wiederholt sich wieder und wieder in meinem Kopf, nachdem Devin auf seinem Flur verschwunden ist und ich noch die eine Etage höher laufe. Und das ärgert und verunsichert mich. Weil ich das Gefühl habe, ich müsste jetzt darauf warten, dass Will mich irgendwann seinen Eltern vorstellt. Was total bescheuert ist, schließlich ist das alles noch total frisch. Es ist noch gar nichts passiert. Und es ärgert mich auch, weil Will schließlich genauso froh sein kann, wenn ich ihn irgendwann meinem Dad vorstelle. Was garantiert nicht so schnell passieren wird. Vielleicht nie. Ich seufze.

In meinem Zimmer stecke ich sofort mein Handy ein und bin total erleichtert, als nach ein paar Minuten wenigstens schon mal angezeigt wird, dass es lädt. Dann setze ich mich an den Laptop, um online auf der Website nachzusehen, ob es bei meinen nächsten Kursen irgendwelche Änderungen gibt. Ich finde das viel umständlicher, als schnell in die App zu gucken. Ob es William auch so geht? Andererseits kommt es ihm vielleicht gar nicht so umständlich vor, weil er daran gewöhnt ist.

Aus Langeweile klicke ich mich auf der Website durch ein paar Unterseiten und lande irgendwann bei Beiträgen über die Gärtnerei auf dem Campus, die auch das große Gewächshaus betreut, an dem ich schon vorbeigelaufen bin und das aussieht, als wäre es aus einem Roman des neunzehnten Jahrhunderts entsprungen. Allein schon die Fotos auf der Seite wirken wie Kunst. Die Glaswände sind meterhoch. Es gibt im Inneren der Orangerie außer den ganzen Zitrusfrüchten und Palmen sogar einen Seerosenteich. Dann springt mir eine farblich markierte Stelle ins Auge.

> Wir suchen Studierende, die das Personal in der Gärtnerei unterstützen. Wenn Sie Interesse haben, melden Sie sich im Sekretariat bei Michelle Genelius oder Otis Jackson.

Bingo!

Mein Herz macht einen Hüpfer. Ich habe schon in einer Gärtnerei gearbeitet, das ist für mich also nicht ganz neu. Und garantiert gibt es in Woodford wenig Bewerber für so eine Stelle, weil die Leute hier es zum einen gar nicht nötig haben zu arbeiten und zum anderen Gartenarbeit echt anstrengend ist. Allerdings haben wir jetzt Herbst. Ob das überhaupt noch aktuell ist? Im Herbst und Winter gibt es viel weniger zu tun. Wahrscheinlich müsste man tagelang Laub zusammenkratzen und Blumentöpfe schrubben. Aber das wäre mir egal. Ich setze ein virtuelles Lesezeichen auf die Seite, und dann komme ich auf einmal auf die richtig blöde Idee, nach Williams Familie zu googeln. Etwas, das ich bisher vermieden habe, weil es mir so unfair vorkommt und weil ich ihn nicht stalken will. Er kann im Netz schließlich auch nichts über mich finden. Das Einzige, was ich bisher gelesen habe, war der Wikipedia-Eintrag über seinen Großvater. Okay, und den Flyer über North Park House, in dem er erwähnt wird.

Aber er hat so süß von seiner Schwester erzählt. Ich würde gerne wissen, wie Katie aussieht und ob sie William ähnlich ist. Und ich würde auch nicht nach William suchen, wenn Devin gerade nicht diese blöde Bemerkung über den Handykauf gemacht hätte.

Daher tippe ich nun zum ersten Mal Williams Namen in die Suchleiste. Bei unserer ersten Begegnung hat er mal von Fotos gesprochen, die über ihn kursieren. Ich nehme an, dass es irgendwelche Klatschseiten gibt, in denen seine Familie erwähnt wird. Aber schon bei dem ersten Suchergebnis, das mir angezeigt wird, dreht sich mir der Magen um, und ich bereue, dass ich damit angefangen habe.

Neuenglands Superreiche: Das sind die Top-Philanthropen der Ostküste.

Natürlich klicke ich es an. Im ersten Moment bin ich fast erleichtert, weil Williams Großvater im Ranking ziemlich weit hinten steht. Aber er ist trotzdem in der Liste und hat irre viel für wohltätige Zwecke gespendet. Als ich auf derselben Seite weiter runterscrolle, wird mir ein anderer Artikel vorgeschlagen.

William Grantham III.: Wie lebt es sich in der Gewissheit, ein Vermögen zu erben?

Ich schlucke und spüre dabei, wie sich alles in mir unangenehm zusammenzieht.

Lies es nicht. Lies es einfach nicht, Eden!

Aber es ist wie ein Sog. Meine Finger bewegen sich wie ferngesteuert über das Trackpad meines Laptops und klicken die Überschrift an. Ich habe kaum den ersten Satz gelesen, da schüttele ich schon ungläubig den Kopf. Wie kann jemand so etwas schreiben? Der Autor erklärt zu Beginn, dass seine Interviewanfrage von der Familie abgelehnt wurde. Dann stellt er lang und breit Vermutungen an, wie es für William sein muss, eines Tages so viel Geld zu erben. Und das Schlimmste ist, er unterstellt ihm genau das, was William selbst befürchtet. Dass er in seinem Leben alles geschenkt bekommt, dass er sich für nichts anstrengen muss. Und ich weiß genau, wie schrecklich der Gedanke für William ist.

Ich lese diesen niveaulosen Artikel nicht zu Ende, und als ich zu den Suchergebnissen zurückkehre, finde ich eine Seite mit einem leicht verschwommenen Foto von ihm. Der Bericht dazu ist keine zwei Tage alt, handelt aber eigentlich von seinen Eltern. Neben neuen Fotos ist auch noch ein altes Bild von ihnen im Alter von vielleicht Mitte zwanzig bei einer Veranstaltung dabei. Das muss noch vor Williams Geburt gewesen sein.

William Grantham jun. und seine Frau Greer damals bei der offiziellen Neueröffnung von Grantham & Tracy Press.

Die beiden sehen nicht aus wie ein Celebritypaar, sondern sympathisch und bodenständig. Williams Dad trägt einen Anzug und seine Mom ein schickes Kleid, aber sie wirken so normal. Kein Smoking und auch kein superauffälliges Designerkleid, sondern so, wie ich mich vielleicht auch anziehen würde, wenn ich zu einer besonderen Veranstaltung eingeladen wäre.

Ich versuche zu erkennen, wem von beiden William mehr ähnelt, und ich glaube, er kommt mehr nach seinem Dad. Das Bild berührt etwas in mir. Ich weiß nicht, warum. Vielleicht, weil die beiden im Gegensatz zu meinen Eltern heute immer noch zusammen sind. Und dann habe ich das Bedürfnis, meinen Dad anzurufen, weil ich ihn echt vermisse.

Ich vermisse unsere Fernsehabende und das Grillen hinter dem Haus. Vermisse es, sein Rasierwasser morgens schon auf dem Flur zu riechen. Vermisse seine Zettel am Kühlschrank, wenn er schon fahren musste, bevor ich aufgestanden bin, und dass er für mich immer den Tisch gedeckt hat, damit ich auch wirklich nicht mit leerem Magen aus dem Haus gehe. Ich vermisse seine Pancakes, seine Umarmungen, sein Lachen, wenn er mir von seinen Arbeitskollegen erzählt, und dass wir nach seinem Feierabend zusammen zum x-ten Mal Top Gun Maverick gucken.

Leider weiß ich nicht, in welcher Halle Dad heute arbeitet und ob er überhaupt Zeit zu telefonieren hat. Ich muss auch gleich zum nächsten Kurs, trotzdem nehme ich mein Handy zur Hand. Als ich über den Bildschirm nach oben wische, werde ich sofort aufgefordert, meine PIN einzugeben. Gott sei Dank, es funktioniert noch!

Ich tippe die vier Zahlen ein und schalte dann die SIM-Karte frei. Aber kaum habe ich das getan, da fängt das Display auf einmal an, seltsam zu flackern. Wie bei einem uralten Fernsehbildschirm mit Störung rollen die bunten Pixel nur unterbrochen von schwarzen Balken nach oben. Dann geht es aus. Und egal, wie oft ich das Netzkabel aus- und wieder einstecke, daran ruckle und es beschwöre, es bleibt aus.

Und das heißt ... Larks Nachrichten sind für immer weg. *Unsere* Nachrichten. Alle.

29. Oktober

Eden
Was kam bei dir in Mathe bei Aufgabe 7 raus?

Lark
Hä? Welche Aufgabe 7?

Eden
Die auf der Rückseite.

Lark
Es gab eine Rückseite??

Eden
Haha, sehr witzig.

30. Oktober

Lark
Sag deinem Dad noch mal, dass es mir echt leidtut. Aber bei Mario Kart hat er gegen mich einfach keine Chance. Don't drink and drive …

Eden
Er liebt dich trotzdem.

Lark
Ich liebe ihn auch. Und dich auch!

Eden
🖤

31. Oktober

Eden
Willst du nachher zu uns kommen? Mein Dad hat Kürbispancakes gemacht und den Sirup giftgrün gefärbt. Sieht superekelhaft aus.

Lark
Ich dachte, du fragst nie. Wann soll ich da sein?

Eden
Vor zehn Minuten.

Lark
Haha, okay, gib mir noch fünf. Muss noch mein neues Shirt bügeln. Wird dich umhauen, wie mein Bizeps darin zur Geltung kommt.

Eden
Du machst mir Angst.

Lark
Das sollte eigentlich die Vorfreude steigern.

Eden
😂 😘

02. November

Lark
Ich brauche heute dringend einen Netflix-Abend mit dir. Du darfst aussuchen.

Eden
Damit rettest du mir den Tag! Mein Dad ist leider nicht da. Aber ich kann für uns Lasagne aufwärmen.

Lark
Ich brauche aber viel davon.

Eden
Bekommst du. Laut Packungsangabe bin ich eine vierköpfige Familie. Habe zwei Packungen für uns gekauft. 😀

Lark
Zusammen sind wir also die perfekte achtköpfige Familie 🖤

03. November

Lark
Sorry, dass ich nicht ans Telefon gegangen bin. Und auch sorry wegen der Sache letzte Nacht. Lass uns das einfach vergessen. Aber du weißt, dass ich dich liebe, oder?

Eden
Ich dich auch. Habe mir schon Sorgen gemacht. Mach so was nie wieder, okay? Bitte schließ mich nicht wieder aus. Wenn du reden willst, ruf mich einfach an, ja? Und erst recht, wenn du lieber nicht reden willst. Wir können auch einfach zusammen rumhängen und schweigen. Aber wirklich, versprochen?

Lark
Versprochen! Kann ich ein Amazonpaket zu dir schicken lassen? Ist für meinen Dad, und ich will nicht, dass er das mitkriegt.

Eden
Klar, kein Problem. Hat er nicht erst im Dezember Geburtstag? Was schenkst du ihm denn?

Lark
Sei nicht so neugierig. 🖤

04. November

Eden
Dein Paket ist schon da. 🙌
Soll ich es dir morgen in die Schule mitbringen?

Lark
👍

05. November

Eden
Hast du die Nummer 23 schon? Ich glaube, ich bin echt zu doof dafür.

Lark
Haha, du willst ernsthaft wissen, wie weit ich mit Mathe bin? Staffel 2 Folge 8 🤪 Aber dir zuliebe gucke ich morgen früh noch ins Buch. Du bist echt der einzige Mensch, für den es sich zu leiden lohnt. Gehe jetzt pennen.

Lark
Diese Nachricht wurde gelöscht.

Lark
Diese Nachricht wurde gelöscht.

Lark
Diese Nachricht wurde gelöscht.

Lark
Diese Nachricht wurde gelöscht.

Lark
Diese Nachricht wurde gelöscht.

Eden
Wieso hast du die Nachrichten gelöscht?

Eden
Hey, hast du Lust, noch zu telefonieren?

Eden
Habe eben zweimal versucht, dich anzurufen. Hast du keinen Empfang? Schläfst du schon?

06. November

Eden
Alles okay mit dir?

Eden
Kommst du heute gar nicht in die Schule?

Eden
Ich hoffe, du bist nicht krank.

Eden
Soll ich nach der Schule zu dir kommen? Ich bringe dir auch was von Taco Bell mit, wenn du willst 😀

Eden
Warum gehst du nicht ans Telefon?

Eden
Habe ich irgendwas falsch gemacht? Wenn ja, tut es mir leid. Bitte verzeih mir. Bitte, bitte ruf mich an.

Eden
Ich hoffe, es ist alles in Ordnung. Dein Dad geht auch nicht ans Telefon, und so langsam mache ich mir echt Sorgen.

Eden
Lark, bitte, das ist nicht lustig. Ich habe Angst um dich, bitte geh ans Telefon. Oder schick mir wenigstens eine Nachricht, damit ich weiß, dass es dir gut geht.

Eden
Bist du zu Hause? Ich komme jetzt zu dir.

Eden
Mach bitte auf!!! Ich weiß, dass du da bist, dein Auto steht doch vor der Tür!!!

Eden
Bitte nicht. Lark, bitte tu mir das nicht an

Eden
du hast es mir versprochen lark

Eden
bitte nicht lark

Eden
bitte ich flehe dich an

Eden
ich liebe dich, hörst du mich? ich liebe dich!!

Eden
bitte tu mir das nicht an bitte lark

Eden
bitte verzeih mir

Eden
verzeih mir lark

Eden
verzeih mir

Eden
bitte lieber gott bitte bitte nicht

Eden
ich habe solche angst lark

33. KAPITEL

Das Schrecklichste sind die gelöschten Nachrichten, die ich nie lesen konnte. Ich werde nie wissen, was Lark mir sagen wollte, und das hat mir das Herz gebrochen. Vielleicht hat er mir gesagt, dass er es nicht mehr aushält. Dass er gekämpft hat, aber einfach nicht mehr weitermachen kann. Vielleicht hat er mir gesagt, dass er mich liebt, aber dass das nicht reicht. Ich werde es nie erfahren, niemals. Nicht zu wissen, ob er vielleicht doch noch um Hilfe bitten oder sich verabschieden wollte, wird mich wahrscheinlich für den Rest meines Lebens verfolgen.

Ich gehe nicht zu Cushings Kurs. Und auch zu keinem anderen.

Ich rolle mich wie ein Embryo auf meinem Bett zusammen, das kaputte Handy fest an meine Brust gepresst. Warum habe ich die Nachrichten nie zur Sicherheit an meinen Dad weitergeleitet? Warum habe ich nicht wenigstens Screenshots davon gemacht und sie in die Cloud hochgeladen? Oder einfach nur ein Backup? Warum? Warum?

Anstatt mein neues Leben anzufangen und meinen wichtigsten Kurs zu besuchen, liege ich auf dem Bett und weine mir die Seele aus dem Leib. Fast zwei Stunden lang. Und dann ist mir so schlecht, so unendlich schlecht. Ich glaube wirklich, ich muss mich übergeben. Und erst, als mein Blick auf die abgestandene Tasse Kaffee auf meinem Schreibtisch fällt, kommt mir in den Sinn, dass ich heute weder etwas gegessen noch getrunken habe. Ich quäle mich aus dem Bett. Meine Strumpfhose, mein Ringelshirt, alles ist verschwitzt und klebt auf meiner Haut, aber das ist mir egal. Es ist niemand hier, oder? Alle sind bei ihren Kursen.

Ich putze mir noch einmal die Nase und werfe das Taschentuch in den Müll, dann gehe ich in die Küche und hoffe, dass jemand im Schrank richtiges Kaffeepulver verstaut hat. Und dann denke ich, dass ich es echt verstehen kann, wenn Menschen sich betrinken. Ich kann es so gut verstehen. Gerade jetzt – ich würde es auch am liebsten tun. Aber ich weiß, dass es mir nicht weiterhilft. Es würde mir vielleicht für zwei Stunden besser gehen, weil ich alles vergesse, aber danach wird alles nur noch schlimmer; zu dem Schmerz kommt dann nur noch Kopfweh, Übelkeit und dieser Ekel vor einem selbst hinzu. Das ist der Grund, warum ich das nur ein einziges Mal getan habe. Nachdem Lark abgeholt worden ist und sein Vater ins Krankenhaus gebracht wurde, weil er einen Nervenzusammenbruch hatte, habe ich mich mit meinem Dad betrunken.

«Das ist erzieherisch der letzte Dreck, Eden. Aber ich halte es genauso wenig aus wie du.» Und dann hat er uns beiden den Whiskey eingeschenkt, den er in seiner Werkstatt versteckt hatte. Es hat widerlich geschmeckt, trotzdem habe ich mir den Alkohol reingezwungen, weil die Schärfe in meinem Hals alles andere weggebrannt hat. Ich kann mich nicht mehr an viel von diesem Abend erinnern, es war eine Hölle aus Trauer, Wut und Verzweiflung. Am nächsten Tag hat Dad sich bei mir entschuldigt, er wäre ein beschissenes Vorbild für mich gewesen. Vor allem wegen Mom. Und er hat gesagt, dass wir das nie wieder tun dürfen, und hat den letzten Rest Alkohol in den Ausguss gekippt.

Ich möchte nie wieder an diesen Punkt zurück. Ich straffe mich, drücke die Schultern nach hinten und ziehe die erste

Schranktür auf. Ein paar Minuten später läuft der Kaffee durch eine altmodische Filtermaschine, von der ich nicht weiß, wem sie gehört. Das Kaffeepulver habe ich von Garrett geklaut und auch etwas von seiner Hafermilch, damit ich eine Schüssel Müsli essen kann. Ich werde ihm eine neue kaufen. Ich setze mich an den Tisch wie ein ganz gewöhnlicher Mensch und schaue aus dem Fenster auf den Vorplatz, wo die Leute über den Campus laufen. Das ist so normal, und diese Normalität ist genau das, was ich brauche.

Die Tapete an der Wand wellt sich wirklich nicht mehr, Morris hat recht behalten. Von der Überschwemmung ist überhaupt nichts mehr zu sehen. Und selbst wenn, man kann so etwas renovieren. Ich wünschte nur, man könnte bei sich selbst auch alles wegreißen und einfach neu tapezieren, aber das funktioniert nicht. Mit jedem Riss, mit jedem Stück, das von einem abgesplittert ist, muss man leben. Und das Einzige, worauf man hoffen kann, ist, dass man Menschen findet, die das akzeptieren. Die sich nicht daran stören, dass man innerlich einmal zerbrochen gewesen ist. Menschen, die einen trotz aller Unvollkommenheiten wertschätzen und lieben können. Wie beim *Kintsugi*, diesen japanischen Teeschalen, die mit Goldstaub geklebt werden und die hinterher auf andere Art besonders und schön aussehen.

Ich will das auch.

Als ich fertig bin, spüle ich nicht nur mein Geschirr ab, sondern auch alles andere, was in der Küche rumsteht, und es tut gut, einfach mit den Händen im heißen Wasser das Besteck zu waschen, weil man dabei überhaupt nicht denken muss. Danach gehe ich duschen und ziehe dann das einzige an, was ich noch sauber in meinem Schrank habe: einen karierten kurzen Rock, der kratzt, und eine steife weiße Bluse, die ich in den Bund stopfe. Ich habe nicht mal mehr einen sauberen BH.

Mein nasses Haar binde ich mir zu einem lockeren Knoten hoch und bringe dann meine Klamotten in den Keller zur Waschmaschine. Und als die Maschine läuft, laufe ich zum Haustelefon auf unserem Flur, um meinen Dad anzurufen.

«Collins», brummt er in den Hörer. Im Hintergrund dröhnt es laut. Dann höre ich, wie eine Tür geschlossen wird und den Lärm aussperrt.

«Ich bin's, Dad.»

«Eden?» Ich kann genau hören, wie sich seine Stimme entfernt, weil er noch mal auf das Display guckt, um die Nummer zu kontrollieren. «Von wo aus rufst du an?»

«Aus dem Wohnheim. Es gibt auf jeder Etage ein Festnetztelefon.»

Er lacht mit einem warmen Brummton. «Ziemlich antiquierter Laden, dein College, was?»

Seine Stimme tut mir so gut. Mit meinem Dad zu reden, ist wie ein kleiner Kurzurlaub nach Hause. «Mein Handy ist kaputt, deshalb rufe ich vom Festnetz aus an. Das Telefon hängt hier an der Wand direkt gegenüber von meinem Zimmer, du kannst die Nummer also anrufen, wenn du mich erreichen willst. Ich bin auf jeden Fall die Erste, die am Telefon ist.»

«Darauf kannst du lange warten. Ich werde garantiert nicht der peinliche alte Herr sein, der seiner Tochter im College hinterhertelefoniert. Da bleibe ich lieber der peinliche alte Herr, der mit dem Handy auf dem Nachttisch einschläft, weil seine Tochter anrufen könnte. Wie geht es dir, Sweetheart?»

Dad nennt mich so, seit ich ihm mit elf gesagt habe, dass mir *Honey Bun* – Honigbrötchen – unendlich peinlich ist. Jetzt muss ich lächeln, weil der Kosename so vertraut ist. «Langsam fühle ich mich wie zu Hause», antworte ich.

«Das habe ich befürchtet. Wie stehen die Chancen, dass dir

das alles bald zum Hals raushängt und du zurückkommst? Schon bei Null?»

«Zwanzig-Achtzig würde ich sagen. Aber ich vermisse dich.»

«Ich vermisse dich auch, Sweetheart. Und wenn du mal am Wochenende nach Hause kommen willst – ich zahl dir das Ticket für die Fahrt.»

«Das sind mehr als vier Stunden, Dad. Das lohnt sich nicht wirklich für zwei Tage.»

«Das tut weh», sagt er und gibt ein gespieltes Stöhnen von sich. «Aber spätestens an Thanksgiving kommst du nach Hause?»

«Versprochen.»

Auf dem Flur geht eine Tür, und ganz automatisch verschränke ich die Arme vor der Brust, weil ich mich in der nicht ganz blickdichten Bluse ohne BH verdammt unwohl fühle. Aber es ist nur Sheela, die mit einem fahrigen Lächeln an mir vorbei zum Treppenhaus läuft.

«Jetzt erzähl! Wie sind deine Kommilitonen? Hast du schon Freunde gefunden? Sind die Profs in Ordnung? Hast du das Gefühl, dass du gut mitkommst? Moment ...» Seine Stimme entfernt sich wieder. «Wieso zum Teufel sitzt du nicht in einer Vorlesung? Es ist kurz nach zwölf.»

«Freistunde?»

«Wenn du jetzt noch mit der Stimme runtergehst, glaube ich dir vielleicht sogar.»

«Nein, im Ernst, ich habe wirklich gerade Pause», sage ich und schlucke das schlechte Gewissen hinunter, weil ich ihn anlüge. Aber ich möchte nicht, dass er sich Sorgen macht. «Ich bin nur kurz ins Wohnheim gegangen, um was zu essen. Die Cafés hier sind irre teuer, dafür ist die Küche wirklich gut ausgestattet», improvisiere ich. «Aber ich vermisse natürlich deine Pancakes.»

«Natürlich», brummt er.

«Ich will dich auch nicht länger von der Arbeit abhalten. Speichere dir die Nummer ab, okay? Mach es direkt, sonst vergisst du das nachher wieder.»

«Mach ich.»

«Ich liebe dich, Dad.»

«Ich liebe dich auch.»

Wir legen auf. Ich lächle noch vor mich hin, da klingelt es zwei Sekunden später scheppernd los und ich zucke vor Schreck zusammen. Ich habe nicht damit gerechnet, dass Dad so schnell die Nummer testet.

«Hi, Dad», sage ich lachend und bekomme als Antwort nur ein überraschtes Atmen zu hören. Dann knarzt es, als würde jemand das Telefon am anderen Ende einmal in einen Pullover einwickeln und wieder rausholen.

«Dad?»

Eine Frauenstimme flüstert im Hintergrund. «Du musst deinen Namen sagen, Liebling. Wir haben das doch geübt.»

«Katie», quietscht es viel zu hoch an mein Ohr, und völlig überrascht halte ich mir den Mund zu. Oh mein Gott, das ist Williams kleine Schwester!

«Erst sagst du Hallo und dann wie du heißt», höre ich die sanfte Anweisung.

«Hallo, ich heiße Katie.»

«Hallo, Katie, ich bin Eden.» Ich weiß gar nicht, warum ich plötzlich so aufgeregt bin, es ist nur ein fünfjähriges Mädchen, aber … Es ist Williams kleine Schwester, und er liebt sie, und das allein sorgt dafür, dass ich sie auch lieben möchte. Und dieser Gedanke schnürt mir auf einmal die Kehle zu.

Nervös warte ich ab, ob sie noch etwas sagt, aber weil sie nur in den Hörer atmet, was sich anhört, als hätte sie gerade einen Berg Krümelmonsterkekse gefuttert und würde die jetzt in das

Mikrofon pusten, frage ich: «Du möchtest bestimmt deinen Bruder William sprechen, oder?»

«Ja.»

«Bitte!», souffliert ihre Mom leise.

«Kann ich mit meinem Bruder telefonieren? Bitte!», schießt sie ziemlich empört hinterher, und ihre Mutter fängt im Hintergrund an zu lachen.

Ich liebe sie jetzt schon, glaube ich.

«Dein Bruder ist leider noch nicht da», sage ich in einem Tonfall, den ich gar nicht von mir kenne. Gott, ich höre mich selbst auf einmal total hoch und quietschend an! «Er ist noch in einer Vorlesung, ich glaube aber, dass er um zwei Uhr wiederkommt. Möchtest du vielleicht dann noch einmal anrufen, oder soll ich ihm sagen, dass er dich zurückrufen soll?»

«Ja.» Wieder nur schweres Atmen.

Mist, wahrscheinlich waren das zu viele Auswahlmöglichkeiten.

«Ich habe einen neuen Pullover», lässt sie mich auf einmal wissen. «Du kannst ihn nicht sehen, das weiß ich.» Ihr «das weiß ich» klingt ein bisschen genervt, wahrscheinlich hat man ihr mehr als einmal gesagt, dass beim normalen Telefonieren kein Bild übertragen wird.

Und wahrscheinlich grinse ich gerade wie eine Vollidiotin. «Das ist toll!»

«Er ist aber hässlich.»

Ich beiße mir auf die Lippe. «Wirklich? Du hast einen hässlichen Pullover bekommen? Was ist das denn für einer?»

«Vorne ist Elsa drauf.»

«Ist das die Eiskönigin?»

«Ja.»

«Aber das sieht bestimmt sehr hübsch aus.»

«Aber eigentlich finde ich Elsa doof. Ich mag lieber Anna.»

«Oh, klar. Anna ist auch viel lustiger als Elsa.»

«Ja.»

«Wolltest du lieber einen Pullover mit Anna?», frage ich.

«Ich wollte keinen hübschen Pullover, ich wollte einen mit den Minions.»

Jetzt muss ich lachen. «Okay, das kann ich verstehen. Ich glaube, ich hätte auch lieber einen Minionspullover. Die Minions sind cool.»

«Ja.» Ich kann hören, wie sie energisch nickt. «Die sind voll cool.»

Wohin ist ihre Mom eigentlich verschwunden? Ich höre sie im Hintergrund gar nicht mehr. Würde mich nicht wundern, wenn sie ihre Chance genutzt hätte, um mal kurz mit ihrem Handy aufs Klo zu verschwinden.

«Möchtest du mir noch etwas erzählen?»

«Ja.»

Ich warte, und weil von ihr nichts mehr kommt, überlege ich, was ich noch sagen kann, aber mir fällt partout nichts ein.

«Mein Bruder hat bald Geburtstag», sagt sie da.

«Wirklich? Das wusste ich gar nicht. Und hast du schon ein Geschenk für ihn?»

«Ja.»

«Hast du was für ihn gemalt?»

«Ja.»

Ich muss lachen, weil sie immer nur mit Ja antwortet und ich nicht weiß, wie ich sie zu mehr animieren soll. «Ich habe das Armband gesehen, das du für ihn gebastelt hast, das sieht richtig toll aus.»

«Mmh», atmet sie schwer in den Hörer, dann sagt sie plötzlich: «Wir machen eine Party. Kommst du auch?»

Oh. «Das ... klingt super.»

«Kommst du auch zur Party?»

«Ich denke ... eher nicht.»

«Warum nicht? Gehst du schon auf eine andere Geburtstagsparty?»

Soll ich einfach Ja sagen? Aber ich kann Katie unmöglich anlügen. Siedend heiß überlege ich, wie ich aus der Nummer wieder rauskomme, als auf einmal die Tür zum Treppenhaus aufgeht und William in den Flur tritt. Ich weiß es schon, bevor ich ihn sehe, mein Herzschlag geht einfach sofort in die Höhe. Etwas umständlich verschränke ich die Arme vor der Brust, während ich gleichzeitig versuche, ihm ein Handzeichen zu geben. Was natürlich total seltsam aussieht.

Deine Schwester, formen meine Lippen, während ich auf den Hörer deute. Aber William scheint mich nicht zu verstehen. Er flüstert leise «Sorry», als hätte er mich gestört, und fährt sich verlegen durchs Haar, bevor er um die Ecke verschwindet.

«Warte mal, Katie, gerade ist ...»

«Gehst du schon auf eine andere Geburtstagsparty?», wiederholt sie energischer. Ich zögere einen Moment zu lang und kann hören, wie Williams Tür sich öffnet und wieder schließt.

«Das weiß ich leider noch nicht», erwidere ich schließlich.

«Mama hat aber gesagt, dass ich dich einladen soll. Und Devin und Kendra auch.»

«Oh, danke!» Ich bin mir sicher, dass Katie da etwas falsch verstanden hat. «Ich muss erst mal deinen Bruder fragen», füge ich schnell hinzu, und am anderen Ende der Leitung seufzt Katie tief auf.

«Aber *Mama* hat gesagt, dass ich dich einladen soll», wiederholt sie.

«Das ist lieb von deiner Mama. Und das wird bestimmt eine richtig schöne Party. Feiert ihr zu Hause?»

«Ja.»

«Weißt du, William ist gerade nach Hause gekommen. Möchtest du, dass ich ihn schnell ans Telefon hole?»

«Ja. Aber nichts verraten von meinem Pullover.»

Mein Lächeln wird breiter. «Nein, bestimmt nicht. Ich laufe nur ganz schnell zu seinem Zimmer und sag ihm Bescheid. Du musst einen Moment warten, okay?»

«Ja.» Sie legt auf.

Überrascht starre ich den Hörer an und muss lachen. Bestimmt erklärt ihr ihre Mutter gleich, was sie falsch gemacht hat. Am besten sage ich William sofort Bescheid, bevor sie noch einmal anruft und ich wieder vor demselben Problem stehe.

Ich lege den Hörer auf, aus dem es nur noch tutet, laufe den Gang runter zu Williams Zimmertür, klopfe und verschränke sofort wieder die Arme.

«Sorry, das war deine Schwester gerade am Telefon», sage ich, als er die Tür aufzieht. «Sie wollte eigentlich dich sprechen und nicht mich.»

Er hebt überrascht eine Augenbraue an. «Ach, wirklich?»

«Ich habe ihr gesagt, dass sie kurz warten soll, aber dann ... na ja ... Sie hat aufgelegt.» Ich hebe entschuldigend die Schultern an und tue so, als müsste ich mir über die Oberarme reiben, um mich zu wärmen, dabei will ich nur die blöde weiße Bluse verdecken.

Williams Mundwinkel ziehen sich nach oben. «Das sieht ihr ähnlich.» Als es auf dem Flur wieder klingelt, drängt sich William an mir vorbei. «Sekunde!» Er geht rückwärts, um mich weiter ansehen zu können. «Kannst du kurz auf mich warten? Dauert nicht lang.»

«Hier?»

«Ja, geh ruhig rein. Ich bin gleich wieder zurück.» Er hastet zum Telefon, und ich kann die Tür gerade noch festhalten, bevor sie zufällt. Ich glaube, William ist zu optimistisch. Wenn das Gespräch zwischen den beiden ähnlich verläuft wie bei mir, werde ich eine ganze Weile auf ihn warten müssen. Noch etwas unschlüssig gehe ich in Williams Zimmer und lehne die Tür nur an.

Okay, wow.

Das ist definitiv das beste Zimmer in diesem Wohnheim. Von meinem Fenster aus kann ich den Erker ja nur von außen sehen, von innen wirkt er sogar noch viel größer, stelle ich fest. Er geht über vier Fenster, und Williams riesiger Schreibtisch steht genau davor in der Mitte. Sein Zimmer ist bestimmt dreimal so groß wie meins. Auch sein Bett ist viel breiter und ... es ist nicht gemacht.

Ich weiß nicht, was in meinem Gehirn passiert, aber es registriert das unordentliche Laken und das zerknitterte Kissen und jagt sofort eine Ladung Adrenalin durch meinen Körper. Und Bilder. Ganz viele Bilder. Es ist bestimmt nicht normal, dass ich jetzt gerne wissen würde, wie sein Bett riecht. Oder dass ich mir in allen Details vorstelle, wie William sich auf dieser Matratze ausstreckt, das Laken nur knapp bis zur Hüfte hochgezogen, ein Bein angewinkelt, den rechten Arm unter seinen Kopf geschoben, die andere Hand ...

Oh Gott, Eden!

Ich überlege, ob ich einfach im Raum stehen bleiben soll, weil ... ich kann mich unmöglich auf sein Bett setzen. Das macht man nicht, ohne vorher zu fragen, oder? Und außerdem – zu viele Bilder!

Dann lieber sein Schreibtischstuhl.

Langsam gehe ich zum Erker, der von bodenlangen Vorhängen flankiert wird. Williams Laptop steht aufgeklappt auf dem Tisch, der Bildschirmschoner ist angegangen und zeigt übergroß die Uhrzeit an. Daneben liegen mehrere Notizbücher, ein hölzernes Gefäß, in dem Stifte stecken, eine Schachtel mit Fotos, bei denen es mir in den Fingern brennt, sie durchzublättern, und ein paar aufgeschlagene Sachbücher.

Mein Buch ist auch da.

Das blaue Buch, in das ich zuletzt geschrieben habe, liegt direkt neben seinem Laptop, und ich würde am liebsten nachgucken, ob William schon etwas geantwortet hat. Aber wann hätte er das auch tun sollen? Ich drehe am Schreibtischstuhl, um mich hinzusetzen, aber die Armlehne geht über die Tischkante hinaus, und deshalb stoße ich damit aus Versehen den Laptop an. Das Gerät reagiert sofort, der Bildschirmschoner verschwindet und die aktuelle Seite im Browser wird eingeblendet.

Nein.

Nein-nein-nein-nein!

34. KAPITEL

Oh mein Gott.

Ich ziehe den Stuhl sofort zurück, aber das bringt natürlich gar nichts. Mein Blick schießt zur Zimmertür, aber von William ist nichts zu hören. Sofort starre ich wieder auf den Laptop, wo mir ein Einkaufswagen vom Apple-Store angezeigt wird. Wenn William jetzt reinkommt, muss er denken, dass ich ihm nachspioniert habe, und er hat dort gerade ein wahnsinnig teures Handy in seinen Einkaufswagen gelegt. Ein Handy für tausenddreihundert Dollar! Der Cursor schwebt genau über dem Bestellbutton.

Er will mir ein Handy kaufen. Für tausenddreihundert Dollar. Gottverdammt.

Ich will kein Handy. Nicht von ihm. Was soll ich jetzt tun? Und kann ich überhaupt sicher sein, dass es für mich ist? Wie peinlich wäre das bitte, wenn ich ihn danach frage, und er wollte es gar nicht für mich kaufen!

Mir wird ganz heiß. Erst mal muss der Bildschirmschoner wieder angehen, bitte! Oh Gott, warum geht der nicht sofort wieder an? Ich habe doch noch nicht mal eine Taste berührt! Mein Herz rast, und ich laufe zur Tür und lausche, aber vom Flur höre ich gar nichts. Keine herannahenden Schritte, aber auch keine Stimme, die telefoniert.

Ich werfe einen Blick über die Schulter – der Bildschirm ist immer noch aktiviert – und überlege allen Ernstes, ob ich in die

Küche gehen und dort warten soll, bis William zurückkommt. Dann denkt er vielleicht, dass sich eine Monsterfliege auf seine Tastatur gesetzt hat und das Ding deswegen angegangen ist. Meine Güte, auf was hat er den Bildschirmschoner eingestellt? Auf zehn Minuten oder was?

Ich schaue mich auf der Suche nach einem Ablenkungsmanöver in Williams Zimmer um, gehe zu seinem Bücherregal und tue so, als würde ich mich wahnsinnig dafür interessieren. Wenn er reinkommt, bin ich so wenigstens weit genug von seinem Laptop weg. Das Regal reicht vom Boden bis zur Decke und platzt aus allen Nähten. Die ganzen Bücher kann William unmöglich alle mitgebracht haben. Ich kann mich noch gut erinnern, dass er nur mit einer kleinen Ledertasche hier angekommen ist. Ich sehe es direkt wieder vor mir, wie William, nachdem er ausgestiegen ist, mit dem Chauffeur diskutiert hat. Ich habe gedacht, dass er ein arroganter Arsch ist, der seinen Fahrer zurechtweist, aber jetzt denke ich, dass es William vermutlich unangenehm war, wie rücksichtlos sich die Limousine den Weg durch die Menschen gebahnt hat.

Wie seltsam, dass ich dieselbe Szene jetzt ganz anders interpretiere.

Nach und nach ziehe ich ein paar Bücher heraus – alles Klassiker –, schiebe sie unschlüssig wieder zurück und kontrolliere mit einem Seitenblick immer wieder seinen Laptop. Immer noch nichts passiert.

Dann entdecke ich die Steine, die vor den Buchreihen liegen. Einer davon ist sehr rau und grob behauen und fast so groß wie meine ganze Hand. Ich hebe ihn hoch. In seiner Mitte wächst etwas spiralförmig heraus, das wie ein Schneckenhaus anmutet, und ich bin mir ziemlich sicher, dass ich weiß, was das ist. Fasziniert fahre ich mit der Fingerkuppe die kleinen Rillen entlang. Ich kenne Fossilien zwar von Bildern, habe aber noch nie etwas Derartiges in der Hand gehalten.

Ich zucke zusammen, als William die Tür hinter sich schließt. Mein Blick geht sofort zu seinem Laptop, aber Gott sei Dank ist der Bildschirmschoner endlich wieder aktiv! Erleichtert atme ich aus – nur um im nächsten Moment wieder die Luft anzuhalten. Muss ich ihn darauf ansprechen? Ich weiß es einfach nicht. «Das ist ein Ammonit, richtig?», frage ich, um die Entscheidung noch etwas vor mir herzuschieben.

William nickt, als er näher kommt. «Ja. Das war mal ein Kopffüßer. Wie zum Beispiel auch Kraken oder Kalmare. Stammt aus der Unterjura.»

«Dann ist er ungefähr hundertneunzig Millionen Jahre alt.»

«Stimmt», sagt er überrascht.

«Ich habe es gegoogelt, weil ich wissen wollte, wie alt genau Sanddollars sind. Und bei der Gelegenheit habe ich mich ein bisschen in die Erdgeschichte eingelesen. Das ist wirklich superinteressant, aber ich konnte mir nur Jura merken wegen ... na ja, wegen Jurassic Park.» Ich lege den Ammoniten wieder zurück ins Regal.

William stellt sich neben mich. «Das ist exakt der Grund, warum ich mir das gemerkt habe.» Seine Hand zeigt an mir vorbei. «Der Linke ist aus South Dakota, den daneben hat mein Großvater aus England mitgebracht, und ich glaube, der Rechte stammt aus Madagaskar, aber nagle mich nicht drauf fest.»

Ich frage mich, ob William sich seit seiner Kindheit für so etwas begeistert. Vielleicht weil er ‹In einem Land vor unserer Zeit› so geliebt hat wie ich? «Warst du früher so ein richtiges Dinokind?» Ich werde rot. «Ich meine, eins dieser Kinder, die einfach jedes Buch über Dinosaurier verschlingen, das sie in die Finger bekommen.»

«Ich schätze schon. Gibt es denn irgendjemanden, der keine Dinosaurier mochte, als er klein war?»

«Womöglich deine Schwester. Sie steht total auf Minions.»

«Okay, Punkt für dich.» Er lacht leise. «Also hat sie dir auch erzählt, dass sie lieber einen Minionspullover haben wollte?»

«Ja», antworte ich. «Sie ist ein tolles Mädchen. Sieht sie dir ähnlich? Hast du ein Foto von ihr hier?»

«Klar, auf meinem Schreibtisch.» Aber er macht keine Anstalten, dorthin zu gehen und es mir zu zeigen.

«Katie wollte, glaube ich, das ganze Wohnheim zu deinem Geburtstag einladen.»

«Das bezweifle ich. Mir hat sie gesagt, dass sie dich einladen wollte.» Seine Stimme ist ganz warm, doch er sieht mich nicht an und rückt stattdessen ein paar Bücher im Regal gerade.

«Wann ist dein Geburtstag?», frage ich.

«Am Samstag.»

Aber das ist schon in zwei Tagen! «Wie alt wirst du?»

«Neunzehn.»

Dann ist William ein knappes Jahr älter als ich.

«Ich war viel im Ausland, deshalb war ich etwas spät dran mit dem Schulabschluss», sagt er mit einem Achselzucken, als hätte er meine Gedanken gelesen.

«Und was wünschst du dir?»

«Katie ausgenommen, schenken wir uns in unserer Familie normalerweise nichts. Also nichts, was man kaufen kann.»

«Nie?»

«Nicht an festen Tagen. Aber wenn man etwas sieht und an den anderen denken musste, machen wir uns Geschenke. Ist eher so ein spontanes Ding.»

«Und an Geburtstagen malt ihr euch gegenseitig Bilder oder bastelt Gutscheine?» Meine Frage ist nicht ganz ernst gemeint, die Vorstellung fände ich aber sehr süß.

Doch William nickt. «Oder wir schreiben Gedichte.»

«Wirklich?», frage ich verblüfft.

Jetzt lacht er auf. «Ehrlich gesagt, habe ich das letzte Gedicht mit elf geschrieben, und es drehte sich ziemlich einseitig um Pizza. An unseren Geburtstagen verbringen wir einfach Zeit mit Familie und Freunden, essen was Leckeres und spielen hinterher eine Runde Trivial Pursuit. Nichts Besonderes.» Er streicht sich das Haar aus der Stirn, was mich daran erinnert, dass ich immer noch einen Pferdeschwanz trage.

«Das klingt nach einem ziemlich perfekten Geburtstag, finde ich. Bei meinem Dad und mir ist das ähnlich. Wir machen manchmal auch eine Motorradtour und dann irgendwo ein Picknick.» Ich ziehe das Gummi aus meinen angetrockneten Haaren und fahre mit den Fingern schnell einmal hindurch, bevor ich mir das Haargummi über mein Handgelenk streife.

«Picknicks sind das Beste!»

«Ja, oder? Aber du hast meine Frage nicht beantwortet. Wünschst du dir wirklich gar nichts? Nicht mal irgendeine Kleinigkeit? Ein Buch oder eine CD.» Ich zögere. «Oder eine Kassette?»

«Nein, nichts.» Er schüttelt langsam den Kopf. «Jetzt bin ich dran. Wieso bist du heute Morgen nicht nachgekommen? Wir wollten uns doch alle im Public Domain treffen.» Er geht an mir vorbei und klappt seinen Laptopdeckel zu, was mich irgendwie erleichtert, auch wenn mir das nicht bei der Entscheidung hilft, was ich wegen des Tausenddreihundert-Dollar-Handys tue.

«Ich habe hier gefrühstückt», antworte ich ausweichend.

«Und wieso warst du nicht in Cushings Kurs? Ich habe mir schon Sorgen gemacht.»

«Um Devin? Ich glaube, ihm geht's ganz gut, er hat wirklich nur eine dicke Beule am Kopf.»

«Nein, nicht um Devin. Ich war vorhin kurz hier. Und es

hat sich ehrlich gesagt nicht so angehört, als wäre bei dir alles okay.»

Oh Gott, er hat mich garantiert in meinem Zimmer heulen gehört. Was für ein Albtraum. Ganz automatisch schlinge ich die Arme um mich, reibe mit den Händen über meine Oberarme.

«Ich habe geklopft, aber ich schätze, das hast du nicht mitbekommen.»

«Mein Handy, es ...» Ich räuspere mich. «Es ist leider wirklich kaputt. Aber das ... ist nicht so schlimm. Es ist nur, dass ich jetzt alle meine alten Nachrichten verloren habe und deshalb ...»

Weil William schweigt, sage ich: «Ich dachte nicht, dass mich das so kalt erwischt.»

Er nickt langsam, dann holt er tief Luft. «Du brauchst ein neues Telefon, Eden. Auch damit du deinen Dad anrufen kannst.»

Jetzt nicht zu seinem Laptop rübersehen, Eden! Sag ihm einfach, du willst kein neues Handy.

«Nein, brauche ich nicht. Ich habe doch das Festnetztelefon direkt gegenüber. Ist für mich ja sogar noch praktischer als für dich. Das Klingeln ist von meinem Zimmer aus echt nicht zu überhören.» Ich will meine Hände in die Taschen schieben und stelle fest, dass mein Rock keine Taschen hat. Unschlüssig halte ich mich am Stoff fest.

«Und wenn es ein Geschenk wäre?»

Ich schüttle vehement den Kopf. «Auch dann nicht.»

«Ich meine, wenn ich ...»

«Nein.» Mein Gesicht wird schlagartig heiß, und ich klemme mir die Unterlippe zwischen die Zähne. Ich hasse Devin dafür, dass er heute Morgen diese Bemerkung gemacht hat. Selbst wenn ich wollte, könnte ich das Handy nicht annehmen. Nicht *dass* ich das wollte.

«Verstehe.»

«Ich ... ich habe aus Versehen deinen Einkaufswagen gesehen.» Verdammt, ich muss da jetzt durch, egal wie unangenehm mir das ist. Ich will ihm nichts verheimlichen. «Das war wirklich keine Absicht, Will», sage ich schnell, als er überrascht eine Augenbraue hochzieht. «Ich wollte mich eigentlich nur auf deinen Schreibtischstuhl setzen, aber dann ist die Armlehne an deinen Laptop gestoßen, und plötzlich war der Bildschirmschoner weg.»

Er fängt an zu lachen, und das sorgt dafür, dass ich noch schneller rede. «Das ist nicht lustig. Ich will nicht, dass du mir teure Sachen schenkst. Das ... das wäre nicht richtig. Aber das mit dem Laptop tut mir leid. Und warum leuchtet das Ding eigentlich wie ein ... ein verdammter Leuchtturm? Auf was zum Teufel hast du die Helligkeit eingestellt?»

«Verdammt hell, schätze ich.»

Gott, dieses jungenhafte Grinsen macht mich fertig.

«Genau», stoße ich atemlos hervor. «Verdammt hell! Und hier drin ist es auch verdammt hell», sage ich mit Blick zu seinen riesigen Erkerfenstern. Was rede ich da eigentlich? Das klingt, als wollte ich ihm vorwerfen, dass er dieses Luxuszimmer hat. Was ich auf keinen Fall will.

«Fein!» William geht hinter seinen Schreibtisch und reißt erst von rechts und dann von links die Vorhänge zu, was das Zimmer in Zwielicht taucht. «So besser?»

«Ja!»

«Okay. Aber bist du ernsthaft sauer auf mich, weil ich dir ein Handy kaufen wollte?»

«Ich bin ... ja. Nein. Ach, ich weiß nicht.»

«Aber du würdest keine Geschenke von mir annehmen, verstehe ich dich da richtig?»

«Doch.» Und als er wieder die Brauen anhebt und den Kopf

schräg legt, verbessere ich mich. «Ich meine, ich würde gerne mit dir Zeit verbringen, etwas essen und hinterher mit dir eine Runde Trivial Pursuit spielen», zähle ich das auf, was er mir über seine Geburtstagsfeiern erzählt hat. «Und zu einem Gedicht würde ich auch nicht Nein sagen.»

«Aha. Aber wenn ich dir das Handy trotzdem gerne schenken würde? Allein schon, damit du ein Backup von deinen alten Daten runterladen kannst und nicht alles weg ist?»

Ich höre genau, wie er gedanklich hinzufügt: *Und damit du nicht wieder so weinst.*

«Bitte nicht», sage ich, und etwas an meinem Tonfall scheint ihm klarzumachen, dass es mir wirklich ernst ist.

«In Ordnung.» Er streicht sich das Haar zurück und fasst sich in den Nacken. «Tut mir leid. Ich wollte dich damit nicht in Verlegenheit bringen.»

Ich starre nach vorn auf die dunklen Vorhänge. «Mir tut es leid, weil ... ich wollte ...» Meine Stimme verliert sich.

«Was wolltest du?» Ich spüre, wie er näher kommt und hinter mich tritt und dann, dass er von hinten seine Arme um mich legt. «Trivial Pursuit spielen?»

Rau und kratzig. Seine Stimme verursacht mir sofort eine Gänsehaut.

Ich schlucke, weil ich mich unmöglich wegbewegen kann, wenn er mich so festhält. Seine Berührung ist wie ein kleiner Schock, als hätte ich seit dem letzten Mal vergessen, wie es sich anfühlt, aber meine Emotionsplaylist spielt zielsicher dieses Gefühl ab und überrollt mich damit.

Ich habe keine Ahnung mehr, was ich wollte, ich sauge einfach seine Nähe in mir auf. Der Moment in der alten Bibliothek kommt mir in den Sinn und wie William meine Hand erst über die Statue und dann über sich bewegt hat und vor allem, wie wundervoll sich das angefühlt hat.

Die ganze Zeit habe ich darauf gewartet, dass du mir ein Zeichen gibst, dass ich dich auch berühren darf.

Das hat William in sein Notizbuch geschrieben, und auch, wenn mir der Puls spürbar bis in die Schläfen pocht, entscheide ich mich, es ihm gleichzutun. Ich knöpfe meine Bluse ein Stück auf, wie er das mit seinem Hemd gemacht hatte, und schiebe seine Hand in den Stoff, bis seine Fingerspitzen auf meine nackte Haut treffen.

«Eden», raunt William und hält für einen Moment inne. Er streichelt über meinen Bauch bis zu meinem Brustbein nach oben, dann atmet er überrascht ein, weil ich unter der Bluse nichts anhabe.

Er zieht mich noch fester an sich, sein linker Arm drückt gegen meinen Bauch, seine Hüfte presst sich an meinen Po, und seine rechte Hand knöpft den Rest meiner Bluse auf. Er streichelt die kleine Kuhle zwischen meinen Brüsten hoch bis zu meinem Hals, was mich dazu bringt, den Kopf zurückzulegen und dabei zu seufzen, weil seine Finger sich so warm auf meine Kehle legen und sich das auf eine Art gefährlich und doch gut anfühlt.

Williams rauer Atem an meiner Wange lässt meinen Puls rasen. Und als er dann meine Brüste streichelt, sie sanft knetet und mit den Spitzen spielt, werden mir die Knie weich. Langsam gleitet seine Hand wieder nach unten und zieht meine Bluse aus dem Rock heraus. Luft trifft auf meine nackte Haut. Seine Fingerspitzen umkreisen meinen Bauchnabel, streichen am Bund entlang, und dann schiebt er eine Hand in meinen Slip.

35. KAPITEL

Ich atme ruckartig aus und fange am ganzen Körper an zu zittern, als er mich zwischen den Beinen berührt.

«Eden.» Er hält inne, zieht quälend langsam seine Hand zurück. Seine Lippen sind dicht an meinem Ohr, küssen die Stelle direkt dahinter. «Ich weiß nicht, ob ...» Als er noch einmal Luft holt, spüre ich, wie sich Zentimeter für Zentimeter Gänsehaut auf meinem Hals bis zu meinen Brüsten ausbreitet. «... ist das gut für dich? Soll ich lieber aufhören oder weitermachen?»

Mein Atem ist eine Mischung aus Stöhnen und Lachen. Mir kommt es vor, als würde mein Körper es nicht aushalten, so viel zu fühlen, und ich könnte einfach so auseinanderfallen, wenn diese Hitze in mir nicht rauskann. «Auf jeden Fall weitermachen, Will.» Es fühlt sich so anders an. Anders mit ihm. Ich wusste nicht, dass es sich so anfühlen kann, wenn man jemanden wirklich begehrt. Als würde man unbedingt und vollständig verbrennen wollen. Ich fühle mich nicht mal unsicher wegen meinem Körper, sondern taste nach meinem Rock und ziehe mit zitternden Fingern den Reißverschluss auf. Williams Hände helfen nach, den Stoff über meine Hüften nach unten zu ziehen, bis er auf meine Füße fällt.

Ich drehe mich um und fasse seinen Pullover am Saum. Er fühlt sich so unglaublich weich an, als ich ihn nach oben schiebe und William helfe, ihn über den Kopf zu ziehen. Meine Hände sind zu fahrig, um sein Hemd aufzuknöpfen, was William zum Lachen bringt. «Hey», keucht er, ist aber auch nicht schneller als ich, was mich wahnsinnig macht. Gott, ich liebe es, wie ihm das Haar in die Stirn fällt, als er an sich runtersieht, um alle Knöpfe zu finden. Ich strecke automatisch die Hand aus, um es ihm aus dem Gesicht zu streichen, da zuckt er zurück. «Sorry», sagt er, als ich meine Hand sofort wegziehe. «Das ist nur ein Reflex.»

Er nimmt meine Hand und legt sie auf seine Wange, küsst meinen Handballen.

«Wenn du nicht willst, dass ich dich da anfasse, dann ...»

«Doch, es ist nur ... Ich bin nicht daran gewöhnt.»

Ich will so sehr, dass er sich daran gewöhnt. Dass er nie wieder zurückweicht oder zusammenzuckt, wenn ich sein Feuermal berühre. «Dann wirst du dich vermutlich sehr schnell daran gewöhnen, weil ich es nämlich sehr gerne mag», sage ich.

«Okay.»

Mein Daumen streicht sanft über seinen Wangenknochen, dann streife ich ihm das Hemd über die Schultern nach unten und fasse in seinen Nacken, um ihn an mich zu ziehen. Als unsere Lippen sich berühren, bricht die Hitze, die sich in mir angestaut hat, sofort aus mir raus. Ich klammere mich an ihm fest, küsse ihn, koste ihn. Ein Stöhnen weicht aus meinem Brustkorb, weil er den Kuss so heiß und tief erwidert. Er lässt mir keine Atempause, als seine Zunge in meinen Mund dringt, gegen meine stößt, mit mir spielt.

Ich weiß nicht, wer von uns beiden es ist, der den anderen zum Bett dirigiert. Ich glaube, ich bin es, weil William als Erster rücklings gegen die Bettkante stößt und mich mitzieht. Dann ist William über mir. Unsere Knie geraten aneinander, und sofort spreize ich die Beine, um ihm Platz zu machen.

«Gott, Eden.» Mit einem Keuchen legt er sich auf mich, seine Ellbogen neben meinen Kopf gestützt greift er in mein

Haar, zieht meinen Kopf zurück und lässt seinen Mund über meinen Kiefer wandern. Ich streichle seitlich an seinem Bauch nach unten, was ihm einen Schauer entlockt. Meine Finger nesteln an seinem Gürtel, der Dorn pikst mir in den Bauch, und wir stöhnen beide frustriert auf, weil das einfach nicht funktioniert, während William auf mir liegt. Deshalb steht er auf, zieht sie aus und lässt die Hose auf den Fußboden fallen.

Dieser viel zu lange Moment, bevor er sich wieder auf mich legt, bringt mich um. Ich ziehe aus Reflex die offen stehende Bluse vor meinen Brüsten zusammen, weil William mich so lange ansieht, aber dann wird mir bewusst, was ich da tue.

Versteck dich nicht, Eden. Vertrau ihm einfach.

Ich schlucke und ziehe dann seine Hände auf mich, schiebe sie über meine Brüste, weil ich unbedingt will, dass er mich anfasst. Und dann bin ich trotzdem geschockt, als sein Mund auf meine Haut trifft und er an meiner Brustwarze saugt. Diese Hitze in seinem Mund verbrennt mich innerlich. Ich stöhne auf, was William kurz innehalten lässt. Sein Mund senkt sich wieder auf mich, seine Zähne nehmen meine Brustwarze gefangen, während er mit der Zunge die kleine Spitze umkreist, und als es wie Strom durch mich hindurch bis in meinen Schoß schießt, stöhne ich noch lauter.

«Wow, Eden. Mach das noch mal.»

«W-was?» Ich keuche auf und werde rot. Wahrscheinlich kann ich einfach nicht leise sein. «T-tut mir leid, wenn ich zu laut bin.»

«Verdammt», bricht es aus ihm heraus. Er stößt ein heiseres Lachen aus, küsst meine andere Brustwarze, saugt sie ganz langsam in den Mund, hält sie fest, massiert die Spitze mit seiner Zunge.

Ich wölbe den Rücken durch und gebe ein tiefes Stöhnen

von mir, bevor ich atemlos aufkeuche. «Oh Gott, das tut mir leid, wirklich.»

William stemmt sich auf den Händen hoch und sieht mich an. Sein Blick ist eine Mischung aus Faszination, Überraschung und purer Lust, und ich seufze allein schon dadurch wieder auf. Die Sehnen an seinen Armen treten deutlich hervor, und seine Brustmuskeln bewegen sich.

William lächelt. Er lächelt so süß, dass mein Herz schmerzt.

Diese verfluchte Haarsträhne fällt ihm schon wieder ins Gesicht, und ich komme nicht dagegen an, sie wegzustreichen. Dann überrumpelt er mich. Mit einer Hüftbewegung presst er sich plötzlich gegen meinen Schoß, und als ich seine Erektion zwischen meinen Beinen spüre, nur getrennt durch das bisschen Stoff seiner Boxershorts und meines Slips, stöhnt mein ganzer Körper laut auf, und ich stemme meine Hände gegen die Matratze.

«Gott, du machst mich fertig», sagt William.

«Nein, du machst mich fertig.»

Er schüttelt ganz langsam den Kopf und reibt sich an mir, und mein Körper beweist ihm sofort, dass ich recht habe. Mit einem tiefen Stöhnen biege ich den Rücken durch und spreize die Beine noch weiter. Mit beiden Händen umfasse ich seinen Po und presse ihn so fest an mich, als wollte ich ihn nie wieder loslassen.

«Du kannst dir gar nicht vorstellen ...» William zögert.

«Was?» Ich blinzle, weil ich die Augen eine ganze Weile zusammengepresst hatte.

Er schluckt. «Du kannst dir nicht vorstellen, was das mit mir macht, Eden. Es macht mich so an, zu sehen, wie dir meine Berührung gefällt. Und vor allem ... es zu hören.»

Seine Stimme, diese Rauheit, das Kratzen in seinem Tonfall, die leichte Heiserkeit legt sich wie Seide auf meine Haut, und es prickelt zwischen meinen Beinen. Und dann ... zieht er sich zurück. Oh bitte ... «Nicht aufhören», flehe ich. Und anscheinend hatte William das auch nicht vor. Er beugt sich zu mir runter und küsst eine feuchte Spur zwischen meinen Brüsten nach unten, und als ich in sein Haar greife, um ihn festzuhalten, spüre ich sein Lächeln an meinem Bauch. Seine Finger haken sich in meinen Slip und ziehen ihn nach unten. Heißer Atem an meinem Schoß. Seine Zunge berührt mich, massiert genau den richtigen Punkt, und ich seufze tief. Behutsame Finger, die erst langsam und sanft durch meine feuchten Schamlippen gleiten und dann in mich eindringen – und ich keuche auf.

«Oh Gott, Will!» Ich kann nicht mehr denken, mein Kopf ist ausgelöscht. Williams Mund ist so sanft, so weich, seine Zunge so zärtlich und doch unnachgiebig. Meine Hände durchwühlen sein Haar, halten ihn fest. Das stete Saugen und wie seine Finger in einem bestimmten Rhythmus in mich eindringen und dann unfassbar langsam wieder aus mir herausgleiten, entlockt mir mit jedem Mal ein Stöhnen. Ich will ihn in mir spüren, ich will ihn so sehr. Als er für einen Moment aufhört, um zu Atem zu kommen, ziehe ich ihn hoch zu mir. Sein Mund streift meinen Hals, sanft beißt er in die Haut an meiner Kehle, als wolle er spüren, wie die Töne aus mir herausströmen. Ich fahre mit den Händen seinen Rücken herunter, ertaste die Wölbungen seiner Muskeln und streife seine Boxershorts über die Pobacken. Dann helfe ich mit der Hand, seine Erektion zu befreien, und bringe sie in Position.

«Moment, warte», keucht William. Ich spüre, wie er versucht, sich gegen mich zu stemmen, und Tränen schießen mir in die Augen, weil meine Gefühle mich überrollen.

Ich presse mich an ihn, fühle seinen Penis ohne den Stoff zwischen uns, und das überwältigt mich. Etwas in mir setzt einfach aus, ich will ihn so sehr. Ich bewege meine Hüfte, reibe mich an ihm, seufze und stöhne laut.

«Eden, warte, warte ...» Williams Stimme wird mit jedem Wort rauer, unkoordinierter, abgehackter, und ich ersticke sie mit meinem Mund. Küsse ihn tief, bis sich alles dreht und ich nicht mal mehr weiß, was ich da gerade tue.

«Will», wimmere ich heiser.

«Oh Gott, Eden.» Er zieht sich zurück, löst meine Arme von seinem Nacken, schiebt sich von mir runter und stößt keuchend den Atem aus. Sein Brustkorb hebt und senkt sich angestrengt. «Ich muss ein Kondom holen, Moment.» Oh. Richtig. Er sieht sich für einen Moment blicklos im Zimmer um, und wenn er keine hier hat, fange ich an zu weinen, glaube ich.

«Hast du denn welche?», frage ich ihn.

Er nickt, ist aber immer noch zu atemlos, um viel mehr zu sagen als: «Schreibtisch.»

Ich springe auf und laufe zum Schreibtisch, und William lacht erstickt auf, weil ich so ungeduldig bin.

«Wo?»

«Die oberste Schublade», ächzt er. «Rechts.»

Ich reiße sie auf, schiebe irgendwelche Papiere, Blöcke und Stifte beiseite, bis ich die Kondompackung finde und sofort eines der Briefchen rausnehme. Dann klettere ich zurück zu ihm aufs Bett. Ich trage immer noch meine offene Bluse, jetzt streife ich sie von meinen Schultern. Weil es okay ist, wie ich bin, auch wenn ich nicht so zierlich bin wie andere. Weil ich William vertraue und weil es etwas gibt, das tausendmal wichtiger ist als die Tatsache, wie ich nackt aussehe: wie ich mich nackt *fühle*. Und ich darf mich bei ihm gut fühlen. Das hat er mir mehr als deutlich gemacht, als ich gerade für ihn gestöhnt habe. Als ich unter seiner Zunge und seinen Händen geseufzt habe. Mit William fühle ich mich begehrt. Wertgeschätzt.

Er hat nur Augen für mich, als ich mit der Plastikverpackung kämpfe. «Hey», sage ich, beuge mich vor und küsse ihn. «Ich könnte Hilfe gebrauchen.» Dann beiße ich mir auf die Lippe, weil sein Gesichtsausdruck so verdammt heiß ist. Er beobachtet mich durch halb geschlossene Augen, als würde ihm wirklich gefallen, was er sieht. *Gott, Will!*

Unsere Finger berühren sich, als er mir die Kondompackung abnimmt. William atmet langsam aus, dann legt er den Arm um mich und zieht mich an sich, schiebt seine Hände in mein Haar und hält mich fest. «Ich will dich, seit wir an der Fähre aneinandergestoßen sind, Eden. Vom ersten Moment an.» Er holt tief Luft. «Als du dich in Colegroves Kurs im Dunkeln an mir festgehalten hast, habe ich gedacht, ich kriege einen verdammten Herzinfarkt. Und dann, als du tropfnass in der Küche vor mir standest ... Du hast den Knoten aus deinem Hoodie nie rausgemacht, Eden. Und dann hast du die verdammte Statue in der Bibliothek geküsst und mich angefasst – das ... Gott! Einfach so neben dir einzuschlafen, war unfassbar schwer. Seitdem kann ich an nichts anderes denken.» Er klemmt sich die Unterlippe zwischen die Zähne und stößt dann bebend den Atem aus. «Ich habe so einen Schiss, dass das nicht real ist. Weil ich das irgendwie nicht verdiene. Nicht das auch noch. Es kann nicht sein, dass in meinem Leben einfach jeder verdammte Wunsch in Erfüllung geht.»

Der Gedanke schockiert mich. Wie kann er daran zweifeln, dass er Liebe und Glück verdient? Aber ... tue ich das nicht in gewisser Weise auch? Ich frage mich schließlich auch, wie es überhaupt sein kann, dass er mich will. Mich, Eden Collins. «Mir geht es genauso. Ich kann es auch nicht glauben, Will. Und ich bin so aufgeregt.» Meine Stimme klingt atemlos.

«Denkst du, ich nicht?» Williams Adamsapfel bewegt sich, als er schluckt. «Bist du dir sicher, dass du das willst? Wir können auch die Zwanzig-Sekunden-Regel wieder einführen.»

«Ich bin mir sicher. Aber ja, fangen wir mit zwanzig Sekunden an.» Langsam setze ich einen Kuss neben den anderen an seinem Kiefer entlang, bis ich bei seinem Mund ankomme. «Ich erhöhe auf sechzig.»

«Ich gehe mit.» Das Geräusch, das er dabei von sich gibt, klingt wie ein leichtes, heiseres Lachen, und es geht mir durch und durch.

William führt meine Hand zwischen seine Beine und legt sie auf seinen Penis. Ich streichle ihn, lasse meine Finger an ihm auf- und abgleiten und küsse ihn dabei auf den Mund, stoße seufzend gegen seine Zunge, necke ihn, spiele mit ihm.

William unterbricht unseren Kuss. Er reißt das Päckchen auf und rollt das Kondom auf seinem Penis ab. Und dann zieht er mich auf sich. Mit beiden Armen stütze ich mich ab. In diesem Augenblick, in dem er mich aus seinen grünblauen Augen ansieht, mit diesem Aufflackern darin, voller Erwartung und Lust, weiß ich mit absoluter Gewissheit, dass ich einfach in alles von ihm verliebt bin. In seine Stimme, sein heiseres Lachen, sein Feuermal, die Art, wie er nun die Hände auf meine Hüften legt und mich zärtlich mit seinen Daumen streichelt. Ich bin verliebt in seine Gedanken, darin, wie selbstbewusst er ist und dass er dennoch zweifelt und auch mal unsicher ist, obwohl er der aufregendste und wundervollste Mensch ist, der mir jemals begegnet ist.

Und als ich einige Zeit später erschöpft und glücklich in seinen Armen liege, hoffe ich einfach nur, dass ich ihn auch verdiene.

36. KAPITEL

Eden.»

Williams Flüstern weckt mich, aber ich will nicht aufstehen und drücke das Gesicht ins Kissen. Keine Ahnung, wie spät es ist. Keine Ahnung, ob wir noch heute haben oder schon morgen. Keine Ahnung, ob ich wirklich geschlafen habe oder ob ich ein bisschen gestorben bin. Das Einzige, wovon ich eine Ahnung habe, ist, dass ich nie wieder aus diesem Bett aufstehen will und mich deshalb am liebsten mit William in das Laken eingraben würde.

Wasser tropft auf meine Schulter. Kommt William gerade aus der Dusche? Ich liebe diesen Geruch von seinem feuchten Haar und weiß, dass ich wahrscheinlich sehr bald schon süchtig danach sein werde. Es muss ein Wort für diesen Geruch geben, und wenn es das nicht gibt, dann werde ich eins erfinden.

Ich öffne blinzelnd die Augen. Die Vorhänge sind immer noch zugezogen, und dahinter steht die Sonne so tief, dass sie nur noch als orangeroter Schein in einem Streifen über Williams Schreibtisch fällt. Wahrscheinlich ist es später Nachmittag. Ich liege auf dem Bauch, aber traue mich kaum, mich zu bewegen, weil ich Angst habe, dass das hier nicht real ist. Oder dass William sofort wieder aufsteht, weil jede Regung der Startschuss für das Ende sein könnte. Aber dann gibt er mir einen sanften Kuss in den Nacken, und ich kann einfach nicht anders.

Ich rolle zu ihm herum und vergrabe mein Gesicht an Williams noch feuchtem Hals und meine Nase in die kleine Kuhle an seinem Schlüsselbein. Sofort zieht er mich noch näher an sich, sodass kein Blatt Papier mehr zwischen uns passt, und ich liebe es. Ich liebe es so sehr, dass es mir Angst macht. Ich wusste nicht, wie sehr ich innerlich gefroren habe, bis William alles in mir zum Schmelzen gebracht hat. Es fühlt sich so warm und geborgen an. Nach Neuanfang.

William räuspert sich. «Wenn du willst, kannst du gerne weiterschlafen. Ich habe nur total verpennt, dass ich gleich mit meiner Mutter verabredet bin.»

Wahrscheinlich kaue ich viel zu lange an den Worten *Verabredung* und *Mutter*, denn es dauert eine Weile, bis sie zusammengenommen einen Sinn ergeben. «Wann denn?», frage ich schließlich und versuche, die Enttäuschung aus meiner Stimme rauszuhalten.

«In ziemlich genau einer Minute.»

Ich reiße die Augen auf, schrecke ruckartig hoch und stoße mit meiner Stirn gegen Williams Kinn. Er gibt ein Ächzen von sich und lässt lachend seinen Kopf zurückfallen. «Du musst mich nicht gleich ausknocken.»

«Kommt sie hierher?» Die Panik in meiner Stimme bringt William zum Lachen.

«Nur über *Google Meet*», beschwichtigt er mich, während ich das Laken höher über meine Brüste zerre. «Ich drehe den Laptop einfach in eine andere Richtung, aber du musst aufpassen, dass du nicht nackt durchs Bild läufst. Nicht dass das schlimm wäre ... nur ... vielleicht nicht unbedingt beim ersten Mal.»

Oh Gott. Ich will aufstehen, weiß aber nicht, ob ich das Laken einfach so um mich wickeln kann. Doch William hat seine Boxershorts schon angezogen, also wird er wohl ohne Laken klarkommen. Ich rutsche zum Bettrand und ziehe den Stoff mit. «Am besten gehe ich in mein Zim ...»

Williams Laptop gibt in diesem Moment einen einzelnen dezenten Ton von sich. Er steht aufgeklappt auf seinem Schreibtisch, und das lächelnde Standbild einer dunkelblonden Frau mittleren Alters lässt mir das Blut in den Adern gefrieren. «Meine Bluse!» Panisch fahre ich herum, aber offenbar liegen meine Klamotten auf der anderen Bettseite ...

Oh nein. William hat sie über seinen Schreibtischstuhl gehängt!

«Sorry, Eden, aber ich muss da rangehen. Hier!» Er wirft mir seinen Pullover zu, den er gerade überziehen wollte, und ist mit zwei Sätzen an seinem Schreibtisch. Ich lasse das Laken fallen, schlüpfe innerhalb einer Sekunde in Williams Pullover und greife nach meinem Rock.

William zieht den Bildschirm zu sich heran, fährt sich einmal durchs noch feuchte Haar und nimmt das Gespräch an. «Hey, Mom.»

Möglichst leise tapse ich zur Seite und hoffe, dass sie das Rascheln nicht hört, als ich mir den Rock über die Hüften hochziehe.

«Hallo, Liebling. Oh, habe ich dich gerade unter der Dusche hergeholt?»

«Alles okay, ich ... habe noch was zum Anziehen gesucht.» Sein Blick schwenkt zu mir. Es ist nur eine Sekunde, in der ich zur Tür nicke, um ihm zu sagen, dass ich schnell rausgehe, aber seine Mutter hat seinen Blickkontakt mit mir offensichtlich bemerkt.

«Ist Eden bei dir?»

Wie kommt sie darauf, dass ich es bin? Hat William ihr noch mehr von mir erzählt? Etwa auch, dass er bei mir übernachtet hat?

«Mom.» William lässt seinen Mundwinkel zu einem schiefen Lächeln hochwandern, dann guckt er fragend zu mir.

Ich winke panisch ab. Auf keinen Fall kann ich seiner Mutter jetzt Hallo sagen. Gott, man sieht mir vermutlich sofort an, dass wir gerade noch zusammen im Bett gelegen haben. Automatisch versuche ich, meine Haare zu glätten, auch wenn das hoffnungslos sein dürfte.

«Eden ist gerade rausgegangen, sorry.»

«Oh.» Die Stimme seiner Mom klingt fast ein bisschen enttäuscht. «Ich hoffe, sie kommt am Samstag. Wir haben übrigens auch noch ein paar unserer Freunde eingeladen.»

«Ja, das hattest du erzählt.» William lehnt sich im Stuhl zurück. «Kommen die Blakelys auch?»

«Richard ja. Ob seine Söhne Zeit haben, weiß ich leider nicht, aber sie sind auch eingeladen.»

«Ich schicke Asher eine Mail und frage ihn.» Die beiden unterhalten sich kurz über ein paar Leute, mit denen seine Eltern befreundet sind oder auch zusammen arbeiten, so genau höre ich nicht zu, während ich nach meinen Schuhen suche, sie unter Williams Schreibtisch entdecke und geduckt darunterkrabbele.

Will stupst mich mit dem Knie an, und ich nutze die Gelegenheit, streichle über seine Wade und drücke ihm einen Kuss auf seinen Oberschenkel.

«Du siehst so glücklich aus», sagt seine Mom im selben Moment, und ich stoße mir den Kopf an. Autsch!

William lacht leise. «Findest du?»

«Ja. Ich weiß gar nicht, wann ich dich das letzte Mal so lächeln gesehen habe.»

William holt tief Luft und fährt sich verlegen mit der Hand in den Nacken.

Ich robbe mit den Schuhen in der Hand unter dem Schreibtisch hervor und richte mich gerade wieder auf, da sagt seine Mutter: «Bestell Eden ganz liebe Grüße von mir. Also falls du sie *zufällig* in naher Zukunft sehen solltest.»

Oh Gott. Sie weiß ganz genau, dass ich noch hier bin, oder?

William gibt ein Stöhnen von sich. «Klar, mach ich.»

«Sie hat so nett mit Katie telefoniert, und deine Schwester ist deswegen immer noch ganz aus dem Häuschen.»

Ich will hastig in meine Schuhe schlüpfen, verliere dabei fast das Gleichgewicht und lasse einen fallen. Es rumpelt verdächtig, und ich unterdrücke einen Fluch. *Tut mir leid*, forme ich tonlos mit den Lippen. *Sorry, sorry, sorry.*

«Und frag sie, ob sie am Samstag kommt. Ich würde mich wirklich freuen, sie kennenzulernen.»

«Merkt man dir kaum an», entgegnet William trocken. «Warte mal kurz, Mom.»

Ich habe schon zwei Schritte zur Tür gemacht, da nimmt William den blauen Liebesroman von seinem Schreibtisch und kommt mir nach. Gott, dieses Lächeln. Mir werden nicht nur die Knie weich, mein ganzer Körper fühlt sich an wie Butter in der Sonne, als William mich kurz an sich zieht. Er gibt mir einen schnellen Kuss und reicht mir das Buch. «Ich weiß, du willst kein neues Handy», flüstert er. «Ich verstehe das. Aber würdest du mir dein altes geben, damit ich es reparieren lassen kann?»

Ich zögere.

«Mom hat mich eben auf die Idee gebracht. Ich kenne jemanden, der deine Daten ganz bestimmt retten kann. Das kostet kaum etwas.»

Ich will einen Neuanfang, ja. Aber ich möchte auch selbst entscheiden können, wann und wie ich mich von Dingen trenne. «Okay», flüstere ich. «Danke.» Ich rechne nicht damit, dass er mein Gesicht in beide Hände nimmt. Oh Gott, das ist so süß, so liebevoll, dass ich schlucken muss. Mit den Daumen streicht er über meine Wangen, und ich seufze.

«William?», tönt die Stimme seiner Mutter aus dem Laptop.

Wir lächeln uns an, und ich muss seiner Mom recht geben. Er sieht wirklich glücklich aus. In meinem Brustkorb zieht es immer noch, als ich die Tür hinter mir zuziehe und auf den Flur trete. William sieht glücklich aus, und es kann einfach nicht sein, dass ich der Grund dafür bin. Für einen Moment bleibe ich stehen und höre das Lachen seiner Mom sogar durch die geschlossene Tür, dann laufe ich zu meinem Zimmer.

Ich habe kaum die Tür zufallen lassen, als ich auch schon das Buch aufschlage. William hat zwei ineinander verschlungene Hände auf die Seite gemalt und dabei fünf Wörter eingerahmt.

My heart decided to fall.

Mein Herz pocht wie wild. Aber dann merke ich, dass der Satz noch nicht zu Ende ist, weil noch zwei weitere Wörter ganz unten am Rand umkringelt sind: *in love.*

Erst setzt mein Herz einmal aus, dann stolpert es wieder los, bevor es mir gefühlt bis in die Knie rutscht. *My heart decided to fall in love.* Dieser Satz. Ich glaube, mein Körper weiß nicht mehr, wie Atmen funktioniert. Das ist das Schönste, was mir je jemand geschrieben hat. Oh Gott, und mir geht es ganz genauso. Mein Herz hat auch einfach beschlossen, sich in William zu verlieben. Und glücklich zu sein. So unglaublich glücklich zu sein, dass es mir Angst macht.

• • •

«Ist das Williams Pullover?»

Wir sind zu zweit auf der Fähre auf dem Weg zum Festland, weil ich für Williams Geburtstag noch etwas besorgen muss, und Kendra hat den schwarzen Pullover offensichtlich unter

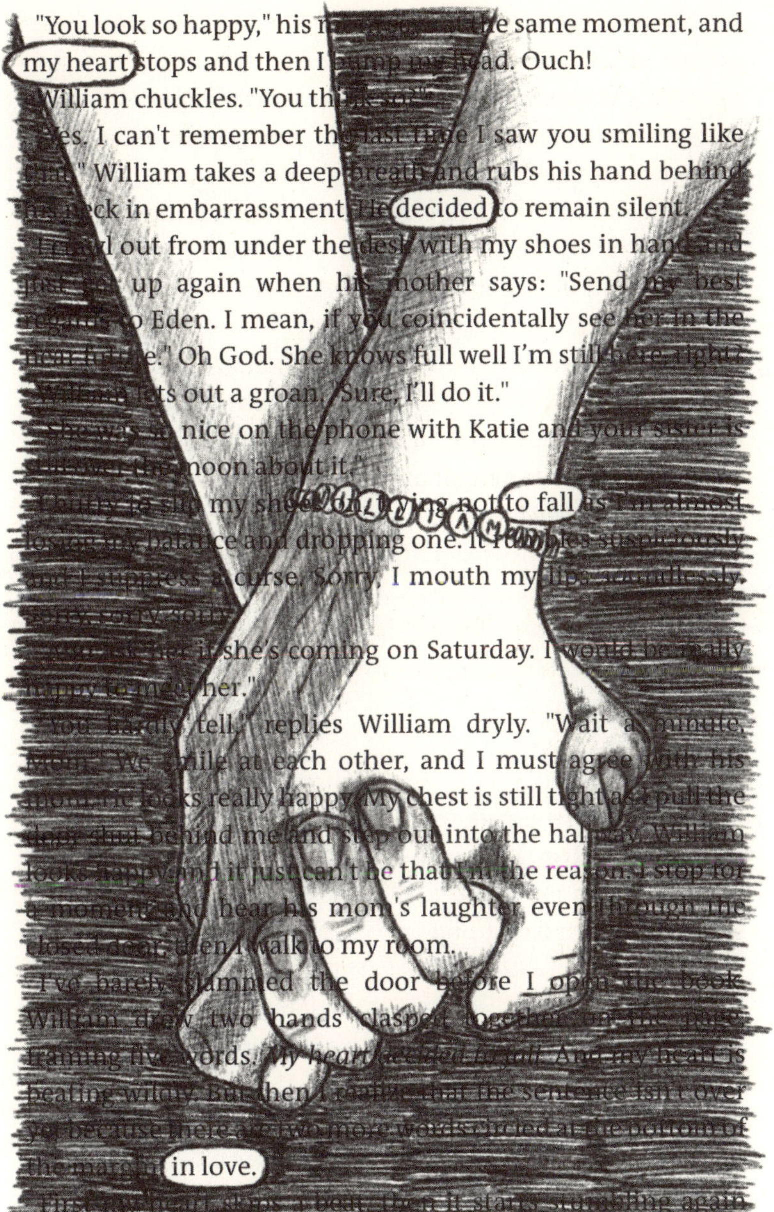

"You look so happy," his [redacted] the same moment, and my heart stops and then I [redacted] ad. Ouch!
William chuckles. "You th[redacted]
[redacted]s. I can't remember th[redacted] I saw you smiling like [redacted] William takes a deep [redacted] rubs his hand behind [redacted]ck in embarrassment [redacted] decided to remain silent.
[redacted] out from under the [redacted] with my shoes in han[redacted] up again when hi[redacted] mother says: "Send [redacted] best [redacted] Eden. I mean, if [redacted] coincidentally see [redacted] Oh God. She knows full well I'm stil[redacted]
[redacted]ts out a groan. "Sure, I'll do it."
[redacted] nice on the phone with Katie an[redacted]oon about it."
[redacted] my sh[redacted] to fall [redacted]ce and dropping one. [redacted] curse. Sorry, I mouth my [redacted]
[redacted] she's coming on Saturday. I [redacted] her."
[redacted] tell," replies William dryly. "W[redacted] each other, and I must ag[redacted]s really happy. My chest is still tight [redacted] into the hal[redacted] it just can't be that I'm the rea[redacted] mom's laughter even [redacted] to my room.
[redacted] the door [redacted] I [redacted] in love.
[redacted]

meiner Jacke entdeckt. Ich habe ihn immer noch. Seit zwei Tagen trage ich ihn und kann mich einfach nicht davon trennen, weil er immer noch nach Will riecht. *Willfragry*. Das ist das Wort, das ich dafür erfunden habe. Eine Mischung aus William, fragrance und hungry. Es beschreibt, wie überwältigt ich mich von Williams Geruch fühle und dass ich komplett süchtig danach bin. Wahrscheinlich für den Rest meines Lebens.

«Er ... er hat ihn mir geliehen, weil mir kalt war.» *Weil ich nackt war.*

«Deshalb also das neue Mixtape.»

«Was für ein Mixtape? Wie meinst du das?» Hat William mit ihr über uns geredet? Wir haben nicht darüber gesprochen, ob wir es offiziell machen, und er ist gestern schon nach Hause gefahren. Ich kann ihn nicht einfach per Textnachricht fragen. Wie soll ich jetzt bitte reagieren?

«Hört er in Dauerschleife. *For when I feel everything* steht auf der Kassettenhülle. Ich weiß, dass zumindest John Legend mit *All of Me* drauf ist. Und ganz ehrlich, das hört man nur, wenn man entweder extremen Liebeskummer hat oder gerade total verknallt ist.»

«Und wenn es so wäre?», frage ich vorsichtig.

Kendra überrumpelt mich, indem sie mich plötzlich umarmt. «Verdammt, Eden, das sind die besten Neuigkeiten überhaupt!» Sie drückt mich an sich. Sie drückt mich so fest, dass mir die Luft wegbleibt und ich beinahe das Gleichgewicht verliere. Dann nimmt die Fähre schwankend an Fahrt auf, und wir lassen uns schnell los, um uns am Geländer festzuhalten. Es ist heute total grau und neblig, und man kann die Küste kaum sehen, obwohl sie so nah ist.

«Hast du wirklich nichts dagegen?», hake ich nach. «Ich meine ... ihr kennt euch schon so lange, ihr seid quasi wie eine Familie, du, Devin und William. Ich habe ein bisschen Angst, dass ich nicht wirklich dazugehöre oder dass ... ich weiß auch nicht. Nicht dass du das Gefühl hast, ich würde mich in eure Freundschaft drängen wollen.»

«Hey, du bist doch auch meine Freundin, oder etwa nicht? Du bist mir mit Abstand der liebste Mensch hier in Woodford. Also von denen, die ich hier neu kennengelernt habe.»

Ich weiß gar nicht, was ich sagen soll. Ich habe einen Kloß im Hals, der sich nicht wegräuspern lässt, und bin dankbar dafür, dass mir jetzt Nieselregen ins Gesicht schlägt, damit man es nicht sehen kann, falls ich doch noch anfange zu heulen. «Du bist auch meine Lieblingswoodfordfreundin.»

«Was ist das denn für ein Wort?»

«Keine Ahnung», sage ich lachend und muss wahrscheinlich doch ein bisschen heulen. Vor Erleichterung. Dieses drückende Gefühl ist auf einmal weg. Das Gefühl der Einsamkeit, wenn man ein Geheimnis tief in sich einschließen muss. Ich muss das nicht mehr. Kendra und William wissen von Lark, sie wissen, wie er gestorben ist und dass ich ihm das Päckchen gegeben habe, und sie verurteilen mich nicht. Zu spüren, dass ich neu anfangen darf, neue Freunde finden, mich verlieben und wieder glücklich sein darf, ist unbeschreiblich.

Ich greife in meine Hosentasche.

«Ist das nicht der Sanddollar, den du von Lark hast?» Kendra wischt sich den Feuchtigkeitsfilm von der Nase. Ihr schwarzes Haar glitzert, als läge Sternenstaub darauf.

«Will hat ihn gesucht, damit ich ihn erst dann loslassen muss, wenn ich bereit dazu bin. Und ich glaube, jetzt ist der richtige Zeitpunkt dafür.»

«Bist du sicher?» Kendra verzieht zweifelnd das Gesicht. «Ich meine, willst du das wirklich einfach so machen? Wir könnten auch ein kleines Ritual am Strand abhalten.»

«Ich will es machen, bevor wir nachher zu Will fahren», sage ich. Ich drehe den Stein in der Hand, streiche mit dem Daumen über die kleinen Linien, die wie Blütenblätter in der Mitte zusammenlaufen, und schließlich über die raue, unpolierte Rückseite. Ich vermisse Lark immer noch. Er war mein bester Freund, seit ich denken kann. Aber ich muss ihn gehen lassen. Loslassen. Das hier ist mein Neuanfang.

«Ich werde dich nicht vergessen», flüstere ich dem Stein in meiner Hand zu. Dann hole ich aus und werfe ihn, so weit es geht, zurück ins Meer.

37. KAPITEL

Ich halte die Schachtel krampfhaft gerade auf meinem Schoß. Wieso bin ich auf die schwachsinnige Idee gekommen, William eine Pancake-Torte zu backen? Am Fenster rauschen im Dunkeln die Lichter der Stadt an uns vorbei. Wir sitzen seit fast einer Stunde in dieser verdammten Limousine, und auf meiner Nervositätsskala rangiere ich aktuell im dunkelroten Bereich. Boston ist von Ivy Island nur eine gute Stunde entfernt. Aber diese Zeit reicht aus, mir zu wünschen, ich hätte William einfach eine CD gekauft. Oder hätte anstelle von diesem Rock doch meine bequeme Mom-Jeans angezogen. Oder wäre besser gleich im Wohnheim geblieben. Oder …

«Ich finde das voll süß von dir», sagt Kendra.

«Ja», wirft Devin ein. «Voll süß.» Er lacht so dreckig, dass ich ihm die Schachtel mit der Torte am liebsten an den Kopf werfen würde. Ich habe Ewigkeiten überlegt, was man jemandem schenkt, der auf keinen Fall etwas geschenkt haben möchte, und bin zu dem Schluss gekommen, dass etwas zu essen nie verkehrt ist. Und deshalb habe ich Dad nach dem Rezept gefragt. Ich habe ihm verboten, Gegenfragen zu stellen, weshalb er als Erstes wissen wollte, wie der Kerl heißt, für den sich seine Tochter freiwillig zwei Stunden in die Küche begibt.

Es schmeckt lecker. Es schmeckt sogar richtig lecker, auch wenn der Turm mit der Blaubeercreme zwischen den einzelnen Schichten insgesamt leicht schief geraten ist. Trotzdem verfluche ich mich dafür. Nicht nur, dass ich die ganze Zeit aufpassen muss, dass die Torte in der blöden Schachtel nicht rutscht oder umkippt, ich bin auch während der gesamten Fahrt Devins Grinsen ausgeliefert. Er sitzt mir direkt gegenüber neben Garrett und Sun-young, und er weidet sich an meiner Aufregung.

«Hat Will nicht diese Allergie?», fragt er jetzt, und es ist klar, dass er mich damit nur ärgern will. Oder nicht?

«Hat er?» Oh Gott, bitte nicht!

Kendra verdreht die Augen. «Nein, hat er nicht.»

«Halt, nein», überlegt Devin. «Aber er hat mal wegen Blaubeeren gekotzt. Damals, als wir im Sommer in Maine waren und nach dem Fischrestaurant unbedingt noch ...»

Kendras Fuß schnellt nach vorne und trifft ihn am Schienbein. «Du bist so ein Blödmann, Dev!»

«Es zwingt ihn ja keiner, das zu essen», wirft Garrett ein. «Was zählt, ist doch die Geste.»

«Danke, Garrett», sage ich düster. «Du könntest glatt Motivationscoach werden.»

Kendra verdreht schon wieder die Augen, und Garrett wirft mir einen verständnislosen Blick zu, während Devins viel zu perfekte Zahnreihen aufblitzen.

«Mach dich nicht verrückt», sagt Kendra an mich gewandt. «Es wird ein ganz lockerer Abend. Für Katie ist immer alles eine riesige Party. Vorlesetag in der Schule – Party. Elterntag im Sportverein – Party. Sie geht mit ihrer Mom Eis essen – Party. Ihr Dad dreht im Wohnzimmer mal die Musik auf – Party. Die Kleine ist besessen von Partys. Aber es ist wirklich nur ein ganz normales Abendessen.»

Ich nicke nur, weil mir langsam flau wird. Ist das nicht sogar noch schlimmer? Auf einer Party kann man sich wenigstens unter die Leute mischen und sich verstecken. Und was versteht eine Familie wie die Granthams schon unter normal? Normal ist für mich ein Essen vor dem Fernseher, während ein Footballspiel läuft, oder Grillen draußen im Garten mit dem besten Kumpel meines Dads, der in der einen Hand einen Teller mit einem 500-Gramm-Nackensteak hält und in der anderen eine Dose Bud. Und mein Dad trägt eine schwarze Grillschürze mit der Aufschrift ‹I need some hot stuff›, während er heroisch meinen vegetarischen Bohnenpatty wendet.

«Wills Eltern sind total entspannt. Klar haben sie ein paar Leute mehr eingeladen, aber wir müssen nicht die ganze Zeit steif am Tisch sitzen und Konversation betreiben, wir können auch ...»

«Trivial Pursuit spielen?», werfe ich durch zusammengepresste Zähne ein.

«Wie kommst du denn darauf?» Ihr Blick wirkt angeekelt, und jetzt muss ich doch lachen, auch wenn es ein bisschen verzweifelt klingt.

Das Schlimmste, was mir heute passieren kann, ist, dass seine Eltern mich nicht mögen oder dass mir nichts einfällt, worüber ich mit seiner kleinen Schwester reden soll. Oder wenn mir irgendwelche Fragen gestellt werden, die ich nicht beantworten kann. Oder falls sie den gesamten Abend über Orte sprechen, die ich noch nie besucht habe, und über Dinge diskutieren, von denen ich keine Ahnung habe. Es kann definitiv mehr schiefgehen als gut laufen, geht mir gerade auf. Als wir schließlich im Stadtteil Beacon Hill ankommen, liege ich nervlich in Trümmern.

Der rote Backsteinbau wird von den Scheinwerfern des Autos angestrahlt, als wir in die Mount Vernon Street in der Nähe des Public Garden einbiegen. Der Chauffeur fährt uns in eine Tiefgarage. Da Garrett und Sun-young auch noch nie hier waren, bin ich wenigstens nicht die Einzige, die sich neugierig umsieht und dabei wahrscheinlich nicht gerade wie eine Intelligenzbestie wirkt. Wir fahren mit einem Aufzug nach oben ins Erdgeschoss. Und dann ist alles plötzlich ganz anders, als ich es erwartet habe. Die Tür zur Straße steht sperrangelweit offen, und wir laufen direkt hinter Devin und Kendra in die Eingangshalle, wo uns Williams Mutter mit einem Tablett entgegenkommt und alle ganz unspektakulär begrüßt, als wären wir hier zu Hause. Es duftet nach knusprigem Teig, Tomatensoße und ganz viel Basilikum. Innerhalb von zwei Minuten werde ich meine Jacke los und in die Küche geschoben, wo eine Soße auf dem Herd blubbert und William dabei ist, die Vorspeise auf Tellern anzurichten. Er dreht sich zu mir um, eine Kochschürze mit einem Fleur-de-Lys-Muster hängt um seinen Hals. «Hey», sagt er und lächelt.

«Hey.» Unschlüssig halte ich mich an meiner Schachtel fest, da kommt Devin hinter mir in die Küche geschossen.

«Eden wollte dir eine Freude machen, aber hat dir stattdessen eine Torte gebacken. Ich habe ihr schon klargemacht, dass du von Blaubeeren immer kotzen musst, aber sie wollte nicht auf mich hören.»

Danke, Devin! Ich schnappe schon nach Luft, da zupft Devin bewundernd an Williams Schürze. «Fuck, ist das männlich.»

«Ich weiß. Und das hier erst.» William hält seine Hände hoch. Seine Fingernägel sind blau lackiert.

«Katie?», fragt Devin und nimmt seine Hand, während William grinsend nickt. «Gott, das turnt mich total an, Will.» Er drückt ihm einen fetten Kuss auf die Wange und steckt sich dann ein Stück Feige in den Mund, bevor er mit zwei Flaschen Tonic Water verschwindet.

«Ich schwöre dir, ich habe noch nie wegen Blaubeeren gekotzt.» William hebt seine lackierten Finger zum Eid, dann kommt er auf mich zu. «Ich liebe Blaubeeren.»

Sein Lächeln an meinem Mund, als er mich küsst, lässt es in

meinem Magen flattern. Er gibt mir sofort einen weiteren Kuss. Schnell, hungrig, dabei aber keineswegs flüchtig. Wärme breitet sich überall in meinem Bauch aus.

«Happy Birthday», flüstere ich. «Ich weiß, du wolltest kein Geschenk, deshalb habe ich etwas für Katie mitgebracht.»

«Das hättest du nicht tun müssen.»

«Ich will mich aber bei ihr einschmeicheln», sage ich und muss selbst lachen, weil es ehrlich gemeint ist.

«Raffinierter Plan, aber das hast du gar nicht nötig, weil sie schon beschlossen hat, dass du ihre neue beste Erwachsenenfreundin wirst, weil du Anna besser findest als Elsa.»

«Leider habe ich keinen Pullover mit den Minions bekommen, aber dafür ein T-Shirt, das ihr bestimmt drei Nummern zu groß ist. Ich wusste nicht, welche Größe man mit fünf Jahren trägt, und die Verkäuferin hatte keine Zeit, deshalb ...»

«... wird Katie es lieben. Und du hast mir wirklich eine Torte gebacken?» Seine Augen blitzen. «Ist das etwa kein Geschenk?»

«Es ist nichts Besonderes», sage ich schnell, weil es mir unangenehm ist, dass er mich so ansieht, als hätte ich wer weiß was für ihn getan. Ihm einen Stern vom Himmel geholt oder so. Es ist nur eine Torte. Will hat so viel mehr für mich getan. Er hat stundenlang den Strand für mich nach Larks Stein abgesucht. «Mein Dad macht jeden Samstag Pancakes, und zu besonderen Gelegenheiten gibt es Pancake-Torte. Er hat mir erklärt, wie man sie zubereitet.» Ich zucke mit den Schultern. «Also erwarte nicht zu viel.»

Er nimmt mir die Schachtel ab, klappt den Deckel auf und linst hinein. «Okay, das sieht großartig aus. Wir werden sie vor Devin verstecken müssen. Der Mistkerl redet sie nur schlecht, weil er sie für sich haben will.» Er klaut eine Blaubeere vom Topping und lässt sie zwischen seinen Zähnen verschwinden. Die nächste drückt er mir sanft gegen die Lippen, bis ich den

Mund öffne. Sie ist kalt und säuerlich, aber etwas von der süßen Creme klebt an Williams Fingern, weshalb ich seine Hand festhalte und daran sauge.

«Eden», stöhnt er auf. Williams raue, kratzige Stimme fährt mir direkt in den Unterleib und lässt es zwischen meinen Beinen prickeln. Langsam lässt er seine Finger aus meinem Mund gleiten, hält mein Kinn fest und küsst mich tief. Oh Gott, er schmeckt so gut. Nach Blaubeeren und Sahne, nach Will und definitiv nach mehr. Dann ein Geräusch an der Tür, und wir springen ruckartig auseinander. William fährt sich verlegen durchs Haar, und ich kämpfe damit, die Hitze aus meinem Gesicht runterzukühlen.

«Tut mir leid, wenn ich euch störe», summt Williams Mutter. «Aber Tante Cora und die Blakelys sind gleich da. Ich will wenigstens die Vorspeise auf dem Tisch stehen haben, wenn sie ankommen. Helft ihr mir?»

«Gerne», sage ich schnell, aber dann hebt sie die Hand, um zu verhindern, dass ich mir einen der fertigen Teller schnappe.

«Ich habe dich eben gar nicht richtig begrüßt, bitte entschuldige, Eden.» Ich halte überrascht die Luft an, als sie mich plötzlich in den Arm nimmt. Es ist eine Ewigkeit her, dass mich eine erwachsene Frau umarmt hat, wird mir schlagartig bewusst, und ich bin völlig überrumpelt davon, wie weich und warm und schön sich das anfühlt. «Herzlich willkommen. Es freut mich so sehr, dass du kommen konntest.»

«Danke für die Einladung, Mrs. Grantham», murmle ich.

«Nenn mich bitte Greer», sagt sie und löst langsam die Umarmung. «Katie weiß noch nicht, dass du da bist – ihr Dad hat sie ins Kinderzimmer verfrachtet und lässt dieses Karaoke-Spiel über sich ergehen, damit wir in Ruhe das Essen vorbereiten können. Aber wenn sie es mitbekommt, wird sie dich überfallen, Eden. Sag also nicht, ich hätte dich nicht gewarnt.»

Sie zwinkert mir zu und stellt dann gemeinsam mit William die vorbereiteten Vorspeisen auf ein leeres Tablett. Als sie wieder aus der Küche geht, wasche ich mir schnell die Hände und helfe William, die restlichen Teller mit gerösteten Süßkartoffelscheiben zu belegen. William häuft eine Frischkäsecreme auf die Kartoffeln, dann stecke ich jeweils zwei Feigenstücke in die Mischung. William garniert sie mit Rucola und lässt mich Granatapfelkerne darüber streuen. Meine Finger sind knallrot, nachdem ich die Reste aufgesammelt habe, die danebengefallen sind, und William geht mit mir zur Spüle, um die Hände zu waschen. Als sich unsere nassen Finger mit der glitschigen Seife berühren, wirft das sofort mein Kopfkino in Gang. Gott, ich wusste nicht, dass Händewaschen so sexy sein kann.

«Devin hat recht», sage ich und schlucke. «Der Nagellack steht dir.» Genau genommen sieht er verdammt heiß an ihm aus. Und vor allem ist es heiß, dass William sich so sicher in seiner Männlichkeit ist, dass der Nagellack das nur noch unterstreicht.

Seine Mundwinkel ziehen sich zu einem Grinsen nach oben. «Soll ich dir schnell das Haus zeigen, bevor die anderen kommen?» Er reicht mir ein Handtuch und streicht sich eine widerspenstige Haarsträhne aus dem Gesicht.

«Du meinst dein Zimmer?» Ich beiße mir auf die Lippe. *Gott, Eden! Musst du so begierig klingen?*

William schüttelt erst den Kopf, dann geht sein Kopfschütteln nahtlos in ein Nicken über. «Auf jeden Fall mein Zimmer. Am besten sofort.»

«Aber deine Mutter braucht Hilfe», wende ich ein.

«Hey, wir haben die Vorspeise fertig gemacht, und das Essen ist im Ofen. Den Rest schafft sie auch ohne uns.» Er reißt sich die Schürze über den Kopf und wirft sie auf die Arbeitsplatte, dann zieht er mich so stürmisch mit sich, dass ich lachend hinter ihm herstolpere. Als wir seine Mutter im Flur fast umrennen, lässt William sie wissen, dass er mir jetzt eine Hausführung gibt.

«Das Haus ist Baujahr 1917», beginnt er und deutet auf den Fußboden. «Irgendein superteures importiertes Fischgrätparkett, dessen Name mir grad nicht einfällt.» Er guckt nach oben an die Decke. «Jugendstillampe.» Im Aufzug drückt er auf den Knopf für die zweite Etage, sagt überflüssigerweise «Unser Aufzug» und wartet, bis die Tür zugeht und seine Mutter uns nicht mehr sehen kann. Dann drängt er mich gegen die Wand. Mit seinem ganzen Körper. «Und das hier ist die Rückwand unseres Aufzugs.» Er klingt heiser. Ich spüre die Wand in meinem Rücken und Williams harten Körper und werde sofort weich. Meine Knie, meine Arme, alles. Als hätte ich einen verdammten Schwächeanfall. Und mir wird bewusst, dass das, was er als Blackout Poetry in das Buch gemalt hat, noch viel mehr auf mich zutrifft. Es ist nicht nur mein Herz, das fällt, mein gesamter Körper fällt, kollabiert in ihn. *Redamancy*. So heißt es, wenn man liebt und wiedergeliebt wird. Voll und ganz. Ich habe gelesen, dass es vom lateinischen Verb *redamare* stammt, aber ich konnte nicht nachlesen, wie sich das anfühlt. Doch das Gefühl, das sich in meinem Brustkorb ausbreitet, als würde gerade jede Zelle meines Körpers mit purem Glück geflutet, kann einfach nichts anderes bedeuten. Ich würde alles dafür geben, dass es wahr ist. Dass es etwas ist, was bleibt.

William küsst mich mit seinem ganzen Körper, bis die Aufzugtür sich viel zu schnell wieder aufschiebt, dann betreten wir die andere Etage. Ein Bewegungsmelder schaltet die Beleuchtung ein. «Das ist meine Wohnung», sagt er.

«Du hast eine Wohnung für dich allein?» Okay, das heißt, niemand ist hier. Niemand außer uns. Wir sind ganz allein.

«Seit zwei Jahren. Wir hatten diese Etage früher vermietet, weil das Haus einfach zu groß ist.»

«Und dann ziehst du trotzdem ins Wohnheim?»

«Klar, ich will doch nicht jeden Tag zwei Stunden im Auto sitzen – da kann ich mir echt Besseres vorstellen, um meine Zeit zu verbringen. Außerdem hatte ich ursprünglich geplant, jedes Wochenende nach Hause zu fahren.»

«Und das hast du jetzt nicht mehr vor?»

«Nein.»

Etwa meinetwegen? Der Gedanke lässt Wärme in mir aufsteigen. Für einen Moment gebe ich mich dieser Illusion hin. Denn eigentlich kann es nicht sein, dass er nur wegen mir im Wohnheim bleiben und hierauf verzichten will, oder?

William geht in langen Schritten durch den Flur, und ich laufe hinterher. Seine Wohnung scheint etwas anders aufgebaut zu sein als die seiner Eltern. Der Flur führt an mehreren Zimmern vorbei bis in den offenen Wohnbereich. William schaltet überall das Licht ein. «Die Küche, das Esszimmer, der Kamin. Handgefertigte Kaminverkleidung aus Marmor», leiert er herunter, als hätte er das schon ein Dutzend Mal erklären müssen und als würde ihm all das nichts bedeuten. «Bilder. Skizzen. Expressionismus.» Er nickt zu den Wänden, an denen farbenfrohe Kunstwerke mit seltsam verformten Figuren hängen, von denen ich mir nicht vorstellen kann, dass er sie ausgewählt hat. Wahrscheinlich gehörten sie einfach zum Inventar. Aber so genau kann ich sie mir nicht ansehen, weil William denselben Weg durch den Flur sofort wieder zurückgeht. Das ist eine Wohnungsführung auf Speed.

«Hier ist das Bad. Ein leer stehendes Kinderzimmer. Noch ein leer stehendes Schlafzimmer. Ein Büro.» Er stößt die Tür nur kurz auf, lässt das Licht einmal aufflammen, um dann doch direkt weiterzugehen. «Mein Schlafzimmer.» Hier bleibt er stehen. Es ist so dunkel, ich kann nichts darin erkennen. «Willst du mehr davon sehen?»

«Ja.»

Er lächelt.

Ich lächle auch.

Oh Gott, er lächelt so umwerfend. Das Grübchen in seinem Kinn tritt so deutlich hervor, dass ich dem Impuls nachgebe, die Hand ausstrecke und es mit den Fingerspitzen nachzeichne. William greift sofort nach meiner Hand, presst seine Lippen auf meinen Handballen. «Dann machen wir weiter», flüstert er rau und lässt meine Hand los. Er geht zum Bett und schaltet eine kleine Lampe an. Sanftes warmes Licht breitet sich im Zimmer aus. «Diese Tür gehört zum begehbaren Kleiderschrank. In das Arbeitszimmer nebenan gehe ich eigentlich nie, sondern arbeite meist hier am Schreibtisch. Das ist meine Musik.» Er nickt zu dem Regal an der Wand, in dem sorgfältig Kassetten und Schallplatten aufgereiht sind. «Meine Bücher.» Er sieht mich an. «Mein Bett.» Sein Adamsapfel bewegt sich auf und ab, als er schluckt. «Mein *ungemachtes* Bett», verbessert er sich. «Sorry.»

William zögert. Nein, er wartet ab.

Mir schlägt das Herz bis zum Hals, weil er mich so ansieht. So abwartend, erwartend, erwartungsvoll. Wir sind keinen Meter voneinander entfernt. Wenn ich die Hand ausstrecke, könnte ich ihn berühren.

«Eine sehr realitätsnahe Führung», kommentiere ich. «Darf ich mich revanchieren?» Als William mit fragend erhobenen Brauen nickt, schließe ich die Zimmertür und schlüpfe aus meinen halbhohen Stiefeln. «Dann bin ich jetzt dran. Das hier sind meine Stiefel», erkläre ich ihm, und William fängt breit an zu grinsen. Er streift sich ebenfalls seine Schuhe ab. Ich halte seinen Blick fest, ziehe mit beiden Händen den Reißverschluss auf und lasse meinen Rock runterrutschen. «Mein Rock.» Mit dem Fuß kicke ich ihn beiseite.

«Okay», sagt er rau, knöpft seine Hose auf und steigt ein Bein nach dem anderen heraus.

Langsam streife ich meine Strumpfhose nach unten und rolle sie über meine Füße ab. «Meine Strumpfhose», erkläre ich ihm und unterdrücke ein Erschauern, weil meine Beine sofort von einer Gänsehaut überzogen werden. Mit seinen grünblauen Augen folgt William jeder meiner Bewegungen, das sehe ich, auch wenn er die Lider halb gesenkt hat. Dieser Blick fasziniert mich mehr als alles andere an ihm. Dass er immer ein bisschen müde aussieht. Wie schwer seine Lider sind, wie dicht seine dunkelblonden Wimpern. Wie dunkel das Mal um sein Auge. Jetzt in diesem Moment kommt es mir sogar noch dunkler vor als sonst.

Mein Brustkorb muss gleich explodieren, so hart hämmert mir das Herz gegen die Rippen. Ich will ihn so sehr. Ich weiß nicht, ob es normal ist, dass ich eigentlich den ganzen Tag an nichts anderes denken kann als daran, William anzufassen und von ihm wiederberührt zu werden, ihn zu küssen und wiedergeküsst zu werden, ihn zu lieben und wiedergeliebt zu werden. *Redamancy*. Ich weiß nicht, ob es normal ist, dass es schon ausreicht, an William zu denken, um mich zu fühlen, als wäre ich im freien Fall. Ist es normal, dass ich seine Berührungen sogar spüren kann, wenn er nicht mal im selben Zimmer ist? Dass die Erinnerung daran ausreicht, um meine Kehle trocken und mich zwischen den Beinen feucht werden zu lassen?

Ich fasse meinen engen Rollkragenpullover am Saum und ziehe ihn mir über den Kopf, schüttle das Haar aus, das sich darin verfangen hat, und werfe ihn zu Boden. «Mein Pullover.»

«Das ... sehe ich.»

Ich trage keinen BH, sondern nur ein weißes Hemd mit

schmalen Trägern, und einer davon rutscht mir über die Schulter. Meine Brustwarzen ziehen sich unter Williams Blick fast schmerzhaft hart zusammen. Er streckt eine Hand aus und lässt einen Finger am Rand meines Hemdes entlanggleiten, zieht den Träger noch tiefer, bis ich spüre, wie der Stoff über meine Brustwarze rutscht. Er schluckt sichtbar, knöpft dann sein eigenes Hemd auf. Langsam. Quälend langsam. So langsam, dass ich es fast nicht aushalte. Als er das Hemd endlich abstreift, strecke ich die Hand aus, um sie flach auf seinen Brustkorb zu legen und seinen Herzschlag zu spüren. Er fühlt sich rasend schnell an. William rührt sich nicht, als ich auch die zweite Hand hebe. Meine Daumen kreisen über seine Brustwarzen, und geräuschvoll saugt er die Unterlippe zwischen die Zähne. Ich streichle über seinen Rippenbogen nach unten, fahre über seinen flachen Bauch bis zum Bund seiner Boxershorts. Lasse meine Fingerspitzen unter den Bund gleiten, bis sie den Ansatz seiner Intimbehaarung berühren. Ich würde ihn so gerne überall berühren, ihn überall küssen. Meine Hände streicheln über die Stelle, wo der Stoff sich sichtbar nach vorne wölbt.

«Ich würde dich gerne küssen.»

«Gott, ja.» William zieht mich an sich. Diese erste Hitze, als unsere Körper aneinanderstoßen, nimmt mir den Atem, lässt mich vor Erregung erschauern. Jetzt erst merke ich, wie kalt meine Brüste sind, weil seine Haut mich fast versengt. Sein Mund senkt sich auf meinen, kostet mich.

«Ich meine nicht auf den Mund», keuche ich.

«Du meinst ... einen Blowjob?» Seine Augen weiten sich, als würde ihn das kalt erwischen. Aber ... dass er das einfach so ausspricht! Er ist fast genauso atemlos wie ich, doch jetzt kommt wieder dieses Glitzern zum Vorschein, das alles bedeuten kann. Bei dem ich einfach mit allem rechnen muss.

«Ich …» Ich schlucke. «Ehrlich gesagt habe ich das noch nie gemacht. Aber ich würde es gerne ausprobieren.» Ausprobieren? *Gott, Eden, das klingt fast, als wäre er ein Versuchskaninchen!*

Aber William hat mich auch auf diese Art geküsst, und es war wunderschön. Ich möchte wissen, wie es sich anfühlt, wie er schmeckt, wie es für ihn ist. Weil er mich jetzt skeptisch anguckt, frage ich: «Magst du das nicht?»

«Doch, schon. Sehr», gibt er zu und lacht leise. «Aber ich schätze, es … es kommt irgendwie drauf an.»

«Worauf?»

«Ob du das wirklich willst.»

Ich nicke sofort, auch wenn es gut sein kann, dass mir vor Nervosität das Herz gleich aus dem Brustkorb hüpft. Was habe ich da nur angefangen?

Williams Finger spielen mit meinem Haar. «Ich meine, willst du es, weil du es willst? Oder willst du es, weil du denkst, dass ich will, dass du es willst?»

Okay, ich glaube, ich muss meinen Posten als CEO des Overthinking an William abtreten. Ich will das nicht, weil ich denke, dass er es von mir erwartet. Oder weil er das bei mir gemacht hat. Okay, vielleicht ein bisschen, weil er das auch bei mir gemacht hat.

Atmen, Eden! Das Atmen nicht vergessen!

«Weil ich es will.»

38. KAPITEL

Als ich Williams Boxershorts nach unten ziehe, kann ich mit jeder Faser spüren, dass er hin- und hergerissen ist. Ich weiß nur nicht, warum. Weil er immer noch denkt, ich fühle mich dazu verpflichtet? Weil er fürchtet, es könnte nicht okay für mich sein? Oder hat er Angst, dass ich ihm wehtue, falls ich mich ungeschickt anstelle? Ich räuspere mich und komme wieder hoch. «Muss ich auf irgendwas achten? Ich meine ...»

«Deine Zähne», sagt er sofort, und dann müssen wir beide plötzlich lachen. So sehr, dass wir uns aneinander festhalten. Ich vergrabe mein Gesicht an Williams Hals. Dann werden wir wieder ernst.

«Ich verspreche, ich werde aufpassen», flüstere ich.

«Und ich bin beschnitten. Also nur, falls dir das noch nicht aufgefallen ist und du dich das fragst.»

Das habe ich wirklich noch nicht gemerkt. Weil William beim letzten Mal das Kondom selbst angezogen hat und weil es dunkel war. Und außerdem weil ich auch nicht so richtig viel Erfahrung habe, um das sofort zu registrieren. Ich habe William schließlich nicht so eingehend untersucht wie die Davidstatue in der alten Woodford-Bibliothek.

Er stöhnt auf. «Allein davon zu reden, lässt mich schon steinhart werden, Eden.»

Oh Gott.

Dass er das ernst meint, spüre ich sofort, als er mich an sich presst. Und ich finde es wunderschön. Und dann tue ich es einfach. Ich gehe vor ihm in die Knie, umfasse seinen Po, streichle ihn und küsse dann seine Leiste. Mit den Lippen fahre ich langsam über seine Gänsehaut und mit den Händen vorsichtig über die samtigweiche Haut seiner Erektion. William riecht gut. Er riecht überall gut, und das macht es mir so leicht. Ich lege meine Stirn an seinen Bauch und atme. Atme einfach nur, sauge seinen Duft ein und nehme seinen Penis in beide Hände. Vorsichtig küsse ich die Eichel, was dazu führt, dass William scharf die Luft einzieht. Mit der Zunge koste ich ihn, lecke an seiner Haut, und ich bin überrascht, wie zart und ungeschützt sich das anfühlt. Ich nehme ihn in den Mund, und Williams Hände legen sich sofort auf meinen Hinterkopf, seine Finger graben sich in mein Haar, halten sich an mir fest. Als ich zu ihm hochgucke, hat er den Kopf in den Nacken gelegt und stöhnt leise. Zu sehen, wie sehr ihm das gefällt, lässt meinen Herzschlag rasen. Meine Lippen bewegen sich. Ich versuche, ihn tiefer aufzunehmen, habe aber nicht damit gerechnet, wie schwer es ist, ihn nicht aus Versehen mit den Zähnen zu streifen. Und ich will ihm nicht wehtun und den Moment kaputtmachen.

William hält sich zurück, er bewegt sich nicht, nur am Druck seiner Hände merke ich, wie angespannt er ist. Meine Lippen gleiten an ihm auf und ab, und dann bewegt William doch leicht seine Hüfte, stößt in meinen Mund und stöhnt dabei noch lauter auf. Wow. Ich hätte nicht gedacht, wie überwältigend es sich anfühlt, zu wissen, dass ich das in ihm auslöse.

Aber er lässt es trotzdem nicht lange zu. Ich muss Luft holen, schlucken, und lasse seinen Penis deshalb aus meinem Mund gleiten, und William nutzt den Moment, um mich zu sich hochzuziehen. «Eden, lass uns ... ich halte das garantiert nicht lange aus, und ich will dich ... Gott, ich will dich von hinten nehmen. Weil ich dich so überall anfassen kann. Ist das okay?»

«Ja, total okay», sage ich überrascht.

Seine Finger gleiten seitlich in meinen Slip. Er streift ihn nach unten, hält mich fest, damit ich nicht das Gleichgewicht verliere, während ich aus ihm heraustrete.

Mir ist immer noch ein bisschen schwindelig vom schnellen Aufstehen, deshalb taste ich nach dem Bett. William holt ein Kondompäckchen aus seinem Nachttisch. Ich höre das Papier knistern, während ich auf die zerwühlte Matratze klettere. Und dann ist er da, geht hinter mir in die Hocke, zieht mich auf sich, sodass ich auf seinem Schoß sitze. William küsst meinen Nacken, meinen Hals und flüstert: «Willst du es?»

«Ja», hauche ich. Ich bin gar nicht fähig, etwas anderes zu sagen als immer wieder Ja, während er mich mit den Armen umschlingt. Seine Hände streicheln über meinen Bauch, schieben mein Hemd nach oben, streifen es mir über den Kopf und umfassen meine Brüste. Von hinten drückt sein Penis gegen meinen Po. Dann gleitet seine andere Hand zwischen meine Beine, und ich stöhne auf.

Weil ich dich so überall anfassen kann.

Oh ja. Wirklich. William fasst mich überall an.

«Du bist so feucht, Eden», keucht er. Er drückt meinen Oberkörper nach vorn, und ich stütze mich am Kopfteil des Bettes ab, als er ganz langsam von hinten in mich eindringt. Aus meinem Mund kommt sofort ein Stöhnen. Er zieht sich zurück, quälend langsam, dann stößt er wieder zu, und ich beantworte das mit einem so tiefen Seufzen, als würde der letzte Rest Sauerstoff aus meinen Lungen strömen. «Ist das gut?»

«Gott, ja!»

William lacht atemlos auf, und sofort macht er es noch einmal. Und noch einmal. Und jedes Mal stöhne ich noch lauter auf und hoffe, dass die Wände hier nicht so hellhörig sind wie in unserem Wohnheim.

William hört auf, in mich zu stoßen, und hilft mir, mich zurückzulehnen, mich an ihn zu lehnen. Mit der einen Hand knetet er meine Brust, mit der anderen findet er den richtigen Punkt zwischen meinen Beinen und massiert mich. Es dauert nicht lange, bis mein Atem nur noch keuchend geht. Das Gefühl ist atemberaubend. William füllt mich aus, William hält mich fest, William streichelt mich – es ist überwältigend. Meine Beine fangen an zu zittern, ich halte mich an seinen Oberschenkeln fest, dann verliere ich die Kontrolle, zittere, bebe unter seinen Händen und schreie auf, als ich komme. So laut, dass es mich selbst erschreckt.

Für einen Moment hält er inne, lässt mir Zeit, mich zu sammeln, wieder zu Atem zu kommen, wieder zu wissen, wo oben und unten ist.

«Du bist so verdammt schön, Eden. Deine Stimme ... Ich liebe es, wenn du stöhnst, das ist einfach ... Mach das noch mal. Stöhne noch mal so für mich.» Er bewegt sich unter mir, und ich falle nach vorn. Stemme meine Hände gegen das Kopfende, während er von hinten wieder und wieder in mich eindringt. William hält sich an meinen Hüften fest und stößt fest zu, mehrmals, und ich antworte darauf. Dann keucht er laut auf. Seine Finger pressen sich in meine Haut. Er gibt ein Ächzen von sich, das dunkel und tief aus seinem Innersten zu kommen scheint. Der Druck seiner Hände lässt nach. Langsam spreizt er die Finger, als das Gefühl in ihm nachbebt. Und es dauert unendlich lange, bis mein eigener Herzschlag sich wieder beruhigt.

• • •

«Dein Hemd ist zerknittert», stelle ich kritisch fest. «Bestimmt fällt den anderen das sofort auf.» Wir waren viel zu lange weg, und am liebsten wäre ich einfach in Williams Bett liegen geblieben. Aber es ist sein Geburtstag, und er kann unmöglich die anderen bei seiner Familie allein lassen. Deshalb haben wir uns blitzschnell in seinem Badezimmer geduscht, darauf geachtet, dass unsere Haare nicht nass werden, und sind dann in dieselben Klamotten geschlüpft.

«Schon möglich, aber ich schätze, meine Familie ist taktvoll genug, das zu übersehen. Für Devin kann ich allerdings nicht garantieren.»

«Oh Gott.» Mir wird innerlich jetzt schon heiß.

«Aber selbst wenn, meine Eltern waren auch mal jung. Ich will gar nicht wissen, was sie in Woodford alles ... okay, vergiss es. Was mir viel mehr Sorge macht: Ich habe Hunger, hoffentlich haben sie uns was zu essen übrig gelassen.»

Ich stimme ihm zu, genauer gesagt stimmt ihm mein Magen knurrend zu.

Wir steigen aus dem Aufzug, und sofort schlägt uns Gelächter aus dem Esszimmer entgegen. Nur dass es nicht uns gilt, sondern Garrett und Kendra, die sich offenbar gerade wieder in die Haare geraten sind. Keiner beachtet unsere zerknitterten Klamotten, als wir reinkommen. Zumindest gibt niemand eine blöde Bemerkung von sich, weil wir zu spät sind, und das erfüllt mich mit echter Dankbarkeit für Williams Familie. Und Devin ist Gott sein Dank viel zu sehr mit seiner Schwester beschäftigt.

Ein Mann am Tisch steht auf, als er uns sieht. Er ist unschwer als Williams Dad zu erkennen. «Da seid ihr ja. Hallo, Eden, freut mich, dich kennenzulernen. Hier ist noch Platz.» Er schiebt einen Stuhl für mich zurück.

«Danke, Mr. Grantham.»

«Nenn mich einfach Bill.»

Ich werde rot, was bescheuert ist. Ich weiß ja, dass er auch William heißt, sonst wäre mein William schließlich nicht der dritte William in der Familie. Trotzdem wird es ein total seltsames Gefühl sein, ihn mit seinem Spitznamen anzureden.

«Bill, könntest du für die beiden noch eine Vorspeise aus der Küche holen? Ich habe sie vorsichtshalber in den Kühlschrank gestellt.»

«Das mach ich», kräht eine helle Stimme, und sofort flitzt ein kleines blondes Mädchen an uns vorbei. Es dauert keine Minute, da scheppert es in der Küche, als sie mit Schwung die Kühlschranktür zuwirft, und sowohl Williams Mom als auch sein Dad machen ein schmerzverzerrtes Gesicht. «Ich hoffe, das geht gut», stöhnt Williams Dad.

«Nur ein Teller auf einmal!», ruft seine Frau Katie hinterher und gibt ein Seufzen von sich.

Bill grinst mir zu, und ich bin sofort für ihn eingenommen. Er ist genauso liebenswert wie seine Frau. Man muss ein echtes Glückskind sein, in einer so liebevollen Familie aufzuwachsen. Williams Mom stellt mir die anderen Gäste vor, die mir über den Tisch zur Begrüßung zunicken. Mr. Blakely, einen alten Freund der Familie, der seinen ältesten Sohn und dessen Freundin mitgebracht hat. Asher und Ivy. Dann ein weiteres Ehepaar, deren Namen ich leider nicht verstehe, weil Devin so laut mit Garrett diskutiert. Williams Tante Cora ist ohne ihre Kinder gekommen und sitzt links von mir, und dann noch zwei Freunde, die mit William zusammen die Privatschule besucht haben, jetzt aber in Harvard studieren: Mason und Leo.

Als Katie einen Teller balancierend zum Tisch kommt, rutscht die Süßkartoffel gefährlich nah an den Tellerrand.

«Danke schön», sage ich, als sie ihn sicher abstellt. «Ich bin

Eden. Wir haben vor ein paar Tagen miteinander telefoniert, weißt du noch?»

«Ich weiß, wer du bist.» Sie grinst mich mit ihren winzigen weißen Zähnen an.

«Ich habe dir was mitgebracht.» Ich zwinkere. «Sollen wir es zusammen aus meiner Tasche holen?»

Sie kaut eine Weile auf ihrer Unterlippe, dann nickt sie.

«Du musst mir nur zeigen, wo die Jacken hängen», flüstere ich, als hätten wir ein Geheimnis, «weil Kendra meine Tasche für mich aufgehängt hat, und jetzt weiß ich nicht, wo sie ist.»

Sie fängt unsicher Williams Blick auf.

«Bekomme ich eigentlich auch was zu essen, du Frosch?», fragt der seine kleine Schwester.

«Ja. Wir müssen aber erst was erledigen. Was Wichtiges!» Jetzt wippt sie auf der Stelle und wartet ungeduldig darauf, dass ich aufstehe. Ich schiebe meinen Teller zu William über den Tisch und folge ihr bis zur Eingangshalle, von der ein kleiner Schrankraum abgeht, und fische dort das zerknitterte Päckchen aus meiner Tasche. Erst sieht Katie mich nur unschlüssig an, aber als ich ihr aufmunternd zunicke, reißt sie es so ungeduldig auf, dass sie Papierschnipsel auf dem ganzen Fußboden verteilt und ich sie lachend einsammle.

Sie hält das blaue T-Shirt hoch und macht große Augen. Fast so groß wie der Minion, der uns darauf mit seinem riesigen gelben Brillengesicht anglotzt.

«Es ist ein Minions-T-Shirt», sage ich unnötigerweise, weil Katie ganz stumm bleibt und ich mir plötzlich sicher bin, dass ich das Falsche besorgt habe. Die falsche Farbe, das falsche Motiv. Ich hätte das knallgelbe Shirt nehmen sollen und nicht den Minion mit den Bananen in der Hand. Als Katie das T-Shirt nun an ihren runden Bauch hält, reicht es ihr fast bis zu den Knien.

«Oh, Mist», sage ich. «Tut mir leid, Katie, dass es so groß ist.

Ich wusste nicht, welche Größe du brauchst, und habe mich total verschätzt. Vielleicht kannst du es zum Schlafen anziehen?»

Sie nickt. Und dann fliegt sie mir plötzlich in die Arme. Genau genommen legt sie ihre kleinen Arme um meinen Bauch. Ich glaube, sie freut sich doch, aber weil ich nicht weiß, wie ich damit umgehen soll, strubble ich ihr nur vorsichtig über den Kopf.

«Willst du es mal anprobieren?»

Sie nickt wieder und zieht sich das T-Shirt umständlich über ihren dicken Pullover, bevor sie zurück ins Esszimmer flitzt. Dort wird das T-Shirt ausgiebig bewundert, und ich werde rot, als Williams Mom mir begeistert dankt.

Es dauert nicht lange, bis wir mit dem Essen fertig sind. Nur der Nachtisch wartet noch in der Küche, aber wir sind alle so satt, dass wir den auf später verschieben, mit Ausnahme von Katie, die jetzt schon eine große Portion bekommt. Vermutlich weil sie in nicht allzu ferner Zukunft ins Bett muss. Williams Eltern bleiben mit ihren Freunden am Tisch sitzen, wir anderen ziehen mit Katie in den offenen Wohnbereich um, wo Devin ein paar Drinks mixt.

Kendra zeigt ihrem Bruder gerade einen Vogel, weil er viel zu viel Whiskey in ein Glas schüttet. «Damit lasse ich mich auch nicht überreden. Ich werde höchstens mit euch Trivial Pursuit spielen, wenn ich die Kinderedition kriege. Wie siehst du das, Eden?»

«Kinderedition klingt gut. Ich bin so schlecht in Geografie, diese Wissensecke schaffe ich sonst nie.»

«Wir sollten Teams bilden», schlägt Mason vor. «Wir sind sowieso zu viele Spieler.» Mason ist ein etwas bullig wirkender Typ mit sehr kurzen blonden Haaren. Sein Freund Leo trägt seine dunklen Strähnen zu einem lockeren Man Bun zusammengebunden.

Die andere junge Frau mit dem süßen Pony und den blonden Spitzen in ihrem dunklen Longbob – ich glaube, ihr Name war Ivy – setzt sich neben mich auf das weiche Sofa und fängt ein Gespräch an. «Will hat erzählt, dass du mit ihm in Woodford studierst.»

«Ja, ich habe ein Stipendium bekommen und wohne mit ihm im North Park House.»

«Ich war noch nie dort, aber ich stelle es mir echt toll vor, eine ganze Insel als Campus zu haben. Eure Insel ist auch gar nicht so weit von uns entfernt. Ashers Dad hat ein Haus auf einer Privatinsel. Man könnte von dort mit dem Boot zu euch rüberfahren.»

«Wirklich? Muss ein Traum sein, dort zu wohnen.»

Sie nickt. «Das habe ich nicht immer so gesehen, aber ja, es ist ein Traum.» Sie lächelt ihrem Freund zu, einem gut aussehenden Typ mit einer Narbe am Mundwinkel, die ihn wirken lässt, als hätte er ein leicht spöttisches Lächeln auf den Lippen. «Eine Freundin von mir ist ganz neu als Lehrassistentin in Woodford. Jenna Colegrove.»

«Oh. Ja, sie leitet unseren Einführungskurs.»

«Wirklich?», fragt Ivy verblüfft. «Was für ein Zufall. Oder vielleicht auch nicht. Ich vergesse immer, wie klein Woodford ist. Dartmouth hat fast viermal so viele Studenten. Jenna und ich haben eine Zeit lang zusammen auf demselben Flur in Kings Hall gewohnt.»

Wir quatschen eine Weile über das Studium, bis William und Garrett das Spielbrett aufgebaut haben, dann bilden wir Teams.

Es ist furchtbar. Ich kann mich auf keine der Fragen richtig konzentrieren und überlebe die ersten beiden Runden nur, weil Sun-young in meinem Team ist. Bis wir zu Geografie kommen. Ich hasse Geografie, und Sun-young ist darin leider auch nicht besser.

«Welche Brücke verbindet Brooklyn mit Staten Island?»

Verdammt, das ist so peinlich. Ich habe keinen blassen Schimmer. Ivy rutscht mit der Karte in der Hand auf dem Sofa nach vorn und fixiert uns, als könnte sie uns die Antwort telepathisch übermitteln. «Das ist New York, Leute, nicht Timbuktu!» Sie guckt uns so gequält an, dass alle losprusten.

«Ich weiß es wirklich nicht. Die Brooklyn Bridge?»

Ivy stöhnt. Devin gibt ein lautes *Möööp* von sich, und Kendra und Garrett lachen uns lauthals aus. «Die Verrazano-Narrows-Bridge. Ihr solltet euch wirklich schämen.»

«Den Namen habe ich echt noch nie gehört», gebe ich zu.

Katie, die den Beutel mit den bunten Ecken in der Hand hält und in ihrem Minions-Shirt um den Tisch herumhüpft, will uns schon eine grüne Ecke in den runden Spielstein stecken, wird von Devin aber zurückgehalten. «Stopp, Katie, hier wird nicht gepfuscht.»

Sun-young schnappt sich eine Karte und liest William und Devin die nächste Frage der Kategorie Kunst & Literatur vor. «Auf welchem Shakespeare-Stück basiert der Großteil der Handlung des Disneyfilms *Der König der Löwen*?» Sie kommt nicht mal dazu, die vier Antwortmöglichkeiten vorzulesen, weil Devin und William beide sofort gelangweilt «Hamlet» ausrufen.

«Richtig!»

Na großartig. Natürlich haben sie es richtig. Hätte mich auch sehr gewundert, wenn die beiden einmal was nicht wüssten. Aus irgendeinem Grund regt mich das auf. Garrett und Kendra sind leider auch gut zusammen, obwohl sie nur widerwillig ein Team gebildet haben, nachdem Sun-young mich gefragt hat, ob wir zusammenspielen. Wenigstens Mason und Leo verhauen die nächste Frage. Als Sun-young und ich wieder an der Reihe sind, landen wir ein weiteres Mal auf Grün.

«In welchem Ozean liegt der Feuerring?» Asher liest uns die vier Antwortmöglichkeiten vor. Die anderen fangen jetzt schon an zu lachen, weil ich so ein verzweifeltes Gesicht mache.

«Keine Ahnung.» Sun-young hebt die Schultern an.

Wir müssen raten, und unsere Chance beträgt eins zu vier. Ich fange Williams Blick auf, der mit seinen Lippen ein Wort formt. Wehe, er lügt mich an! «Der Pazifik?», frage ich mit viel zu heller Piepsstimme.

Asher springt vom Sofa neben uns auf, schlingt von hinten einen Arm um Williams Hals und nimmt ihn in den Schwitzkasten. «Ich habe das genau gesehen, du kleiner Mistkerl.» Er durchwühlt sein Haar mit der anderen Hand. «Mach es beim nächsten Mal wenigstens nicht so auffällig, verdammt!»

Das Gelächter von William und der Protest von Mason und Leo hält Katie nicht davon ab, uns sofort einen grünen Stein in den Wissensspeicher zu stecken. Gott, bin ich erleichtert, dass Geografie erledigt ist.

Welcher afrikanische Staat hat sowohl am Mittelmeer als auch am Atlantischen Ozean eine Küste?

Welcher amerikanische Präsident hat sich beim Skifahren in Camp David das Schlüsselbein gebrochen?

Welche Kellogg's Sorte wurde 1934 von drei Elfen mit einer Flagge beworben, auf der «Kürzere Arbeitstage für Mütter» stand?

Die Frage geht an Ivy und Asher, und sie haben beide keine Ahnung. Ivy gibt ihrem Freund einen Rippenstoß. «Ich wette, dein Bruder wüsste das. Er ist besessen von diesen ekelhaften Rice Krispies. Garantiert kennt er auch jede alte Werbung von den anderen Sorten.»

«Rice Krispies», rät Asher deshalb ins Blaue hinein, und Sun-young und ich geben synchron ein Stöhnen von uns, weil die beiden auch noch richtigliegen.

Am Ende landen Devin und William als Erste mit ihrem Spielstein in der Mitte und bekommen die Masterfrage gestellt. Wir diskutieren uns heiß, welche Kategorie ihnen am ehesten das Genick brechen könnte, und entscheiden uns für Geschichte. Was ein Fehler ist.

«Welche europäische Familie erfand den internationalen Aktienmarkt?» Ich lese die Frage vor und sehe sofort am Glitzern in Williams Augen, dass ich die Antwortmöglichkeiten nicht mal vorlesen brauche. Er muss nicht eine Sekunde überlegen, und ich stöhne frustriert auf. Ich hasse dieses Spiel. «Ach, komm schon! Dein Ernst?»

Die anderen haben unseren Blickwechsel anscheinend nicht mitbekommen. Devin stößt ein «Hä?» aus und will die Antworten zum Auswählen hören.

«Die Rothschild-Familie», sagt William mit einem Schulterzucken, bevor ich sie vorlesen kann. «Das war jetzt wirklich viel zu einfach. Sicher, dass du nicht aus Versehen die Kinderedition genommen hast?»

Ich stopfe die Karte zurück in den Plastikkasten und strecke ihm die Zunge raus. «Sicher, dass du nicht alle Fragen schon auswendig kennst, weil ihr das ständig spielt?»

«Das ist ein neues Set.» William hält Katie lachend seine Faust hin, und sie schlägt mit ihrer kleinen Faust dagegen.

Wir räumen das Spiel zusammen. Jemand kommt auf die Idee, Katies Karaoke-Spiel aus dem Kinderzimmer zu holen, und Garrett bringt uns alle mit seiner Performance von Frozens *Do You Want to Build a Snowman?* zum Lachen.

Irgendwann stoßen Williams Eltern mit ihren Freunden dazu. Ashers Vater singt mit Ivy zusammen einen Song von Robbie Williams, was unglaublich süß ist. Katie klettert neben mir aufs Sofa und dann auf meinen Schoß. Dass sie mir so sehr vertraut, lässt ein warmes Gefühl durch meinen Bauch strömen. Ich schlinge die Arme um ihren kleinen Körper und halte sie fest. Obwohl die Musik so laut ist und wir beim nächsten Lied über ihren Dad lachen, weil er wirklich überhaupt keinen Ton halten kann, wird Katies Körper immer schwerer. Nach ein paar Minuten schläft sie einfach so ein. Auf meinem Schoß.

William bemerkt es, und das Lächeln, das sich auf seinem Gesicht ausbreitet, macht mich zum glücklichsten Mädchen der Welt. Das hier ist wirklich der Anfang meines neuen Lebens.

39. KAPITEL

Wir sind zu spät. Ich weiß gar nicht genau, wann wir schließlich schlafen gegangen sind. Aber ich glaube, es fing schon an, hell zu werden, als William sich zu mir in sein Bett kuschelte. Ivy und Asher haben mit Mason und Leo unten in der Wohnung von Williams Eltern übernachtet. Garrett, Devin, Kendra und Sun-young hat William auf die beiden anderen Schlafzimmer seiner Etage verteilt. Den halben Tag haben wir verschlafen. Und jetzt ist William genauso unwillig aufzustehen wie ich, aber wir müssen los, wenn wir die letzte Fähre noch erreichen wollen.

«Hast du eine Zahnbürste für mich?»

«Ja ...» Er räuspert sich. «Badezimmerschrank.» Seine Stimme klingt noch eingerostet. «Sag mir, dass wir nicht schon halb vier haben.»

«Dann würde ich lügen.» Ich streiche sein Haar zurück, was William dazu bringt, die Augen zuzukneifen.

«Es wäre eine Notlüge», murmelt er.

William dämmert wieder weg, und ich husche ins Bad, klappe den Spiegelschrank auf und finde einen ganzen Stapel noch verpackter Zahnbürsten, wofür ich unendlich dankbar bin. Wir hatten nicht geplant, hier zu übernachten. Aber weil sich Williams Geburtstag dann doch zu einer richtigen Party entwickelt hat, war das irgendwann egal. Ich putze mir in Lichtgeschwindigkeit die Zähne, wasche mir den Schlaf aus dem Gesicht und sprühe etwas von dem Deo auf, das ich im Schrank finde, bevor ich mich anziehe. Als ich ins Schlafzimmer zurückkomme, hat William sich keinen Millimeter bewegt.

«Will», flüstere ich. Ich gebe ihm einen Kuss auf die Schläfe. «Wir brauchen eine Stunde bis zur Fähre. Die letzte geht sonntags schon um fünf. Also falls du nicht zufällig ein Motorboot aus dem Ärmel schütteln kannst ...»

Mit einem Stöhnen richtet er sich auf und hält sich dann den Kopf. «Okay, gib mir fünf Minuten.» Er wirft die Decke beiseite, rutscht zur Bettkante und zieht sich das schlichte weiße Shirt über den Kopf, das irgendwo am Fußende gelegen hat. «Ich brauche ein Aspirin, eine Dusche und einen Kaffee. In dieser Reihenfolge. Und du?»

«Dich.» Ich stelle mich zwischen seine Beine, lege beide Arme um seinen Nacken, und William vergräbt sein Gesicht in meinem Pulli.

«Deine Antwort gefällt mir viel besser.» Er streicht mir über den Rücken, was sich vertraut und nach ganz viel Wärme anfühlt. Ich kann mich nur schwer von ihm trennen, aber ich habe im Bad eine Schachtel mit Aspirin gesehen, deshalb gebe ich ihm einen Kuss aufs Haar, bevor ich dort ein Glas mit eiskaltem Wasser volllaufen lasse, um ihm die Tablette zu bringen.

William ist am Telefon, als ich zurückkomme, und sagt nur noch «Bis gleich», bevor er das Gerät zurück auf die Ladestation legt. «Wesley ist in einer Viertelstunde unten in der Tiefgarage und wartet auf uns.» Er nimmt mir dankbar das Glas ab. «Hoffentlich sind die anderen wacher als wir.»

Als wir es tatsächlich schaffen und eine Viertelstunde später in die Limousine steigen, drückt Wesley, der Fahrer, jedem Einzelnen von uns einen Pappbecher in die Hand. «Du siehst verdammt müde aus», stellt er fest, als William ihm seinen Becher abnimmt.

«Ich sehe immer müde aus. Danke, du bist unsere Rettung.»

«Ich gebe mein Bestes, aber wir haben nur noch eine knappe Stunde, und auf der 95 ist nicht wenig Verkehr, von den Baustellen ganz abgesehen. Könnte also eng werden.»

Ich klammere mich an meinem Kaffee fest. Er ist zwar schwarz, aber heiß und leicht gesüßt – genau das, was ich jetzt brauche. Ich rutsche neben Kendra in die Limousine. Garrett hängt schon mit dem Kopf zurückgelehnt im Polster. Sein Adamsapfel tritt deutlich hervor, und er sieht unnormal blass aus. Sun-young hat die Arme in ihrem dicken Anorak vor dem Bauch verschränkt und sich eine pinke Schlafbrille mit Katzenohren über die Augen gezogen. Als Devin sie danach fragt, klappt sie eine Seite davon kurz hoch. «Die habe ich immer dabei. Warum?»

«So ein Teil muss ich auch haben. Gibt's die im Walmart?»

«Die hat meine Eomma genäht. Aber ich kann sie fragen, ob sie dir auch eine macht.»

«Cool.»

Devin scheint der Einzige von uns zu sein, dem die Nacht kaum etwas ausgemacht hat. Er zieht zwar kurz die Nase hoch, als wäre er ein bisschen erkältet, aber ansonsten ist er geradezu aufgekratzt. Er lacht immer noch darüber, wie schief Williams Dad gesungen hat. «Alter, jetzt weiß ich, woher du dein fehlendes Gesangstalent hast.» Er schlägt William auf den Oberschenkel, was dieser mit einem Stöhnen beantwortet. «Ich dachte immer, dass du mich verarschst, aber du singst fast genauso schlimm wie er. Ich hatte locker hunderttausend Punkte mehr als du.»

«Gratulation», sagt William trocken. «Wieso bist du eigentlich so abartig munter?» Skeptisch sieht er ihn über den Rand des Kaffeebechers an. «Du hast gestern viel mehr getrunken als ich.»

«Vielleicht bin ich im Gegensatz zu dir einfach trainiert?»

William schüttelt gequält den Kopf und lehnt ihn dann zurück, als der Wagen aus der Tiefgarage heraus ins Tageslicht fährt.

Ich weiß nicht, warum ich jetzt an die Tabletten denken muss, aber sie kommen mir unweigerlich in den Sinn. Devin ist fast noch aufgedrehter als sonst. Seine Nase ist gerötet, und seine Augen gehen immer wieder unruhig hin und her. Vielleicht wirkt sich die lange Nacht bei ihm auch einfach anders aus als bei uns. In jedem Fall redet er wie ein Wasserfall, und selbst Kendra gibt ihm nur einsilbige Antworten.

«Wie kannst du den Kaffee so runterkippen?», fragt Garrett ihn. «Der ist doch voll heiß.»

«Finde ich gar nicht.» Devin zuckt mit den Schultern.

Wesley drückt aufs Gas, sobald wir vom Highway 1 die Auffahrt Richtung New Hampshire und Maine nehmen und auf der Interstate landen. Dann kommt leider schon die erste Baustelle.

Ich schließe die Augen und versuche, mich zu entspannen, was mir tatsächlich gelingt. Devin redet die ganze Zeit mit Garrett, und das Geräusch wird zu einem Hintergrundrauschen. William und Kendra werden nach ihrem Kaffee auch fitter, und ich genieße es, ihren Stimmen zu lauschen. Ich gehöre dazu. Ich weiß nicht, woher der Gedanke auf einmal kommt, aber er breitet sich wie ein Lauffeuer in meinem Kopf aus. Ich muss nichts sagen, ich kann ihnen einfach zuhören, nur dabeisitzen und fühle mich geborgen, weil es meine Freunde sind. Weil ich das erste Mal seit fast einem Jahr spüre, dass ich wieder dazugehöre.

Aber wir werden die Fähre nicht rechtzeitig erreichen. Es liegen noch gut zwanzig Minuten Weg vor uns, und es ist schon Viertel vor fünf. Draußen ist es so grau, dass man sich einbilden könnte, die Sonne würde jetzt schon untergehen. Zwischendurch regnet es, und je näher wir Portsmouth kommen, umso trüber wird es. Kendra checkt die Fährverbindung auf ihrem Handy.

«Okay, Leute, das war's.» Mit dem Daumen scrollt sie die Seite nach oben. «Sie haben den Betrieb für heute eingestellt. Du kannst Wesley sagen, dass er sich nicht mehr beeilen muss.»

«Nicht dein Ernst?» William zieht eine Braue hoch.

«Fuck», stößt Devin aus. «Die können doch nicht einfach die letzte Fahrt streichen!»

«Haben sie aber. Wegen schlechter Sicht.»

«So eine Scheiße!» Garrett beugt sich vor und lässt sich von Kendra die Website zeigen. «Wir haben seit zwei Wochen schlechte Sicht. Was ist daran heute anders als die letzten verfluchten Tage?»

«Keine Ahnung. Aber ...» Sie überlegt, dann breitet sich ein Grinsen auf ihrem Gesicht aus. «Eden kann rudern.»

Im ersten Moment halte ich es für einen Witz. Nur dass die anderen auf diesen schlechten Witz sofort eingehen.

«Wir sind garantiert nicht die Ersten, die sich ein verdammtes Boot klauen.»

«Besser, als eine Nacht im Hotel zu verbringen. Außerdem macht das bestimmt voll Fun.» Devin scheint von der Idee total begeistert. Klar, er ist ja auch von jeder Schnapsidee angetan. Aber meint er das mit dem Hotel ernst? Fahren wir nicht einfach wieder nach Boston zurück? Ich kann mir kein Hotel leisten, und ich will auf keinen Fall davon abhängig sein, dass William für mich bezahlt, das schlechte Gewissen würde mich umbringen. Sein Chauffeur hat schon den Kaffee für uns besorgt, und gestern gegen Mitternacht, nachdem wir die letzten Reste vom Dinner gefuttert hatten, hat er für alle noch eine Runde Pizza bestellt.

Kendra hält ihr Handy hoch. «Wir müssen nicht mal ein Boot klauen. Man kann welche per App mieten.»

«Echt?» Devin wirkt fast enttäuscht.

«Nur zehn Dollar pro Tag.» Kendra ist offenbar ein richtiger Rechercheprofi. Wenn es etwas rauszufinden gibt, dann findet sie es auch heraus.

Je näher wir Ivy Island kommen, umso überzeugter sind die anderen von diesem Plan. Selbst William hat nichts dagegen. «Mein Dad hat das damals ständig gemacht, wenn sie abends auf dem Festland waren. Die Fähre ging früher nur zweimal am Tag.» Er informiert Wesley über die Gegensprechanlage, dass er entspannt weiterfahren kann, wir aber immer noch nach Portsmouth wollen.

Garrett nickt. «Lass uns vorher was essen gehen, dann habe ich überhaupt kein Problem damit.»

Ich hasse Rudern, habe es schon immer gehasst. Ich habe das nur für die Woodford-Bewerbung gemacht. Auf der Highschool habe ich jede Woche zweimal an einem nahe gelegenen See trainiert. Aber ich musste mich echt dazu zwingen, weil Wasser mir Unbehagen bereitet. Ich kann schwimmen, aber ich bin nicht gut darin. Außerdem ist es was anderes, in einem See zu schwimmen als im Meer. Es ist kalt, es ist dunkel, es ist schwarz, und außerdem geht die Sonne bald unter.

Nur dass wir nicht schwimmen, wir rudern, versuche ich mich zu beruhigen. Und ich weiß, wie das geht. Das Meer ist zwischen dem Festland und der Insel geradezu gespenstisch ruhig. Okay, es ist neblig draußen, aber die Insel ist beleuchtet, und selbst im Dunkeln wäre sie gut zu sehen. *Also krieg dich wieder ein, Eden!* Das Schlimmste, was passieren kann, ist, dass jemand ins Wasser fällt. Und dann ziehen wir ihn halt zurück ins Boot. Selbst die Meile zur Insel zu schwimmen, dürfte für niemanden ein Problem sein.

Nur für mich.

Wir lassen uns von Wesley in der Nähe der Harbour Road rauswerfen, womit er sichtlich unzufrieden ist. «Deine Eltern wären damit ganz und gar nicht einverstanden», sagt er, als er uns die Tür aufhält. Die anderen marschieren sofort in die nächste Bäckerei, aber ich warte auf Will, deshalb bekomme ich mit, wie Wesley auf William einredet. Der dunkelhaarige Chauffeur ist jünger, als ich dachte – ich schätze ihn auf höchstens Mitte dreißig –, und dass er sich jetzt so besorgt über das glatt rasierte Kinn reibt, macht mich nachdenklich.

«Sie wüssten dich lieber sicher auf der Fähre.»

«Meine Eltern werden es nicht erfahren», gibt William zurück. Es ist keine Frage, sondern eine Feststellung, und das erinnert mich daran, dass William ein verdammter Erbe ist. Ein zukünftiger Millionenerbe mit einer Visitenkarte im Gesicht, durch die ihn jeder sofort erkennen kann. Und das erste Mal wird mir bewusst, wie gefährlich das für ihn sein kann und dass das wahrscheinlich der Grund ist, warum er ausgerechnet in Woodford studiert und nicht in Harvard oder Yale, wo ihm garantiert auch alle Türen offen gestanden hätten. Woodford gibt ihm viel mehr Freiheit, weil es abgeschieden und sicher ist. Ein eigener Kosmos.

«Wenn dir was passiert ...», presst Wesley durch die Zähne.

«... wäre das die Konsequenz meiner Entscheidung», beendet William seinen Satz. «Aber meine Güte, Wes, was soll denn schon passieren? Wir gehen nur kurz was essen und rudern dann rüber.» Er zieht seine Sonnenbrille aus der Tasche und setzt sie auf, obwohl es schon dämmert. «Besser so?»

Wesley hebt nur müde einen Mundwinkel an. «Ich kann dich nicht aufhalten, aber es gefällt mir nicht.» Trotzdem lässt er uns ohne weitere Diskussion gehen.

«Vielleicht solltest du ihn anrufen, wenn wir gleich im

Wohnheim sind», schlage ich William vor, als wir den anderen über die Straße folgen. «Sonst macht er sich nur unnötig Sorgen.»

«Wenn ich das einmal anfange ...» William schüttelt lachend den Kopf und hält mir die Tür auf.

Wir besorgen uns beim Bäcker belegte Bagels. Devin verschwindet kurz auf dem Klo, dann kommt er mit schniefender Nase wieder heraus. «Sorry, Bro, ich habe echt keinen Hunger.» Er überlässt Garrett seine Portion, hüpft aber wie ein Flummi herum, als wir danach zur Anlegestelle gehen.

Leider sind die Boote verflixt klein, wir müssen uns auf zwei aufteilen. William nimmt meine Hand.

«Ich fahre mit Eden», sagt Devin sofort und drängt sich zwischen uns, sodass ich Williams Hand loslassen muss. «Fuck, ich wollte mich schon immer mal von einer Frau so richtig romantisch zu einer Insel rudern lassen.»

«Du bist so ein Idiot.» Ich schlage nach Devins Arm, aber er ist schneller als ich. Devin weicht mir aus und flitzt über den Steg. Ich schüttele nur den Kopf, anstatt ihn zu verfolgen. Am Ende besteigen William, Kendra und Garrett das andere Boot, damit die beiden Männer sich abwechseln können, und Sunyoung kommt zu uns.

Ich hasse es. Ich hasse es so sehr. Aber ich will mir vor den anderen auch keine Blöße geben, deshalb steige ich tapfer in das schwankende Boot und setze mich ans Ruder. Der Himmel ist dunkelgrau und düster. Das Wasser riecht muffig, weil es hier am Kai kaum in Bewegung ist und sich bei der letzten hohen Flut mit Süßwasser vermischt hat. Brackwasser. Mir ist jetzt schon eiskalt. Ich habe meine Jacke ausgezogen, damit ich mehr Bewegungsfreiheit habe, und bereue es, dass ich unter meinem eng anliegenden Pullover nur ein dünnes Hemd trage. Außerdem steht Wasser im Boot vom letzten Regen, und da ich die Sitzbank nicht abgetrocknet habe, ist mein Hintern jetzt schon nass. Gott sei Dank bleiben wenigstens meine Füße in den Stiefeln trocken.

Devin und Sun-young setzen sich auf die Bank im Heck.

«Wir müssen die Lampen einschalten. Auf jeder Seite mindestens ein Licht», erkläre ich den beiden. «Damit man uns besser sehen kann und die Fahrtrichtung angezeigt wird. Guckt mal bitte nach.» Es wankt gefährlich, als die beiden nach den Bootslampen suchen.

«Hier ist kein Licht», sagt Devin, aber Sun-young findet unter der Sitzbank eine kleine Handlampe und hält sie hoch.

«Okay», seufze ich. «Dann muss es damit gehen.»

Sun-young schaltet sie ein. Als ich mich nach Williams Boot umdrehe, hat auch Garrett eine Handlampe eingeschaltet und am Bug befestigt. Doch das kleine Licht wird sofort von der anbrechenden Dunkelheit verschluckt.

40. KAPITEL

«Fuck, Eden, in dem Tempo sind wir erst morgen früh auf der Insel.»

Devin nervt mich, kaum dass wir uns den ersten Meter von der Anlegestelle entfernt haben. Er ist völlig überdreht, und ich wäre echt froh, er würde einfach stillsitzen und mal für fünf Minuten die Klappe halten.

«Wir haben doch Zeit», wirft Sun-young ein, die sich sichtlich unwohl fühlt und sich am Bootsrand festklammert.

Ungeduldig trommelt Devin auf seine Oberschenkel. «Schon gemerkt, dass die Sonne gerade untergeht?»

«Lass mich erst mal von den anderen wegkommen, sonst kollidieren wir noch.» Es ist schwer genug für mich, hier über Backbord zu wenden. Wind ist aufgezogen, und so still wie eben ist das Meer leider nicht mehr. Kleine Wellen schlagen gegen die Bootswand, und Sun-young zuckt jedes Mal zusammen, wenn sie ein Wassertropfen trifft. Gott sei Dank ist das hier kein schmales Sportruderboot, sonst wären wir schon längst gekentert. Ich werfe einen Blick über die Schulter, um mich zu vergewissern, dass die Richtung endlich stimmt, dann hebe ich die Ruderblätter aus dem Wasser. Das Meer wirkt schwarz wie Tinte, und ich unterdrücke ein Schaudern. Doch von der Insel strahlt diffuses Licht aus, und daran kann ich mich orientieren.

«Hey, wie wär's mit einem Wettrennen?», ruft Garrett zu uns rüber und wird sofort von Kendra zurechtgestutzt.

«Das würdest du nicht vorschlagen, wenn du selbst rudern müsstest, du Idiot!», fährt sie ihn an.

«Ich kann das gerne übernehmen.»

«Klar, weil es auch so fair ist, Mann gegen Frau zu rudern!»

Ich muss lachen, weil die beiden es nicht mal für ein paar Minuten in einem Boot aushalten, ohne sich zu streiten, und fange Devins Grinsen auf. «Das können wir nicht auf uns sitzen lassen, Eden.»

«Doch, können wir.» Sun-young lässt den Lichtschein der Handlampe über das Boot der anderen gleiten. «Mir ist völlig egal, was die anderen sagen, ich will einfach nur trocken im Wohnheim ankommen.»

Mir ist es leider nicht egal. Denn Williams Gesichtsausdruck spricht Bände, als er sich zu uns umdreht. Im Zwielicht kann ich das Glitzern in seinen Augen zwar nicht mehr erkennen, aber das muss ich auch gar nicht. Es reicht schon, wie er seine Augenbrauen anhebt und sein Mundwinkel sich jungenhaft nach oben zieht, um zu wissen, dass es da ist.

Bist du bereit? Ich höre seinen Gedanken schon, bevor er ihn ausspricht, und packe die Ruder fester.

«Paratus es?», ruft er nun tatsächlich zu uns rüber.

Dieser Mistkerl. Das ist eine ganz dumme Idee, das ist mir klar. William ist schon bereit geboren worden, und ganz bestimmt hat er mehr Kraft und Ausdauer als ich. Aber das allein reicht nicht unbedingt, um zu gewinnen. Weil es nämlich vor allem auf die Technik ankommt. Und ich habe nicht umsonst im letzten Jahr trainiert, um nach Woodford zu kommen.

«Hör einfach nicht hin», sagt Sun-young.

«Spinnst du?» Devin wirkt völlig entgeistert. «Dann lass mich rudern. Ich werde Will garantiert nicht kampflos den Sieg überlassen.»

«Tut mir leid, Sun-young», sage ich und hebe entschuldigend die Schultern an. «Aber ich muss das leider tun.»

Sun-young presst die Lippen zusammen, doch Devin hebt mit einem lauten «Yesss!» eine Faust in die Luft. Er ist geradezu euphorisch.

«Okay», rufe ich, als William meinen Blick auffängt. «Paratus ad omnia!» Wir nicken uns noch einmal zu, dann lassen wir beide gleichzeitig die Ruderblätter ins Wasser tauchen. Das Boot setzt sich langsam in Bewegung. Gott, ist das schwer! Ich gebe ein Ächzen von mir, weil ich das Gefühl habe, wir wären noch am Steg angebunden. Zweimal, dreimal ziehe ich durch, aber der Effekt ist gering. Kommen wir überhaupt von der Stelle?

Sun-young richtet den Schein nach vorn, aber ich sehe nichts, weil ich mit dem Rücken zur Fahrtrichtung sitze. Wenn ich nicht vom Kurs abkommen will, muss ich mich auf Devins Anweisungen verlassen. Mein Kopf schwenkt zur Seite, um zu kontrollieren, wie schnell William gestartet ist. Verdammt! Er ist uns jetzt schon eine Bootslänge voraus.

Gott, ich habe vergessen, wie anstrengend das ist! Ich rutsche nach vorn und stemme mich gegen das Fußbrett, bevor ich die Ruder wieder durch das Wasser ziehe.

Devin feuert mich an, aber das ist gar nicht nötig. Ich will nicht verlieren, verdammt. Endlich kommen wir richtig in Bewegung, und als wir einmal Fahrt aufgenommen haben und ich meinen Rhythmus finde, wird es leichter. Mit jedem Zug überkreuzen sich meine Hände, meine Rechte dicht unter der Linken ganz nah an meinem Bauch.

«Fuck, Eden. Geht das nicht schneller?»

Ich höre das Lachen aus dem anderen Boot und erhöhe mein Tempo. Und dann flucht Garrett laut, als wir langsam zu ihnen aufschließen. Ich zähle meine Atemzüge und merke, dass ich nicht die richtige Schlagfrequenz habe. In diesem

Tempo werde ich das garantiert nicht lange durchhalten können. Devin feuert mich an, Sun-young aber sieht aus, als würde sie sich gleich übergeben müssen. «Alles ... okay ... mit dir?», keuche ich.

Sie nickt stumm und hält die Handlampe höher. «Ist okay, mach einfach weiter.»

Dieses Boot ist echt nicht dafür gemacht, schnell zu rudern. Es ist zu breit, und wir stehen zu tief im Wasser. Nach ein paar Minuten schon schmerzen meine Schultern und mein unterer Rücken, weil ich zu schnell bin und die Züge deshalb nicht sauber ausführe. Ich versuche, einen Blick über die Schulter zu werfen, um die Entfernung bis zur Insel abzuschätzen, aber dadurch komme ich aus dem Tritt und werde wieder langsamer. Es ist nicht mal eine Meile, und wir haben wahrscheinlich die Hälfte hinter uns. Nur weiß ich jetzt schon, dass ich dieses Tempo nicht die ganze Strecke durchhalte.

«Es tut mir leid», keuche ich. «Aber ich werde es ... nicht schnell genug ... zur Insel schaffen.» Mit jedem Zug quetsche ich ein paar Worte raus.

«Dann lass das Wettrennen», sagt Sun-young sofort. Wellen platschen gegen die Bordwand, und als uns die nächste erwischt, schwappt Wasser in unser Boot. Sun-young sieht furchtbar blass aus, und das tut mir leid.

«Ist dir schlecht?», frage ich sie. «Wir müssen weiter ... aber ich kann langsamer rudern ... dann schwankt es nicht so.»

«Bist du bescheuert?», platzt es ungläubig aus Devin heraus.

«Bitte.» Sun-young ist kreidebleich im Gesicht. «Lasst uns einfach nicht darüber reden, okay? Es geht schon, ich hab das im Griff.» Sie presst die Lippen wieder fest zusammen, und Devin gibt ein Stöhnen von sich.

Ich schaue nach hinten und registriere, dass wir uns viel zu weit von den anderen entfernt haben, die kerzengerade auf die Anlegestelle der Insel zuhalten. Noch sind wir auf gleicher Höhe, aber als ich mit leichten Zügen die Richtung korrigiere, zieht William mit den anderen an uns vorbei.

«Das ist jetzt nicht dein Ernst. Komm, lass mich rudern!» Devin macht Anstalten aufzustehen, und sofort fängt das Boot an zu schwanken. Überrascht setzt er sich wieder hin und hält sich fest. «Fuck, ich habe gerade voll das Achterbahn-Feeling. Das ist so geil.»

«Kannst du bitte ... sitzen bleiben?» Ich habe es als Frage formuliert, aber am liebsten würde ich ihn anbrüllen. Devin macht mir Angst. Er ist so aufgekratzt. Okay, er ist immer schon eine richtige Quasselstrippe gewesen, aber heute verhält er sich total übertrieben. Jetzt zieht Devin die Nase hoch und wischt sich mit dem Jackenärmel darüber. Auf dem Ärmel bleibt eine dunkle Spur zurück. «Hast du Nasenbluten?», frage ich ihn erschrocken.

«Was?» Verwirrt starrt er mich an. «So ein Quatsch.»

«Irgendwas stimmt nicht mit dir.» Ich hebe die Ruder an und halte sie in der Luft. Ich bin mir sicher, dass das Blut an seinem Ärmel ist, auch wenn es langsam so dunkel wird, dass ich kaum noch was erkennen kann.

«Sieh mich mal an.» Sun-young streckt die Hand aus, um seinen Kopf zu sich zu drehen. Sie hebt die Handlampe in Kopfhöhe, aber Devin wehrt sie ab.

«Wir verlieren das Rennen. Meine Nase ist doch jetzt scheißegal!» Er schiebt die Lampe beiseite und stemmt sich hoch. Das Boot wankt gefährlich, und erschrocken lässt Sun-young die Lampe in den Fußraum fallen. Ich lasse zeitgleich die Ruder los, um mich festzuhalten. Das Licht flackert noch einmal kurz auf, dann ist es plötzlich dunkel.

«Devin! So ein Mist, jetzt ist wegen dir die Lampe kaputt gegangen», schimpft Sun-young.

Mein Herz rast wie wild. *Konzentrier dich, Eden!* «Setz dich wieder hin, Devin!»

Aber Devin setzt sich nicht wieder hin. Breitbeinig steht er im Boot und fängt urplötzlich an zu lachen. «Macht euch das etwa Angst?» Er verlagert das Gewicht und bringt das Boot damit noch mehr zum Schwanken. «Uhuh, es ist dunkel.»

Sun-young keucht auf. «Hör auf damit, Devin, das ist nicht lustig!»

«Ach, komm schon. Das ist nur Wasser. Es kann überhaupt nichts passieren. Im Sommer geht ihr doch auch im Meer schwimmen.»

«Ja», fauche ich, «aber da hat das Wasser auch mehr als zehn Grad. Und ich kann nicht so gut schwimmen», gestehe ich ihm. Meine Stimme zittert. Gerade eben habe ich noch geschwitzt wie verrückt, jetzt wird mir eiskalt. Es ist windig, meine Strumpfhose und mein Rock sind nass, es wird jede Minute dunkler, und jetzt haben wir nicht mal mehr eine Bootslampe.

«Du machst Witze, oder? Muss man nicht eine Prüfung ablegen oder so was, wenn man in eine Rudermannschaft will?»

«Ja, natürlich. Ich bin auch schon tausendmal ins Wasser gefallen und habe geübt, mich wieder ins Boot zu ziehen. Aber ich bin trotzdem keine gute Schwimmerin. Kannst du also einfach mit dem Scheiß aufhören und dich wieder hinsetzen?»

Devin wackelt mit den Hüften. Für ihn ist das alles ein großer Spaß, und ich weiß nicht, wie ich ihm begreiflich machen soll, dass es jetzt echt reicht.

«Die anderen rufen nach uns», sagt Sun-young. «Hey, wir sind hier!» Sie winkt, obwohl William, Kendra und Garrett das bestimmt nicht sehen können. Ein Lichtstrahl von Williams Boot zuckt über das Wasser, dann trifft er auf unser Boot.

«Hey, alles okay bei euch?»

Will. Oh Gott, Will. Ich wünschte, ich wäre mit ihm in seinem Boot!

«Ja, alles okay», ruft Devin zurück.

«Nein», schreie ich ihn an. «Es ist nichts okay. Setz dich verdammt noch mal hin!»

«Scheiße», stößt Kendra aus. Ich kann hören, wie sie mit Garrett diskutiert.

«Devin, was ist da los?» Ich höre die Sorge in Williams Stimme, und das ist der Moment, wo ich auf einmal wirklich Angst bekomme. William ist nie besorgt. Ihm hat nicht mal der Feueralarm etwas ausgemacht oder dass wir das halbe Wohnheim unter Wasser gesetzt haben. Jetzt diese Unsicherheit in seiner Stimme zu hören, lässt mir das Herz hart gegen die Rippen hämmern.

«Setz dich bitte hin, Devin!», flehe ich.

«Sonst was?» Es wankt. Wasser platscht gegen den Bug. Oh Gott, Devin bringt noch unser Boot zum Kentern. Panisch stütze ich mich an der Bordwand ab und greife nach Devins Jacke, um ihn runterzuziehen. Im nächsten Moment wird unser Boot von einer Welle getroffen, wir schwanken, Sun-young kreischt auf, und ich verliere das Gleichgewicht.

Ein brutaler Schmerz durchzuckt mich, als ich mit den Rippen gegen die Kante der Bordwand donnere. Ich strecke die Hände aus, versuche, mich irgendwo festzuhalten, aber da ist ... nichts. In der nächsten Sekunde knallt etwas gegen meine Stirn, mein Kopf explodiert, und ich falle. Eiskaltes Wasser stürzt über mir zusammen und presst mir die Luft aus den Lungen.

Ich kann nicht schreien.

41. KAPITEL

Über mir Schwärze, unter mir Schwärze. Ich kann nicht atmen. Alles reißt an mir. Die Eiseskälte, meine Kleidung, die sich mit Wasser vollgesogen hat – einfach alles zieht mich nach unten. Ich versuche, dagegen anzukämpfen, rudere mit den Armen, aber ich komme nicht nach oben. In Panik strample ich mit den Beinen, aber das macht es nur schlimmer. Meine Stiefel sind bleischwer. Ich reiße die Augen auf, doch ich sehe nichts. Nur Schwärze, nur eiskalte Schwärze, die von allen Seiten wie Nadeln auf mich einsticht. Die Kälte lähmt mich. Mein Kopf zerplatzt unter einem stechenden Schmerz. Mir wird schwarz vor Augen, oder ist es das dunkle Wasser? Alle Gedanken lösen sich auf, da ist nichts mehr, nur Kälte, bleierne Schwere, Tintenschwärze, in die ich sinke. Und sinke. Und immer tiefer sinke.

Es braust in meinen Ohren, als wäre das Wasser ein einziger Schrei, der durch meinen Kopf gellt. Und dann zerbricht mein Brustkorb. Als würde ich unter einer Tonnenlast zerquetscht. Etwas reißt an mir. Ich will mich wehren, aber meine Arme gehorchen mir nicht, gehören gar nicht mehr zu meinem Körper. Jemand packt mich unter den Achseln und zerrt mich nach oben.

Ich höre Stimmen. So laut. Panische, laute Stimmen.

Ich keuche, ringe nach Atem, bekomme endlich Luft, reiße die Augen auf und sehe das Licht, das über den Wellen tanzt, begreife, dass es Will ist, der mich hochgerissen hat und jetzt versucht, mich zum Boot zu ziehen. Wieso ist das Boot so weit weg? Wieso dauert es so unendlich lange, bis wir es erreichen? Ich kann nur mühsam den Kopf über Wasser halten.

Mein Schädel platzt gleich. Der Schmerz, die Kälte, alles ist unerträglich. Ich bin zu kraftlos, um mich am Boot hochzuziehen. Tausendmal schon habe ich das geübt, aber jetzt bin ich zu schwach, zu kalt, zu gelähmt, um mir selbst aus dem Wasser zu helfen.

«Devin!» Ich höre Kendra schreien. Ihre Stimme ist pure Panik. Hilflos klammere ich mich an der Bordwand fest, schlucke Wasser, spüre Williams Arm um meinen Brustkorb.

Keuchend holt er Luft. «Hast du sie?»

Erst als Sun-young es schafft, mich nach oben zu ziehen, lässt William mich los. Das Boot kippt bedrohlich, dann zerrt Sun-young mich über die Kante ins Innere. Ich japse nach Luft. Alles schmerzt und sticht. Mein Brustkorb, der über die harte Kante gezogen wurde, meine Beine, meine Arme, meine Lunge, aber vor allem schmerzt mein Kopf. Das Haar klebt mir im Gesicht. Ich fasse an meine Stirn, und es brennt wie verrückt, als ich die nassen Strähnen zur Seite streife, um besser sehen zu können.

Ich sehe ... Sun-young. Nur Sun-young.

«W-was ... Wo ist Devin?»

Devin ist nicht im Boot. Oh Gott, Devin ist nicht im Boot! Und wo ist William? Hilflos nach Atem ringend versuche ich, mich aufzurichten. «Will?» Ich sehe ihn nicht. Nur das aufgeschäumte Wasser. «Will!», schreie ich erstickt. Dann endlich durchbricht sein Kopf die Oberfläche, seine Hände greifen nach der Bordwand, und vor Erleichterung heule ich auf und helfe ihm mit Sun-young zusammen ins Boot.

Garrett hat sein Boot bis auf einen Meter an unseres herangebracht, und Kendra sucht mit der Handlampe die Wellen ab. «Devin! Oh Gott, Devin!» Ihre Schreie ... Sie sind das Schlimmste, was ich je in meinem Leben gehört habe.

William will zurück ins Wasser springen, und wir können ihn nur daran hindern, indem wir ihn festhalten.

«Du kannst doch nichts sehen!», schreit Sun-young ihn an. «Du kannst ihm im Wasser überhaupt nicht helfen, wir müssen ihn erst mal finden!»

«Tu das nicht, Will! Oh Gott, bitte tu das nicht!»

Dunkles Wasser. Lichtstrahlen. Kendras Schreie.

Wir finden ihn nicht.

Wir.

Finden.

Ihn.

Nicht.

EPILOG

Mein Kopf platzt.

Der Schmerz ist unerträglich. Nein, das kann nicht wahr sein. Das kann nicht real sein. Es kann doch gar nichts Schlimmes mehr passieren. Alle schlimmen Dinge in meinem Leben sind schon passiert, dachte ich. Das hier ist mein Neuanfang. Mein neues Leben. Aber das ist nicht wahr.

Mein Kopf pulsiert, als würde er jeden Moment auseinanderbrechen. Aber das ist nichts im Vergleich dazu, wie mein Herz schmerzt. Meine Hände sind voller Blut. Im Schein der Lampen am Fähranleger sieht es aus wie Teer.

Mir ist kalt. So unendlich kalt.

Als die Officer der Küstenwache Devins leblosen Körper vom Boot an Land tragen, schreit Kendra so laut auf, dass ich zu zittern anfange. Mein Kopf wird zerbersten. Die Platzwunde auf meiner Stirn ist verbunden, aber ich spüre das Blut auf meinem Gesicht, auf meinem Hals, auf meinen Händen. Ich habe Blut an den Händen.

Ich schwanke, greife nach William, aber er bleibt einfach starr stehen, die Fäuste geballt, als mir die Beine wegknicken. Ich sinke zu Boden.

Ich kann mich nicht bewegen, kann kaum Luft holen, nur unkontrolliert zittern. Die Kälte hält meinen Körper mit Krallen gepackt. Steine bohren sich mir ins Fleisch. Ich will wieder aufstehen, aber ich kann nicht. Ich schmecke Eisen auf meiner Zunge und kann nur auf meine blutigen Hände starren und zittern. Es fühlt sich an, als würde ich erfrieren. Und im Augenblick wünschte ich, es würde wirklich so sein, damit ich das alles nicht ertragen muss. Ich kann das nicht noch einmal durchmachen. Nie wieder. Lass mich erfrieren. Lass mich zu Tode frieren.

Ich sehe auf zu William. Und ich sehe es in seinem Blick. Den Schmerz. Die Schuld. Den Selbsthass. Devin und ich sind ins Wasser gefallen. Er konnte nur einen von uns herausholen. Er hat mich gerettet. Und Devin ist tot. Weil er mich gerettet hat.

Ich bin schuld.

Schon wieder.

Ich strecke die Hand nach ihm aus. Ich brauche ihn. Oh Gott, ich brauche ihn so sehr. Er hilft mir hoch, und ich sinke in seine Arme, presse mein Gesicht in seine Halsbeuge. «Es tut mir leid, Will. Es tut mir so leid.» Ich wiederhole die Worte, als könnte ich dadurch irgendetwas ändern, presse mich so fest gegen ihn, wie ich nur kann. Er ist warm. Doch dann spüre ich seine Hände auf meinen Schultern. Er drückt mich zurück. Und als mein Blick nun auf seinen trifft, hat sich etwas in seinen Augen verändert. Kälte.

«Fass mich nicht an», sagt er leise. «Nie wieder.»

Er presst seine Lippen zusammen. Sein Gesicht wirkt hart wie Stein. Und dann dreht er sich um und geht.

Das ist kein Neuanfang. Das ist mein Ende, und ich kann nichts dagegen tun. Ich bin schuld. Schuld, schuld, schuld. Ich kann nichts tun, um es zu ändern. Ich würde alles dafür geben, um die letzten Stunden ungeschehen zu machen.

Mir ist so kalt. Lass mich zu Tode frieren.

Aber was, wenn ich nicht erfriere? Was, wenn das alles kein Albtraum ist? Wie soll ich damit weiterleben?

I am alone.
again.

ZITATNACHWEISE

Zitat auf Seite 16 aus dem Song «Creep» von Radiohead. Melodie und Text von Albert Hammond, Mike Hazlewood, Colin Greenwood, Jonathan Greenwood, Edward O'Brien, Philip Selway, Thomas Edward York.

Zitate auf Seite 151 aus dem Roman «The Picture of Dorian Gray» von Oscar Wilde. Übersetzung von Nikola Hotel.

Zitate auf Seite 168 und 170. aus dem Song «House of Memories» von Panic! at the Disco. Melodie und Text von Morgan Kibby, Jacob Sinclair, Brendon Urie.

Zitate auf Seite 267 aus dem Song «Sex of Fire» von Kings of Leon. Melodie und Text von Caleb Followill, Jared Followill, Matthew Followill, Nathan Followill.

Nikola Hotel
It was always you

448 Seiten

Vier Jahre ist es her, dass Ivy alles verlor. Kurz nach dem Tod ihrer Mutter schob ihr Stiefvater sie ins Internat ab, weil sie sich ständig mit ihrem älteren Stiefbruder Asher stritt. Doch in diesem Sommer will ihr Stiefvater sie plötzlich unbedingt sehen und ruft sie zurück nach Hause – auf eine Insel an der Küste von New Hampshire. Dort trifft sie auch Asher wieder. Immer noch unausstehlich. Immer noch kompliziert. Und immer noch viel zu gut aussehend. Verdammt. Dieses Wiedersehen setzt ihr viel mehr zu, als sie erwartet hätte. Doch als Ivy erfährt, warum sie zurückkehren sollte, droht ihre Welt vollkommen auseinanderzubrechen ...

Der Auftakt der Blakely-Brüder-Reihe.
Mit mehr als 20 Handletterings illustriert.